"페어플레이를 위하여"

방 열 지음

dkb
대경북스

페어플레이를 위하여

초판인쇄 2018년 8월 21일
초판발행 2018년 8월 28일
발 행 인 민유정
발 행 처 대경북스
ISBN 978-89-5676-653-9

이 도서의 국립중앙도서관 출판예정도서목록(CIP)은 서지정보유통지원시스템 홈페이지(http://seoji.nl.go.kr)와 국가자료종합목록시스템(http://www.nl.go.kr/kolisnet)에서 이용하실 수 있습니다.
(CIP제어번호 : CIP2018030297)

등록번호 제 1-1003호
서울시 강동구 천중로42길 45(길동 379-15) 2F
전화: (02)485-1988, 485-2586~87 · 팩스: (02)485-1488
e-mail: dkbooks@chol.com · http://www.dkbooks.co.kr

나의 삶을 글로 엮으며

언제부턴가 내 생활의 필수품처럼 늘 곁에 있던 것들이 이제는 정리해야 할 대상이 되고 있다. 서재를 정리하다가 한구석에 박혀 있는 원고뭉치를 발견했다.

"아~ 이게 여기 있었구나!" 오래된 고서에서나 맡을 수 있는 특유의 남새를 맡으며 한 장 한 장 들여다보기 시작했다. 그런데 갑자기 "와~ 와~" 하고 관중들의 함성이 들려온다. 그리고 상기된 얼굴로 선수를 질책하는 내 모습이 보였다. "그래, 바로 이거였구나."

문득 이것들을 영원히 잠들게 하는 것이 아쉽다는 생각이 들었다. 현재 운동선수 생활을 하고 있거나 코치 · 감독을 하고 있는 후배들, 그리고 교직생활을 하고 있는 후학들에게 반드시 전해주어야겠다는 마음이 들었다.

지금까지 코트 안에서 내 인생을 보았다면 이제는 코트 밖에서 이 세상과 인생을 바라본 느낌과 생각을 함축하여 정리할 때가 된 것이다. 그래서 올해 77세 10월 10일, 바로 필자가 태어난 생일을 기념하여 감히

『페어플레이를 위하여』라는 서명으로 책을 출판하기에 이르렀다.

필자는 스포츠맨 출신이다. 문필가도 아니고, 문학을 전공한 학도도 아니다. 그래서 문체와 문장력이 미흡하게 느껴지겠지만, 나름대로 선수 시절부터 움직이는 것은 모두 기록하겠다는 욕심으로 작성한 것들이 제법 있어 의미 있는 글들을 선별했다. 그리고 경원대학교(현 가천대학교) 사회체육학과 교수 시절 서울, 동아, 조선, 중앙, 경향 등 언론사로부터 청탁을 받아 발표한 칼럼과 건동대학교 총장 시절 사회 전반에 걸친 나의 인식을 글로 옮긴 문화일보의 「여의도 칼럼」도 소개했다.

『장자』의 천도(天道) 편에는 '윤편 이야기'가 나온다.

제나라 환공이 대청에서 큰 소리로 글을 읽고 있었다. 대청 아래에서 수레바퀴를 깎고 있던 윤편(輪扁 : 수레바퀴를 제작하는 사람)이 환공에게 다가가 "대왕께서 읽는 것은 작고한 선친께서 남긴 찌꺼기입니다."라고 말했다. 환공은 화가 나 소리를 질렀다. "아니 선친을 모독해도 유만부득이지. 찌꺼기라니! 네 이놈~!"하고 다그친다. 윤편은 한 치의 물러섬 없이 답한다. "내 비록 한 평생 바퀴 제작하는 것을 업으로 살아왔지만, 내 아들한테 내가 익힌 기술을 아무리 가르치려고 해도 안 되는 것이 있습니다. 나무마다 결이 달라 굴대를 어떻게 깎고 물에 삶을 땐 언제까지 불을 지피고 또한 쇠는 언제 끼워야하는지 등은 글로 표현하기가 불가합니다. 그러니 선친께서도 아무리 전해주려고 해도 작성하지 못한 부분이 분명 있었을 것이며, 그것을 전하지 못하고 세상을 하직하신 것이 틀림없습니다. 그러니 대왕께서는 그 남은 찌꺼기를 갖고 낭송하신 게 분명하지 않겠습니까?" 환공은 즉시 윤편 앞에 머리를 조아렸다고 한다.

스포츠 지도에서는 윤편이 말한 것처럼 말로만 또는 글로만 가르치기엔 한계가 따른다. 머리만이 아니라 몸으로도 익혀야 할 부분이 있기 때문이다. 그래서 필자의 삶을 정리한 '나의 삶' 이후의 글에서는 필자가 평생을 두고 일관되게 주장해 온 스포츠맨으로서, 또 교육자로서, 그리고 세상 살아가는 한 사람으로서 페어플레이를 해야 할 것을 역설하였다.

여기 게재한 칼럼은 이미 지난 날에 작성된 글이어서 독자들이 이해하는 데 다소 어려움이 따를 것 같아 부분적으로 수정 또는 가필했다. 이 점 혜량하시길 바란다.

이 책이 출판되기까지 물심양면으로 도와주신 대경북스 민유정 사장님과 김영대 편집장께도 이 기회를 빌어 고마움을 표하고 싶다.

2018년 9월

방 열 올림

차 례

제1부 나의 삶

제2부 사람 & 사람

제3부 코트 위에서 본 세상

제4부 바른 교육이 세상을 바꾼다

제5부 세상 살아가는 넋두리

끝은 결국 오지만
그 끝이 아득하기에
그래서 삶이 즐겁고 괴롭듯,

여기 나의 삶을 글로 엮으며
코트 위에서 삶을 바라본다.

제1부
나의 삶

걸출한 스타였던 마이클 조던이 부단히 노력하고 도전하여 끝내 화려한 플레이로 자신만의 예술 세계를 펼쳐냈듯, 나 또한 나만의 세계를 창조해냈다고 믿는다. 이 글을 통해 그 세계를 보여 주고자 한다.

#1 각자의 삶, 각자의 예술

모든 사람의 삶은 자신만의 예술품을 창조해가는 과정이다. 드라마같은 승부를 만들어내는 승부사, 어스름 새벽 해를 밥 먹듯 보며 공부하는 연구자, 치열한 생존경쟁 속에서 성과를 내는 샐러리맨, 분야만 다를 뿐 이들 모두 끊임없이 도전하고 고뇌하는 예술가와 같은 삶을 살아간다.

나에게 있어 예술품은 역시 농구다. 아니 어쩌면 그 이상이라고 할 수도 있겠다. 중학교 2학년 때 농구에 빠져든 뒤로 단 한 번도 농구 이외의 것을 생각해 본 적이 없으니까. 농구라는 틀 안에서 스스로의 변화를 위해 연구하고 도전하는 자세를 잃어본 적이 없다. '세상은 도전하는 자의 것'이란 말도 있지 않은가? 걸출한 스타였던 마이클 조던이 부단히 노력하고 도전하여 끝내 화려한 플레이로 자신만의 예술 세계를 펼쳐냈듯, 나 또한 나만의 세계를 창조해냈다고 믿는다. 이 글을 통해 그 세계를 보여주고자 한다.

1968년, 나는 한창 현역 선수로 뛸 나이인 27세 때 조흥은행 여자팀 창단 코치를 맡았다. 그 후로 26년간 지도자 생활을 했다. 감독직을 은퇴한 후 45년에 걸친 코트 생활을 그만두고, 대학교수의 길을 걸었다. 나의 박사학위 논문 제목은 「농구 지도자의 지도관과 코칭행동에 대한 체계적 관찰분석」이다. 이처럼 진로를 바꾼 뒤에도 여전히 농구는 나를 지탱해주는 힘의 원천이었다. 이와 같은 이력 때문인지 세간에서는 나를 두고 '영민한 지도자'라고 평했는데, 그보다 이같은 평은 20대부터 50대까지 지도자 생활을 하는 기간 내내 책에서 손을 놓지 않은 나의 태도에서 비롯되지 않았는가 한다.

내가 교수직을 선택하는 데 큰 도움을 주신 몇몇 선배들이 계셨다. 특히 작고하신 이상훈 선배님을 잊을 수 없다. 나에게 연구하는 지도자의 길을 터주신 분이다. 이상훈 선배는 남녀 대표팀 감독을 역임한 분으로 나의 모교 연세대의 선배였다. 여자대표팀 감독으로 계실 때 나는 코치로 선배님을 보좌하면서 더욱 절친한 사이가 되었다. 이상훈 선배는 경험을 중시하는 당시의 농구계 분위기 속에서 지적인 농구, 체계적인 농구를 강조한 몇 안 되는 선배들 중 한 분이었다. 나에게 틈틈이 "스포츠는 지적 메카니즘에 입각할 때 비로소 예술이 된다."는 이야기를 해주셨다. 나에게 연구의 중요성을 강조하며, 연구를 소홀히 하지 마라는 충고를 해 주셨다. 그는 자신의 지론에 충실하여 숙명여대 체육교육학과의 수업을 맡기도 하셨다.

이런 선배의 모습을 보면서 '누군가를 가르치는 일'에 동경을 품게 됐고, 언젠가 틈이 나면 학업을 해보리라 마음먹었다. 나아가 농구관련 서적을 집필하여 이를 후배들에게 전하고 싶었으며, 끝내 교단에 서겠다는 결심을 굳히게 됐다. 이상훈 선배는 나에게 대학교수로서의 길을 가게 한 여러 계기를 마련해 준 분이었다.

돌이켜보면 선수 생활보다 몇 배 긴 시간을 바쳐왔던 지도자 직을 그만두고 교육자로서 보낸 날들은 이런 면에서 보면 나에겐 참으로 행복한 시간이었다. 교수로 있으면서 좋아하는 책을 마음껏 읽었으며, 새로운 지도법과 전술 등을 연구했다. 이 과정에서 나는 선천적인 자질보다는 후천적 노력을 더욱 중시하는 성향을 지니게 되었다.

#2 을지로 거리 위의 농구감독

1969년, 조흥은행 여자농구팀은 창단한 지 1년밖에 되지 않는 신생팀이었지만, 국내 최강팀이던 상업은행 농구단을 꺾겠다는 목표를 지니고 있었다. 박신자, 김명자, 김추자 등으로 구성된 상업은행은 아시아 최강이었다. 신출내기 선수들을 이끌고 어떻게 최강팀 상업은행의 벽을 넘을 수 있을까. 선수들의 역량을 최대한 끌어올려 죽기 살기로 덤벼드는 수밖에 없었다. 그러면 어떻게 선수들의 역량을 끌어올릴 수 있을까. 효율적인 지도방식을 궁리하기 시작했다.

"여자는 남자에 비해 스피드나 체력이 모자라지만, 끈기 면에선 남자보다 훨씬 낫다."

1969년 2월 고 이수영 프랑스 대사께서 조흥은행 여자팀을 관저로 초대, 만찬 후 가진 기념사진. 맨 뒷줄 왼쪽에서 두 번째가 송원래 단장님, 그리고 고 이수영 대사, 오른쪽 끝에서 두 번째가 고 이경재 감독, 오른쪽 방열 감독. 맨 아랫줄 왼쪽에서 세 번째가 부인 김춘희 여사

"남자선수들을 지도하는 방식에 익숙한 내가 여자선수들은 어떻게 지도해야 할까?"

우선 농구 관련 서적을 찾아보기로 했다. 서울시내의 모든 서점을 돌아다녔고, 서울대, 연세대 등 대학도서관에서부터 국회도서관까지 책이 있는 모든 곳을 샅샅이 찾아다녔다. 세상에! 농구에 관련된 서적은 어디에도 없었다. 이 일을 겪으면서 나는 언젠가 꼭 농구의 역사와 기술, 지도법에 관한 책을 써야겠다고 마음먹게 되었다.

책이 없다고 손을 놓을 수는 없었다. 당시 을지로 뒷골목에는 미군부대에서 흘러나오는 각종 물품들을 파는 상인들이 많았다. 그들이 파는 물품 중에는 책도 있었다. 혹시나 하는 마음으로 을지로를 찾았는데, 거기에서 농구 서적이나 관련 자료를 꽤 발견했다. NCAA(미국 대학 농구협회)에 관한 책, 『스포츠 일러스트레이티트』와 같은 잡지, 농구 관련 전문서적에서부터 선수들의 사진에 이르기까지 많은 자료가 있었다. 나는 '농구'라는 단어만 보여도 그 책을 샀다. 선수들의 사진만 있는 자료도 샀다. 그들이 취하고 있는 동작도 하나의 연구대상이었기 때문이다. 가끔 전술과 전법이 들어 있는 순도 100%짜리 책을 발견하기도 했다. 이런 뒤로 매일같이 이곳을 드나들었다.

책을 꼼꼼히 읽고 필요한 부분은 스크랩했다. 선수들의 슛 동작 · 드리블 동작이 나온 사진을 모아 '동작 스크랩', 지역방어 · 대인방어 등에 관한 설명문을 추려서 '전술 스크랩'이라는 제목을 달았다. 당시에는 드리블 훈련은 몇 번 시켜야 하는지, 순발력 훈련은 어떻게 시켜야 하는지 구체적으로 지침을 제시해주는 전문서적이 없었다. 그래서 이 스크랩을 바탕으로 1년이 넘는 기간 동안 궁리를 거듭했다. 선수들한테 드리블을 최대한 줄이게 하고, 튕기지 않는 공으로 패스를 주고받으며 슛을 던지도록 하는 나의 훈련 방법은 바로 여기에서 나온 결과물이다.

스크랩을 하고 궁리를 하면서 농구와 관련된 글을 꼭 남겨야겠다는 생각을 다시 확인했다. 한편 이때부터 자료 수집과 아울러 선수들과 관련된 스케줄 표를 차곡차곡 모았으며, 훈련의 성패를 평가하는 글을 쓰기 시작했다. 농구 서적을 집필할 때 도움이 될 것으로 기대했기 때문이다.

당시 뛰어난 지도자로 이름을 날리던 정상윤 선생님(작고), 이성구 선생님(작고), 이경재 선생님(작고)의 훈련 방법은 활자로 남겨 놓은 흔적이 없는 통에 그들만의 비법이 이어지지 않고 있다. 아쉬운 일이라 하지 않을 수 없다.

#3 주농야독 — 낮에는 농구, 밤에는 공부

1978년, 현대 남자실업팀 창단감독이 되어서 1985년까지 팀을 이끌었다. 1980년대 초에는 현대와 삼성의 라이벌전이 인기를 끌었다. 나는 맞수와의 경기에서 승리하기 위한 연구에 골몰했다. 그러던 중 "나는 승부에 집착한 나머지 과제 지향적인 궁리만 할 뿐, 실제 농구에 대한 체계적인 연구가 부족하다."는 반성을 하게 됐다. 이기기 위해서라도 더욱 본질에 충실해야겠다는 생각이 들었다. 이같은 생각을 바탕으로 대학원에 진학하기로 마음먹었다.

쉽지 않았다. 마흔을 넘긴 나이에 진학 준비를 하려니 생각만큼 공부의 속도가 나지 않았다. 1984년 겨울과 이듬해 여름, 두 학기 모두 떨어졌다. 일하면서 공부하는 주경야독 생활이 힘든 줄은 몰랐지만 낙방의 쓰라림은 참으로 컸다. 그래도 '코피가 터져라' 책은 놓지 않았다. 1986년 창단된 기아실업농구단의 초대 사령탑으로 옮겨가기 전, 마지막으로 소속팀 현대를 우승시켜야 한다는 강박관념에 시달리던 가운데 세 번째 도전을 준비했다. 하늘은 나의 '또 달게 된 창단감독'이라는 꼬리표를 측은하게 여겼든지, 이만하면 됐다고 여겼던 것 같다. 세 번째 도전에서 연세대 체육대학원 체육교육학과에 합격했다. 주농야독, 낮에는 농구감독이었다가 밤에는 학생의 신분이 됐다.

1988년 2월 「불교의 교육사상과 체육과의 관련성 연구」로 석사학위를 취득했다. 서양에서는 교황이 절대적 권위를 지녔던 중세를 체육의 암흑기라 부르는데, 나는 조선시대를 우리 체육의 암흑기로 본다. 구한말 선교사들에 의해 도입된 테니스를 두고 양반들이 "저리 힘든 걸 뭐 하러 하나? 하인이나 시키지."라고 했던 데서 보듯이 유교사상과 체육 사이에는 거리가 있다. 동적인 것을 천시한 유학자들의 기풍 탓이다. 반면 불교는 이와 달리 호신술, 승려무예 등에서 보듯 동적인 것에 대한 천시가 덜하다. 나는 석사학위 논문에서 이러한 불교의 성향을 스포츠교육에 접목시키고자 했다.

석사학위를 취득한 뒤, 그해 10월에 열린 '88 서울올림픽에 개최국 자동출전권을 따낸 남자대표팀을 이끌었다. 개최국 팀으로서 뭔가는 보여줘야겠기에 매일 밤늦게까지 예전에 기록했던 훈련 스크랩을 뒤져가며 묘수를 찾았다. 올림픽을 치른 이후 나는 박사과정에 진학할 계획을 갖고 있었다. 그러나 당시 기아가 남자농구 전성시대를 구가하던 와중이어서 시간을 내기 어려웠다. 한창 사기가 오른 팀의 감독이 자신의 공부를 핑계로 팀을 소홀히 하는 것이 내키지도 않았다. 게다가 박사과정은 석사과정과 달리 한 부분에 대하여 집중하고, 오랜 시간 연구해야 한다. 잠깐잠깐 시간을 쪼개 가며 공부하는 것은 사실상 불가능한 일에 가깝다.

그러던 중 기아선수들과의 마찰로 인해 1990년 말 총감독으로 물러나 앉게 되었다. 그나마 여유가 생겼다. 팀에 내가 꼭 참견해야 할 부분을 제외하고는 후선에서 지켜보기만 하였기 때문이다. 이를 알았는지 각 대학에서 강의를 맡아달라는 요청이 들어왔다. 현역 지도자로서 석사학위를 가지고 있는데다 지도자 생활을 하면서 꼼꼼히 해둔 스크랩이 제법 알려진 때문이었을 것이다. 어찌 보면 이 시기에 교수 방열의 첫 단추를 끼웠다고 할 수도 있겠다.

고(故) 이상훈 선생님의 얼굴이 스쳐갔다. 그 분을 통해 학생들을 가르치는 일에 막연한 동경을 품고 있었는데, 20년이 지난 후에 비로소 현실로 다가온 것이다. 인천대, 서울여대, 건국대, 경원대 등에서 교양체육 과목을 강의했다. 스크랩을 수업자료로 썼는데, 학생들에게 많은 인기를 끌었다. 강의시간에 한창 최고의 인기를 구가하던 농구를 배우면서 왕년의 스타들의 훈련방식까지 줄줄이 알게 되니 젊은 학생들이 좋은 반응을 보였던 것 같다.

#4 여보! 이 종이가 왜 이리 무겁소

1992년 겨울. 경원대학교에서 교수 초빙 공고를 냈는데, 그중 교양체육 분야가 있었다. 가르치는 일에 욕심이 난 나는 지원을 했고, 인기 있는 시간강사라는 점이 긍정적으로 작용했는지 학교에서는 서류전형, 인터뷰를 거쳐 두말없이 받아들였다. 드디어 교수가 된 것이다. 비록 체육학과가 없어 교양과목을 가르치는 교양학부 전임강사지만 내가 교수라니! 채용통지서의 무게가 농구공의 천 배 만 배인 것 같았던 기억이 난다. 그때 아내에게 한 말도 또렷이 기억하고 있다. "여보! 이 종이가 왜 이리 무겁소?"

1993년 2학기, 나는 무척 바쁜 나날을 보내야 했다. 학교에 온 지 한 학기만에 학생처장 자리에 앉았기 때문이다. 이 해에는 문민정부가 출범하면서 사회 전반에 변화의 바람이 불었고, 학생 운동 역시 이런 저런 변화의 파고를 탔다. 나는 학생처장으로 있으면서 대부분의 학생은 복학을 시켰지만, 몇몇 학생들은 억지로 제적시켜야 했다. 돌이켜 보니 학교에서는 감독 출신인 내가 학생들을 엄하게 지도해주기를 바랐는지도 모르겠다. 여하튼 지난 일이지만, 당시 제적된 학생들에게 이 지면을 통해 미안한 마음을 전하는 바이다. 크고 작은 일을 겪었지만, 나는 이 시기에 학교의 체계와 운영, 젊은 학생들의 사고방식 등을 배우면서 학교생활에 많은 도움을 얻었다고 생각한다.

학생처장으로 있으면서 박사과정 진학을 준비했다. 새천년이 오기 전 학위를 취득하겠다는 목표도 세웠다. 중책을 맡고 있으면서 시험 준비를 한다는 게 쉽지 않았다. 1994학년도 한국체대 대학원 박사과정 시험에서 떨어졌다. 2000년까지는 아직도 6년이 남았고 바쁜 와중이어서 공부가 미진했다며 애써 스스로를 위로했다. 1년에 걸친 학생처장 생활이 끝난 1994년 여름부터 본격적으로 공부를 시작했다. 수업시간을 제외하고는 연구실에 틀어박혔고, 집에서도 밥을 먹는 시간을 제외하고는 서재에만 머물렀다. 늦게 시작한 공부이긴 했지만 참 재미가 있었다. 가르치는 것과 공부하는 것은 분명히 다르고, 시험 준비하는 것을 좋아하지 않았는데도 이상하게 신이 났다. 이래서였을까. 이해 초겨울에 한국체대 대학원 박사과정 시험을 치렀는데 예감이 좋았다. 시험을 본 날 밤에 아내와 마주앉아서 맥주잔을 기울였던 기억이 난다. 1995년 1학기부터 박사과정 수업이 시작됐다. 1965년 연세대 정치외교학과를 졸업한 지 21년 만에 석사과정 대학원생이 되었다가 그로부터 10년 만에 다시 박사과정 대학원생이 된 것이다. 내 전공은 '스포츠교육학'이다.

한편, 박사과정에 합격하고 나니 또 욕심이 생겼다. 당시만 해도 경원대에는 체육학과 관련된 학과가 없었다. 당시 성남은 분당 신도시가 생기면서 인구가 1백만 명에 육박했고, 그중 생활체육활동 인구

1996년도 입학 제1회 졸업 예정자들과 함께 한 졸업여행. 사진은 한라산 정상초입. 이들이 바로 경원대학교 사회체육학과 첫 졸업생들이다.

는 5만 명이 넘었다. 그런데도 성남시의 유일한 종합대학에 체육학과가 없다니. '창단감독'을 여러 번 해왔던 나였다. 팀 대신 학과를 하나 만들어야겠다고 결심했다. 1995년 내내 재단과 교육부를 수백 번 드나들었다. "지역사회의 미래를 위해서라도 체육학과가 반드시 필요하다."며 학내 인사들을 설득했다. 재단이사장과 수차례 독대를 하기도 했다. 결국 사회체육학과 설립 안이 공식적으로 교무위원회에서 다뤄졌고, 1995년 10월 교육부로부터 승인을 얻었다. 경원대 사회체육학과 교수로서의 내 생활이 본격적으로 시작된 것이다.

1996~97년에는 한참 프로농구를 준비하는 팀들이 만들어지면서 감독으로 와달라는 제안이 많았다. 정중하게 거절했다. 나머지 농구인생을 연구에 전념하고 싶었기 때문이다. 국가대표 선수만 하면 소원이 없겠다며 시작한 농구 생활. 국가대표 선수와 감독을 모두 해보고 교수까지 됐다. 더 이상 바랄 것 없는 내가 교수를 하면서 다시 지도자 생활을 겸하는 것은 과욕이라고 생각했다.

#5 우연하게 시작한 농구

농구는 내 인생의 전부라고 해도 과언이 아니다. 그러나 농구를 처음 시작할 때만 해도 여기까지 오게 될 줄은 몰랐다. 그때의 그 선택이 내 인생을 이렇게 만들어낼 줄이야! 도대체 어떻게 해서 농구에 빠져들었을까? 어린 시절을 돌이켜 본다.

나는 서울 토박이로 현재의 인사동에 살았다. 한국전쟁이 막 끝난

1954년에 경복중학교에 입학했다. 경복은 중학교와 고등학교가 함께 있었고, 두 학교 모두에 농구부가 있었다. 하지만 당시엔 미국인들이 시작하고 간 야구가 또래들 사이에 한창 인기를 끌고 있어서 모두들 농구부엔 관심이 없고 야구에 푹 빠져 있었다. 1학년이 거의 끝나갈 무렵이었다. 수업을 마치고 운동장에서 야구를 하고 있는데, 갑자기 고등학생이 나타나서는 내 모자를 들고 냅다 달아나는 것이 아닌가? 일단 야구고 뭐고 형을 쫓아갔다. 물자가 귀한 시절, 모자 하나가 어딘데.

한참을 쫓아가는데 그 형이 어디론가 쑥 들어갔다. 체육관이다(당시 경복에는 실내체육관이 있었다). 헐떡이며 따라 들어간 내게 그 형은 대뜸 청소도구를 쑥 내밀었다.

"체육관 청소 좀 해. 그러면 모자 돌려줄게."

청소를 시키려고 일부러 모자를 낚아챘던 것이다. 한참 지나 청소를 끝내자 형은 나에게 좀 미안했는지 야구공의 수십 배나 되는 큼지막한 공을 툭 내 앞으로 던졌다.

"저 그물 안으로 공을 던져 넣으면 돼. 놀다 가라!"

'쳇! 이 정도야 식은 죽 먹기지'라는 생각으로 공을 잡았다. 공은 딱딱하고 둔탁한 촉감이 있었지만 탄력은 무척 좋았다. 서툰 몸짓으로 공을 퉁겨보고 링을 향해 던지는 과정에서 묘한 즐거움에 휩싸였다. 한참을 몰두하고 있는데, 그 형이 다시 다가왔다.

"너, 농구 한 번 안 해 볼래?"

땀을 뻘뻘 흘리는 모습이 기특했던 모양이었다. 그 말이 인생을 바꾸어버렸다. 전쟁 통에 아버지를 잃고 홀로 4남매를 키우신 어머니는 내가 큰 집 형들처럼 의학도가 되길 바라셨고, 나도 막연히 그 길을 가고 싶어 운동을 하겠다는 생각은 꿈에도 없었다.

'우리 학교에 있다는 농구부가 이런 거구나.' 재미 있을 것 같기도 했고 취미삼아 해도 좋을 것 같았다. 당시 나는 158㎝, 40㎏으로 또래보다 키는 컸지만 몸은 깡마른 편이었다. 한번 해볼까. 밤새 할까 말까를 고민하다 '몸 만드는 셈치고' 농구부에 들어가기로 했다. 농구를 오래 하지는 않을 거라고 생각하면서 다음날 바로 농구부를 찾아갔다. 농구를 하겠다는 아이들이 별로 없던 때여서 물리를 가르치셨던 고 김항락 선생님은 흔쾌히 허락해주었다. 지금으로 따지면 포인트가드, 공격을 돕는 가드 역할을 맡으며 농구를 시작하게 됐다.

1957년 경복중학교 농구부시절. 뒷줄 네 번째에 10번을 달고 있다. 김항락 선생님을 비롯해 한태규, 이홍식, 손지영, 은학표, 신윤희, 박명규 선수

#6 6년 만에 국가대표 선수가 되다

어릴 때부터 겁이 없고 도전적인 성격을 지녔던 나는 아주 쉽게 농구 속으로 빨려들어 갔다. 이런 성격 때문에 아찔한 일을 겪었던 일이 하나 있다. 초등학교 3학년, 부산에서 피난살이를 하던 시절이었다. 반 친구들과 바닷가에 놀러 갔다. 당시에는 부산 토박이와 피난민들 사이에 미묘한 갈등이 있었다. 한 부산 아이가 나에게 시비를 걸었다.

"니, 수영할 줄 아나?"

맥주병이었지만 지기 싫었던 나는 얼떨결에 잘한다고 대답했다.

"그라믄 함 해봐라!"

걱정이 되면서도 '쟤들도 하는데 내가 못할까?'라는 오기가 생겼다. 곧바로 옷을 벗고 시퍼런 물속으로 뛰어들었다. 그대로 가라앉기 시작했다. 이렇게 죽는가보다 생각하며 악착같이 발버둥치는 가운데 손에 무언가가 잡혔다. 배를 부두에 묶을 때 쓰는 밧줄이었다. 밧줄을 붙잡고 간신히 살아나왔지만, 그날 밤부터 혼자만의 강도 높은 수영훈련을 시작했다. 낮에는 누가 보면 창피하니까 저녁 먹고 어두워지면 바닷가로 나갔다. 몹시 추웠다. 해 떨어진 바닷가에서 벌벌 떨기도 했다. 한동안 어머니로부터 "늦게 어딜 갔다 오냐?"는 꾸지람을 들었다. 이런 일을 겪으면서 수영은 농구 다음으로 잘하는 운동이 됐다.

중학교 2학년 때는 드리블을 잘해보겠다는 일념으로 매일 길을 다닐 때마다 농구공을 튕기며 다녔다. 어느 날 통금이 해제된 뒤에 종로

행인가를 따라 동대문까지 가로수 사이사이를 공을 바닥에 튕기며 가는데 교통순경이 불러 세웠다. 정신이 이상한 녀석이라고 여겼던 모양이다. 아무리 설명을 해도 막무가내여서 파출소까지 가서 시말서와 반성문을 쓰고 난 뒤에야 풀려난 기억도 있다. 아무튼 혼신의 힘을 다해 농구를 하다 보니 어떻게 해야 겠다는 요령이 생기게 되었다. 이때부터 새로운 도전목표도 설정했다. '국가대표가 되는 것' 경복고에는 실내코트가 있어서 국가대표 선수들이 종종 이용했다. 그들의 유니폼에 새겨진 태극마크가 왜 그렇게 부럽던지. 어머니께 내 포부를 말씀드렸다. 내 성격을 잘 아는 어머니께서는 큰 반대를 하지 않으셨다. 이렇게 하여 의학도의 꿈을 대신해 인생의 첫 목표가 생기게 됐다.

경복고로 진학했다. 당연히 농구를 다시 시작했다. 죽으나 사나 농구공만 가지고 놀았다. 이젠 어엿한 목표까지 서 있는데 주저할 게 없었다. 체육관에 슬리핑백을 갖다놓고 밤늦게까지 연습하고 체육관에서 잠을 자기도 했다. 이런 노력 덕분인지 목표는 의외로 빨리 이뤄졌다. 고등학교 2학년 때 학생 대표로 뽑힌 것이다. 이 무렵 미국인 코치를 만나게 되면서 농구에 다시 한 번 눈을 뜨게 되었다. 1959년에 우리나라를 방문해 학생을 지도했던 미국인 코치 냇 홀맨(Nat Holman)은 영상자료를 이용해서 기초기술을 중점 지도하는 등 과학농구의 새로운 영역을 보여주었다. 그때까지만 해도 농구는 슈팅과 드리블 연습이 전부였다. 경험을 전수하는 수준이었던 것이다. 그의 과학적인 지도를 접하면서 농구도 하나의 시스템이며, 이에 맞는 과학적 지도가 필요하다는 느낌을 가졌다. 어렴풋이나마 언젠가 지도자가 되고 싶다

1958년 11월 경복고등학교 1학년 시절. 경복체육관에서 전국체육대회 우승 기념촬영. 당시 실내 코트는 유일하게 경복에만 있어 겨울이 되면 한국은행, 산업은행, 공군, 심지어 이화여고팀까지 함께 연습을 했다.
맨 앞줄 왼쪽 고 조병길 코치, 세 번째 앉아 있는 제일 작은 선수가 필자

는 소망이 싹트기 시작했다. 정식으로 국가대표 선수가 된 것은 연세대 1학년 때인 1961년이다. 농구공을 잡은 지 6년 만에 첫 목표를 달성한 것이다.

#7 저희는 학생입니다

고등학교를 마치고 연세대 정치외교학과에 입학했다. 내 인생에서 고등교육을 받을 수 있는 마지막 기회다. 따라서 나는 농구선수였지만 학과 공부를 충실히 하려 애썼다. 국가대표 선수이기 이전에 나는

엄연한 대학생이라고 생각했다. 이 생각은 지금에도 변함없다. 이래서 나는 요즘 학원스포츠를 보면 의아한 생각이 많이 든다. 프로에 진출하기 위해 또는 전국대회 4강에 드는 것이 대학 진학의 열쇠라는 점을 핑계로 수업을 아예 통째로 빼먹는 일이 허다하다. 나를 비롯한 경복고 선수들은 시험기간이 되면 무조건 열흘 전부터 운동을 중단했다. 다른 학생들과 똑같이 밤새워 시험 공부를 하고 시험을 치렀고, 시험이 끝나는 날 비로소 다시 체육관에 나갔다. 고등학교 1년 후배인 김인건 씨와 서로의 집을 오가며 시험 공부를 함께 했던 기억이 아직도 아련히 남아 있다.

연세대 2학년이던 1962년, 인도네시아 자카르타에서 개최될 예정이던 제4회 아시안게임에 대비한 국가대표 합숙훈련이 있었다. 이같은 훈련단은 선수들을 묶어두고 훈련만 시키는 조직이다. 하지만 대학생인 나와 김영일 씨(작고), 김인건 씨 등은 꾸준히 학교에 나가 강의를 들었다. 새벽 훈련이 끝나면 영양사 누나가 싸준 도시락을 들고 학교로 갔다. 그러던 어느 날 대한체육회장 이효 씨가 우리를 불렀다. 수업을 다 듣고 저녁에 숙소로 돌아와 저녁 훈련에 참가했던 게 못마땅했던 모양이다.

“남들은 나라의 명예를 위해 힘을 쏟는데, 너희들은 왜 훈련에 빠지고 학교를 가느냐?”

내가 나서서 평소의 생각을 그대로 말씀드렸다.

“저희는 학생입니다. 등록금도 냈고 수강신청도 했습니다. 수업을 빠지면 누가 학점을 줍니까? 대표선수라고 협회에서 학점을 주는 건

1962년 8월 제4회 자카르타 아시아경기대회 농구경기 중 필자의 모습. 왼쪽은 김인건 현 KBA 스포츠공정거래위원장

아니지 않습니까?"

당돌했지만 솔직하게 말씀드리니 이효 씨도 이해를 해주어 우리는 계속 학교를 다닐 수 있었다. 이 때문에 나는 학창시절 내내 B학점 이상을 유지할 수 있었다. 무엇보다 운동선수는 공부할 필요가 없다는 생각을 내 스스로 용납할 수 없었다. 이후 1962년의 아시안게임과 1964년 도쿄올림픽에 출전하여 비록 좋은 성적을 올리지는 못했지만, 보다 한 단계 높은 선진 농구와 직접 겨뤄볼 수 있었다는 점에서 나에게는 뜻 깊은 경험이 됐다.

대학을 졸업한 후 나는 한국은행과 중소기업은행(현 기업은행)을 놓고 선택의 어려움을 겪고 있었다. 이때 대학 은사이신 고 김명회 박사님이 조언을 해 주셨다.

"중소기업을 돕는 일에 적지 않은 보람을 느낄 수 있을 거야."

내가 농구를 그만둔 이후까지 내다보고 해주신 말씀이었다. 이 조언이 선택을 할 때 큰 작용을 했다. 나는 기업은행에 들어갔고, 입행 직후 군복무를 했다. 당시 막강했던 해병대와 공군에서 손길을 뻗쳤지만 나는 육군을 택했다. 전통과 명성보다 새로운 팀을 만드는데 훨씬 매력을 느꼈기 때문이다. 어찌 보면 창단감독으로 이어진 지도자 생활도 이때의 인연 때문이었는지도 모르겠다.

#8 어려운 형편 속에서

육군 시절의 사진이 남아 있지 않아 안타깝다. 이 시절은 내 일생에서 가장 힘들면서도 보람 있었던 시간으로 기억한다. 전쟁 통에 아버지를 잃어 우리 집 사정은 좋지 않았다. 우리 집은 4형제 중 둘째인 내가 기업은행에서 받는 월급이 절실히 필요했다. 설상가상 군 입대로 수입이 줄자 나는 아침저녁으로 아르바이트를 해야 했다.

나는 한국전쟁이 터진 초등학교 3학년 때 아버지를 잃었다. 아버지는 인사동 우리 집에서 온 가족이 지켜보는 가운데 북한군에 끌려가셨다. 아버지는 일제강점기에 대학을 나와 기자 생활을 하신 인텔리셨다. 1930년대에 덴마크 현지에서 농업 현황을 취재하고 돌아와서는 책(정말의 농촌)을 저술하셨고, 철원 등지에 수백만 평의 농장을 만들기도 하셨다. 해방 후 교과서를 찍어내는 조선서적인쇄주식회사의 경영을 맡으셨다. 이같은 행적이 북한 측에 곱게 보였을 리가 없었다. 그들은 아버지를 일제강점기 시대에 일본어로 기사를 쓰기도 한 친일파, 엄청난 땅을 가진 지주, 기업을 소유한 부르주아로 취급했다. 아버지가 납치된 후 우리 집은 형편이 쇠락했다.

나는 군 입대로 인한 휴직 상태여서 기업은행에서는 본봉에 해당하는 쌀 두 가마니 값을 지급했다. 육군에서는 농구선수들을 장교로 대접해줘 쌀 한 가마니에 해당하는 월급을 주었다. 하지만 이것으론 충분치 않았다. 당시 육군 팀은 영외생활을 하면서 미8군 영내의 훈련소로 출퇴근했기 때문에 아침 · 저녁 시간을 활용할 수 있었다.

먼저 새벽에 우유 배달을 시작했다. 통행금지가 해제되기 무섭게 덕수궁 뒤에 있는 우유협동조합 보급소로 나갔다. 내가 맡은 구역은 원효로 일대였다. 우유 배달이 끝나면 영어학원에 나가 영어를 배웠다. 농구 선진국인 미국의 이론과 기술을 배우는 데 필요하다고 여겼기 때문에 영어 공부는 그 후로 끊임없이 계속되었다. 부대의 일과가 끝나면 가정교사로 일하는 집으로 향했다. 내가 가정교사로 일하게 된 집은 연세대 학생처장이신 김대준 교수님께서 소개해주신 곳이었다. 연세대 농구부 후배의 집이었는데, 문간방에 기거하면서 후배의 동생을 가르쳤다. 이 집에서 받는 돈은 쌀 두 가마니 값에 해당하는 5,000원으로 살림에 큰 도움이 되었다.

군에서 제대할 때쯤 내 앞에 큰 변화가 놓였다. 무릎 부상을 입었으며, 동시에 미국 유학의 길이 열렸다. 농구선수들 사이에서 종종 발생하는 무릎연골이 손상되는 부상이었다. 때문에 선수 생활을 포기하기로 하고 유학을 떠날 길을 찾았는데, 연세대 학장님께서 노스캐롤라이나 대학에서 입학 허가가 나오도록 도움을 주셨다. 공부를 하고 싶은 마음은 있었지만 우리 집안의 경제 사정을 생각하니 선뜻 유학을 떠나기 어려웠다. 우리 집은 내가 번 돈으로 생계를 꾸리고 동생들도 공부를 하는 형편인데 내가 유학을 떠난다면? 군에서 제대한 이후 어찌할까 고민하던 차에 마침 조흥은행에서 여자농구팀을 창단했고, 스승이신 고 이경재 선생님께서 감독을 맡으면서 나를 코치로 불렀다. 농구지도자 생활이 시작된 것이다. 선수 생활을 접었고, 유학의 꿈을 내려놓았다. 하지만 느지막이 공부를 다시 시작하여 대학 강단에 서게 되었으니 유학의 꿈이 무산된 것은 아닌 것 같다.

#9 장이진 선생과 맥머도 중위

코치 생활을 시작하면서 가장 먼저 장이진 씨를 찾아가서 조언을 구했다.

"선생님, 제가 코치 생활이 처음인데 무엇부터 시작해야 되겠습니까?"

장이진 씨는 1960년대 초 한국여자농구를 세계 2위까지 올려놓았던 장본인이며, 내가 현역 국가대표로 뛸 때 지도를 해주신 선배님이시자 선생님이셨다.

대학시절 사귀었던 미8군 소속의 '맥머도'라는 중위가 있었다. 그는 미국으로 돌아갔는데, 나는 미리 알아두었던 주소를 가지고 그에게 편지를 띄웠다.

"내가 조흥은행의 여자팀 코치가 됐다. 나는 팀을 정상권에 올려놓고 스스로도 최고의 코치가 되고 싶다. 농구 선진국인 미국의 이론과 기술에 관한 책자나 자료를 찾아 보내주면 고맙겠다."

그는 얼마지 않아 성공을 기원한다는 인사말이 담긴 회답과 함께 『여자선수를 위한 농구기술』이라는 책과 미국농구코치협회의 연감과 잡지 등을 한다발 보내주었다. 이 자료들을 노트에 정리해가며 여러 번 숙독했고, 궁금한 점이나 추가 자료가 필요하면 생판 모르는 미국의 코치들에게 무작정 편지를 보내어 도움을 청했다(연감이나 농구잡지들을 보면 각 대학팀의 코치명단과 주소가 있었다). 이들 잡지에는 「시카고 주립대의 5대5 공격방법」, 「1-2-1-1 전면 억압수비」 등의 최신 작전과 훈련 방법 등이 소개되어 있어 나에게 큰 도움이 되었다.

잡지에서 '리바운드 링'이라는 훈련 기구를 보게 됐다. 농구경기에서 리바운드가 차지하는 비중은 매우 크기 때문에 훈련시간의 상당량이 리바운드 연습에 할애된다. 그런데 슛을 연습하면 그렇게 안 들어가던 공이 막상 리바운드 연습을 할 때면 바스켓 속으로 쏙 들어가 골탕을 먹이기가 일쑤였다. 리바운드 링은 농구공보다 작은 원을 바스켓 가운데 두고 링에 세 개의 다리로 걸쳐두어 공이 절대 들어가지 못하게 한 장치다. 맥머도에게 부탁해 처음 들여왔는데 짭짤하게 재미를 봤다.

내 스스로도 효과적인 훈련 방식을 찾기 위해 노력했다. 우선 나는 선수들에게 훈련에 대한 열의를 가지게 해야겠다고 마음먹었다. 당시 최고의 선수들을 보유한 상업은행과 제일은행을 이길 방법은 전원이 하나가 되어 끊임없이 뛰는 길밖에 없었다. 여자선수들은 남자선수들과 엄연히 다르다. 순발력이나 체력은 뒤지지만, 남자선수들에 비해 끈기가 있으므로 열의만 있으면 충실한 훈련이 이뤄진다. 지금도 비슷한 사정이지만 여자농구 선수들은 대학 진학이 어렵다. 또래의 대학생 친구들은 화장도 하고 화사한 옷에 나들이도 다니는데, 항상 땀이 밴 운동복만을 입고 있다는 생각을 가지면 훈련의 효과가 반감되기 마련이다. 그래서 나는 틈틈이 화장품 회사 등에 부탁해서 쉬는 시간을 이용해 화장술을 가르치고 훈련 시간 외에는 예쁜 옷을 입으라고 권하곤 했다. 이런 노력 덕분일까. 신생팀인 조흥은행은 1969년 국내대회에서 상업은행과 제일은행을 꺾으면서 전성기를 열어나갔다. 1970년엔 각국의 한 팀이 자국대표로 참가하는 제4회 아시아여자선수권에 출전하여 우승 트로피를 거머쥐었다.

#10 성공적인 코치 생활

1972년, 나는 국가대표팀 코치가 되었고, 그해 아시아선수권에서 우승했다. 더 높은 벽을 넘기 위한 준비를 시작했다. 이듬 해에 구 소련의 수도 모스크바에서 유니버시아드대회가 열렸다. 지금은 러시아와 정식 외교관계가 수립되어 있지만, 당시는 소련이라고 하면 자연스럽게 우선 적국이라는 단어부터 떠올리던 시절이었다.

CIA를 비롯하여 우리 중앙정보부로부터 여러 차례의 안보교육을

1973년 8월 15일 모스크바 유니버시아드대회 입장식 준비를 위해 레닌스타디움 밖에 대기하고 있는 모습. 왼쪽부터 전경희, 김정희, 신인섭, 강무임, 강현숙, 이옥자 등의 선수들이 보인다.

받으면서 이 대회가 어떤 대회보다 힘들 것임을 직감했다. 선수의 체력, 기술 등은 오히려 부차적인 문제였다. 따라서 우선 필요한 일은 심리적 위축감을 없애는 것이었다. 철저히 사전 준비를 하는 일 외에 다른 방도가 없었다. 순간 머리에 '제로 디펙트'(Zero Defect)라는 단어가 떠올랐다. 우주선 발사와 귀환의 전 과정에서는 털끝만큼의 오차도 용납될 수 없으므로 만에 하나라도 발생할 수 있는 모든 문제점에 즉각 대비하기 위해 미 항공우주국에서 만들어낸 개념이라고 한다. 나아가 이것은 기업 활동의 전 과정에 사소한 결함조차 없애야 기업 이윤이 극대화된다는 데로 확대되어 경영학 용어로 사용되기도 했다.

한국일보 第7643號 (第3種郵便物認可)

「모스크바」의 「한국」 (上)

U大會를 다녀와서

〈여자籠球코치〉

◇實感나는 45㎝ 차이 2m15의 蘇聯의 「센터」인 「우리아나·세메노바」 앞에 서있는 1m70의 尹貞善는 「세메노바」의 가슴팍정도.【AP】

◇筆者

意外의 우리말 첫인사

蘇人통역 "어서 오십시오"

空港선 프리·패스

男女共用選手村…安堵의 첫밤

個人주택 안보이고 아파트즐비

한국선수단 일행38명이 탄 JAL(日本航空)의 「점보·제트」機가 北極航路를 거쳐 「모스크바」에 도착한것은 현지시간으로 13일하오 4시였다.

東京의 「하네다」공항을 떠난지 10시간만이었다.

「모스크바」와 서울의 時差는 6시간. 우리가 「모스크바」에 도착한것은 서울시간으로는 13일 하오 10시였다.

「모스크바」의 「세레메티프」 공항에 착륙 하겠으니 「시트·벨트」를 죄라는 「스튜어디스」의 안내말을 듣고 나는 믿어지지 않는 현실을 새삼 느끼었다.

選手들과함께 泰陵選手村에서 합숙훈련을 시작한것은 5월부터였지만 땀을흘리며 연습을 하면서도 과연 「모스크바」「유니버시아드」에 참가할수있을까하는 생각이 뇌리에서 사라지지 않았다.

이것은 나만의 경망스러운 생각은 아니었다.

韓國人에게는 未知의 世界이고 禁斷의 지역이었던 「모스크바」, 이곳에 우리가 내리고있다는것을 실감하니 새삼 숙연해짐을 느꼈다.

비행기가 멎자 선수단은 金澤麟단장의 인솔로 태극기를 앞세우고 비행기에서 내렸다.

바로 이 태극기가 「모스크바」 하늘에 날리는 최초의 태극기…。

선수단의 움직임은 그하나하나가 그대로 새역사의 기록이라는 느낌에 가슴이 떨리었다.

「모스크바」의 날씨는 흐려 있었지만 서늘하여 北方임을 실감케했다.

옷매무새를 가다듬으며 비행기 「트랩」에서 내리자 6명의 蘇聯人들이 다가왔다.

조직위원회에서 나온 안내인들이었다. 책임자로보이는 사람은 50대의 뚱뚱한 체격의 中年이었고 그옆에는 그보다 조금 젊어보이는 사람, 그리고 나머지 4명은 젊은 학생이었다.

두 中年신사는 金澤麟단장등 본부임원과 정중히 인사를 나누는데 학생들은 선수들에게 『어서 오십시오. 피곤하셨죠』하며 한국말로 인사를 건네왔다.

파란눈의 蘇聯人들에게 생각지도 않은곳에서 한국말의 인사를 받는것은 전혀 의외였었다.

그들은 「모스크바」대학과 「레닌」대학의 한국어과에 다닌다면서 앞으로 「유니버시아드」 대회기간에 한국선수단의 통역겸 안내로 일하게되었다고 한는데 서투르기는 했지만 그런대로 의사소통이 가능했다.

혹시 北韓관계자들이 나와있지나 않나 주위를 살펴보았지만 蘇聯측의 배려인지 北韓 사람들은 철저히 한사람도 찾아볼수 없었으며 취재기자들도 눈에 띄지 않았다.

통관수속은 1시간쯤 걸렸지만 우리들의 짐은 그대로 「프리·패스」였다.

조직위원회에서 내준 스쿨버스를 타고 숙소인 「모스크바」대학으로 향하였다.

공항에서 「모스크바」시내까지는 40분쯤 걸리었다.

거리의 모습은 서울이나 東京에 비하면 비교적 한산한편. 서울의 늦가을과같은 냄새때문인가 가로수는 엷게 단풍이 들기 시작하였고 큰거리의 녹지대에는 국화인듯싶은 꽃들이 울긋불긋 피어있었다.

개인주택가는 찾아볼수 없이 거리주위에는 일정한 규격의 「아파트」群이 즐비하게 늘어서 있었다.

「모스크바」대학기숙사는 18층。4만명의 「모스크바」대학생이 전원 이곳서 생활을 한다는 기숙사는 상당히 큰 규모이었으며 우리의 숙소는 14층이었다.

여느 선수촌과는 달리 남녀숙소의 구분이 없는 것이 특징이었다.

남녀숙소의 구분이 없는것은 어느 면에서는 편리하기도 했지만 다른 한편으로는 조심스러웠다.

방은 「샤워」까지 달려있어 비교적 시설이 좋은편이었다.

선수들에게 방을 배정하여 준후 李相勛감독과 함께 마주앉으니 절로 안도의 한숨이 나왔다.

東京에서 「논·스톱」으로 10시간이나 날아와 피로에 지친 탓으로 저녁식사는 먹는둥 마는둥 했지만 선수들은 쌀밥이 나오자 반가운 표정이었다.

쇠고기 돼지고기 닭고기 감자튀김 야채등의 음식은 싱거워서 입에 당기지 않는편이었지만 「아이스크림」만은 어디에서나 인기가 있었다.

「식당」은 [illegible] 스타일」이어서 양껏가져다 먹[illegible] 그만하면 [illegible]려가 없을것 [illegible]

〔계속〕

望鄕속에사는 蘇聯 韓人2세

"한글册 구해오라"…父母당부

◇隊伍도 整然 개회식서 「유니버시아드」대회기가, 10명의 기수대에 들려 입장하고있다.

이를 선수단에 적용하기로 했다. 의사들의 자문을 구해 먼저 신체적인 문제를 해결해나갔다. 여성은 생리중인 경우 평소에 비해 40% 이상 경기력이 떨어진다고 한다. 자기 실력의 120%를 발휘해도 장신벽을 넘기 힘든데 생리는 치명적으로 작용할 수 있다. 대회 석 달 전부터 선수들의 생리주기를 조절해 대회기간을 피하도록 했다. 다음은 충치. 조금이라도 앓는 이가 있으면 다 발치하도록 했다. 선수들의 체력을 위해 당시 집권당의 실력자 분을 통해 효능이 좋다는 소련산 녹용을 일본을 통해 들여오기도 했다.

선수들의 생체리듬을 모스크바 현지 시각에 맞추어 나갔다. 경기시간을 보니 현지 시간으로 저녁 6~7시였다. 그 시간은 우리 시간으로 자정이나 새벽 한 시다. 모두 꿈나라로 들어간 태릉선수촌, 농구코트만은 불이 환하게 켜져 있다. 나는 상대팀이 장신임을 감안해 공격 시에 수비수의 손에 배드민턴 라켓을 쥐게 한 뒤 이를 피해 슛을 쏘는 연습을 시켰다. 고진감래라고 했던가. 이같은 준비 덕에 우리는 참가팀 중 최단신이라는 핸디캡을 극복하고 소련, 미국에 이어 3위에 입상, 동메달을 따냈다. 쿠바와의 3 · 4위 결정전에서 48대 45로 극적인 역전승을 일궈내어 얼어붙은 공산국가의 땅에 우리 태극기를 휘날렸다.

계속 여자대표팀을 맡았던 나는 1974년 테헤란아시안게임 직후 새로운 경험을 하게 됐다. 열사의 나라, 쿠웨이트에서의 지도자 생활이 기다리고 있었던 것이다. '오일쇼크'니 '오일달러'니 하는 새로운 시사용어를 만들어내며 산유국의 위세를 떨치던 쿠웨이트는 상대적으로 낙후된 사회 각 분야의 육성에 나섰다. 그중의 하나가 스포츠 육성이었다.

아시안게임이 끝나자 쿠웨이트농구협회 회장이던 쉐이크 페이드(Shaik Fehad) 왕자는 아시아농구연맹(ABC)에 우수한 전임 농구코치를 추천해달라는 서한을 보냈고, ABC는 논의를 거쳐 나를 적임자로 지목했다. 우리나라 농구코치가 외국팀을 지도하기 위해 외국에 나가기는 처음이었다. 계약조건은 3개월간의 코치 강습회와 대표팀 지도였다. 이 계약은 쿠웨이트농구협회의 요청에 따라 6개월로 연장, 다시 1년으로 연장되다가 결국 3년으로 재계약이 이루어졌다. 이처럼 긴 시간을 그들과 함께하리라곤 꿈에도 상상하지 못했다.

#11 쿠웨이트의 무다립 방

1974년 10월 23일 부임하자마자 이라크의 수도 바그다드에서 개최된 아랍농구선수권대회에 출전하게 되었다. 각 클럽의 연습경기를 관람하면서 12명의 선수를 선발했지만, 일정이 촉박해 훈련도 제대로 하지 못한 채 출전할 수밖에 없었다. 숙소는 쿠웨이트 '스포츠청소년부'에서 제공한 영빈관(Gest House)이었는데, 조용한 바닷가 모래사장 위에 건설한 단독 주택이 군데군데 서 있는 곳이었다. 주택의 안은 서구식으로 꾸며져 있었으며 비교적 넓었다. 낮의 온도는 항상 섭씨 45도를 웃돌았고, 밤에는 들고양이들의 음산한 울음소리가 들렸다.

1974년 10월 20일. 대회지인 바그다드로 출국하기 위해 짐을 쌌다. 집을 나서려는 데 갑자기 온몸이 납처럼 굳었다. 낯선 이국땅에 아내와 두 아이를 남긴 채 떠나야 한다는 불안과 공포가 온몸을 휘감

الليلة آنسات الكويت وآنسات كوريا في كرة السلة

تدرب امس فريق منتخب الانسات لكرة السلة استعدادا لمقابلة فريق منتخب كوريا الجنوبية للانسات مساء اليوم .. فمن المنتظر ان يكون الفريق قد وصل مساء امس .. وقد تم اختيار ١٢ فتاة من بين ١٥ فتاة ليمثلوا المنتخب اليوم وسيمثل منتخب الكويت للانسات اليوم كل من : انتصار الخميس ـ لياء البحر ـ منيرة الدارمي ـ فتوح الدلالي ـ نجاة عبدالهادي ـ رقية مختار ـ بثينة المناعي ـ ماجدة نظر ـ عالية احمد ـ سونيا الغربللي ـ منى عواد ـ فتحية عبدالرحمن .
هذا وقد تم اختيار منيرة الدارمي رئيسة للفريق من قبل لجنتي الاشراف والتدريب . وسيرتدي فريقنا اليوم فانيلات زرقاء بينما يعتقد بان فريق منتخب كوريا سيرتدي فانيلات بيضاء اللون .
هذا وتقام المباراة بصالة كيفان في السادسة والنصف مساءا .

منتخب انسات كرة السلة باخر تشكيل له في تدريب الامس (تصوير تركي)

쿠웨이트 농구 역사상 최초로 구성한 여자대표팀.
1977년 2월 이집트 원정을 앞두고 훈련 중 취재된 신문기사와 사진

았다. 순간, 나도 모르게 아버님의 모습이 떠올랐다. 아홉 살 때다. 1950년 6 · 25전쟁 당시 아버님께서 인민군에 의해 납치돼 집을 떠나실 때 바로 지금 내가 느끼고 있는 이런 마음이셨을지도 모른다는 생각이 들었다. 이런 내 맘을 아는지 모르는지 아내는 "아무 염려 하시지 말고 잘 다녀오세요!"라고 말했지만, 발길이 떨어지지 않았다. 아내를 힘껏 껴안았다. 그리고 조용히 말했다. "여보! 아이들과 잠시만… 곧 돌아오리다."고 한 후 바그다드로 향했다. 달리는 차 속, 아내의 얼굴이 어머님의 모습으로 그리고 아버님의 모습으로 오버랩됐다.

경기 결과는 좋지 못했다. 일정이 촉박했던 탓이다. 이후 문화, 역사, 언어, 기후가 다른 쿠웨이트에서의 쉽지 않은 3년간의 코치생활이

본격적으로 시작됐다. 특히 이슬람 국가의 특수한 종교 생활은 선수 지도에 영향을 주었다. 선수들은 훈련 중이라 하더라도 알라에 기도할 시간엔 어김없이 사라져 훈련의 연속성을 유지하기 어려웠다. 더욱이 '라마단'(이슬람의 단식기간)에는 해가 떠서 질 때까지 식음전폐(食飮全廢), 모든 활동이 정지되었다. 거리의 가게도 문을 닫았고, 관공서는 말할 것도 없고, 학교도 임시 휴교 상태가 된다. 밤과 낮이 바뀐 듯 낮에는 아무것도 할 수 없었다. 설상가상으로 나의 강도 높은 반복훈련 방식으로 인해 협회 간부들 · 선수들과 마찰도 비일비재했다. 나는 이러한 어려움을 대회 성적으로 하나씩 해결해 나갔다. 쿠웨이트는 1976년 아랍농구선수권대회에서 2위를 차지했다.

이때 쿠웨이트는 여자대표농구팀을 창단했고, 나는 이 팀의 지도까지 맡았다. 알다시피 아랍 여성은 머리끝에서부터 발끝까지 칭칭 감고 다닌다. 그만큼 아랍권에서 여성의 사회활동은 제한되어 있고 인격적 대우도 소홀하다. 이런 사회이니 만큼 여자농구 선수들은 개방적인 집안 출신이어야만 했다. 처음 만들어진 대표팀의 선수들은 대개 부유층의 딸로 미국이나 유럽에 유학한 경험이 있는 여성들이었다. 쿠웨이트로 치면 신여성인 셈이다.

이들을 인솔하고 해외원정을 다니면 우습기도 하면서 측은한 광경을 보게 된다. 귀국하는 비행기에 오르자마자 외국에서 쇼핑한 울긋불긋한 옷들을 꺼내 입고 화장을 하고, 깔깔대고 즐거워한다. 하지만 쿠웨이트 영공에 들어서면 화장을 지우고 차도르를 쓴다. 몰개성(沒個性)한 아랍 여자로 되돌아가는 것이다. 최고급 승용차를 타고 체육관에 나올 때도 그들은 전통복장을 입고 있다. 체육복 차림은 운동장 내에서만 허용된다.

처음 여자선수들을 지도할 때였다. 건장한 체구의 남자가 눈을 부릅뜨고 나의 일거수일투족을 감시했다. 혹시 선수들을 지도하다가 손이 몸에 닿으면 때려눕히기라도 할 기세였다. 이같은 문화적 토양은 기량 향상을 어렵게 하는 장애물이라 할 수 있다. 선수들의 열성과 협회의 지원에도 불구하고 아랍권역에서 여자농구는 우리나라 고등학교 정도의 수준에 머무르고 있다.

나는 3년 동안 쿠웨이트에 있으면서 처음의 실패에 좌절하지 않고 남자농구팀을 정상권에 올려 놓았고 여자농구팀도 창단했다. 적지 않은 우리나라 지도자들을 중동에 진출하도록 도왔다. 전 연세대 농구감독 이재흠 씨, 나래프로농구단 감독 최종규 씨, 전 기업은행 감독 곽현채 씨, 농구해설가 유희영 씨 등이었다. 이제 내가 할 수 있는 일은 어느 정도 다했다고 느낄 때쯤, 쿠웨이트에 있던 현대의 하오문 지사장을 통해 현대 남자농구단 창단 소식을 들었다. 현대에서는 나에게 창단코치를 맡아달라고 했다. 당시 나는 여전히 조흥은행에서 휴직 상태였으므로 소속팀의 사전 동의를 구해야 했다. 이런 가운데 쿠웨이트에서는 더 있어 달라고 요청했다. 그러나 나는 이제 다시 새로운 도전에 나서야 할 때가 되었다고 생각했다.

쿠웨이트는 사막국가다. 귀국길 비행기 안에서 광활한 사막을 내려다보면서 그간의 기억이 주마등처럼 스쳐갔다. 처음 쿠웨이트공항에 도착했을 때의 당혹감과 막막했던 심정, 일주일 만에 참패를 경험

남자농구、中共꺾고 亞洲頂上

12년만에… 단체球技선 첫 金 85-84

★관련기사2·3면

메달도 目標넘어..

◇남자농구 對北韓戰에서 韓國팀이 92대84로 북한을 물리쳤던 경기중, 리바운드 볼을 다투는 한국팀 주장 朴守教선수(10번)와 李忠熙선수(9번).

◇올해 金메달 수확

(괄호안은 각경기단체목표)

종목	구분	金메달수	예상	결과
육상	남	24		3
	여	16		
수영	남	18		
	여	16	(1)	3
축구	남	1	(1)	
농구	남	1		1
	여	1	1(1)	
배구	남	1	(1)	
	여	1		
체조	남	8		
	여	6		
유도	남	10	2(3)	2
레슬링	남	10	2(3)	
복싱	남	12	3(4)	7
핸드볼	남	1	(1)	
테니스	남	3	(1)	1
	여	3	2(2)	2
	혼합	1		1
배드민턴	남	3	1(1)	
	여	3	(1)	1
	혼합	1		
탁구	남	3		
	여	3	(1)	
	혼합	1		
사격	남	22	2(5)	3
궁도	남	2	2(2)	1
	여	2	2(2)	1
요트	남	4		
사이클	남	7	2(2)	2
골프	남	2	1(1)	
승마	남	4		
조정	남	4		
하키	남	1		
	여	1		
계		196	20 (33)	28

제9회 아시안 게임

【뉴델리=한국 신문공동취재단】 한국남자농구가 中共벽을 무너뜨리고 12년만에 아시아패권을 탈환, 단체경기에서 첫金메달을 따냈다. 또한 복싱에서는 결승에 오른 9명가운데 7명이 우승, 노다지를 캐냈다. 제9회아시안게임 최종일인 3일 탈카토라체육관에서열린 남자농구결승리그 최종6차전서 한국은 뛰어난개인기를 살리면서 李元宇(현대)의 절묘한어시스트를 발판으로 李忠熙(현대)가30점, 朴守教(현대)와 林正明(삼성전자)이 나란히19점씩을 뽑아내는 활약에힘입어 장신세의 中共을 시종 리드끝에 85-84 1점차로 이겨 7전전승으로 우승했다. 한편 프라가티·메이단스포츠홀서 펼쳐진 복싱각체급결승전서는 라이트플라이급의 許永模(숭전대단고), 밴텀급의 文成吉(목포대) 라이트웰터급의 金東吉(한국체대) 웰터급의 [illegible](동아대) 라이트미들급의 李海正(서울체고) 미들급의 李南儀(한국체대) 라이트헤비급의 [illegible](천부사대)등이 금메달을, 페더급의 朴[illegible](한국체대)과 라이트급의 [illegible](목포)등은 아깝게 저 銀메달에 머물렀다.

하고 눈물을 떨구며 바라보았던 바그다드의 하늘, 그러나 끝내 용기를 잃지 않고 내 스스로의 결심을 이루어냈던 점이 무엇보다도 뿌듯했다.

가슴 아픈 일도 있다. 1990년 아르헨티나에서 열린 세계농구연맹 총회에 참석했다가 우연히 현지의 신문을 보고 깜짝 놀랐다. 이라크가 쿠웨이트를 침공했는데, 나와 절친했던 페이드 왕자가 이라크 병사의 총격으로 사망했다는 기사를 접했다. 왕족을 대피시키고 끝까지 궁성에 남아 있다가 변을 당했다고 한다. 웬만한 국가의 대사나 대표도 만나주지 않으면서 '무다립 방'(코치 방)이 왔다고 하면 만사를 제쳐두고 나와 나를 반겨주었던 왕자, 그의 넋이 편히 잠들었기를 기원했다.

#12 중국과 북한을 이기다

1982년, 뉴델리아시안게임 대표팀을 맡게 됐다. 농구공을 손에 잡은 지 30여 년 만에 국가대표팀을 맡은 것이다. 무언가를 해내야 한다는 욕심이 생겼다. 욕심의 타깃은 중국. 1974년 테헤란아시안게임 이래 우리가 한 번도 이겨보지 못한 상대였다. 팬들도 별다른 기대를 하지 않았고 선수들도 '우리가 어떻게 중국을 이겨?'라며 회의적인 마음을 품고 있었다.

나는 중국을 철저히 연구하는 한편 경기 전부터 상대를 제압하기 위해 별별 수단을 다 썼다. 나는 선수촌의 식사시간이 되면 일부러 식판을 들고 중국 감독이 앉은 자리 앞에 가 앉았다. 그런 다음 큰 소리로 우리 선수 한 명을 부른다. 선수가 다가오면 좀 과장된 몸짓으로 지갑을 꺼내든다. 지갑에는 미리 준비한 100달러짜리 지폐가 가득 들어있다. 그중 몇 장을 선수에게 준다.

"야! 이 돈 받아가되, 나중에 돌려주는 거야."

우리말을 알아들을 리가 없는 중국 감독은 이 광경을 보며 눈이 휘둥그레진다. 코치가 선수들에게 용돈을 척척 내주는 것으로 알았을 것이다. 중국 선수단의 살림이 넉넉지 못했을 시절의 얘기다. 좀 유치했다는 생각도 들지만, 어쨌거나 중국 감독에게 "나는 너보다 한수 위다."는 인상을 심어 주눅 들게 하는 데는 성공했다고 생각한다.

이 대회에서 나는 유일하게 북한 팀과 경기를 벌이는 경험도 했다. 그때만 해도 북한과의 대전에서는 무조건 이겨야한다는 분위기가 있었다. 나는 혈액형이 O형인 선수들을 기용하는 용병술을 폈다. O형은 감정의 기복이 크지 않고 투지가 남달리 뛰어난 편이라고 한다. 정신적 부담이 앞서는 경기에서 의외의 힘을 발휘할 수 있다고 생각했다. 물론 혈액형과 성격의 상관관계에 대한 설은 근거 없는 것일 수도 있지만, 남북 대결을 앞둔 코치의 궁여지책으로 이해해주었으면 한다. 아무튼 우리는 중국과 북한을 모두 격파하고 금메달을 목에 걸었다.

#13 우리 언니를 위해 꼭 이겨주세요

현대와 삼성 두 기업의 라이벌전은 1978년부터 1980년대 중반까지 치열하게 전개되었다. '현대-삼성의 라이벌전'을 잊을 수는 없다. 우리나라의 대표적인 명문팀 간의 '농구경기'에 지나지 않았지만, 두 기업은 마치 농구를 통해 기업의 우월성을 확인하려는 듯 승리에 대한 집착이 대단했다. 언젠가는 현대 정주영 회장이 나에게 전화를 걸어왔다.

"이봐, 오늘은 이길 수 있는 거지?"

당시에는 현대아파트 특혜분양 시비가 있었고, 건설자재를 싣고 중동으로 가던 계열사의 배가 침몰하는 바람에 그룹 전체가 초상집 같은 분위기였다. 농구를 통해 사원들의 사기를 진작시키고 싶어 한 것이다.

팬들의 관심도 매우 높았다. 나는 이를 엉뚱한데서 확인한 적이 있다. 어느 날 경기에서 패배하고 집에 돌아와서, 아내한테서 기막힌 이야기를 들었다. 아이가 학교에 간다고 나갔는데, 담임선생님한테서 아이가 학교에 오지 않았다는 연락이 왔단다. 혹시 아이가 잘못된 것은 아닐까 하고 온동네를 뒤져보니 아이는 동네 놀이터에 있었다. 아내는 안심이 되면서도 어이가 없어 회초리를 들었다.

"왜 학교 안가고 놀이터에 있었어?"

아내의 언성이 높아지자 아이가 울먹거리면서 말하였다.

"아빠가…… 아빠가 지니까 애들이 날 놀린단 말야."

심금을 울리는 팬의 사연도 있다. 한 여학생으로부터 소포가 왔다. 현대 선수들의 얼굴을 모두 그려놓은 큰 그림과 카세트테이프가 들어 있었다.

"우리 언니를 위해 꼭 이겨주세요."

불치병을 앓고 있는 자신의 언니는 현대가 한 게임을 이길 때마다 얼굴에 화색이 돌고 삶의 의욕을 느낀다는 것이었다. 대회 결승전 날

선수들을 둘러앉혀 촛불을 켜게 한 뒤 이 테이프를 들려주었다. 그날 경기에서 우리가 이겼음은 물론이다. 자신의 플레이를 보며 생명을 연장하는 소녀가 있는데…….

나에겐 '벤치의 마술사', '코트의 롬멜', '승부사' 등 이런저런 별명이 있다(물론 매스컴이 나를 과장한 표현이다). 그러나 나는 정신력을 매우 중시한다. 스포츠가 단순히 힘과 기술을 겨루는 것이라면 그처럼 많은 사람들을 매료시킬 수는 없다. 정신력으로 모든 것을 해결할 수는 없지만, 정신력이 앞서지 않으면 아무것도 할 수 없다. 소녀의 테이프도 정신력과 관계가 있다. 아울러 나는 경기를 앞두고는 밥을 먹지 않는다. 역시 정신적인 이유다. 밥 대신 초콜릿 같은 단것을 조금 먹는다. 생리적으로 당분은 두뇌 회전을 빠르게 하고 기분을 상쾌하게 유지시킨다는 영양학의 논문을 믿었고 아직도 믿고 있다.

비슷한 이유로 나는 코트에서 체육복 대신 정장을 했다. 처음 정장에 넥타이 차림으로 경기장에 나간 것은 1978년 4월 삼성과의 라이벌전 때였다. 당시 NCAA의 여자코치들을 만났을 때도 그들은 모두 화려한 정장을 하고 있었다. 지금은 일반화되어 있지만, 그때만 해도 정장차림에 대해 분개하는 사람이 많았다. 코치가 관중과 시청자에게 인기를 끌기 위한 행동을 보인다고 의심하는 사람도 있었고, 코트에 구두를 신고 들어온다는 것 자체가 농구에 대한 모독이라고 생각한 원로들도 많았다. 내 생각은 다르다. 코치가 정장을 하는 것은 무엇보다도 상대팀과 심판, 그리고 관중에 대한 예의다. 스포츠에서 자기와 맞서는 상대는 적이 아니다. '당신은 나의 친구입니다. 정정당당히 선의의 경쟁을 펼쳐봅시다'라는 마음을 상대에게 전해야 하는 것이다. 심판에 대해서도 절대 존중을 전하는 표시가 되고, 팬들에게도 '멋진 경기를 보여 드리겠다'는 약속을 옷으로 표현하는 것이다.

코치 자신의 감정 억제를 위해서도 정장이 필요하다. 간혹 심판에게 항의하는 경우가 있다. 심판에게 다가가기 전에 넥타이를 고쳐 매면 심판에게 욕을 퍼부어 대거나 주먹을 휘두르는 일은 없다. 우리나라 남성들의 예비군 훈련을 상상해 보면 어떨까? 평상시 점잖은 신사들이 예비군복을 입고 훈련을 받으면 아무곳에나 털썩 주저앉고 노상방뇨를 하기도 하는…….

또 정장은 코치 자신뿐만 아니라 선수들에게도 안정감을 준다. 코치는 경기 흐름을 조절해주는 사람인 만큼 선수들은 코치에게 절대적으로 의존한다. 코치가 자기와 똑같은 운동복을 입고 있는 것보다는 단정한 차림으로 있을 때 '코치는 뭔가 달라. 어려워도 뭔가 해법이 있을 거야'라는 믿음이 생기게 될 것이다.

이처럼 라이벌과의 정신력 싸움이 계속되면서 농구의 인기는 치솟았고, 마침내 1986년 5월, 무적으로 군림했던 기아농구단이 창단됐다.

#14 아내

기아의 총감독으로 있으면서 나는 비로소 오랫동안 내 뒷바라지를 해 준 아내와 단란한 생활을 누릴 수 있었다. 실제 코치의 아내가 얼마나 힘들고 고달픈가? 1년 중 집에 들어오는 날은 60일에 불과할 정도였으니. 운동선수나 코치들은 가장으로서는 0점짜리다. 연중 계속되는 합숙 훈련과 대회로 집에 들어가지 못하는 날이 훨씬 많다. 그나마 집에서는 잠을 보충하는 데 시간을 허비하기 일쑤다. 기업체 직원들은 집을 '하숙집'이라고 자조하기도 한다던데, 운동 코치의 입장에서는 그마저도 부럽다.

군복무 중일 때다. 조흥은행팀이 막 창단되면서 감독이신 고(故) 이경재 선생님의 부탁으로 팀을 지도하곤 했다. 여기에서 여섯 살 연하의 아내와 처음 만났다. 아내는 본점 조사과 행보(行報) 및 재무 담당 행원이었는데, 팀의 서무 역할까지도 맡고 있었다. 처음엔 싹싹한 일솜씨에 호감을 가지는 정도였는데, 아내의 수술을 계기로 사랑을 하게 됐다.

아내는 중이염을 심하게 앓고 있었다. 마포의 한 이비인후과에서 부분마취로 수술을 받았다. 아내는 고통스런 신음소리와 함께 엄청난

평생 든든한 벗, 김춘희 여사

양의 피를 쏟아냈다. 옆에서 지켜보고 있으려니 그 고통이 내 가슴 속에 찐하게 전해져왔다. 아내는 침대 쇠난간을 붙잡고 고통을 참아냈는데, 얼마나 힘을 주었는지 쇠난간이 휘어져 있을 정도였다. 수술은 성공적으로 끝났지만, 아내는 그 후에도 거의 두 달간을 매일 병원에 다녀야 했다. 둘이서 안국동 길을 걸어 병원으로 갔는데, 그 길이 우리의 데이트코스였던 셈이다. 얼마 후 아내는 본사 조사부로 돌아갔고, 나는 제대를 하고 1970년 가을에 청혼을 했고, 이듬해 4월 결혼식을 올렸다.

코치 생활을 하는 중에는 집과 담을 쌓고 살았다. 그간 몇 차례 이사도 했지만, 내 손으로 집의 계약서를 쓰거나 이삿짐을 옮겨본 적이 없다. 언젠가 한번은 해외 원정에서 돌아와 김포공항에 내렸는데, 늘 마중을 나오던 아내가 보이지 않았다. 택시를 타고 혼자 집으로 와서 벨을 누르자 낯선 아주머니가 나오는 게 아닌가?

"우리 집은 며칠 전에 새로 이사왔어요. 전에 살던 집은 옆 동으로 옮겼는데……."

그날 급한 일이 생겨 아내가 마중을 못나와 생긴 해프닝이다.

장기간의 합숙이나 해외 원정을 마치고 올 때면 아내는 항상 집의 세간살이를 조금씩 달리 배치했다. 오랜만에 돌아오는 남편의 기분을 새롭게 해주기 위한 배려였다. 아내는 그림에도 소질이 있었다. 은행에 다니던 시절 행보(行報)에 들어가는 삽화나 컷 등을 모두 직접 그릴 정도였다. 지금 집에 걸려 있는 그림은 모두 아내의 작품이다. 100여 점 가까이 될 텐데 아내의 친구나 우리 팀 선수들도 우리 집에 놀러 와서 그림을 달라고 졸라 몇 점씩 주기도 했다. 그림을 볼 때마다 언젠가 그림전시회를 열어주고 싶다는 마음이 들었다. 항상 빚을 지고 있다는 느낌이다.

그나마 대학 강단에 서면서 시간이 나기 시작했고, 매일 집에 들어갈 수 있었다. 이 기간에 해외에서 열렸던 농구기술 강습회에는 반드시 아내를 동반했다. 그 동안 힘들었던 마음을 여행으로라도 풀어주기 위해서였다. 30대 시절에는 집에 얼마나 못 들어갔는지 아이들이 나를 보면 낯선 사람 왔다고 엄마 뒤로 숨어버리기 일쑤였다. 그랬던 아이들도 벌써 다 자랐다. 큰 아이는 대우건설, 둘째는 수자원공사, 막내는 CJ에서 열심히 일하고 있다.

#15 해외 초청 농구 기술 강습회

나의 해외 강습회는 대만에서 시작됐다. 대만농구협회는 해마다 외국인 코치를 초빙해 연수회를 개최했는데, 1990년 7월 기아총감독으로 있던 나에게 6박7일의 일정을 잡아 강의를 해달라고 요청해 왔다.

강습회의 열기는 뜨거웠다. 백발이 성성한 노 코치들까지 진지하게 나의 말에 귀를 기울여주었다. 강의가 끝난 뒤에는 숙소까지 찾아와 질문을 던지는 코치들도 많았다. 강습회 기간 동안 남다른 감회를 느꼈다. 이전까지 나는 줄곧 선진 농구의 이론과 기술을 받아들여 응용하는 입장이었는데, 이제는 나도 나름의 이론적 체계를 갖추고 있다

중화민국 건국 80주년 기념 농구기술강습회의 모습

는 사실을 확인했기 때문이다.

그해 10월에는 일본에서 나를 초청했으며 그 뒤로 지금까지 나는 중국, 필리핀, 인도, 뉴질랜드, 싱가포르 등에서 열린 강습회에 참가했다. 1991년에는 대만에서 또 초청장을 보냈왔는데, 이때 이재흠과 유재학을 동반했다. 이들에게도 언젠가는 이런 기회가 있을 테니 미리 경험을 쌓아 두기를 원했던 것이다. 이런 강습회를 두고 '한국 농구를 망치려고 외국에 정보를 빼주는 것'이라고 모함하는 사람들도 있어서 웃음이 절로 나왔다.

이후 중국농구협회에서 장문의 팩스를 보내왔다. 전에 필리핀에서 가진 국제 강습회에서 '슈팅능력 개발에 관한 이론'을 밝혔는데, 그 자리에 참석했던 중국 코치가 이를 책으로 만들고 싶다는 것이었다. 나는 상용으로는 원치 않으며 다만 중국의 지도자들이 볼 수 있기를 희망한다고 답신을 보냈다. 중국의 현 대표팀 감독 왕페이를 비롯한 중국 지도자들이 강습회를 가져달라고 요청했지만 학사일정과 겹쳐 정중히 거절하기도 했다.

대학 강단에 서면서 가족들에게 조금은 충실해질 수 있게 됐지만, 그렇다고 그냥 학교에 안주하려고 하지는 않았다. 예전부터 가져온 생각을 하나둘씩 실현시켜야 한다고 생각했기 때문이다. 부지런히 논문을 준비하고 해외의 농구서적을 번역해 소개하기도 했다. 이 와중에 경원대에 사회체육학과를 만들어냈으니 또 '창단'을 한 셈인가?

경원대에 자리를 잡으면서, 그리고 박사과정 진학을 하면서 내 연구는 탄력을 받기 시작했다. 미국 대학농구의 신화를 창조한 존 우든 씨와 서면을 통해 허락받고 『실전현대농구 Ⅰ · Ⅱ』를 번역해 소개했다. 1995년 봄 '농구경기에서 리바운드의 낙하지역 및 거리분석'을 시작으로 '대학체육 특기생의 동일계 진학제도의 문제점' 등 매년 두 편 이상의 논문을 발표했다. 학과를 만든 이후 학과장을 맡아 일하기도 했다.

그러다 잠깐 외도를 했다. 1997년 4월 동아시아대회를 앞두고 다시 국가대표 감독을 맡은 것이다. 대표팀 감독을 뽑기 위해 당시 현역 감독들에게 "가장 적임자가 누구인가?"는 설문조사를 했는데, 내가 가장 추천을 많이 받았던 것이다. 정말 힘들었다. 개강 때문에 바쁜 몸이 선수촌으로도 매일 가야 하니 수업 결손도 생겨 학교측에 미안하기도 했다. 동아시아대회를 끝으로 감독직에서 물러났고, 그 후로는 지도자로의 외도는 않기로 마음먹었다.

#16 인생은 도전이다

1992년 대학에 출강하기 시작했지만 대학 강단에 서는 일이 쉽지만은 않았다. 첫 강의 때는 아예 입이 안 떨어져 혼이 났다. 그렇게 큰 경기를 많이 치르면서도 긴장을 하지 않았는데 수업을 하려니 너무 긴장됐다. 앞에 앉아 있는 학생들이 모두 하얀 형상으로만 보였다. 그래도 적응하려고 노력했고, 학생들과 어울려 술자리를 함께하거나, 커피를 마시기도 하면서 학생들을 알아가려고 애썼다.

코치 시절 선수들에게 쏟아부은 열정의 10분의 1만 쏟아도 교육 효과가 극대화될 것 같았다. 열심히 강의를 했고, 학생들의 졸업 후 취업 문제에도 도움을 주려고 노력했다. 지금도 그렇지만, 당시에도 취업이 가장 큰 일이었다. 1996년 학과가 만들어진 뒤 바로 입학한 제1기들이 졸업반이 되었을 때, 나는 800여 개 기업체에 학과와 학생을 소개하는 내용을 담아 친필 편지를 보냈다. 나이가 들어 대학교수가 된 탓인지 학생들이 모두 자식으로 보여 그들의 생활과 취업 모두에 신경을 쓰려하니 손이 모자랄 정도로 바빴던 기억이 난다.

한편으로 지도자 외도는 않았지만, 학생들에 파묻혀 농구를 등한시할 수도 없었다. 나는 지금까지 농구를 통해 혜택만 받아왔다고 생각한다. 선수로서, 지도자로서 우승도 많이 했고 큰 영광을 누려왔다.

이젠 베풀 때가 되지 않았는가 한다. 역지사지(易地思之)라는 말이 있다. 나는 이 말을 내 방식대로 해석해 봤다. 이젠 농구가 나에게 무얼 바랄까 생각해보아야 하지 않을까? 이미 프로가 정착되어가고 있지만 상대적으로 아마추어 농구는 위축되어 있다. 내가 미력한 힘을 보태야 하는 지점이 바로 여기에 있다. 아마농구에 일조를 하면서 체육 발전에 이바지해야 하는 것이다(1999년 8월26일 경향신문 기고, 일부 수정).

이외에 앞으로도 내가 도전해야 할 일은 많다. 한국 농구의 발전을 위해 대학교수로서 농구 이론을 체계화하고, 학생들을 대한 올바르게 지도해야 한다. 이같은 목표가 얼마나 흡족하게 이뤄질지는 모른다. 이 목표들이 달성된 후에도 새롭게 도전장을 내밀어야 하는 일들은 얼마든지 있고, 따라서 나의 도전도 그치지 않을 것이라는 점만은 분명하다.

농구 코트에서는 자리 싸움이 치열하게 벌어진다. 리바운드나 슛을 하기 위해 더 좋은 자리를 잡으려는 선수들의 몸싸움이 불꽃을 튀긴다. 우리 인생도 이와 같지 않을까? 지금 이 순간에도 사회 속의 한정된 자리를 두고 치열한 다툼을 벌이고 있다. 이래서 인생은 도전이다. 비약일지 모르지만 때때로 죽음까지도 도전의 대상이 아닐까 하는 생각도 한다. 이처럼 삶의 모든 것은 도전으로 이루어져 있다. 나는 지금껏 도전의 길을 찾아서 걸어왔다. 돌이켜보면 '어찌 내가 이 길을 걸어왔나'라는 생각이 들 정도로 험난했으며, 또 이룩한 것도 많았다. 그러나 다시 살아보라고 하면 못할 것 같다. 나의 도전 속에는 내 능력 밖의 신의 은혜가 있지는 않았을까?

#17 경원대학교 사회체육학과 이야기

경원대학교 전임강사로 부임한 이래 15년이라는 세월이 흘렀다. 내 전공은 스포츠교육학이다. 오랜 지도자 생활을 통해 쌓은 경험을 응용할 수 있는 분야다. 이 과목을 강의하면서 선수들과 함께 부대끼며 느껴왔던 점들을 체계적으로 정리할 수 있었다. 스포츠교육학 외에도 부전공과목으로 사회체육학개론, 사회체육프로그램을 강의했다. 2학기에는 스포츠미디어 과목을 개설했다.

이 과목 강의를 위해 농구 해설가로도 활동했던 경험을 살려 일제 강점기에 발간된 신문의 체육기사까지 모조리 뒤져 스크랩을 했다. 사실 스포츠는 미디어를 먹고 산다고 해도 과언이 아니다. 미디어는 팬과 직결되니까 그렇다.

이처럼 나의 열정과 소신을 펼칠 수 있도록 음양으로 많은 도움과 격려를 아끼지 않으신 교직원, 교수, 체육계 지인, 그리고 농구계 선후배들의 도움을 새삼 떠올릴 때면 이 분들께 어떻게든 보은해야겠다는 다짐을 하게 된다. 재임기간 중 연구하며 학생을 가르치며 보람 있는 일들을 꾸준히 추진하고 달성하는 것으로 보은하고자 했다.

일일이 다 열거할 수는 없을 만큼 많은 일이 있었지만, 무엇보다도 경원대학교에 사회체육학과(교육인적자원부령 1995년 9월18일 학과증설 인가)를 신설했던 일이 가장 기억에 남는다. 당시 교육부로부터 팩스 통신을 받아들고 하늘을 날 듯 기뻐했던 순간이 지금도 생생하게 떠오른다.

농구팀을 창단했을 때의 기쁨만큼, 아니 그 이상으로 보람 있었다.

나는 학과 창설을 위해 학내가 아닌 학외에서 방법을 찾았다. 성남시의 사회체육인구, 지도자, 시설 등을 조사한 뒤, 이 자료를 토대로 임석봉 성남시장을 설득했다. '시민이 90만이 넘는 도시에 사회체육전공 지도자가 0인 것은 시민의 건강을 외면한 것'이라 강조하고 시장 명의로 지역사회 유일 종합대학인 경원대학교에 학과 창설을 할 수 있도록 협조해 달라고 의뢰했다. 결과는 대성공이었다. 이를 바탕으로 교무위원회와 재단 이사회에 학과 개설 동의를 받아냈다. 다음으로 교육대학원 석사과정, 일반대학원 체육학 전공을 개설했고, 마침내 2002년 10월 30일 교육인적자원부로부터 사회체육대학원 설립 허가를 받기에 이르렀다.

1993년 7월 6일 학생처장 재임 시 경원대학교 학생들과 농촌봉사활동을 마치고 마을 주민들과 담소를 나누고 있는 모습

돌이켜보면 나는 대부분의 시간을 학교에서 보냈다. 교직이 내 생활의 근간을 이루고 있었다. 경원대학교 교수로서 강의를 하면서 학생처장, 사회체육대학원장을 맡았다. 그러면서 학외 활동도 활발하게 했다. 이 기간 중 아시아농구코치협회 회장직을 수행했다. 아시아농구연맹의 협조를 얻어 중국, 일본, 대만, 필리핀, 인도, 쿠웨이트 등에서 기술 강습회를 꾸준히 열었다. 올림픽성화회 회장, 사회체육학회부회장, 스포츠교육학회 부회장, 한국운동처방학회 회장 등을 맡아 그 직무를 비교적 무난히 수행했다고 자평한다.

이처럼 학내외에서 활동할 수 있었던 것은 모두 나를 알고 계시는 한 분, 한 분의 뜨거운 성원과 격려 덕분이라고 믿고 있다.

#18 O2 Zone

대학의 정년은 65세다. 2007년 3월, 나는 정년퇴임을 했다. 퇴임과 동시에 창업보육과정에 도전하기 위해 학내 보육센터실로 연구실을 옮겼다. 평소 구상하고 있던 (주)농구아카데미를 창업했다. 나는 스포츠 활동이 청소년의 삶에 지대한 영향을 미친다는 사실을 선수·지도자 생활을 하면서 인지하고 있었다. 청소년이 스포츠를 통해 능동적으로 여가시간을 활용하고, 스포츠 정신을 통해 인생을 이해하도록 도움을 주려는 목적으로 농구아카데미를 설립했다.

도구는 농구를 개조한 'O2 Zone'이다. 농구는 5명이 한 팀으로 경기한다. 코트는 중앙선에 서클, 양 코트에 자유투 서클 등 모두 3개의

코트 짧아 스피디한 4대4 농구

'오투존농구' 고안 경원대 교수 **방열**

전문기자가 만난사람

노창현기자

농구는 발명된 스포츠다. 1891년 미국 메사추세츠주 스프링필드의 국제 YMCA스쿨의 체육교관인 제임스 네이스미스 박사가 겨울철 학생들의 실내훈련을 위해 고안한 것이기 때문이다. 13개의 룰과 복숭아 바구니(Basket)로 시작된 농구는 짧은 역사에도 불구하고 오늘날 범세계적인 인기스포츠로 자리하고 있다. 미국에서 농구가 창안된 지 어언 100년.

'오투존'의 매력에 흠뻑 빠졌다. "대성공이었어요. 기존 농구경기가 부담이 되는 학생들은 물론이고 3대3 농구에 익숙한 학생들까지 정말 재미있어 하더라고요." 대중화 가능성에 고무된 방 교수는 전용 골대와 코트, 부대시설까지 오투존의 설비 규정을 명문화해 지난해 실용신안 특허까지 낸 상태. 지난 5월에는 경원대에서 제1회 오투존 농구대회를 개최했는데 소문을 듣고 다른 대학 학생들까지 몰려들어 무려 46개팀이 녹아웃제로 실력을 겨뤄 수원대가 우승했다.

●오투존 전국대회 전주서 열린다

오투존은 라이온스클럽과 청년회의소(JC)의 주도 아래 전국적으로 확산되고 있다. 17일 전주에서는 전주라이온스와 JC, 프로농구 KCC가 주관하는 제1회 전국 오투존 농구대회가 열린다. 전주의 김완주 시장은 월드컵경기장 앞에 전용코트를 설치하는 등 지원을 아끼지 않았다. 오투존은 정규 코트보다 면적이 작기 때문에 제작비용이 저렴하다. 아파트 단지 내에서도 간편하게 시공할 수 있다. 또 라이트를 기본설비로 채택해 야간에도 경기를 즐길 수 있고 경기장 인근의 범죄를 예방하는 효과도 있다. 농구스타 출신으로 현대 기아 등 실업강호의 명지도자로 이름을 날린 방 교수는 92년 경원대에 부임해 학생처장을 거쳐 올해 사회체육대학원장에 올랐다. 학술단체인 올림픽 성화회 회장도 겸임해 눈코뜰 새 없이 바쁘지만 열정만은 20대가 부럽지 않다. "제 소망이 뭔지 아세요? 조그마한 체육관에서 낮에는 아이들을 지도하고 밤에는 연구도 하면서 노후를 보내고 싶네요."

robin@

가로 길이 40% 줄여 속공 등 공수전환 다양
기존농구 박진감에 잔재미 더해 '업그레이드'
17일 전주서 첫 전국대회 열고 대중화 앞장

이번에는 한국에서 '오투존(O₂ Zone) 농구'가 고안됐다.

●오투존은 4대4 농구

오투존 농구는 일반 농구의 경기적 흥미와 3대3 농구의 아기자기함을 갖춘 '업그레이드 농구'다. 이를 창안한 주인공은 국내 최고의 농구 이론가인 경원대 방열 사회체육대학원장. 네이스미스 박사가 그러했듯 방 교수도 학생들의 농구수업을 위해 오투존 농구를 만들었다. 오투존은 말 그대로 동그라미 두개가 그려진 코트다. 산소(O_2)처럼 신선하다는 뜻도 있다. 기존 코트에서 센터서클 하나만 없애고 양 골대를 바짝 붙여 가로 길이가 40%가량 줄었다. 코트가 짧아 공수전개가 빠르다.

●한국의 네이스미스, 방열

방 교수의 오투존은 청소년을 위한 건강프로그램과 인격 함양을 양대 명제로 삼을 만큼 철저하게 교육을 우선시한다. 2000년 오투존을 처음 수업에 적용하자 반응이 대단했다. 학생들은 체력적인 부담 없이 스피디한 실전농구를 맛볼 수 있는

방열 교수가 오투존 농구의 교육적인 효율성을 설명하고 있다.
배우근기자 namastae@

팀당 4명 15.65m 코트서 4파울아웃 경기

■ 오투존 코트

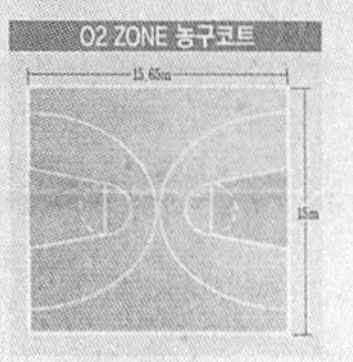

오투존 코트는 가로길이 28m가 15.65m로 줄었을 뿐 세로길이(15m)와 3점라인은 그대로 적용된다. 출전선수는 팀당 4명이고 4파울 아웃제다. 그 밖의 경기 룰은 기존 아마추어 농구와 동일하다. 코트는 부상방지를 위해 케미컬코트가 원칙이고 주변을 그물 펜스로 에워싸 경기의 집중도를 높인 것도 오투존의 특징. 링의 높이에 따라 성인용(305㎝)과 여성 및 아동용(295㎝)으로 이원화했는데 버튼으로 간단히 조절할 수 있다.

스포츠서울 2003년 8월 9일

동일한 크기의 서클이 있다. 즉 O3다. 이 코트는 훈련된 선수가 아니면 사용하기 벅차다. 이래서 3대 3 길거리 농구가 유행하게 된 것이다. 3대 3 길거리 농구는 이동이 없으면서도 단순하게 농구의 묘미를 즐길 수 있어서 대중에게 널리 보급되기도 했다. 그러나 3대 3 농구는 이동이 없으므로 진정한 농구의 맛을 느끼지 못한다. 장점이 단점이 되기도 하는 것이다.

이동도 하면서 즐길 수 있도록 고안한 것이 O2 Zone이다. 공격 코트의 3점슛 라인과 수비 코트의 3점슛 라인을 붙였다. 이렇게 하면 중앙 부분이 제외되고 코트 길이가 줄어든다. 반 코트에서 움직이는 3대 3 길거리 농구보다 코트는 길고 넓어졌지만, 이동을 하면서 공격과 수비를 해야 하므로 운동성이 뛰어나다. 반 코트보다 길고 넓으므로 1명을 더 포함시켜 4대 4로 경기를 하게 된다. O2 Zone은 정식 코트에 비해 면적이 좁아 시설비가 적게 들고 웬만한 면적만 확보되면 활용이 가능해 많은 청소년들이 선호했다. 학내에서 검증 과정을 마치자 즉시 특허청에 신청서를 냈고, 2002년 1월10일 「실용신안특허 등록증(0280922호)」을 받았다.

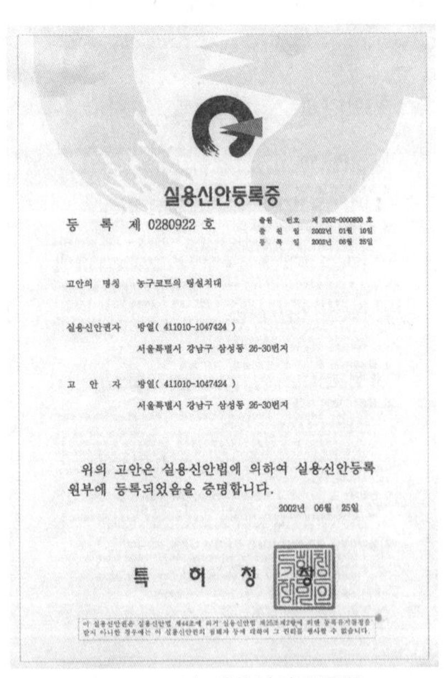

실용신안등록증

등 록 제 0280922 호

출원 번호 제 2002-0000800 호
출 원 일 2002년 01월 10일
등 록 일 2002년 06월 25일

고안의 명칭 농구코트의 탐설치대

실용신안권자 방열(411010-1047424)
서울특별시 강남구 삼성동 26-30번지

고 안 자 방열(411010-1047424)
서울특별시 강남구 삼성동 26-30번지

위의 고안은 실용신안법에 의하여 실용신안등록 원부에 등록되었음을 증명합니다.

2002년 06월 25일

특 허 청 장

이 실용신안권은 실용신안법 제44조에 의거 실용신안법 제25조제2항에 의한 등록유지결정을 받지 아니한 경우에는 이 실용신안권의 권리자 등에 대하여 그 권리를 행사할 수 없습니다.

O2 Zone의 실용신안등록증

신문에 보도가 됐고(2002년 9월 10일, 스포츠조선), 이후 많은 관심을 끌었으며, 지역사회 단체들의 주문이 들어오기 시작했다. 한편에서는 아파트단지에 주문을 받아 돈을 벌어 보자는 사람들도 있었다. 하지만 농구아카데미는 금전적 이익 추구보다는 청소년의 교육을 목표로 설립하였으므로 서울 관악구, 전주, 포천 등의 지자체와 협의하여 설치했다. 시설 비용은 라이온즈 클럽이, 토지는 지자체가, 아이디어는 농구아카데미에서 기증했다. 이 기간 정신없이 전국 지자체를 방문했다. 하루하루 몸은 지쳐갔지만, 농구를 통해 청소년을 교육하며 생긴 보람이 전신에 엔도르핀을 만들어냈다.

#19 첫 패배

변승묵 전 대한농구협회 부회장님께서는 타계하시기 전에 내게 이런 당부를 하셨다.

"이봐, 방열이! 학교에만 빠져 있지 말고 농구에 관심 좀 가져야 하지 않겠어?"

농구협회 회장 출마에 관심을 가져보라는 뜻이다.

2008년 8월 WKBL은 제주도에서 '피처스'(features) 여름리그와 워크숍을 진행했다. 이때 특강 요청을 받아 선수들에게 '프로 의식' 강의를 하고 귀경했는데, 이 후 말, 말, 말이 터져 나왔다.

"방열이 제주도에서 차기 회장 출마를 선언했다."

농구 선후배들과 기자로부터 많은 전화를 받았지만, 절대로 그런

일 없다고 설명해도 믿으려 하지 않았다. 그러다가 회장 출마에 관심을 가진 건 아니었지만, 여러분이 내게 관심을 갖도록 한 이 상황이 점점 마음에 걸리기 시작했다. 허만우 부회장님을 비롯한 선배님들을 찾아뵙고 의견 수렴을 했다. 그러던 중 2009년 1월, 변승묵 부회장님께서 타계하셨다. 살아 생전 내게 하셨던 말씀은 늘 가슴에 남아 있었다. 그 분 목소리가 들려오는 듯했다.

출마하기로 마음을 굳혔다. 이제 대학문을 나섰으니 농구에 봉사해야 할 시기가 도래했다고 생각했다. 농구선수 시절이 제1쿼터라면, 농구지도자 생활이 제2쿼터, 교수로서 교육에 종사한 시간이 제3쿼터, 마지막 4쿼터는 농구를 위해 봉사하고 목표를 향해 도전하며 달성하는 것으로 채워야 한다고 굳게 믿었다.

회장 선거는 선거권을 갖고 있는 대의원들에 의해 이루어진다. 대의원은 16개 시도지방대의원과 8개 중앙대의원으로 구분된다. 대의원 모두 나와는 이런저런 인맥으로 연결되어 있었다. 한 분 한 분 설득할 수 있을 것이라는 자신감을 가졌다. 그러나 선거운동은 무모하리만치 어설펐다. 선거운동 조직도 갖추지 않고 홀로 진행했기 때문이다. 금쪽같은 24시간을 먹고자는 생리작용에 드는 시간을 제하고 모두 쏟아부었다. 선거일이 1개월도 채 남지 않은 상황에서 출마를 결정한 것이 아쉬웠다.

대의원들을 만나기 위해 전국을 돌았다. 나의 출마를 반겨 준 사람도 있었지만, 평소와 달리 냉랭하게 대하는 사람도 있었다. 이 분들을 만나면서 선거에 관해 이런저런 이야기를 나누다가 출마자들이 예년과 달리 다수일 것이라는 소문을 접했다. 소문은 사실이었다. 농구협회에 최종 접수된 출마자는 전 대학연맹회장, 서울시농구협회장, 국회의원 L씨, 그리고 국회의원 J씨였다. 국회의원 2명, 농구인 2명, 기업인 1명 모두 5명이 출사표를 던진 것이다. 농구협회장 선거사상 유례없던 일이다. 이처럼 많은 출마자가 있다 보니 대의원들을 만날 때 서로 부딪히는 경우가 허다했다.

낙선했다. 앞이 캄캄했다. 내 농구 일생에서의 첫 패배였다. 나는 그간 치열한 경쟁 속에서 승리를 추구했고 늘 이겨왔다. 대표선수로, 실업팀 감독으로, 대표팀 감독으로, 그리고 교수로서도 항상 승리를 했다. 패배를 받아들이기 어려웠다. 그러나 곧바로 현실을 직시했다. 경기 결과에 승복하고 승자에 박수를 보내야 한다. 이것이 스포츠를 통해 얻은 교훈이고 페어플레이 정신이다. 두 말 않고 뛰어나가 당선자 L씨에게 축하 인사를 했다. 농구를 위해 최선을 다 해달라는 당부도 빼놓지 않았다.

대의원 총회장을 떠나 거리로 나섰다. 대한(大寒)의 매서운 칼바람은 패배로 비틀거리는 나를 매섭게 몰아쳤지만, 내 정신은 한 사람을 좇고 있었다. 변 부회장님. "삼가 변승묵 부회장님께, 송구합니다."는 인사를 올렸다. 귀가 후엔, 그 동안 많은 배려와 협조를 아끼지 않으신 대의원 24분께 감사의 글을 띄었다.

#20 건동대학교 총장에 취임하다

경북 안동에 자리한 건동대학교는 1996년 전문대학에서 종합대학으로 승격한 대학이다. 학생 수는 약 2천 명을 오르내리는 작은 대학이지만, 대학을 발전시키고자 하는 재단의 의지가 강한 대학이라고 평이 나 있었다. 2010년 3월 7일, 건동대학교에서 총장을 공채한다는 소식을 접했다. 두 말 않고 지원서를 제출했다.

남부의 사립 체육대학교 설립이라는 대학 발전 방향을 설정하고 지원서를 작성했다. 내 생각의 요지는 이랬다. 서울에는 국립인 한국체육대학교가 있지만 전국 어디에도 사립 전문체육대학교는 없다. 학생 수는 줄고 있지만, 체육을 전공하는 학생 수는 점차 늘고 있다. 나는 평소 선비정신이 스포츠정신이라고 강조해 왔다. 남부 안동에 선비정신으로 무장한 스포츠맨을 육성한다면 한국체육 발전은 물론, 지역사회와 국가발전에 이바지하게 될 것이라는 소신을 피력했다. 그러나 건

건동대학교 총장 취임식

동대학교에서는 8월까지도 아무런 회답을 주지 않았다. 무산되었다고 생각할 무렵 뜻밖에 인터뷰 요청이 왔다. 예상 질문에 대한 답안을 밤새 머리에 입력시키고 안동으로 향했다.

안동은 난생 처음 찾은 도시다. 송낙훈 교수가 안동역까지 나와 나를 맞이했다. 바로 학교로 가서 김청한 재단이사장을 비롯한 재단이사진들과 인사를 나누었고, 이후 '대학 발전방안' 발표와 인터뷰가 이루어졌다. 이사진들의 질문은 예상했던 내용이 주를 이루어서 대답하는데 어려움은 없었지만, 경상도 특유의 사투리로 빠르게 말할 때는 알아듣지 못해 웃음거리가 되기도 했다. 인터뷰를 마치고 오랜 시간을 대기했다. 초조한 기다림 속에 혼자 앉아 있는 방으로 이사장께서 들어왔다.

"오늘 충분한 의견을 논했지만 결론을 못 얻었습니다. 다음 주까지 회답을 드리겠습니다."

나는 대답대신 이왕지사 안동에 내려 왔으니 대학 구경이라도 하겠다고 제안했다. 이사장님은 흔쾌히 승낙을 해주셨다. 나를 마중하러 나왔던 김종환 처장이 대학 캠퍼스로 안내했다.

건동대학교는 임하면에서 안동시를 바라보는 산 중턱에 자리하고 있다. 푸른 산을 배경으로 한 본관건물은 교향곡을 연상시켰다. 학교 건물은 붉은 벽돌로 이루어져 있었는데, 유럽의 고풍스런 건물모습과 흡사했다. 대학 정문을 따라 진입로에 들어서자 김 처장은 차를 세웠다.

"대학 구성원(교수/직원)들이 총장이 새로 부임한다는 걸 알고 있습니다. 극히 민감해 하고 있는 상황이라 괜스레 오해 살 여지가 있습니다."

임명 통지를 받고 건동대학교 제3대 총장 취임식을 했다. 김청한 이사장은 서울에서 초대할 사람들의 명단을 요구했지만, 나는 가급적 조촐한 취임식을 원했다. 김운용 전 IOC 부위원장, 권영세 안동시장, 김종욱 한국체육대총장, 이윤철 MBC안동지사장, 경원대의 김하영 · 김남수 교수, 윤재인 대구매일신문 편집국장, 경복36회 동창, 가족, 건동대학교 교직원 일동, 안동 유지들의 축하를 받았다. 취임사에서는 대학의 특성화로 지역사회 발전에 공헌하겠다는 뜻을 밝혔다. 이렇게 타향 안동에서의 삶이 시작됐다.

#21 총장님의 이름으로 졸업장을 꼭 받고 싶습니다

건동대학교는 2007년 교육부로부터 전문대학에서 종합대학으로의 인가를 받았다. 그 과정에서 대학교수 및 직원 간의 불협화음이 발생했다. 학과 통폐합과 학과 신설 과정에서 행해진 구조조정 때문이었다. 해직된 교수와 폐과된 학과 교수들은 투서를 하거나 학교에 소송을 걸기도 했다. 학생들 생활에도 문제점이 있었다. 전원 기숙사 생활을 하는 재학생들은 안동공고(동일 재단의 고등학교) 학생과 공동으로 한 기숙사를 사용했다. 자연스레 불협화음이 일어났다.

첫 부임 1년간 기숙사 문제를 해결하기 위해 노력했다. 하루하루가 전쟁과 같았다. 기숙사측은 공고생들을 격리하는 일이 불가하다고 했지만, 끝내 합의를 이루는 데 성공했다. 그러나 퇴직교수 문제는 난항이 계속되었다. 그들을 일일이 만나 합의점을 찾아내긴 했지만, 재단의 불법퇴직, 명예훼손으로 인한 보상 요구액 등의 금전 문제는 재단에 일임할 수밖에 없었다.

어찌되었건 나는 총장으로서 학내 문제 해결을 위한 노력을 게을리 하지 않았다. 행정처, 학생처, 기획처를 중심으로 학사업무의 효율화와 면학분위기 조성에 심혈을 기울였다. 건동대학교의 교육목표는 '재학생들의 품질관리 및 졸업생들의 품질보증'이다. 이에 따라 나는 전 학생은 물론 교수들에 대한 평가를 자체에서 시행하는 것을 배제하고, 외부의 부문별 전문분야 교수들로 평가단을 구성해서 평가하는 체제로 전환했다. 물론 거센 반대에 부딪쳤다. 그러나 개혁을 위한 전진은 지속됐다.

이듬해 이명박 정부는 이주호 교육부장관을 필두로 교육개혁을 대학평가 기준으로 제시했다. 동시에 국비를 차등 지원하고 학령인구 감소에 대한 대책의 일환으로 부실대학 정리도 진행했다. 지역별로 교육부 감사와 감사원 감사까지 강행했다. 나는 교육부 감사는 감내할 수 있지만, 감사원 감사는 우리 학교가 국립대학도 아니고 정부기관도 아닌데 반드시 할 필요가 있을까 하는 의구심을 가졌다.

그러나 교육부 지시가 내려와 감사를 피할 수 없었다. 15일간 진행된 감사는 학사행정을 마비시켰다. 나는 외부 활동을 가급적 자제했고, 출타 중에도 감사 요구가 있으면 급히 귀교하여 감사에 임했다. 감사 결과 학교의 '불법 원격강의', '교육용 토지 불법매도', '불법 학사학위'가 밝혀졌다. 때마침 쏟아지는 장마 비에 대학은 임하댐 속으로 가라앉아 갔다. 체육대학으로 전환하려는 나의 프로젝트도 동력을 얻기 힘들어졌다.

문제 해결을 위해 청와대 교육수석비서관, 교육인적자원부를 찾아갔다. 중앙고속도로를 내 집 마당인 양 오가는 일을 반복했다. 해결책은 간단명료했다. 재단에서 매도한 토지의 원상복귀다. 그러나 재단은 거액 상환을 감내하기 벅찼던 모양이다. 협상으로 타결된 분할상환까지도 어려워했다. 이에 교육부는 2012년부터 폐교 수순을 밟겠다고 통보했다.

이 사실이 언론에 보도되자 학내 구성원들은 재단을 성토했고, 학교는 아수라장이 됐다. 학생들은 "재단은 물러가라!"고 외쳤다. 4학년생은 졸업 보증을, 1 · 2 · 3학년생은 전학 보증을 외쳤다. 교수들은 머리와 몸에 띠를 두르고 거리로 나서 '재단규탄' 시위를 벌였다. 심지어 버스를 이용한 시위도 서슴지 않았다. 급기야 학부모들도 이 대열에 합류했다. 나는 해결책을 찾기 위해 어렵사리 재단 이사장과 교직원의 만남을 주선했지만, 이들의 감정은 치솟기만 했다. 이성이라고는 찾을 수 없었다. 이사장을 태운 차는 교문을 통과하지 못했다. 끝내 양자 간의 대화는 무산되고 말았다.

나는 체육대학 발족을 위해 안동시장, 경북도지사, 동양대학교 등을 찾아다니며 동분서주했지만, 일이 녹녹치 않았다. 설상가상 대학을 떠나는 교직원들이 생기기 시작했다. 학교는 폐교로 이득을 보는 교직원들과 손해를 보는 교직원들로 완전히 나눠졌다. 전자는 정년 이전

퇴교로 연금 수령기간이 길어져 폐교를 찬성했고, 후자는 년 수가 모자라 연금수령이 불가해 폐교에 반대했다.

불상사도 발생했다. 창고에 보관 중이던 고가의 기자재를 도난당했다. 도서관에서 소장하고 있던 고서들도 사라져갔다. 점점 학내는 폐허처럼 변해갔다. 이런 모습을 보며 나는 모든 걸 다 뿌리치고 떠나고 싶은 마음이 굴뚝같았다. 그럴 수 없었다. 한 여학생이 총장실로 찾아와 말했던 그 목소리가 내 귓전을 때렸기 때문이다.

"총장님! 총장님의 이름으로 졸업장을 꼭 받고 싶습니다. 도와주세요!"

선비정신이 스포츠정신이라 믿고 교육해 온 사람이다. 교육자는 교육을 포기해선 안 된다고 믿는 사람이다. 건동대학교를 위해 마지막까지 책임을 다 하는 것이 나의 몫이라 믿으며, 소임을 모두 마무리했다.

#22 농구협회 회장 당선, 농구인의 승리

2012년 9월, '윤덕주배어린이농구대회'는 그 어느 때보다 뜨거운 분위기 속에서 열렸다고 한다. 농구경기가 열을 뿜었다는 게 아니라 농구인들이 협회를 성토하는 열기로 가득했다는 말이다. 양구의 한 식당이 농구인들로 문전성시를 이뤘다고 했다. 이들은 현 농구협회를 두고 잃어버린 10년이라고 주장했고, 그중 몇몇 지인들이 안동에 찾아왔다. 나에게 더 이상 농구협회를 방치할 수 없으니 함께해 달라고 했다.

이들은 내게 몇 가지 문제점을 이야기했다. 첫째 학부모, 코치 그리고 협회이사진 등 150여 명이 관련된 거대한 부정심판사건이 사회문제로 부각되었다는 점, 둘째 2007년「한국 농구100주년기념식」에서 공약한 전용체육관 건립, 농구아카데미 신설, 베이징올림픽 금메달획득, 유소년농구 활성화, 한국 농구기념관 건립 등이 단 하나도 지켜지지 않고 있다는 점이었다.

평소 크고 작은 일들로 충돌을 일삼던 농구인들이 농구를 사랑하는 마음으로 일심동체가 됐다. 대학연맹회장, 초등연맹회장, 실업연맹회장, KBL패밀리회장, 농구동호인회장, 어머니농구협회장, 서울시농구협회장, 농구 사모회, 전 태능선수촌장 등이 모여 궐기했다. 물론 나도 안동과 서울을 오가며 모임 때마다 참석해 의견을 개진했다.

2012년 11월 12일, 상기 인들로 구성된 일동은 "농구협회는 파행적 운영을 중단하라."는 성명서를 발표하고 '공정한 심판 양성을 위한 대책 마련', '대표팀 운영 개선', '국제대회 유치', 장단기 발전계획과 함께 투명한 경영' 등을 골자로 하는 '슬로건'을 내세웠다. 2013년 회장 선거에서 농구인을 선출하자는 의견의 일치를 보는가 하면, 난상토론 끝에 임시 추대위원장을 김세훈 선배로 정하고 13명의 위원회를 구성했다.

이후 추대위원회는 몇 차례에 걸친 진지한 회의를 가졌고, 차기 회장 출마자로 나를 지명했다. 추대위원은 바로 회장선거운동원 및 자문역이 되었고, 이들은 각기 맡은 지역의 대의원들을 설득하기 위해 나섰다. 이때 이미 출사표를 낸 사람들이 있었다. 여당국회의원 H씨와 야당국회의원 L씨다. H씨는 KBL프로농구총재라는 직함을 등에 업고 대통합을 하겠다는 명분을 내세웠다. 야당의 L씨는 현 회장으로서 선취특권(?)을 무기로 지방대의원들을 공략했다.

농구인들은 협회를 더 이상 정치인에게 맡길 수 없다는 기치 아래 뭉쳤다. 문제는 시간과의 싸움이었다. 정치인들은 선거의 달인답게 지방의원과 지자체의원의 협조로 매우 효율적으로 선거운동을 전개했다. 반면 우리는 이곳저곳을 직접 찾아다니며 지지를 호소했다. 시간을 아끼기 위해 새벽 6시에 고속도로 휴게소에서 김밥을 먹으며 각 지방을 방문했다. 제주도를 당일치기로 다녀오기도 했다. 이와 같은 노력의 결과로 16개 시도지부의 대의원들이 우리에게 힘을 보탰다. 그런 가운데 정치인들이 흑색선전을 하기도 했으나 굴하지 않았다.

2013년 2월 5일 선거일을 맞이했다. 집을 나서기 전, 소천하신 어머님 초상화 앞에서 '농구인의 힘을 모아 주십사' 합장했다. 선거가 진행된 '올림픽 파크텔'은 입추의 여지가 없었다. 인쇄매체(신문)나 전파매체(TV), 인터넷 언론도 취재에 열을 올렸다. 현역 국회의원 두 명의 정치인을 상대로 농구인이 이길 수 있을까가 초미의 관심사로 떠올랐다.

출마자들의 '5분 발표' 순서를 진행한 뒤 선거가 시작됐다. 선거가 끝난 뒤 사회자는 1차 투표에서 과반수 넘게 득표한 '방열' 씨가 제32대 농구협회장에 당선됐다고 발표했다. 순간 전 농구인들은 일제히 "와~아!"하는 함성을 지르며 양팔을 들어올려 서로를 얼싸안으며 기뻐했다. 농구인의 승리였다. 내 삶의 제4쿼터는 이렇게 시작되었다.

대한농구협회 회장 취임식(경복고 36회 동창생들과 함께)

#23 2진의 반란

농구협회의 제1과제는 재정 확보다. 그런데 내가 취임할 당시 협회의 재정은 비어 있는 상태였다. 곧바로 시련이 찾아왔다. 당장 2013년 5월 동아시아대회를 주관·주최하는 데 필요한 예산을 확보해야 했다. 게다가 대회일자, 대회장소조차 정하지 못한 상태였으므로 이중의 어려움이 있었다. 월요회(주1회 회장단 회의)를 통해 면밀히 논의하고 계획을 세웠다. 그렇게 해서 우리는 인천해서 대회를 개최하기로 결정했다.

오전 7시, 인천의 한 식당에서 송영길 인천시장과 마주앉았다. 송

시장은 협회의 제안서를 검토한 후 동석한 인천시 체육국장에게 상산 체육관을 사용할 수 있도록 하고, 선수단의 숙박까지 해결하라고 지시한 후 식사를 권했다. 벅찬 마음에 밥이 어디로 들어가는지 몰랐던 기억이 난다. 어려운 결정을 내려준 송 시장에게 정중히 감사 인사를 했다. 인천을 떠나면서 대회를 성공적으로 치르겠노라 다짐했다. 이후 전경련 정병철 상임부회장의 도움으로 KT의 이석재 회장과 모비스농구단에서 협찬을 받게 되었다.

이제 선수들이 좋은 성적을 내는 일만 남았다. 아무리 대회를 잘 준비해도 홈 팀의 성적이 나쁘면 팬과 대중으로부터 유리될 수밖에 없는 것이 스포츠단체의 생리다. 기술위원회에서는 대표 1진을 선발할 것인가, 대표 2진으로 선발할 것인가로 갑론을박이 오갔다. 나는 대표 2진을 선발하자는 쪽이었다. 대회성격상 각국, 특히 중국은 항상 2진을 파견하기 때문이었고, 굳이 우리나라 대표 1진의 전술 · 전략을 노출할 필요가 없다고 생각했다. 특히 내년에 있을 '인천아시안게임'에서 남녀 동반 우승을 목표로 준비해야 했으므로 선수 선발에 신중한 자세가 필요하다고 봤다. 지난 4월 말까지 프로리그를 치른 선수들에게 휴식을 주어야 한다는 명분도 제시했다.

2진으로 구성된 대표팀 선수들의 경기내용은 정말 좋았다. 마치 물 만난 고기 같았다. 모든 팀을 여유 있는 스코어 차로 따돌렸다. 이 대회를 통해 김종규, 이종현, 김민구, 두경민은 새롭게 떠오르는 아시아의 별이 되었다. 그들의 제공권과 덩크로 이어지는 '엘리웁(alleyoop)' 플레이는 관중을 매료시켰다. 그들은 열광적으로 응원한 팬들과 대한민국농구협회에 우승으로 응답했다.

#24 대학과 프로는 다르다

협회 운영 및 관리 측면에서의 개혁은 만만치 않았다. 잃어버린 10년이라는 말이 괜스레 나온 것이 아니었다. 예를 들어 대학농구연맹과 중고농구연맹은 더 이상의 농구협회 산하단체가 아니었다. 말 그대로 통제 불능이었다.

대학은 심판 선발부터 배정 및 관리에 이르기까지 협회의 행정력이 미치지 않는 제3지대에 독립적으로 존재했다. 농구협회가 주관 · 주최하는 대회엔 불참해도 프로연맹이 주관하는 대회에는 참석했다. 심판들도 그랬다. 한 명문대학 감독은 "출전만 해도 돈 주고, 한 경기만 이겨도 승리수당이 나오는데 불참할 이유가 없죠!"라고 하며 대학재정이 어렵다고 주장했다.

학령인구가 줄어 대학재정이 예전만 못한 것은 나도 익히 잘 알고 있다. 교수, 총장을 지냈기에 충분히 이해했다. 그러나 프로와 대학이 함께 경기를 하는 문제는 이와 별개의 사항이다. 1996년 프로가 탄생할 때 내세웠던 명분 중 하나는 바로 아마와 프로를 구분해야 한다는 것이었다. 아울러 세계 어느 곳을 찾아보아도 프로와 대학이 공동으로 참여하는 대회는 없다. 이유는 간단하다. 대학은 스포츠를 통해 교육의 일반목표를 추구하는 곳이며, 프로는 흥행을 통해 이윤을 추구하는 조직이기 때문이다.

대학선수들이 물질만능주의에 물 들어선 안 된다. 학습권을 포기하고 돈을 벌기 위해 농구장에 나서선 안 된다는 것이 나의 지론이다. 항간에서는 나의 이러한 주장을 두고 현실을 모르는 소리라며 비아냥대는 사람들도 있었지만, 나는 대학선수들을 보호해야 하는 책임감을 떨쳐낼 수 없었다. 선거운동 당시 공약으로 내 건 대학농구 개혁을 빠르게 진행시켰다. 그 개혁의 일환으로 '아시아퍼시픽 대학농구챌린지대회'를 개최하기로 했다.

당시 아시아태평양 지역은 북한의 잇단 핵무기 실험, 중국과 일본의 방공권 주장, 그리고 소련과 일본의 쿠릴열도 영토 소유권 주장 등의 문제로 인해 전례 없는 전쟁 긴장감으로 위기감이 고조돼 있었다. 이럴 때 아시아태평양지역의 미래 주인공인 대학생들이 농구를 통해 평화를 추구한다면 매우 가치 있는 대회가 될 것이라고 믿었다. 참가 대상국은 한국, 북한, 미국, 소련, 일본, 중국, 캐나다. 호주, 필리핀 등이었다. FIBA(세계농구연맹)의 규정에 따라 신설 국제대회승인 절차를 밟아 허가를 받았으며, 각국의 호응도 좋았다.

다만 북한은 초청하는 일에는 어려움이 따랐다. 통일부에 제안서를 제출하고, 제3국에서 그들과의 만남을 주선했다. 첫 만남은 2015년 중국 우한에서 이뤄졌고, 그 자리에서 조선농구협회 박종찬 회장을 면담했다. 그는 고 정주영 회장님께서 남북농구대회를 활성화했던 당시 북한 최우수선수였기에 잘 알고 있었다. 나와 그는 같은 경기인 출신 회장이라 서로 동변상련의 마음을 느꼈다. 본인은 참가할 의사가 있지만 모든 것은 당에서 결정한다며 평양에 돌아가면 건의하겠다는 뜻을 표했다. 나는 그에게 대회 초청장과 안내장 그리고 내가 집필한 『농구바이블』 책을 전했다.

#25 개천절의 쾌거, 인천아시안게임 남녀 동반우승

아쉽게도 2014 인천아시안게임과 FIBA 주관의 남녀세계선수권대회의 일정이 겹치는 일이 생겼다. 출전 선수 구성에 어려움을 겪을 수밖에 없었다. 남자는 10일 정도의 차이를 두고 있어 두 대회 모두 참가하는 것으로 결정을 내렸지만, 여자는 3~4일 가량 중복돼 두 대회 참가가 불가능했다. 여자대표팀을 두 팀으로 나누는 것 이외에는 다른 방도가 없었다.

아시안게임 개최국으로서 우리 대표팀은 금메달 획득을 목표로 하고 있었다. 정규대표팀은 아시안게임에, 제2진은 세계선수권대회에 파견할 것을 결정했다. 그러자 세계연맹에서 반대의사를 표했다. 세계대회의 질적 수준을 헤아려 제1진을 파견해 달라고 요청해 왔다. 나는 2014년 인천아시안게임 개최일자가 세계대회의 일자보다 2년이나 앞서 결정됐다는 사실을 내세우며 인천이 우선이라는 주장을 폈다. 세계연맹사무총장 '바우만' 씨는 이를 받아들였고, 나아가 만일 한국이 결승에 진출할 경우 반드시 인천을 방문할 것이라고 약속했다. 그는 어떻게 해야 세계 농구 발전에 기여할 수 있는지, 그리고 회원국을 만족시킬 수 있는 것인지를 잘 이해하고 있는 지도자였다.

그간 한국은 아시안게임에서 남자가 세 번(1970년 태국, 1982년 인도,

2002년 부산), 여자가 세 번(1978년 태국, 1990년 중국, 1994년 일본) 우승했다. 그러나 남녀가 동시에 우승한 적은 단 한 번도 없었다. 우리나라에서 거행된 1986년 서울, 2002년 부산에서도 동반우승을 못했다. 이번 인천에서는 반드시 동반우승을 해야 한다. 나는 비상한 각오를 품고 대회에 임했다. 반드시 동반우승을 해야 점차 하락하고 있는 농구의 인기를 다시 끌어올릴 수 있다고 믿었기 때문이다.

여자대표팀의 라이벌은 일본과 중국이었다. 이 두 나라를 각별히 경계하면 되었다. 그러나 남자대표팀의 상대는 전통적인 라이벌인 중국, 일본, 필리핀에 중동 국가까지 가세하여 한치 앞을 알 수 없는 상황이었다. 이란과 요르단에는 이중국적을 취득한 선수들까지 포진하고 있었다. 그러나 우리 선수들은 감독, 코치와 혼연일체가 돼 난적 하나하나를 무너트리며 끝내 결승에 진출했다.

여자대표팀은 10월 2일 중국을 꺾었고, 남자는 10월 3일 이란을 물리쳤다. 마침내 대망의 동반우승을 이뤄낸 것이다. 이들은 2014년 개천절에 우리나라 농구의 미래를 열었다. 세계농구연맹 바우만 사무총장은 약속대로 농구장을 찾아와 뜨거운 포옹으로 축하해 주었다. 선수 시절, 감독 시절에 느껴보지 못했던 또 하나의 희열을 느꼈다. 어둡고 긴 터널 속에서 빛을 보는 듯 그 뒷면에는 남자대표팀의 단장 역할을 주도하신 이경호(영림목재 대표이사, 농구협회 부회장) 사장님의 모습이 떠올랐다. 필설로 모두 형용하기 어려운 그 느낌이 지금껏 내 가슴속에 아로새겨져 있다.

2014 인천아시안게임 남녀 농구대표팀 동반우승

#26 풍수지리

풍수지리(風水地理) 란 무엇인가? 음택(陰宅)이나 양택(陽宅)을 산세 · 지세 · 수세 등을 살펴서 바런해야 복이 온다고 하는 일종의 이론인데, 예로부터 우리 조상들은 도성 · 사찰 · 주거 · 분묘 등을 축조할 때 이를 근거로 삼았다. 일반적으로 바람이 잘 통하고, 수맥이 없고, 양지 바른 곳이 좋은 터라고 한다.

이로 보면 농구협회사무실은 좋은 터와는 사뭇 거리가 먼 것 같다. 사무실은 올림픽 벨로드롬경기장의 반 지하에 있었다. 대낮에도 우중충해 전구를 밝혀야 일을 할 수 있고, 그나마 일할 공간조차 턱없이 좁다. 주차장도 손바닥만하다. 재앙을 물리치기는커녕 앉아서 도산할까봐 겁이 났다. 사무실 이전을 급선무로 삼았다.

내가 회장으로 취임하기 전에 협회에서는 진흥공단에 이사할 다른 공간을 요구했지만 문전박대를 받았다고 한다. 사무실을 이전할 수 있는 방법이 없었다. 그렇다고 해서 이대로 눌러앉아 우울한 분위기로 있을 수는 없었다. 해결책을 모색해 봤다.

"아예 밖으로 나가서 살면 되겠다. 축구협회나 야구협회처럼 독립된 건물을 갖는 거다. 프로농구가 출범하기 전 대통령배 농구대잔치에서 벌어들인 자금이 있지 않은가. 비록 법인기금으로 묶여 있지만 체육회와 문체부를 설득하면 풀어서 쓸 수 있지 않을까?"

물론 이렇게 되더라도 대의원총회와 기금을 조성해 주신 김상하 전

회장께 자문과 양해를 구하는 것이 필수과정으로 남아 있다. 삼양사 김상하 명예회장께서는 기업과 농구협회를 20년간 운영하신 분이다. 연륜이 깊은 회장께서는 나에게 금과옥조 같은 조언을 주셨다.

"건물 매입은 독립된 사무실 확보라는 점에서 장점은 있지만, 건물을 유지해야 하고, 특히 세수로 운영하게 되면 많은 어려움을 겪게 될 것이다. 또한 건물 매입, 즉 부동산에 투자해서 자금을 마련하던 시대는 이미 지났으니 심사숙고하라."

그러니까 지금처럼 진흥공단에 세를 사는 것이 경제적이라는 뜻이다. 이 말씀을 접하며 세상살이를 할 때 집안에 어른이 계신다는 사실이 얼마나 소중한 것인지 다시 한 번 깨닫게 되었고, 회장님께 감사했다.

다시 공단이사장과 담판을 했다. 때마침 공단사무실이 9월에 이전한다는 소식이 들렸다. 우리 협회는 올림픽공원 테니스코트 내 1.5층에 있는 동남향의 넓은 공간을 확보하는 데 성공했다. 이어서 초등연맹, 중고연맹, 대학연맹, 실업연맹까지 그 동안 어둡고 긴 터널을 빠져나와 모두 이전했다. 직원들의 얼굴이 더 밝아 보였고 협회의 비전도 밝게 보였다.

이러한 좋은 풍수 덕에 가화만사성하고, 2014년에 남녀농구가 아시안게임 역사상 최초로 동반우승을 이끌어낸 건 아닌지 떠올려봤다.

#27 한국 농구 발전을 위한 제언

2013년 7월, 터키의 이스탄불에서 세계농구연맹(FIBA) 임시총회가 열렸다. 총회를 주관한 사무총장 바우만 씨는 지금까지 보지 못했던 과감한 개혁안을 추진해 나갔다. 그 전에 세계농구연맹이 이뤄낸 업적을 간략히 소개하려 한다. 초대 사무총장 윌리암 존스 씨는 1932년 세계연맹을 창설했고, 농구가 1936년 베를린올림픽에서 정식종목으로 채택되는 데 기여했다. 1976년 사무총장직을 이어받은 스탕코비치 씨는 어렸을 때부터 농구를 해야 한다는 믿음 아래 미니 바스켓과 코치협회를 창설해 농구지도자 육성에 심혈을 기울였다. 이 분들의 노력에 힘입어 농구가 세계적인 스포츠로 자리매김한 것이다.

그러나 오늘날 농구의 인기는 축구에 밀려 있다는 것이 바우만 씨의 생각이다. 그는 이런 생각을 바탕으로 4대 개혁정책을 제시했다. 첫째, 한 나라에 한 농구협회(One Sport One Federation), 둘째, 새로운 경기방식(Home & Away), 셋째, 6개의 지역을 4개의 지역으로 재편성(4 Window), 넷째, 3×3 올림픽종목 채택이다. 그는 2013년 라스팔마스 임시 세계연맹총회를 개최하여 만장일치로 정관을 개정한 뒤, 이 네 가지를 즉시 진행해나갔다. 대부분의 국가가 이와 같은 변화의 흐름을 인정하고 따랐지만, 그렇지 못한 국가도 있었다. 아시아에서는 일본, 인도, 레바논, 필리핀, 파키스탄 등이 그 대표적 국가라고 할 수 있다. 세계연맹은 이들을 대상으로 국제대회 출전 금지 및 벌금형 부과 등의 방식으로 엄중히 대응했다.

우리나라도 예외는 아니다. 남녀프로연맹과 농구협회, 세 개의 단체가 있다. 단체별로 대회를 각각 진행하므로 농구팬들이 분산될 가능성이 높다. 이같은 조직 체계로는 국가 경쟁력을 발휘하기 어렵다는 게 세계연맹의 주장이다. 또한 세계연맹은 프로연맹이 심판자격증을 직접 발급하는 일은 불법이라고 경고했다. 경기규칙은 세계연맹의 다양한 투자와 연구로 이루어진 결과물이다. 따라서 저작권은 세계연맹에 있고, 그 사용허가는 세계연맹이 회원국인 NF(National Federation)에 위임한 것이므로 심판자격의 무작위 발급은 고소·고발이 가능하다고 주장했다. 뿐만 아니라 선수자격과 관련해서는 세계올림픽에 출전한 프로선수가 각 국의 대표기관인 협회에 등록돼 있지 않다면 그들이 거둔 성적은 무효가 될 수 있다는 논리를 폈다.

IOC는 세계연맹의 의견을 받아들여 'One Sport One Federation'의 규정을 준수하고 있다. 그런데 이 사안에 두고 국내 농구계, 특히 프로농구연맹은 냉담한 반응을 보이고 있다.

"우리가 직접 프로팀을 창단해서 우리 자금으로 운영하고 있는 법인인데, 왜 농구협회에 가입을 해야 하는지 말이 안 된다."

이에 대한 세계연맹의 답은 간단하다.

"그렇다면 한국은 국내에서만 경기를 하세요. 국제대회는 절대로 출전할 수 없습니다. 그리고 세계연맹이 제작한 농구규칙은 프로연맹에 사용허가를 위임한 것이 아니므로 그간 사용한 비용에 대해 국제스포츠재판소(Court of Arbitration Sports)에 비용 청구소송을 하겠습니다."

안타깝게도 국내 프로연맹에서는 이를 반신반의하고 있었다.

세계연맹은 개혁안을 계획대로 추진했다. 규칙을 위반한 일본은 국제대회 출전자격을 박탈당했다. 이후 일본은 3개의 협회로 나뉘어 각각의 독립된 대회를 운영했던 조직을 One Federation으로 통합했다. 3×3농구가 2018년 아시안게임과 2020년 도쿄올림픽 정식 종목으로 채택되어 세계 농구인들을 흥분시켰다. 2017년 11월 23일 Home & Away 방식으로 뉴질랜드에서 한국대표팀의 경기가 시작되었다. 세계연맹이 짠 대진표에 의해 4개 지역에서 동시에 경기가 시작된 것이다.

진화론을 주장한 다윈은 "자연환경의 변화에 적응하지 못한 생물체는 사라진다."고 했다. 이러한 혁신적인 흐름 속에서 우리나라 프로연맹은 새로운 시각을 지니고 변화의 길을 택해야 한다. 대한농구협회도 세계연맹의 혁신정책을 변곡점(變曲點)으로 삼아 추락한 농구를 새로운 모습으로 태어날 수 있도록 만전을 기해야 하겠다. 재정적 독립을 이뤄야 하고, 3×3대회, U16, U18, 대학 및 남녀대표팀을 우선순위로 하여 국내 대회에 일대 혁신을 일으켜야 한다. 특히 대표팀의 홈경기에서는 최대한 많은 관중을 동원하기 위해 치밀한 마케팅전략을 세워야 하겠다.

#28 한국 농구를 대표하는 전문지, 『한국 농구』

농구협회에는 세 번의 창립일이 존재한다. 세 번 창립되었다는 말이다. 일제강점기인 1925년 박부양 회장이 '바스케트볼협회'를 창립했다. 1931년 독립운동가 안재홍 선생이 '조선농구협회'를 창립했다. 1933년 독립운동가 여운형 선생이 2대 회장을 맡기도 한 협회다. 이후 1945년 광복을 맞이하여 외교관(교육자)이신 이묘묵 회장에 의해 세 번째 협회가 창립됐다.

굴곡진 역사를 가지고 있긴 하지만, 우리나라 농구를 태동시키고 이끌어오신 분들은 독립운동가이거나 교육자 및 외교관으로서 당시 사회지도층 중에서도 엘리트였다. 우리는 그 분들의 슬하에서 고귀한 명성에 의지하며 성장해왔다. 훌륭한 가문에서 자란 셈이다. 나는 암흑시대에 일제에 저항하는 수단으로 농구를 했다는 어르신들을 뵙고 싶었고, 그 분들이 자랑스러웠다. 현재 스물여덟 분 중 스물네 분이 타계하셨고 네 분만 살아계시다.

타계하신 분들의 영정을 찾아 나섰다. 손쉽게 구할 수 있는 분들도 있었지만, 대부분 어려움을 겪었다. 신문사와 선대 회장님들의 종친회에서 많은 협조를 얻기도 하면서 스물여덟 분의 영정을 모두 찾았다. 귀중한 분들의 영정을 규격화한 사진틀에 넣어 협회사무실 벽에 걸어놓았다. 우리가 말하는 소리를, 우리가 고민하는 모습을, 우리가 맞이하는 사람들을 두 눈을 부릅뜨고 주시하신다. 이러한 속에서 어찌 비굴함, 부정함, 불협화음이 있겠는가? 협회가 어려운 난관에 닿을 때마다 나는 그 분들의 기록과 가르침을 바탕으로 대안을 찾는다. 나는 외롭지 않을 뿐만 아니라 행복하다. 언제나 선대회장님들께서 묵묵히 답을 구해주셨기 때문이다.

농구협회에서는 내가 기술이사로 일 할 때(1997년)까지만 해도 『농구계』라는 계간지를 발간하였다. 처음엔 월간으로 발행되었지만 재정상의 어려움으로 계간이 되었다가, 한 때 반 년 간격으로 발행되기도 했다. 『농구계』는 당시 다른 협회의 전문지에 비해 앞서 갔고, 지속적으로 발간되었다. 『농구계』에는 국내외 농구 소식, 때로는 협회에서 결정된 주요 행사내용과 지방 농구의 발전상황 등이 소개되었다. 나 역시 기고를 통해 대표팀의 국제대회참가 보고서를 제출하기도 했다.

정보가 부족하고 소통이 어렵던 시절, 『농구계』는 많은 농구인들의 사랑을 받았다. 기록물로서의 가치도 컸다. 그런데 2013년 협회장으로 부임했을 때 『농구계』를 더 이상 찾아볼 수 없었다. 무려 20여 년의 시간이 훌쩍 넘어가는 동안 정간되었던 것이다. 1986년 코치협회에서 발간해온 『농구계』도 그러했다. 농구기술을 전파하고 세계 농구의 흐름 속에서 우리의 역할을 찾는 데 방향타 역할을 해야 할 전문지가 사라진 것이다. 어디로 가고 있는지 그 모습을 확인할 거울이 보이지 않았다.

직원들에게 연유를 물어봤다. 예산상의 어려움 때문이라 했다. 그러나 나는 이것이 큰 문제는 되지 않는다고 봤다. 협회가 발간에 관심과 의지를 갖고 있느냐 없느냐 하는 문제일 뿐이라고 생각했다.

"정보화시대라는데, 농구협회는 역으로 가려는 게냐?!"

선대회장님들로부터 불호령이라도 들을 것만 같았다. 농구지 발간사업은 교수직을 경험한 나의 자존심이 걸린 문제이기도 했다. 즉시 해결책을 찾아 나섰다.

'유소년농구 기술지 발간'이라는 명분을 세워 문체부에서 예산을 확보하고, 『한국 농구』를 창간했다. 생활체육농구, 초 · 중 · 고 · 대학농구 및 남녀 프로농구 전체를 정보원(情報源)으로 삼고 취재했다. FIBA, FIBA ASIA, 미국농구코치협회 등에서 발간된 자료를 소개하여 일선코치들이 교재로 활용할 수 있도록 했다. 특별기획의 일환으로 원로농구 선배님들의 근황, 그때 그 시절에는 농구를 왜 그렇게 할 수밖에 없었는지에 대한 소회, 후배들에게 남기고 싶은 고견을 기록했다.

이러한 노력에 힘입어 『한국 농구』는 해외에 계신 농구인, 각 팀의 감독 · 코치, 그밖의 많은 농구인들에게 사랑을 받기 시작했다. 벌써 8회째 발간을 이어가고 있다. 인터넷이 발달한 시대라지만, 기록의 중요성은 4차 · 5차 산업혁명이 일어난다 하더라도 오히려 배가될 것이라는 점을 믿어 의심치 않는다. 모든 경쟁에서의 승리는 기록을 보유한 자의 것이라고 역사가 증명해주고 있다.

#29 대한민국농구협회 창립

정권이 바뀔 때마다 체육단체 통합 문제는 다양한 경로를 통해 거론되어 왔다. 그러나 이런저런 연유로 무산된 것이 한두 번이 아니었다. 이제 그 결실을 맺게 되었다. 2015년 2월 24일 새누리당 서상기 의원과 민주당 안민석 의원 간의 서명날인으로 '체육단체통합법'과 '생활체육진흥법'이 국회상임위원회를 통과했다. 이후 통합은 급물살을 탔다. 3월 3일 국회를 통과했고, 6월 26일에는 문체부에 '체육단체통합준비위원회'가 구성됐다. 이제 대한체육회 산하연맹과 국민생활체육회 산하연맹의 통합은 초읽기에 들어갔다.

나는 평소 안민석 의원과 체육단체통합에 관해 폭넓은 견해를 주고받은 터라 내용을 인지하고 있었다. 하지만 대부분의 체육인들은 "설마 되겠어? 어떻게 통합이 된다는 거야? 말도 안 되지!"고 하며 냉소적인 반응을 보였다. 대한체육회에서도 반대의사를 분명히 했다. "고래(체육회 100년의 역사)와 새우(생활체육 25년 역사)가 어떻게 통합할 수 있느냐?", "하더라도 1대 1 통합은 아니다."라고 했다. 내가 보기에 이것은 아집에 불과하다. '체육단체통합법'은 국회에서 입법하고, 행정부 수장인 대통령의 결재까지 난 사안이다. 반대를 한다고 해서 돌이킬 수 있는 것이 아니다. 문체부에서 구체적인 시행령을 만들고 실행하면 끝이다.

관은 늘 그러했듯 새로운 법과 제도가 만들어지면 초기 단계에 조속히 실행의 성과를 올리기 위해 당근책을 쓴다. 이른바 인센티브 정

대한민국 농구를 대표하는 대한민국농구협회의 출범

책이다. 조기통합단체에게는 사무실 이전, 시설투자, 고용 등을 고려하여 예산지원을 하겠다고 발표했다. 나는 생활체육농구연맹 백용현 회장을 일찍부터 만나 통합의 뜻을 나누었다. 인센티브에 눈이 어두워졌기 때문이 아니다. 유소년농구의 저변 확대를 위해서는 하루 빨리 생활체육과 통합을 해야 한다고 생각했다. 인구와 학령인구가 줄면서 농구하는 선수가 줄어들고 있다. 10여 년 전만 하더라도 초등연맹 팀이 서울에만 100여 개였지만, 지금은 10여 개가 안 된다.

농구협회는 저변 확대를 농구 발전의 제1목표로 삼아 정책을 수립했지만, 선수 부족, 팀 부족으로 번번이 벽에 부딪칠 수밖에 없었다. 이제 기회가 왔다. 농구를 전문으로 하지는 않지만, 취미로 농구를 즐기는 학생들이 생활체육대회에 대거 참석하고 있는 것이 현실이다. 따라서 이들과 통합을 통해 유소년 자원을 확보할 수 있으리라는 희망을 지니게 됐다.

생활체육회와의 만남은 2015년 1월부터 이루어졌으나 통합을 추진하는 일이 그리 녹녹치 않았다. 통합했을 경우의 직원 채용 및 승계 문제. 인건비, 통합협회의 명칭, 사무실 이전과 대회운영 등 해결해야 할 문제가 많았다. 난항을 거듭하면서 서로 이해하거나 설득하기도 하면서 꾸준히 협의해 나갔다. 생활체육회에서는 통합을 서두르는 것이 아닌가 하는 의사를 표했지만, 나는 적극적 · 능동적 자세를 유지하며 통합을 추진했다고 믿는다. 관계(官界)와 학계(學界)를 중심으로 체육단체 통합의 당위성을 주장하는 각종 세미나가 개최됐다. 통합은 선진체육 달성을 위한 선순환과정이고, 체육행정이 일원화되는 것이므로 효율적이며 경제적이며, 학원스포츠의 활성화 측면에서 긍정적이라는 등의 의견과 외국의 사례들까지 쏟아져 나왔다.

그러나 농구협회는 이런 사안을 주 관심사로 두지 않았다. 앞서 강조한대로 오로지 유소년농구 자원 확보라는 측면에서 강력히 추진해 나갔다. 그렇게 1년의 시간이 흘렀고 드디어 2016년 1월 23일 통합된 명칭 '대한민국농구협회'의 창립총회를 올림픽파크호텔에서 거행했다. 역사적 순간이었다. 한국 농구에 새로운 지평이 열린 것이다. 대동단결한 농구인들에게 감사를 표한다.

#30 농구협회의 4대 과제

『장자(莊子)』에 학철부어(涸轍鮒魚)란 말이 있다. 진흙 땅 위 수레바퀴 자국에 고인 물속의 붕어란 뜻이다. 위급한 상황에 처해 있는 사람을 비유하는 말이다. 죽어가는 붕어에게 필요한 것은 가까이에 있는 한 동이의 물이지 먼 곳에 있는 강물이 아니다. 먼 곳의 물은 가까운 곳의 불을 끄는 데 도움이 안 된다는 말과 일맥상통한다.

농구협회의 모습이 이와 다를 바 없다. 연간 10회 국제대회에 참가하는 대표팀을 운영하는 데 예산상의 어려움을 겪고 있다. KBL(프로연맹)과 WKBL(여자프로연맹)은 흑자가 나면 돕겠다고 말한다. 공허한 말일 뿐이다. 양 단체는 농구협회에서 잉태(1995년)되어 모진 산고를 치루고 태어났다. 프로를 협회기구에 두어야 협회를 운영할 수 있다는 주장과 프로는 대학(아마추어)과 경기를 할 수 없으니 독립해야 한다는 주장이 팽팽히 맞섰다. 결국 프로연맹은 독립해 나가더라도 협회재정을 지원하겠다는 약속을 하고 독립된 단체(1997년)가 되었다. 그러나 프로연맹의 이같은 약속은 연속성을 지니지 못했다. 1997년 체결된 계약서는 2015년 휴지조각이 되어버렸고, 이 후 협회는 재정상 어려움을 겪게 되었다. '농구대잔치'로 벌어들인 자금으로 협회를 운영하던 시대가 끝나버린 것이다.

팬은 남자농구 팬, 여자농구 팬으로 갈라졌고 대표권을 쥐고 있는 협회는 관중 없는 대회를 정상인 것처럼 여기는 처지가 되고 말았다. 그렇다면 어떻게 해야 하는가? 농구시장이 셋으로 나뉘어졌으니 협회가 어려워지는 건 필연적이라 할 수 있다. 주어진 환경에서 최선책을 찾는 것이 협회가 향후 해야 할 일이라는 사실을 알아야 하겠다. '학철부어'가 주는 교훈은 바로 여기에 있다. 이제 부질없는 일에 관심을 두지 말아야 한다. 프로연맹이 흑자가 날 때를 기다리고만 있다가는 농구협회는 고사할 것이다.

이제 협회가 달성해야 할 4대 과제를 제시해 본다.

첫째, 마케팅 차원에서의 H&A(Home & Away)의 성공이다. 홍보활동이 강화되어야 한다. 대중을 떠난 스포츠는 군림할 수 없다. 대중 속에 농구가 존재하도록 해야 마케팅도 이루어진다. 동시에 대표팀의 성적이 좋아야 한다. 협회가 행정을 잘 하더라도 대표팀의 성적이 부진하면 농구는 대중과 이별할 수밖에 없다.

둘째, 아시안게임과 올림픽 정식종목으로 선택된 3×3농구의 활성화다. 세계연맹은 그들의 목표를 확실하게 보여줬다. 배구의 '비치발

리볼'과 비교가 안 되는, 축구의 풋살에 뒤지지 않는 스포츠로서의 농구가 되기 위해 3×3농구를 활성화해야 한다.

셋째, 유소년농구의 저변 확대다. 생활체육회와의 통합은 협회가 추진하고 강조한 과제다. 이제 더 이상 지체할 수 없다. 그들을 끌어올릴 수 있는 조직과 체계를 만들어나가야 한국 농구의 미래를 설계할 수 있다.

넷째, 전용체육관 건립이다. 21세기로 들어서면서 국제대회는 다양해졌다. U16 · U18 남녀대회, 여자아시아선수권대회, 세계선수권대회, 아시아선수권대회, 아시아챌린지대회, 아시아클럽대회, 세계선수권대회, 남녀U대회, 남녀올림픽대회, 남녀아시안게임, 3×3남녀대회, 동아시아대회 등의 대회가 우후죽순처럼 늘어났다. 대표팀을 제외한 팀 훈련은 모두 각 팀이 전용체육관을 임대해 사용할 수밖에 없다. 더욱 난감한 건 어린 U16 · U18 선수들의 숙소가 모텔이라는 사실이다. 교육적인 문제가 있다고 할 것이다. 따라서 전용체육관 건립은 필수적인 일이라 하겠다. 2018년엔 반드시 첫 삽을 떠야 하겠다.

나는 권력을 쥔 정치인도 아니고, 비자금을 사용할 수 있는 재벌도 아니다. 수레바퀴자국에서 살아 남기 위해 오로지 머리로 생각하고, 가슴으로 끌어안고, 두 다리로 현장을 뛰어다니며 일해야 하는 농구인 방열일 뿐이다. 협회의 4대 과제 달성을 위해 끊임없이 노력하고 도전하리라 다짐한다.

제2부

사람 & 사람

직접 다가서려 하다가 참았다. 몰입해 있는 그 모습이 아름다웠기 때문이다. "그래, 그렇게 스스로 터득해 봐라." 하고 돌아 나왔다. 이런 연습을 통해 한기범은 장신선수로서 골밑 슛뿐만 아니라 외곽슛까지 던질 수 있는 선수로 성장해 기아가 승리하는 데 한 몫을 해냈다. 지금도 그의 진지한 모습과 열정적인 태도는 아직도 내 뇌리에 남아 있다.

영면(永眠)

좁은 바닷길. 길을 사이에 두고 왼쪽 도로변 철조망 안은 미군부대, 오른쪽은 바다로 이어지는 '부산 제1부두'다. 이른 새벽녘, 나는 형님과 함께 어머님을 모시러 도매어시장으로 향하고 있었다. 길가에 떨어진 지갑을 주웠다. 지갑 속엔 미화 달러와 한화가 꽤 많이 들어 있었다. 어린 마음이 공연스레 두근거렸다. 이때 형님이 말했다.

"이리 내놔! 그런 건 주인에게 찾아주어야지 잃어버린 사람이 얼마나 마음 상해 있겠냐? 내가 주인을 찾아 줄 테니 그리 알아."

형님은 내 손에 있던 지갑을 받아들고 앞서 나갔다. 서운한 마음이 들었다. 그 돈으로 눈깔사탕 수백 개도 더 많이 까먹을 수 있을 텐데 하는 아쉬움이 남았지만, 형님을 따라 걸음을 재촉할 수밖에 없었다.

며칠 후 저녁, 형님은 밥상 앞에서 할머니와 어머님께 빨간색 박스에 들어 있는 반들반들한 하모니카 하나를 꺼내들고 자랑을 했다.

"엄마, 이게 뭔 줄 아세요? 지갑을 잃어버린 주인에게 돌려주었더니 고맙다고 하시면서 요즘 같은 세상에 너 같은 어린이가 있어 행복하구나 하고 선물로 준거예요."

형님은 자랑삼아 "휘이익!" 하고 하모니카를 불어댔다. 난생 처음 본 하모니카, 처음 들어본 신기한 소리에 넋을 잃었고, 형님의 어진 마음에 감동을 받기도 했다. 물론 할머니와 어머님도 침이 마르도록 형님을 칭찬하셨다. 이후 하모니카는 형님의 보물 1호가 됐다.

형님은 경복중학교 2학년, 나는 초등학교 3학년이던 1951년 겨울, 우리 가족은 피난 행렬에 합류했다. 할머니를 비롯한 온가족은 천신만고 끝에 영등포역(서울 한강다리가 끊겨 미군이 설치한 고무다리로 도강)에서 부산행 기차를 탔다. 지금 생각하면 어머니는 여장부셨다. 30대의 젊은 나이에 온가족을 포화 속에서 안전하게 인도하셨다.

기차 지붕 위는 피난민들로 들끓었다. 피난민들은 열차 안에서 먹고자고 배설까지 했으니 말 그대로 요지경 속이었다. 기차가 역에 설 때마다 군인들이 검열을 했다. 이들은 주로 젊은 사람들을 강제로 하차시켰다. 대구까지 왔을 무렵 청천벽력 같은 소리가 들렸다. 이때 부산행 피난민은 미군과 한국 헌병이 지휘통제를 했는데, 이들은 만 10세 이상의 사람들을 모두 하차시켰다. 결국 형님과 나는 대구역에 내리게 되어 할머니, 어머님, 두 동생과 생이별을 할 수밖에 없었다.

형님과 나는 역에서 잠을 잤고, 먹거리는 형이 해결해주었다. 지금 생각해 보면 돈은 어떻게 마련했는지 모르겠다. 여하튼 이때부터 형님은 나에게 아버지와 같은 존재가 되었다. 날이 새면 형님만 졸졸 쫓아다녔다. 흙먼지가 자욱한 거리엔 온통 보따리를 머리에 이거나 등에 진 피난민들로 들끓었다. 저마다 살아남기 위해 현지인들과 몸부림치

듯 쌈질을 했다. 미군용차가 시가지를 누볐고, 전쟁으로 파괴된 건물과 차량의 잔해가 여기저기 흩어져 있었다. 아이들은 전쟁놀이 한답시고 부서진 탱크에 올라타 이리 뛰고 저리 뛰었다. 이 상황에서 형님은 내게 영어 한 마디를 가르쳐주었다.

"너 말이야, 미군이 지나가면 큰 소리로 'Hello house-boy OK?' 라고 외쳐."

그러면 미군부대에서 배부르게 먹고 잘 수 있다고 했다. 나는 형님이 시키는 대로 난 미군만 보면 목이 터져라 "헬로 하우스보이 오케이?","초콜릿 기브 미"를 외쳐댔다. 그러나 행인지 불행인지 우리는 미군의 부름을 받지 못했고, 무작정 엄마를 찾아 부산으로 향했다. 형님은 어머님과 부산 국제시장에서 만나자고 약속했단다.

부산으로 가는 길은 험난했다. 밤엔 포화소리가 들려왔고, 산에서는 눈 속에서 먹이를 찾는 짐승들의 울음소리가 공포감을 자아냈다. 더욱 겁났던 건 산 속엔 어린아이들 간을 빼 먹는 문둥이가 살고 있다는 소문이었다. 이래서 어둠이 내려앉으면 반드시 마을에 머물렀다. 게다가 겨울이라 추위가 기승을 부렸다. 발은 얼어붙었고, 얼굴과 손은 터져나갔다. 형님은 이런 나를 보살폈다. 때론 형님이 나를 등에 업기도 했다. 우리는 구루마를 얻어 타기도 하고 트럭에 매달려 올라타기도 하면서 남쪽을 향해 갔다. 운 좋은 날엔 한국군 트럭에 동승하기도 했다.

푸른 파도가 넘실대는 부둣가. 낮게 나는 흰 갈매기들의 분홍빛 눈과 몸통에 감춘 두 발이 보였다. 부두에 정박한 배에서는 어부들이 구슬땀을 흘리며 생선을 하역하고 있었다. 머리에 흰 수건을 말아 쓴 아주머니들은 "제치국(재첩국) 사이소. 야?", "멍게 사이소.", "담배 사이소." 부둣가는 지금까지 듣도 보지도 못한 소리와 모습으로 아수라장을 이루었다. 모든 것이 새롭고 신기하게만 느껴졌다. 이곳이 그 유명한 '자갈치시장'이었다.

형님은 내 목에 걸린 목도리와 손에 낀 가죽장갑을 본인 것과 함께 팔았다. 그리고 그 돈으로 '럭키 스트라익', '올드 골드', '체스다 필드' 등 양담배를 사서 나에게 주면서 일부를 팔라고 했다. 형님은 항상 나에게 국제시장에서 물건을 팔도록 했다. 혹시라도 이곳에서 어머님을 만날 지도 모른다고 했다. 이곳에서 하루 종일 물건을 팔다가 해가 지면 영도다리에서 형님과 만났다. 그리고 그 다리 밑에서 쪽잠을 잤다.

그러던 어느 날 꿈같은 일이 벌어졌다. 시장에서 어머님, 할머님과 외삼촌을 한꺼번에 만난 것이다. 우리가 족은 시장 한가운데서 얼싸안은 채 엉엉 울었다. 대구에서 헤어진 이산가족이 부산 국제시장에서 상봉한 것이다. 형님의 말대로 국제시장에서 다시 만났다. 형님은 이 믿을 수 없는 일을 이룩해 낸 분이었다.

2018년 1월 15일 16시 향년 83세의 형님은 어머님 곁으로 영면(永眠)에 드셨다. 어머님이 영면(2001년 1월)에 드실 땐 하늘이 무너지더니, 형님이 영면에 드실 땐 땅이 꺼졌다.

[2018년 1월 20일(토)]

내가 알고 있는 이근배 교수

나이 60에 이르기까지 수많은 스포츠맨과 만나고 헤어지고 했지만, 그중 가장 잊혀지지 않는 사람 가운데 한 사람이 바로 이근배 교수다. 대학의 교수로서 본인이 젊은 시절부터 몸담고 애지중지해온 펜싱에 헌신하며, 여러 방면에서 체육인들의 귀감이 되는 일을 해왔기 때문이다.

1964년 도쿄올림픽, 나는 농구선수로, 이 교수는 펜싱선수로 출전했다. 그렇게 맺어진 우리들의 우정은 선수에서 지도자로, 협회 임원으로, 대학교수로, 그리고 올림픽성화회 준비위원으로 일하면서 더욱 깊게 이어졌다. 이 과정에서 본 그의 모습은 오로지 펜싱과 함께 살아온 일관된 삶이라 표현할 수 있다.

2000년 시드니올림픽 때의 일이다. 사상 처음 우리나라 펜싱종목에서 김영호 선수가 금메달을 획득하는 순간 나는 이 교수의 얼굴을 떠 올릴 수밖에 없었다. 그래! 바로 저 모습이다. 저 결과를 이 교수는 그 동안 얼마나 기다렸던가? 그의 선수 시절부터 오늘에 이르기까지의 모든 과정을 익히 잘 알고 있는 나는 이근배 선수가 메달을 획득한 것으로 착각할 수밖에 없었다.

이 교수의 선수시절 펜싱 검은 철사를 묶어서 만든 것이었고, 훈련장은 넓디넓은 맨땅의 운동장 아니면 골목길이었으며, 운동복은 군복을 까맣게 물들인 것이었다. 우리나라 펜싱은 이같은 역경과 고난을 겪으며 오늘날 세계적 펜싱으로 태어난 것이다. 이래서 메달 획득 후에 포효(咆哮)하는 김영호 선수의 얼굴 위로 이 교수의 모습이 함께 오버랩되었다.

또 한 가지 잊지 못할 에피소드가 있다. 1994년 10월, 한국체육대학 박사과정 시험 준비를 위해 대학원 사무실을 방문한 적이 있었는데, 그 곳에서 우연히 이 교수를 만나게 되었다. 우린 반갑게 인사를 나누는 가운데 문득 '입학에 대한 정보를 좀 얻을 수 있지 않을까' 하는 생각이 들어 그의 연구실 위치를 묻게 되었다. 이때 그가 한 말을 나는 지금도 잊지 못 하고 있다.

"방 교수, 나 바빠! 연구실에 갈 일이 없으니 올 필요 없고, 만일 입학시험에 관해 알고 싶은 내용이 있으면 여기 대학원 사무실에서 다 물어봐."

그는 이처럼 냉랭한 어조로 답한 뒤 밖으로 나가버렸다. 당시 그의 이같은 행동에 한동안 섭섭한 마음 감출 길 없었다.

그러나 지금 생각해 보면 대학의 교수로서 지켜야 할 공과 사의 구분, 체육인으로서 가져야 할 정정당당함을 분명히 보여준 사례가 아닌가 한다. 그는 얼마든지 마음만 먹으면 시험 내용의 추세나 출제 경향, 특히 전공분야에 대한 시험요령 정도는 내게 귀띔해 줄 수도 있는 위치(당시 사회체육대학원장)에 있었다. 그러나 그는 개인적 관계에 연연하지 않고 교육자로서 지켜야 할 태도를 견지했던 것이다. 이러한 모습을 보면서 "그대는 공과 사를 구분할 줄 아는 자존심을 존경하라."는 피타고라스의 말을 상기하고, 이제 정년을 아름답게 장식하게 된 이 교수의 교육자로서의 자존심을 재삼 되새겨 본다.

이 교수는 고명한 사고와 기품 높은 스포츠맨십을 지진 참 체육인이었다. 정결했고, 침착했으며, 냉정했다. 자신 있는 얼굴 표정과 믿음 있는 행위로써 외모를 깨끗하게 보존하고, 불의를 단호히 거부했던 모습들만 떠오른다.

"Servant first, leader last."라는 말이 있다. 체육을 지도하고 계신 동료들이 항상 교육에 봉사하는 마음을 가지고, 작은 권력에 도취하지 말고, 권리보다 의무를 중시하는 교육자, 성실한 체육인이 되어주기를 부탁드린다.

이제 정년을 맞아 퇴임하는 이 교수를 떠올려본다. 그가 보여준 값진 마음에 감사하며, 따뜻한 봄날 인생의 간이역에서 이 교수를 다시 만나게 되기를 고대한다.

이근배 교수! 인생은 지금부터 시작이라는 걸 잊지 마시길…….

[2006년 2월, 봄을 기다리며]

김동원, 진정한 농구 지도자

이렇게 이름을 불러보는 것도 참 오랜만이네. 자네가 인도네시아 코치로 부임한 지가 벌써 20년이 훌쩍 넘었으니 말이네. 이번에 김만진 감독이 자카르타를 방문하지 않았다면 영원히 잊을 뻔한 이름이었다네. 한동안 국내에선 김동원이 죽었다는 소문이 나돌았기 때문이야. 큰 충격이었지. 이렇게 저렇게 확인하려고 노력을 했지만, 아는 사람을 찾을 길이 없어 망연자실함 속에 명복(?)을 빌었다네. 얼마나 웃지 못할 일이었겠나. 그런데 김만진으로부터 뜻밖의 소식을 듣는 순간, 멍하니 하늘만 쳐다보면서 꿈인지 현실인지 뺨을 꼬집어보기도 했다네. 암튼 살아있고, 그것도 아주 건강히 생활하고 있다니 고마운 맘뿐이지.

김동원! 농구에 대한 애정이 남다른 사람이라는 걸 익히 알고 있다네. 그래서 부족함이 많은 내용이지만 용기를 갖고 그 동안 출판한 서적들을 송부하겠네. 자네가 한국에 있을 때 발간됐던 『농구의 길』에 내가 직접 편집 · 작성했던 자료를 모아 『훈련 편』, 『기초 편』, 『공격 편』, 『수비 편』을 더해 『농구바이블』이라는 이름으로 출판을 했네. 최근 발표한『전략농구』도 함께 발송하니 참고하길 바라네. 나는 경원대학교에선 지난 2007년 정년퇴임을 했고, 현재는 명예교수로 강의를 계속하고 있으며, (주)농구아카데미를 설립해서 연구를 진행하고 있네.

공자가 이렇게 말한 걸 기억하고 있는지 모르겠구먼!? 불치하문!(不恥下問) "아랫사람에게 묻는다는 것을 부끄러워하지 말라."는 뜻이네. 영국 속담에도 "모르는 것이 있으면 적에게라도 물어봐라."는 말이 있는데, 모두 일맥상통하는 내용이겠지. 어찌됐건 농구에 대한 의구심, 열정이 아직도 남아 있다니 정말 자네는 진정한 농구 지도자라고 생각하네.

추가로 정년 때 발간한『화문집』도 함께 발송하니 심심할 때 내가 걸어온 길도 함께 감상해주길 바라네. 감독 시절 외국코치들과 서한을 주고받은 내용, 그리고 일본, 필리핀, 중국, 대만, 싱가포르, 인도 등 농구 강사로 초대되어 발표했던 내용도 있으니 참고가 될 것이라 믿네.

가족과 함께 건강함을 유지하고 여유 있고, 농구인으로서 품격 있는 생활하길 기원하네.

[2010년 여름, 서재에서]

김운용닷컴 사이트 개설을 축하하며

사이트 개설을 축하합니다. 김운용 회장님의 무게와 격 높은 정보들이 담겨 있습니다. 산뜻한 느낌이 들기도 합니다. 평소 대학의 학과 선배님으로서, 선배 체육인으로서, 닮고 싶은 분으로 존경해 왔습니다. 특히『더 넓은 세계를 향하여』와 최근 저술하신『현명한 사람은 선배에게』에서 많은 부분을 배우고 깨달은 점 많았습니다.

미국의 49번째 주는 알라스카입니다. 1867년 William Sward 미 국무장관이 러시아로부터 720만 달러에 구입한 땅입니다. 당시 많은 사람들이 Sward를 두고 동토의 땅을 사들인 멍청이라고 했고, 러시아인들은 불모의 땅을 잘 팔았다고 하며 잔치를 벌였습니다. 그러나 오늘날 알라스카가 얼마나 가치 있는 땅이라는 걸, Sward가 앞을 내다보는 현자였다는 걸 우리는 잘 알고 있습니다.

김 회장님께서 한국 스포츠의 미래를 예견하시고, 태권도를 올림픽 정식종목으로 채택되도록 하는 과정에서 보여주신 열정, 애정은 바로 Sward의 혜안에 비견할 수 있다고 봅니다.

좀처럼 여론에 흔들리지 않고 한국 체육의 대계를 위해 초지일관하신 모습이 생생히 느껴집니다. 회장님께서는 아직도 우리나라를 위해 국제 스포츠계에 헌신하고 계신 현역이십니다. 부디 건강에 유념하시고 끊임없는 한국체육 발전을 위해 후학들에게도 배움의 길을 열어주시길 바랍니다.

[연구실에서]

문득 문득 생각나는 소헌 남도영 선생님

"스승님의 그림자를 밟지 않는다." 후학들이 가끔씩 존경의 념(念)을 담아 스승의 은혜를 얘기할 때 쓰는 말이다. 농구 감독직을 맡아 선수들을 가르칠 때, 대학에서 학생들을 지도하고 대학을 운영하고 있을 때 문득 문득 남도영(南都泳) 선생님의 온화한 미소와 교화가 떠오르면서 스승께 고개를 숙이게 된다.

남도영 선생님은 1960년 고등학교 3학년 4반 시절 담임 선생님이셨다. 나를 '국사'에 빠져들게 만든 분이시기도 하다. 수업시간엔 한 번 들으면 잊히지 않도록 재미있게 설명하셨고, 유머러스한 표현이 너무 심해 '대포', 남대포(南大砲)라고 별명이 붙을 정도였다.

예를 들어 선생님은 "고려 23대 고종은 1212년 '하나 둘, 하나 둘' 하면서 태자에 책봉됐다."고 하시면서, 왕이 된 후 거란 · 몽고 등 북방 민족의 침입과 원나라 침입을 물리치기 위해 '팔만대장경'을 조판하게 됐다고 하셨다. 태자가 정말 '하나 둘, 하나 둘'하고 책봉됐는지는 모르겠지만, 참 재밌고 쉽게 기억되도록 가르치셨다. 선생님의 교수법은 정말 탁월하셨다. 우리들이 눈과 귀를 떼지 못하도록 알아듣기 쉽게 수업을 진행하셨다. 선생님은 좋은 교사의 전형(典型)이었다고 생각한다. 게다가 선생님은 멋쟁이셨다. 그 시절, 양복은 항상 단정하게 '더블'을 착용하셨고, 머리는 덥수룩했지만, 맑은 동안(童顔)이신데다 미소(微笑)를 잃지 않는 호남형(好男型)이셨다.

그 해 봄, 군산에서 전국종별농구선수권대회가 개최됐다. 당시 신윤희, 손지영, 은석표 동문은 대학 진학 준비로 농구를 포기하는 바람에 3학년 선수는 나 하나밖에 없었다. 군산으로 출발하기 전, 인사를 드리러 1층에 있는 교무실로 남 선생님을 찾아갔다.

선생님께서는 "어디서 시합을 하느냐?", "몇 팀이 출전하느냐?", "몇 시 차로 출발하느냐?"고 물으셨다. 나의 답을 들으신 후 "군산에 가면 경복고등학교 학생이라는 걸 잊지 말고 행동하라", "타교생들과 절대로 싸우지 말고(당시는 경기 도중 싸움도 잦았음), 특히 자네가 주장이니까 후배를 위해 항상 솔선수범하라."고 당부하셨다.

상대와 싸우지 말라는 건 상대를 인정하고 fair play를 하라는 뜻이었고, 솔선수범하라는 것은 대인관계를 잘 유지하라는 뜻으로 '리더십'을 강조하신 것이다. 경복인(景福人)의 자부심과 스포츠맨십을 일러주신 말씀이 찡하게 가슴에 와 닿았다.

이 말씀은 평생 내가 선수를 지도할 때, 학생들을 지도할 때, 조직의 구성원을 이끌 때마다 다짐하는 지침이 되었고, 앞으로도 영원히 내 뇌리에서 사라지지 않을 것이다.

우리는 대회우승기를 들고 귀교했고, 남 선생님께서는 종례시간에 나를 보시더니 "우리 농구팀이 우승해 경복의 명예를 높였으니 박수로서 맞아주자." 하시면서 환영해주셨다. 얼떨결에 일어서서 고개를 숙이며 인사를 드린 것이 바로 어제 일처럼 떠오르고 있다.

부끄럽게도 졸업 후, 남 선생님을 뵙게 된 것은 1999년 3월 6일 한일관이라는 음식점에서 열린 우리의 총회 자리에서였다. 세월이 빗겨갔는지 선생님께서는 78세라고는 믿기지 않을 정도로 정정한 '젠틀맨' 모습 그대로셨다. 한 말씀 부탁드리자 쩌렁쩌렁한 목소리로 우리들에게 또 한 번의 가르침을 주셨다.

8년 동안의 경복 교사 시절이 가장 가치 있고 보람된 생활이셨다고 회고하시면서 '맹자(孟子)의 군자삼락(君子三樂)'을 인용하셨다. "인생에서 가장 기쁜 것이 세 가지가 있는데, 그중 으뜸이 유능한 제자를 가르치는 것이다. 각계각층에서 성공한 여러분을 만나보니 비록 가진 것은 없지만 나는 왕이 부럽지 않다. 여러분들도 이제는 인생을 총정리한다는 마음가짐으로 보람 있는 날을 계획하길 바란다."

선생님은 환갑을 넘긴 제자들임에도 행여 실수라도 할까봐 교육의 끈을 놓지 않으셨다. 숨죽이고 있던 우리들은 선생님의 감회어린 말씀에 일제히 기립박수로 답했다.

2010년 7월, 선생님과 두 번째로 만났다. 일제강점기시대 우리 국토를 일본이 어떻게 수탈했는지, 최초의 지적도 작성은 어떤 과정으로 이루어졌는지를 알아보기 위해 조철민, 민영달 동문과 선생님을 찾아뵈었다. 선생님께서는 다양한 정보를 일러주셨는데, 여전히 건재하시고 멋진 모습이셨다. 나에게는, 스포츠맨으로 한 길을 꾸준히 걷고 있는 데 대해 치하를 해 주셨는데, 무척 부끄러운 마음이 들었다.

남 선생님을 다시 만나 뵈면서 느낀 것은 종래 내가 갖던 젠틀맨다운 남 선생님의 체취 이외에, 동양인다운 꼿꼿한 군자상(君子像)도 엿볼 수 있게 됐음을 고백하지 않을 수 없다. 선생님 모습을 보면서 군자는 탄탄탕탕(坦坦蕩蕩 ; 마음이 평안하고 넓고 너그러움)하며, "학문을 즐김에 걱정을 잊으며 늙어가는 것조차 알지 못한다."고 한 공자의 말이 떠올랐다.

팔순을 넘기신 남도영 선생님, 제자들과 어울려 기탄없이 웃음을 나누며 대화를 마다하지 않는 그 온화함을 잃지 마시고, 부디 만수무강하시기를 기원한다. 소헌(素軒) 남도영 선생님의 가르침은 언제나 우리들과 함께하고 있다는 사실 하나만으로 큰 힘을 얻고 있는 제자들이 많다는 것을 기억해주시기를 빈다.

선생님께서는 지난해 11월 1일 내가 건동대학교 총장으로 부임한 것을 어떻게 아셨는지 축하 전화를 해주셨다. 때 마침 창너머로 눈발이 날리고 있었다. 그 곳은 바로 경복고등학교 3학년 4반 교실이었다.

[2012년 봄을 맞이하며]

유학을 준비하는 L군에게

피난 시절 초등학교 때였네. 등교하니까 아이들이 "방열! 어제 우리 습자시간에 네가 쓴 '우리나라 대한민국'이 교실에 붙어 있으니 빨리 가봐."라는 말을 듣고 어찌나 흥분되던지 신나게 달려가 숨을 헐떡이며 교실 문을 열고 들어섰지. 내가 쓴 글이 떡하니 붙어 있는 걸 확인했네. 그런데 어딘가 좀 이상해서 자세히 들여다보니 내 글 옆엔 아주 잘 쓴 글씨가 나란히 붙어 있고, 내가 쓴 글 아래엔 이렇게 쓰면 안 된다는 표시가 붙어 있었지. 그러니까 뛰어난, 모범이 되는 글씨가 아니라 잘 못 쓴, 악필이라는 걸 강조한 것이었지. 순간 얼굴이 달아올랐고, 딴엔 공부 좀 한다고 고개 들고 뻐겼는데 어찌할 바를 몰랐었지. 지금도 그때 기억을 떠올리면 얼굴이 화끈거리네.

난 그 뒤로 글씨 쓰는 걸, 특히 국문 쓰길 무척 어려워했네. 아마 내 글 읽기가 난해하리라 생각돼 미안하다만 그럼에도 불구하고 몇 자 전하고 싶네!

흔히 사람의 인생을 결정하는 요인 중 첫째가 시대(時代) 혹은 시기

(時期)라고 하더군. 즉 어느 때 태어났느냐 하는 거지. 전쟁 중인지, 고소득시대인지, 아니면 절대빈곤시대인지 등에 따라 인생이 상당히 좌우된다는 거야. 둘째는 가문(家門)이라고 하는데, 이건 배경을 의미하네. 도둑놈 가문에선 도둑이 나온다는 거지. 부모들의 교육 수준이 인생에 많은 영향을 주고, 가문이 사회에서 차지하는 비중 역시 중요하다는 걸 이야기하는 것 같아. 셋째는 본인의 학력(學歷)이지. 무학인지, 대졸인지, 박사인지 하는 거 말야.

그런데 난 그보다 더 중요한 게 본인의 노력, 인품, 덕성, 인격 등이라고 믿는다네. 다시 말해, "내게 이런 저런 습관이 있다," "내게 덕이 있다," "나는 이런 것에 취미가 있다", "이런 류(類)를 좋아한다."는 것들은 모두 본인으로부터 나온다는 거지. 인생의 결실은 모두 본인의 힘으로 거두는 것이지, 하늘에서 별안간 떨어지는 행운이란 있을 수 없다는 거야.

그다음에 명심해주길 바라는 게 있네. 해외에 살다보면 제일 무서운 게 사람이란 것을 깨닫게 되네. 그중에서 동족이 더 무섭다는 걸 알게 될 게야. 외롭고, 배고프고, 고독할 때 과부 사정 과부가 안다는 식으로 동족이 접근해 오지. 여기에 함정이 놓여 있는 경우가 많다는 걸 기억하길 바라네. LA, 뉴욕, 시드니, 상해, 동경 등 한국 사람이 모여 있는 곳이라면 그 곳엔 동족을 노리는 사기, 절도, 강간, 도박, 향락이 춤추고 있네.

따라서 객지인생이라는 게임에서 패하지 않으려면 일찍이 맹자가 언급한 천시(天時)와 지리(地利)를 염두에 두고 있어야 하네. 천시란 나에게 제일 유리한 시간이라는 뜻이지. 그 유리한 시간이 밤인지, 낮인지, 아니면 비 오는 날인지, 눈 오는 날인지를 알아야 하겠지. 내게 유리할 때 경쟁을 해야지 무작정 덤비면 안 된다네. 만일 경쟁 날짜가 정해졌다면 그 정해진 날을 나에게 제일 유리하도록 만들어 놓고 경쟁에 임하라는 말이지. 그게 나의 천시를 지키는 지혜라네. 다음은 지리일세. 지리를 안다는 건 내가 처한 위치를 주위와 비교하여 대처할 줄 안다는 뜻이지. 위에서 아래를 바라보고 게임하는 건지, 그 반댄지, 동등한 위치인지 이러한 조건을 감안해 처세를 해야 승리할 수 있다네.

개똥철학 같아 보이겠지만, 이건 내가 이만큼 살아오면서 보고, 경험하고, 터득해서 얻은 결과이니 믿어도 좋네. 네가 어딜 가든 그런 모습으로 그렇게 그 곳에 존재하는 건 이 시대에, 너의 부모(가문), 너의 학력, 너의 노력과 인품, 인격에 의한 것이라 믿고, 미래를 위해 jump up 해야 한다는 걸 염두에 두기 바라네.

[2012년 12월 19일]

한기범, 자신에겐 엄하고 타인에겐 관대한 사람

비록 제자이긴 해도 사람에 대해 얘기한다는 것은 어려운 일이다. 자칫하면 허황한 공치사가 되거나, 기껏해야 장님 코끼리 만지는 정도에서 그칠 우려가 있기 때문이다. 그러나 1986년 창단한 기아농구팀 감독, '88 서울올림픽 대표팀 감독을 하면서 대략 5~6년 동안 동고동락을 함께한 제자라서 어느 정도 얘기를 할 수 있다고 생각한다.

중앙대와 연세대의 4학년 선수 전원을 합쳐 기아팀을 창단했을 때다. 당시 한기범은 국내 최장신(2m 5cm)이었고, 이듬해 합류한 김유택 선수와 함께 고공농구를 구사했다. 이 후 기아팀을 국내 정상으로 만드는 데 결정적 역할을 했다. 이것이 일반 농구팬들이 알고 있는 한기범의 이미지라고 생각한다.

나는 숨겨진 한기범 선수의 특기할 만한 점을 몇 가지 소개하고자 한다. 당시 국가대표 선수들은 합숙훈련, 시합 등 바쁜 공식일정 때문에 개인훈련 시간을 갖기 어려운 실정이었다. 그럼에도 불구하고 그는 자신과의 싸움에서 한 치의 양보없이 훈련에 임했을 뿐만 아니라, 단체훈련 중 지적된 나쁜 습관은 개인운동을 통해 수정 · 보완하는 데 게으름을 보이지 않았던 모범선수였다.

어느 날 밤, 기아농구단 숙소. 나는 잠자리에서 일어나 화장실로 가던 중 체육관 불이 환하게 켜져 있는 것을 발견했다. 순간, 소비를 미덕으로 알고 자란 젊은 세대들이 전력의 아까움을 몰라 전원을 끄지 않은 것이라 믿고 소등하기 위해 체육관 문을 열고 들어섰다. 그런데 놀랍게도 그 곳에선 한기범이 점프슛 연습을 하고 있었다.

더 놀라운 일이 있었다. 연습을 하는 소리가 나지 않았다. 왜 연습하는 소리가 안 날까 하고 지켜보았더니 그는 소리가 나지 않게 슛 연습을 하고 있었다. 슛을 던지면 볼이 코트에 떨어질 때 '쿵쿵' 소리가 난다. 한기범은 잠자던 선수들이 소리를 듣고 깰까봐 슛을 던지고 그 볼이 코트에 떨어지기 전에 달려가 잡아내는 것을 반복하고 있었다. 내가 체육관에 들어선 줄도 모르고 온몸이 땀방울에 젖은 채 슛 연습에 빠져있었다.

점프슛을 던지는 폼을 보니 지도를 통해 교정할 필요가 있었다. 직접 다가서려 하다가 참았다. 몰입해 있는 그 모습이 아름다웠기 때문이다. '그래, 그렇게 스스로 터득해 봐라.' 하고 돌아 나왔다. 이런 연습으로 인해 한기범은 장신선수로서 골밑 슛뿐만 아니라 외곽슛까지 던질 수 있는 선수로 성장해 기아가 승리하는 데 한 몫을 해냈다. 지금도 그의 진지한 모습과 열정적인 태도는 아직도 내 뇌리에 남아 있다.

한기범은 천성이 착한 사람이다. 그냥 착한 사람이 아니다. 세상을 착하게 살기 위해 태어난 사람이다. 그는 평소 남에 관한 말을 할 줄 모르는 사람이며, 남의 말을 잘 듣는 사람이다. 그의 이러한 모습은 그가 남과 대화를 할 때 잘 나타난다. 빙그레 웃는 얼굴에서 티 없이 맑은 모습을 읽을 수 있다.

1988년 농구대잔치에서 우승했을 때다. 나는 선수들을 인솔하고 영등포지구 장애인센터를 찾았다. 시즌 중 기아팀의 승리를 위해 아낌없이 응원한 사람들을 찾아 고마움을 나누고, 그 분들께 꿈과 희망을 주고자 했다. 그 분들은 우리를 열렬히 환영했고, 우리는 준비해 간 볼을 선물하고 사인을 해 드렸다. 이때 한기범이 보여준 모습은 지금도 잊히지 않는다. 모두들 사인을 끝내고 차를 탔지만, 떠날 시간이 지났는데도 한기범만 보이지 않았다. 장애인 한 사람 한 사람의 손을 잡아주며 인사를 하느라 그런 것이었다. 그는 마치 예수님 같았다. 한기범은 아름답고 사랑스러운 모습으로 휠체어를 탄 선수들과 교감하며 그들을 감싸 안아주고 있었다.

한동안 그를 보지 못하다가, 언론을 통해 그가 입원했다는 소식을 접했다. 갑자기 무슨 일이 벌어졌는가 싶어 부랴부랴 건국대학교 병원으로 찾아갔다. 평소 앓고 있었던 기흉 수술을 받았는데, 의사는 위험한 시간을 잘 넘겼다고 설명해주었다. 얼마나 고통스러웠을까 생각을 하며 입원실 안으로 들어섰는데, 그는 전혀 아픈 사람 같지 않았다. 마치 천사처럼 나를 바라보며 "감독님 왜 오셨어요? 저 괜찮아요!"라고 하며 오히려 나를 배려했다. 이런 사람이 바로 한기범이다.

그는 선천성 심장질환을 가지고 있다. 선수 시절 입원한 때도 몇 차례 있었지만, 그때마다 마치 오뚝이처럼 털고 일어났다. 그의 삶에 대한 의지는 그가 농구장에서 보여준 의지보다 더 강하다. 한기범의 '희망나눔재단'은 이러한 강인함으로 소외된 이웃에게 희망을 줄 것이며, 그의 타인을 위한 천사 같은 사랑은 만년화(萬年花)처럼 피어날 것이다. 그의 행운을 빈다.

[2013년 3월 춘분을 보내며, 서재에서]

존경하는 김상하 회장님께

그 날이 엊그제 같은데 벌써 32년이라는 세월이 훌쩍 지나갔습니다. 한국 여자대표팀이 이번 존스컵대회에 참석해서 우승을 일궈냈습니다. 이제는 제가 단장으로 참가했기에 회장님의 모습을 떠올려 봅니다.

1983년, 존스컵대회 기간이었습니다. 경기를 마치고 호텔에 돌아왔는데 회장님께서 뉴스를 보시고 "이 분(김상협)이 총리직을 수락했다니 의문이고 걱정이네."라고 하신 말씀이 아직도 귓전을 울리고 있습니다. 저는 대표팀 감독으로, 회장님께서는 단장으로 선수들과 함께 대만에 머물고 있었습니다. 당일 가내에 큰 일이 있으셨건만 큰 바위처럼 흔들림없이 대회가 종결되는 날까지 만전을 기하시는 모습을 지켜보며 많은 것을 배웠습니다. 참, 우리를 끔찍이 사랑해 주셨습니다.

회장님께서는 저의 부친을 잘 알고 계십니다. 산부인과 의사인 '방현' 형도 친분을 갖고 계시다고 하셨습니다. 이러한 인연을 알고 있기에 감독 시절에도, 협회 이사 시절에도, 현재 농구협회장을 맡고 있는 이 순간에도 늘 조상에게 누를 끼치는 사람이 되지 않기 위해, 회장님께 떳떳한 모습을 보여드리기 위해 부단히 노력을 했습니다. 제가 건동대학교 총장이 되었을 때, 농구협회장이 되었을 때 베풀어주신 은혜, 뒤늦게나마 이 지면을 통해 다시 한 번 깊이 감사한 맘을 표합니다.

송부해 주신『묵묵히 걸어온 길』을 탐독했습니다.'늘 감사한 마음으로 살아오신 삶의 자취', '경복중학교 시절', '포화 속에서의 대학생활', '삼양의 역사와 새로운 기업으로의 도전', '농구와의 80년 인연' 등은 제 머리에서 영원히 지워지지 않을 지침이 될 것입니다.

회장님! 존경하옵고 또 존경합니다. 부디 강건하시기를 기원합니다.

[2015년 8월, 농구협회 집무실에서]

고(故) 이병진 기자를 그리워하며

인간이 신(神)에게 물었다.“인간(人間)에게 가장 놀라운 점이 무엇인가요?”신이 답했다. “세 가지가 있노라. 첫째, 어린 시절이 지루하다며 어서 빨리 자라서 어른이 되게 해달라고 조르다가 어른이 되면 다시 어린 시절로 되돌아가기를 갈망하는 것이며, 둘째, 돈을 벌기 위해 몸을 헌신짝 취급하다가 건강을 잃고 난 뒤 건강을 되찾기 위해 돈과 재산을 다 버리는 것이며, 마지막으로 미래(未來)를 염려하느라 현재(現在)를 버리고 버둥대며 살다가 결국 현재에도 미래에도 살지 못하는 것이다.” 우리가 살아가는 의미는 수단(手段)에 있는 것이 아니라 영원한 가치추구(價値追求)에 있음을 말해주고 있다. 고(故) 이병진 기자의 부음(訃音)을 접하며 이 글이 떠오르는 것은 왜 일까?

나와 이병진 기자와의 만남은 1985년『스포츠서울』이 창간되면서 시작됐다. 당시는 '86 아시안게임과 '88 서울올림픽을 목전에 두고 있어 스포츠에 대한 국민들의 관심이 그 어느 때보다 컸던 시절이다. 그런 가운데 농구는 겨울철 농구대잔치의 현대와 삼성 라이벌전이 초미의 관심사로 떠올랐다. 서로 이기고 지는 것을 반복하며 세간의 인기몰이를 했다.

나는 1986년 3월 7일, 창단(1977년)하고 9년간 지도했던 현대 팀을 떠나 기아로 이적했다. 이때 이 사실을 어떻게 알았는지 이병진 기자가 찾아와 인터뷰를 청했다. 당시 모든 발표와 인터뷰는 기아의 주관하에 비밀리(?)에 진행되었던 터라 그의 방문은 뜻밖이었다. 다음날 아침(3월 8일) 기사에 보도가 되자 나는 모든 언론으로부터 질타를 받았다. 나는 이 기자가 원망스러웠고 그로 인해 고통의 나날을 보냈지만, 한편 민완(敏腕)기자로서 그의 남다른 면을 이해하게 되었다.

두 번째 만남은 '88 서울올림픽을 앞두고 그가 태릉선수촌을 찾았을 때로 기억한다. 그는 오후 훈련을 마친 선수들을 현장 취재했고, 감독 · 코치와 함께 석식 자리를 가졌다. 이 기자는 온유하고 잔잔한 모습으로 "고민 많으실 텐데 오늘은 농구얘기는 집어 치우고 술 한 잔 하시죠."고 하며 잔을 기울이기 시작했다.

나는 원래 술에 약해 일일이 대작은 못했지만, 한 병, 두 병 비워지고 술자리가 무르익어가면서 그는 기자이기 전에 인간미 넘치는 사나이라는 걸 알게 됐다. 선수와 감독 · 코치를 정보원(情報員)으로 보지 않고 있다는 걸 느끼게 됐다. 그 역시 농구인들과 자신은 선 · 후배 사이인 걸 강조했다. 우린 술김에 그의 집으로 가서 3차를 했다. 집안은 온통 원고지와 농구 책으로 가득했다. 당시 구하기 힘들던 『Basketball Magazine』도 있었다.

그로부터 약 30년 후 2015년 1월 15일, 대한농구협회 회장실에서 세 번째로 그와 만났다. 그는 '더 바스켓'기자로서 다시 태어나 있었다. 인터뷰를 진행하는 과정은 열정적이었고, 그에게서 전혀 세월의 흐름을 느끼지 못했다. 그의 농구에 대한 애정은 그때나 지금이나 변함이 없었다. 그는 농구에 표상된 단순한 모습을 취재하는 기자가 아니라 농구인들의 내면의 가치를 취재해 영원히 간직하려는 모습을 보였다. 그는 농구를 연구하고 농구를 생활 속에서 사랑하는 기자였다. 취재할 때도 객관적 입장에서 벗어나 취재 대상자의 속으로 파고들어 기사를 만들어내는 독특한 기자였다. 그는 국제경기를 취재할 때도 항상 농구 책을 끼고 살았다. 그리하여 윤곽보다는 내용을, 가지보다는 뿌리를, 수단보다 가치를 더 비중 있게 다룬 기사를 만들어냈다. 그는 농구 기자 '이병진 대기자(大記者)'다.

지난 9월 21일, 고려대학교 구로병원 영안실을 찾은 박한(대한민국농구협회 수석부회장), 김동욱(대한민국농구협회 부회장 겸 전무이사), 그리고 나는 다음과 같이 합장했다.

"우리는 당신을 스포츠서울의 편집장, 영원한 농구 대기자로 기억할 것입니다. 부디 질병 없는 세상에서 영면하시길 기원합니다."

[2016년 10월 7일(금)]

나와 동아일보

내일 아침 동아일보! 신문팔이 소년 방열의 가슴도 뛰었죠.

"내일 아침 동아일보~, 내일 아침 동아일보~," 목이 터져라 소릴 질러대며 신문을 팔았다.

서울 교동초등학교 3학년 때인 10월쯤으로 기억된다. 동아일보사는 내가 살던 종로구 인사동 97번지에서 10분이면 도착하는 곳에 있었다. 오후 서너 시, 후문으로 달려가면 벌써 신문팔이 소년들이 줄을 길게 늘어서 있다. '철커덕 철컥' 하는 기계음과 기름 냄새가 진동한다. 윤전기 위엔 이불보다 큰 흰 종이가 요란한 소리를 내며 원기둥 기계 속으로 빨려 들어간다. 하얗던 종이가 시커먼 잉크를 뒤집어쓰고 절단기에서 두부처럼 잘려져 놓인다. 동아일보다.

난 신문을 바라보며 단골로 가야 할 거리를 되짚는다. 갓 받아 든 신문을 내 왼팔과 옆구리 사이에 끼운다. 따끈따끈했다. 바람을 가르듯 달리기 시작한다. 가슴이 뛴다. 신문 나왔다고 외치며 인사동, 관훈동, 낙원동, 파고다공원을 휘젓는다. 다 안 팔리면 길 건너 관철동, 수표동, 동대문까지 달려간다. 잘 팔릴 땐 하루 두 탕을 뛴다. 후문으로 달려가 또 한 차례 배당을 받아 팔기도 했다.

동아일보는 우리 집 신문이었다. 부친께서 해방 후 조선서적인쇄주식회사장을 역임하시고, 언론과도 관련을 맺은 분이셨기에 나는 항상 신문을 접하며 자랐다. 일 년에 한 번씩 도배를 하는 경우가 있었는데, 초배지는 모두 동아일보였다. 우리 집은 다락에도 동아일보, 벽에도 동아일보, 방바닥까지 사방팔방 동아일보 천지였다. 1948년 초등학교 입학하기 전 아버님에게 언문과 한문을 배웠다. 교과서는 바로 동아일보였다.

경복고등학교 졸업 후 연세대학교 정치외교학과에 입학했다. 1962년, 서석순 교수님은 학생들에게 동아일보 사설을 읽고 토론하는 방식의 강의를 진행하셨다. 운동과 공부를 병행해야 하는 나는 강의 들으랴, 사설 읽고 정리하랴, 동숭동(태릉선수촌 이전 국가대표선수훈련소)에서 훈련하랴 늘 바쁜 나날을 보냈지만, 동아일보는 내 삶 깊숙이 들어와 있었다.

이 시기 동아일보 사설은 압권이었다. 한국이 근대화하려면 도시화 · 산업화 · 민주화돼야 한다는 논리를 전개했다. 동아일보는 국제 · 사회를 비롯한 모든 분야에서 대학생으로서의 식견을 넓히는 데 최고의 벗이었다.

"야, 방열, 너 기자가 찾고 있어 빨리 학과실로 가봐."

눈이 휘둥그레졌다. 아니 졸업식 날 농구경기가 있는 것도 아닌데 웬 기자가 날 찾나 싶어 급히 달려갔다. 뜻밖에 동아일보 기자를 만났고, 인터뷰가 시작됐다. 1965년 2월 22일자 동아일보에는 '해외 나가서도 꼬박꼬박 리포트, 스포츠 중에 면학한 학사 대표선수'라는 제목이 달린 내 사연이 실렸다. 벌써 50년도 더 된 일이지만, 동아일보는 요즘 국내에서 강조하는 공부하는 운동부에 일찌감치 깊은 관심을 갖고 있었다.

1992년 선수로, 지도자로, 45년을 보낸 코트를 떠나 대학교수로 새로운 인생을 시작했을 때도 동아일보와의 인연은 계속됐다. 1995년 11월 20일, 동아일보 체육부로부터 겨울철 농구 시즌에 「방열의 눈」이라는 제목으로 농구칼럼을 써줄 수 있느냐는 연락을 받았다. 며칠 후 첫 칼럼을 넘겨달라는 부탁에 한 치의 거리낌 없이 "네, 잘 알겠습

A2 내년 1월 26일 30000호 나옵니다 제29970호 2017년 12월 22일 금요일 동아일보

"내일 아침 동아일보~ 신문팔이 소년 방열의 가슴도 뛰었죠"

나와 동아일보 〈4〉 '한국농구 산 역사' 방열 농구협회장

"내일 아침 동아일보~, 내일 아침 동아일보~."
목이 터져라 소릴 질러대며 신문을 팔았다.

서울 교동초등학교 3학년 때인 1960년 10월쯤으로 기억된다. 동아일보사는 내가 살던 서울 종로구 인사동 97번지에서 10분이면 도착하는 곳에 있었다. 오후 서너 시 신문사 후문으로 달려가면 벌써 신문팔이 소년들이 줄을 길게 늘어서 있다. "철커덕 철컥" 하는 기계음과 기름 냄새가 진동한다. 윤전기 위엔 이불보다 큰 흰 종이가 요란한 소리를 내며 원기둥 기계 속으로 빨려 들어간다. 하얗던 종이가 시커먼 잉크를 뒤집어쓰고 절단기에서 두부처럼 잘라져 놓인다. 동아일보다.

난 신문을 바라보며 내가 단골로 가야 할 거리를 되짚는다. 갓 받아 든 신문을 왼팔과 옆구리 사이에 끼운다. 신문은 따끈따끈했다. 바람을 가르듯 달리기 시작한다. 가슴이 뛴다. 신문 나온 걸 외치며 인사동, 관훈동, 낙원동, 파고다공원을 휘젓는다. 그때까지 다 안 팔리면 길 건너 관철동, 수표동 그리고 동대문까지가 내 관할 구역이다. 잘 팔릴 땐 하루 두 탕을 뛴다. 후문으로 달려가 또 한 차례 신문 배당을 받아 팔기도 했다.

동아일보는 우리 집 신문이었다. 부친께서는 광복 후 조선서적인쇄 주식회사 사장을 지내신 관계로 언론과도 관련을 맺은 분이셨기에 항상 신문을 접하고 자랐다. 집에선 일 년에 한 번씩 도배를 하는 경우가 있었는데 초배지는 모두 동아일보였다. 그래서 우리 집은 다락에도 동아일보, 벽에도 동아일보, 방바닥까지 사방팔방 동아일보 천지였다. 1948년 초등학교 입학 전 아버님에게 언문과 한문을 배웠다. 교과서는 바로 동아일보였다.

경복고 졸업 후 연세대 정치외교학과에 입학한 뒤 1962년 서석순 교수님은 학생들에게 동아일보 사설을 읽고 토론하는 방식의 강의를 진행하셨다. 운동과 공부를 병행하던 나로서는 강의 틈으로, 사설 읽고 정리하랴, 동숭동(태릉선수촌 이전 국가대표선수 훈련소)에서 대표선수 훈련을 하랴 늘 바쁜 나날이었지만 동아일보는 내 삶 깊숙이 들어와 있었다. 이 시기에 동아일보 사설은 압권이었다. 특히 한국이 근대화하려면 도시화, 산업화 그리고 민주화돼야 한다는 논리적 전개를 펼쳤다. 또 국제적, 사회적 모든 분야에 대학생으로서의 식견을 넓히는 데 최고의 벗이었다.

인쇄업 부친 덕에 항상 신문 접해
대학 수업때도 사설 읽고 토론
졸업식날 "야! 방열, 기자가 찾아"
'공부하는 운동부' 기사 실리기도

"야~ 방열, 너 기자가 찾고 있어. 빨리 학과실로 가 봐." 눈이 휘둥그레졌다. 아니 졸업식 날 농구 경기가 있는 것도 아닌데 뭔 기자가 날 찾나 싶어 급히 달려갔다. 뜻밖에도 동아일보 기자를 만났고 인터뷰가 시작됐다. 1965년 2월 22일자 동아일보에는 '해외 나가서도 꼬박꼬박 리포트, 스포츠 중에 면학한 학사대표선수'라는 제목이 달린 내 사연이 실렸다. 벌써 50년도 더 된 일이지만 동아일보는 요즘 국내에서 강조하는 공부하는 운동부에 일찌감치 깊은 관심을 갖고 있었다.

1992년 선수로, 지도자로 45년을 보낸 코트를 떠나 대학교수로 새로운 인생을 걸을 때도 동아일보와의 인연은 계속됐다. 1995년 11월 20일 동아일보 체육부로부터 겨울철 농구 시즌을 맞아 '방열의 눈'이라는 제목으로 농구칼럼을 써줄 수 있느냐는 연락을 받았다. 며칠 후 첫 칼럼을 넘겨달라는 부탁에 한 치의 거리낌 없이 "네, 잘 알겠습니다"라고 순순히 답했다. 전화를 끊고 두려움이 다가왔다. 뭘 어떻게 써야 할지 감도 못 잡은 채 머리가 하얘졌다. 앞으로 약 5개월 동안 매주 한 꼭지씩 피 말리는 나와의 전쟁을 감당할 수 있을지 두려웠고, 왜 동아일보에 "노"라고 말하지 못했는지 나 자신을 이해할 수 없었다. 20회 가까이 매주 칼럼을 쓰면서 스스로 배운 것도 많았다.

며칠 전 아침 출근길에 평소 잘 알고 지내는 동아일보 기자로부터 전화를 받았다. 그는 내년 1월 3만 호 발행을 앞둔 동아일보와 관련된 일화에 대한 원고 청탁을 해 왔다. 또 한 번 나는 머뭇거림 없이 "글쎄요~ 동아는 나와 여러 가지로 인연이 있는데"라며 긍정적인 대답을 했다. 그리고 사무실에 들어서자마자 만사 제쳐두고 컴퓨터 앞에 앉아 자판을 두드리기 시작했다. 지난 세월을 다시 돌아보게 해준 동아일보는 여전히 나를 새롭게 일깨우고 있다.

P.S. 동아일보, 아~ 그대는 정녕 오늘의 내가 있도록 등불이 되어주었습니다. 다음 세대인 젊은이들도 내가 체험했던 감명을 가질 수 있도록 많은 소통과 공감을 이어가길 기원하면서 이 자리를 빌려 3만 호 발행을 축하하며 감사의 뜻을 표합니다.

▲1956년 경복중 2학년 시절에 농구부원들과 함께 기념 촬영을 한 방열 대한민국농구협회장(앞줄 가운데 점선). 농구 대표로 1964년 도쿄 올림픽에 출전했던 방 회장은 은퇴 후 1968년 여자농구 조흥은행 감독을 시작으로 남자 실업농구 현대와 기아에서도 지휘봉을 잡았다. 세 팀 모두 창단 감독이었다. 방열 회장 제공

◀방열 회장의 연세대 졸업 인터뷰 기사가 실린 1965년 2월 22일자 본보 지면.

동아일보 3만 호 발행 기념 투고글

니다."고 순순히 답했다. 전화를 끊자 두려움이 밀려들었다. 뭘 어떻게 써야 할지 감도 못 잡은 채 머리가 하얘졌다. 앞으로 약 5개월 동안 매주 한 꼭지씩 피 말리는 나와의 전쟁을 감당할 수 있을지 생각하니 두려웠다. 왜 동아일보에 "노"라고 하지 못했을까. 나 자신을 이해할 수 없었다. 결국 썼고, 20회 가까이 매주 칼럼을 쓰면서 스스로 배운 것이 많았다.

며칠 전 아침 출근길에 평소 잘 알고 지내는 동아일보 기자로부터 전화를 받았다. 그는 내년 1월 3만 호 발행을 앞둔 동아일보와 나와 관련된 일화를 써달라는 청탁을 해 왔다. 또 한 번 나는 머뭇거림 없이 "글쎄요. 동아는 나와 여러 가지로 인연이 있는데……."라며 긍정적인 대답을 했다. 사무실에 들어서자마자 만사 제쳐두고 컴퓨터 앞에 앉아 자판을 두드리기 시작했다. 지난 세월을 다시 돌아보게 해준 동아일보, 여전히 나를 새롭게 일깨워 주고 있는 신문이다.

P.S. 동아일보. 아, 그대는 정녕 오늘의 내가 있도록 해준 등불이었습니다. 다음 세대인 젊은이들도 내가 체험했던 감명을 지닐 수 있도록 많이 소통하고 공감 받는 신문이 되기를 기원하면서 이 지면을 빌어 3만 호 발행을 축하하며, 감사의 뜻을 표합니다.

[2017년 12월 18일, 농구협회 집무실에서]

불혹(不惑)에 맞이한 벽(壁)

1982년 3월, 농구협회는 '제9회 뉴델리아시안게임' 대표팀 감독으로 대학 및 실업팀 중 유능한 감독을 선발하여 발표했지만, 그들은 한 사코 부임을 고사했다. 사유는 간단했다. 기억하고 있을는지 몰라도 당시 중국엔 목철주(睦鐵柱, 신장 238cm)라는 선수가 있었는데, 한국팀은 그 장신의 벽을 넘지 못해 출전하면 20~30점 차로 대패를 당하는 수모를 이어가고 있었다. 나가면 패한다는 게 기정 사실로 받아들여졌고, 한국 농구는 중국의 장신 벽에 지쳐가고 있었다. 사정이 이러하니 감독으로 지명되더라도 흔쾌히 응하지 못하고 모두 손사래를 쳤다. 밀리고 밀리다가 협회로부터 내가 감독으로 선임되었다는 소식을 접했다. 여기저기서 축하(?)전화를 받았지만, 한편으로 "화약 짊어지고 용광로에 들어가려고 작정을 했냐?"며 딴엔 날 도우려는 뜻으로 말리는 사람들도 있었다.

하지만 난 협회로 달려갔다. 자정을 넘기며 난상토론을 한 끝에 12명의 선수를 선발 발표하고, 곧바로 중국대표선수들의 정보를 입수하기 위해 세계농구협회에 전신을 보냈다. 전신의 내용은 간단했다. 선수명단 및 현재 그들의 훈련장소를 묻는 내용이 전부였다. 김영기, 박한, 김인건 전임감독을 만나 패배의 원인이 무엇이었는지에 대해 자문을 받는 일도 빼 놓지 않았다.

세계연맹으로부터 회답을 받았다. 중국 팀엔 목철주 외에도 한평생(韓平生, 신장 230cm)이라는 선수가 포함돼 있고, 그들은 아르헨티나 '부에노스아이레스' 대회에 참가 중이라는 것. 얼마나 당황했는지. 평소 중국선수단이 장신 군단이란 건 알고 있었지만 해도 너무한다는 생각이 들었다.

그러나 이젠 돌이킬 수 없다. 어찌되었건 상대할 수밖에 없다. 이들의 경기력을 확인해야겠다는 생각이 들었다. 외무부를 통해 아르헨티나 대사관 전화번호를 알아 낸 뒤, 그 곳 문화담당관과 통화를 하면서 부탁을 했다. 난 이러이러한 사람인데, 그 곳 대회에 참석하고 있는 중국 팀 경기를 녹화해서 대한농구협회로 발송해 달라고 요구했다. 물론 쉽지 않았다. 당시 담당관을 이해시키는 데 어려운 일이 있었지만 생략하련다.

남미 TV는 PAL 방식이라서 한국의 NTSC 방식으로는 영상 재생이 불가능해서, 우리 선수들이 볼 수 있도록 녹화된 필름을 변환(convert)해야 하는데, 당시 국내엔 시설이 없었다. 테이프가 도착하자마자 일본으로 재발송을 했고, 약 2개월이 지난 후에야 겨우 테이프를 받아 선수들과 함께 태릉선수촌 영상분석실에서 관람할 수 있었다.

화면을 보는 순간 목철주와 한평생의 높이와 사이즈에 크게 놀랐다. 마치 공룡을 보는 것 같았으니까! 순간 내가 왜 감독직을 수락했는지, 뭘 믿고 대결할 건지, 누가 그들을 막아낼 건지 등 말로 표현할 수 어려운 벽(壁)을 느꼈다. 그 날 훈련을 마치고 이병국 코치와 이런저런 대책을 논의하면서 못 마시는 소주를 얼마나 마셨는지 만취한 상태로 귀가했다.

아파트 현관문을 열고 안방으로 들어서는 순간 또 한 번 깜짝 놀랐다. 아이들 셋과 처가 한 자리에 머리를 풀어헤친 채 살을 맞대고 잠을 자고 있는 모습을 목격한 것이다. 그 모습이 어찌나 처절해 보였던지 술기가 확 가셨다.

나는 거실 소파에 앉아 자책하기 시작했다. 난 누구며, 저들은 누구인가? 난 가장으로서 자격이 있는 사람인가? 나의 귀가를 기다리던 가족은 지치고 지쳐 저렇게 너부러져 자고 있는데, 난 취객으로, 방문객으로, 저들을 바라만 봐야 하는 건가? 농구감독이라는 직업으로 저들의 미래를 책임질 수 있을까? 중국과의 대전은 어떻게 준비해야 하는가?

당시 난 41세라는 불혹의 나이에 그때까지 만나보지 못했던 '인생의 벽', '장신의 벽'과 마주했다. 어떻게든 해답을 찾기 위해 하나하나 정리를 해 나갔다. 난 장고에 빠져 있다가 아파트 단지 사이로 태양이 얼굴을 내미는 것을 보고서야 답을 찾았고, 깊은 잠에 빠졌다.

[1982년 초여름, 서재에서]

사나이 우는 마음

C군.

태릉선수촌의 주말 외출을 얻기 위해 1주일을 마무리짓는 불암산 크로스컨트리 훈련에 비지땀을 흘리는 자네를 보고 몇 자 적지 않을 수 없었네.

자네 부인과 이제 겨우 돌을 지난 재롱둥이 아들이 지금 면회실에서 자네가 해방되기를 학수고대하고 있다는 것을 잘 알고 있네. 신혼의 단꿈과 남편을 빼앗긴 아내가 전세방에서 갓난아기와 함께 1주일을 참고 기다렸다가 이제 곧 자네 품에 안겨 투정을 부리겠지. 난들 왜 그걸 모르겠나.

1주일만에 보는 아빠 얼굴이 낯설어 오히려 울음을 터뜨리는 아들을 보며 자네가 얼마나 슬퍼할지 짐작이 가고도 남네. 다년간의 대표선수생활을 하는 자네를 비롯하여 12명의 선수 중 6명이 기혼자인 '할아버지 팀'(선수촌에서 우리 농구팀이 나이가 제일 많다고 붙여준 별명)의 하루 훈련이 얼마나 고된지 말할 필요도 없다는 것도 나는 알고 있네.

그저 묵묵히 아기를 안아주고 내 손만 잡는 자네이기에 더 안쓰러운 마음이 드네. 매일 험상궂은 표정으로 고함만 쳐대는 내 얼굴과 농구 볼만 몇 개월째 대하면서도 우직하게 정열을 다하는 자네의 모습을 대할 때마다 나는 가슴이 찢어질 만큼 고마움을 느끼고 있네. 전생에 무슨 연이 있어서인지는 모르겠지만, 우리 모두 농구 볼을 따라다니며 묵묵히 가고 있을 뿐이 아닌가.

그러면서도 뭔가 납덩어리를 지닌 듯 가슴이 답답한 것은 자네나 나나 마찬가지일 걸세. 그러나 이제 와서 새삼스럽게 왜 우리는 처자식을 등지고 이 태릉선수촌에서 아까운 청춘을 불살라야 하느냐 하는 의문을 제기하면 얘기가 전혀 엉뚱해지네. 앞서 말한 대로 그것이 우리가 짊어지고 가야 할 길이라면 '사나이 우는 마음' 안으로 새기고 가야 하지 않겠는가. 여태껏 우리가 얼마나 잘해왔나. 작년 중국을 격파하고 '아시아'의 정상을 확인하던 그 감격적인 순간을 생각해 보게. 그 때 그렇게 좋아 기뻐 날뛰던 우리가 어디 대가를 바라고 땀을 흘렸던가. 그때 우리가 느꼈던 게 바로 그 사나이 우는 마음 아니겠는가.

다만 면회실에 들어서는 자네의 발걸음이 옛날 그때 그 시절의 모습이 아닌 것 같아 답답하다는 말일세. 자네가 변했다는 의미는 아니네. 나나 자네 부인이나 자네의 그 사랑스럽고 귀여운 아기도 변하지 않았네. 세상이 우리의 높은 뜻과 선수촌에서 흘린 고귀한 비지땀의 의미를 퇴색시키려 하고 있다는 게 문제라는 걸세.

신문의 스포츠 면을 보게. 프로야구가 흥행해서 스타의 이름이 하루 걸러 지면에 등장하고, 방망이 하나에 몇 십만 원의 돈이 오고 가고, 슈퍼리그의 골 함성이 전국을 뒤흔들고 있네. 프로가 나쁘다는 것이 아니네. 자네나 나나 비록 처자식을 가진 몸이지만, 우리가 언제 돈을 바라고 운동을 시작했나. 그렇지 않지만 누구는 인기종목을 택해 돈을 벌고, 누구는 비인기종목의 운동을 해서 처자식을 버리고 할아버지가 돼서 선수촌에서 썩어야 하는 것이 너무 불공평한 게 아닌가 하는 생각이 드네.

이것이 바로 내가 우려하는 점이네. 이 마당에 아마추어란 원래 '애호자'고 스포츠의 뜻은 '직장을 떠나서 즐기는 것'이라고 설교할 생각은 추호도 없네. 아마추어리즘의 높은 뜻이 프로의 탄생으로 빛을 잃어갈 리도 없고, 돈 아니고도 우리가 얻을 게 얼마든지 있었다는 것을 우리는 경험으로도 알고 있지 않나.

단지 섭섭한 것은 하루하루의 시합 결과에 일희일비하고 폼을 잡는 프로선수들에 비해 아마추어인 우리들은 너무 냉대를 받는 게 아닐까. 1년 내내 처자식을 외면한 채 연습을 해도 한 번의 시합 결과가 나쁠 수도 있는데, 우리는 그럴 때마다 두들겨 맞고 구석에서 눈물을 흘려야 한다면 누군들 운동을 하겠나.

이런 마음은 자네가 면회실에서 자네 부인과 아들을 보면 더해질 걸세. 그러나 C군. 다시 한 번 냉정히 생각해 보세. 돈도 좋고 인기도 좋지만, 언젠가 자네 아들이 태극마크를 달고 그라운드를 달리는 아버지를 보는 게 돈보다 더 낫다고 느낄 때가 오네. 자네의 그 '사나이 우는 마음'을 자네 아들이 꼭 이해해 줄 걸세. 나도 이렇게 자네를 이해하고 있지 않나.

우리는 그라운드의 함성이나 인기에 집착하여 운동을 해 오지 않았네. 우리의 높은 뜻은 언젠가 보상을 받을 걸세. 꼭 받고 말 걸세. 아무리 세상이 시끌시끌하더라도 자네의 그 고귀한 자기 희생은 사나이 눈물처럼 언젠가 한 번은 빛을 발할 걸세. 부디 자네 부인과 아들과 함께 즐거운 주말 보내기를 바라네.

[서울신문 스포츠 칼럼, 1983년 7월 1일]

스포츠는 사교(社交)다

며칠 전 미국대학체육협회(NCAA)의 여자대학농구 결승전을 AFKN에서 TV 중계를 해주어 이를 지켜볼 수 있었다. USC와 테네시대학의 경기였는데, 결과는 USC의 승리로 끝났다.

농구 외적인 면에서 내 주의를 끈 대목이 있었다. 양 팀의 감독은 모두 30대 여성들이었는데, 미모를 지녔고, 그녀들의 복장은 마치 연회장(宴會場)에라도 나온 듯 정장 차림을 하고 있었다. USC의 감독은 화사한 봄 색깔의 투피스를 입고, 귀걸이와 목걸이를 하고 있었으며, 테네시대학 감독도 이에 질세라 목걸이는 하지 않았지만 흰색 블라우스를 입고 있었다. 이들의 복장은 땀으로 얼룩진 선수들의 유니폼과 좋은 대조를 이루고 있었다.

남자 감독들도 대개 시합장에 나서면 넥타이에 싱글이나 더블 양복을 입지만, 여자 감독들의 화사한 차림새가 던져준 감동만큼은 진하게 어필되지 않았다. 이런 모습을 보며 우리들 같으면 감독도 인기인이라고 하거나, TV나 팬을 의식하여 쇼맨십을 보인다며 몰아붙여 버리지만, 꼭 그렇게만 볼 수는 없다. 그들은 스포츠도 하나의 사교(社交)라고 믿고 있으며, 경기를 책임(責任)지는 감독은 연출자로서 복장의 에티켓을 몸에 익히고 있을 뿐이다.

스포츠에는 승부가 따르기 마련이지만, 우리에게는 이 승부를 초월한 스포츠맨십에 뿌리를 둔 사교적인 성격을 너무 간과해버리는 경향이 있다. 이 결과 시합장은 살벌해져버리고, 어제의 팀 메이트가 오늘은 적이 되어 눈을 흘기며, 심지어 코트 밖에서까지 신경전을 벌이는 모습을 자주 대하게 된다. 지도자로서 무척 당혹감을 느낄 때가 많다. '우리가 이래서는 안 되는 건데', '조바심을 떨쳐야 하는데' 하지만 그게 쉽지가 않다. 경기장 분위기 쇄신을 위해 나 혼자서라도 코트에 정장을 하고 나선다면, 그 뜻을 알아주는 이가 얼마나 있을까?

오는 7일부터 서울 잠실실내체육관에서 제8회 아시아청소년농구선수권대회가 열린다. 경기는 실력과 운에 따라 승부가 갈라지는 것이 상사(常事)이므로 우리 남녀 팀이 우승을 한다면 그 이상 좋은 일이 없겠다. 33년만에 만나는 중국과 대만의 경기도 눈길을 끈다.

그보다 우리는 승부에 앞서 이 대회가 지니는 사교적 의미를 되새겨야 하겠다. 우선 중국이 곤명에서 보여준 따뜻한 환대를 우리는 되갚아야 할 의무가 있다. 곤명테니스대회 때 중공(中共) 감독이었던 장대육천(張大陸天)대학 부교수는 송별 파티에서 우리 측 김문일(金文一) 감독의 손을 잡고 "지고 이기는 것은 흔하지만 우정은 변치 않는다."고 말했지 않는가? 이제 오랜만에 중공(中共)과 대만이 우리 땅에서 농구공을 놓고 스포츠 사교모임을 벌이게 된 것은 우리의 남북교류를 앞당기는 계기도 될 터이니, 이들의 뒷바라지에 좀 더 세심한 배려가 있어야 할 게 아니겠는가?

승부에 앞서 우리는 우선 스포츠맨끼리의 우정이 어떤 것인가를 보여주어야 할 때라고 생각한다. 관중들도 승부에 집착하며 한 쪽만 일방적으로 응원하면서 상대방에 야유를 퍼붓지 말고, 스포츠가 얼마나 훌륭한 사교인가를 차제에 증명해 보여주어야 하겠다. 그러기 위해 먼저 남자가 못한 일이지만, 우리 여자대표팀 박신자 감독에게 부탁하고 싶은 일이 있다. 스포츠도 사교인 이상 허름한 운동복 대신 화사한 봄철 정장을 하고, 목걸이 · 귀걸이는 못할망정 사교 모임에 손색이 없는 차림을 해서 코트 밖에서뿐만 아니라 코트 안에서도 우리가 그들을 신사숙녀로 환대하고 있다는 사실을 보여주었으면 한다.

농구인의 한 사람으로서 모든 참가 팀들에게 환영의 뜻을 표하며, 서울의 사교 잔치가 승부를 떠난 값진 것이 되기를 진심으로 바라 마지 않는다.

[서울신문 스포츠 칼럼, 1984년 4월 5일(목)]

서장훈 대 김주성

'서장훈'과 '김주성'이 프로농구를 더욱 흥미롭게 해주고 있다. 올 시즌부터 제2쿼터에서는 외국인선수 1명만을 기용해야 하므로 이들의 대결이 더욱 관심거리가 되기 때문이다. 이들의 플레이는 마치 60년대 중반 미국 NBA의 대표적 센터인 '윌트 챔벌린'과 '빌 러셀'을 연상케 한다. '윌트'와 '러셀'은 당시 미국 농구팬들에게 탁월한 기량을 보여주어 인기를 독차지했었는데, '서'가 '챔벌린'(평균 50.4득점)이라면 '김'은 '러셀'(리바운드와 슛 블록의 명수)이라 할 수 있다.

흔히 '서'는 키가 커서 농구를 잘 한다고 생각하지만, 사실 그는 뛰어난 손의 감각을 갖고 농구경기를 소화한다. 슛의 정확성, 능란한 패스와 드리블 실력은 타의 추종을 불허한다. 이래서 그를 '윌트'와 같은 공격센터라 칭하는 것이다. 반면 '김'은 장신이면서도 탄력성이 뛰어난 선수다. 상대의 골 밑 공격을 불허하는 강한 블로킹과 리바운드 기술은 이를 바탕으로 하고 있다. 슛이 이루어지면 볼의 낙하지점을 예측하고, 시간에 맞추어 몸을 날리는 동작은 가히 예술처럼 느껴질 때도 있다. 이래서 그를 '러셀'과 같은 수비센터로 비유해 보는 것이다.

이들의 기량은 부산아시안게임에서도 검증된 바 있다. 장신군단 중국의 야유밍(223cm)과 멩크바테레(210cm)를 '김'이 블로킹으로 막아내 버렸고, '서'는 '야유밍'을 외곽으로 끌고 나와 3점슛까지 성공시키는 득점력을 과시, 20년만의 승리를 견인하는 역할을 해냈다.

현재 프로농구는 1차 리그가 한창 진행 중에 있다. 큰 이변이 없는 한 이들 두 선수를 보유하고 있는 팀이 금년 시즌의 결승을 다투게 될 것이라고 예상한다면 서두르는 감이 있다고 하겠지만, 그 가능성이 매우 높다고 보는 몇 가지 이유가 있다. 첫째, 삼성과 TG를 제외한 각 팀의 정통 용병센터는 KCC 입단 예정인 '에노사', 동양의 '토시로 저머니'뿐이고, 그 이외의 센터는 모두 포워드 출신의 센터들이어서 '서'와 '김'이 그들 모두와 맞대결하더라도 높은 경쟁력을 보여줄 것이라는 점. 둘째, 규칙 변경으로 제2쿼터에서 용병은 1명만 기용해야 하므로 장신 보유 팀이 주도권을 장악할 가능이 높다는 점, 마지막으로 프로농구 출범 이래 FA와 트레이드로 인한 선수 이동이 가장 많이 이루어져 전력이 평준화되어 "백보드를 지배하는 팀이 승리한다."는 농구의 격언이 실현될 것으로 예상되기 때문이다.

여하튼 금년 시즌 프로농구는 서장훈과 김주성, 이들 두 센터의 대결뿐만 아니라 이들을 상대하는 각 구단이 어떤 방법으로 센터를 봉쇄할 것인지 그 머리싸움 역시 볼 만한 재밋거리임에 틀림이 없다. 프로농구의 열기가 달아오르는 것이 느껴지는 계절이다.

[조선일보, 2002년 11월 12일(화)]

피쿼드 호와 한국 농구

19세기, 포경선들이 고래잡이로 대박을 쳤던 시절 '피쿼드 호'는 고래 중의 고래 '모비딕'에 다리를 잃은 '에이햅'을 선장으로 삼아 항해에 나선다. 그는 선주를 비롯한 주주들에게 투자의 결실을 가져다 줘야 한다는 책임감을 내려놓고, 오로지 사납기로 유명한 바다 속의 제왕 모비딕을 향한 복수심만 가득 품은 채 죽음의 항해를 강행한다.

포경선에는 항해사가 있고 각종 전문가 선원들이 있었지만, 출항 후에야 선장의 속셈을 알아차렸다. 그러나 되돌아가기에는 때가 이미 늦었다. 그들은 주관이 없었고, 일에 관심이 없었고, 멍청했다. 그들은 오로지 명령만 따르는 오합지졸들이었다. 결국 피쿼드 호는 흰 고래를 쫓는데 혈안이 된 선장 에이햅과 함께 망망대해서 모비딕과 만나 사투를 벌이지만 침몰하고 만다.

최근 한국 농구의 침몰을 보며 H. 멜빌의 『모비딕』을 떠올려 봤다. 2000년대 이후 한국 농구의 수장은 주로 정치인들이 맡아오고 있다. 농구 발전에 기여하겠다는 의지를 피력하며 '전용농구코트 건설', '농구아카데미 신설', '신생팀 창단', '농구 저변 확대' 등을 비전으로 제시하고 선포식까지 했지만, 농구 발전보다는 정치에 더 관심이 많아 10년이 넘은 현재 발전은커녕 여전히 답보 상태이거나 오히려 역주행을 거듭하고 있다. 4년마다 열리는 인류의 축제 런던올림픽이 화려하게 막을 올리겠지만, 그 무대 뒤에는 한국 농구인들과 팬들의 절망과 한숨이 숨겨져 있다. 1990년대만 해도 아시아 농구의 정상권을 맴돌던 한국 농구가 끝모를 추락을 계속, 이제는 갈 데까지 간 것 같은 느낌을 주고 있기 때문이다.

2004년 여자 농구가 센다이선수권대회 3위로 여농치욕(女籠恥辱)을 안겼고, 남자가 2009년 텐진아시아대회에서 7위로 남농치욕(男籠恥辱)을 선사하더니, 금년은 끝내 남녀 모두가 런던올림픽 예선에서 동반 탈락하는 한농치욕(韓籠恥辱)의 해로 기록되기에 이른 것이다. 언론에서는 이런 위기 현상의 원인으로 '대한농구협회의 무능', '대표팀의 연습시간 부족', '대표팀 구성 및 지도자 선출의 문제점' 등을 지적하고 있지만, 사태가 그렇게 간단치 않다.

KBA(대한농구협회)는 KBL(남자 프로리그)과 WKBL(여자 프로리그)로부터 국제 경쟁력 강화를 위한 경기력 향상에 대한 책임을 통감하고 자기 권리를 행사해야 한다. KBL과 WKBL의 설립 목적이 흥행에 있다면 KBA는 FIBA(국제농구연맹)로부터 국제기구의 일원으로 인정받는 대표로서 경기력 향상 및 농구 저변 확대의 모든 책임을 져야 한다. 따라서 협회는 대표팀의 선수 선발과 감독 임명, 훈련 계획과 평가, 국제대회 참가 등 제반 관리 운영을 주도적으로 수행해야 한다. 어떠한 이유에서도 대표팀에 관한 사항을 간섭받아서는 안 되고, 그 권리와 의무를 양보하거나 포기하여 스스로 존재 가치를 부정해서도 안 된다. 대표팀 관리 운영을 위한 장기적인 마스터플랜을 만들고 이를 체계적 · 일관적으로 추진해야 한다. 대회를 앞두고 즉흥적으로 대처하는 전근대적 운영방식으로 한국 농구를 더욱 추락하는 길로 이끌어서는 안 된다.

KBL과 WKBL은 경기 수를 남자는 6차에서 5차로, 여자는 8차에서 6차로 단축시켜야 한다. 한국 팀들은 소수의 주전선수 위주로 게임을 하다 보니, 선수들의 체력과 부상 문제에 만전을 기해야 하기 때문이다. 수입이 줄어들더라도 선수 보호 차원에서 경기 수를 줄이는 게 급선무라고 하겠다. 이렇게 되면 플레이오프 경기도 3월 말이면 끝낼 수 있고, 프로선수들도 휴식을 취할 수 있으며, 5월 1일이면 대표 팀 소집이 충분히 가능해진다.

대표팀 감독 전임제도 반드시 실현되어야 한다. 프로와 아마의 구별이 뚜렷하다 보니 연중 대표팀 운영이 어려운 실정이다. 따라서 전임감독이 항상 대기상태로 선수들을 지도할 수 있어야 한다. 대표팀 감독은 반드시 내국인이어야 한다는 고정관념도 버려야 한다. 2008년, 협회에서 미국 프로팀 감독 출신을 비싼 돈을 들여가며 영입하여 실패했지만, 미국코치협회(NABC)에는 싼 값의 훌륭한 지도자들이 대기하고 있다.

국내 농구 수준을 한 단계 끌어올리기 위해서는 국제대회의 유치가 필수적이다. 특히 올림픽이나 세계선수권대회 등의 참가자격을 부여하는 국제대회는 더욱 유치에 힘을 기울여야 한다. 1996년부터 일본과 중국이 아시아대회 유치를 위해 치열한 경쟁을 벌이던 것을 기억할 필요가 있다. 그 결과 일본이 6개, 중국이 8개 대회를 유치하는 데 성공한

반면, 한국은 1개(2007년 인천여자선수권대회)가 유일했다.

대표팀 선발방식에도 획기적인 변화가 뒤따라야 한다. 프로 우승팀 감독이 대표팀 감독을 맡아야 한다는 KBL의 주장은 철회되어야 하며, 선발된 선수들의 대표팀 기피 현상에 대해서는 강력한 처벌로 과감히 대처해야 한다. 국제 교류전을 활성화하여 선수들이 언제라도 국제대회에서 좋은 성적을 낼 수 있도록 해야 한다. 대표팀을 1군과 2군으로 나누고, 2군 선수들이 유니버시아드대회, 영맨대회, 동아시아대회, 청소년대회 등에서 활약할 수 있도록 해야 한다.

이런 모든 조치들이 성공하고, 한국 농구가 국제 수준까지 올라가려면 전 농구인들이 위기감을 갖고 대동단결해야 한다. 지금처럼 KBA, KBL, WKBL, 대학연맹, 중고연맹 등이 제 목소리만 내면서 사분오열되어서는 안 된다. 이러한 위기감을 바탕으로 한 소통의 장이 마련되지 않고서는 한국 농구의 수준 향상은 영원한 공염불이 될 수밖에 없다. 우물 안 개구리 신세가 되지 않기 위해서는 협회나 연맹의 수장들이 모비딕을 잡는 것 보다는 발전을 위한 백년대계에 집중해야 한다. 그렇지 않으면 한국 농구가 피궈드 호의 운명처럼 될지도 모른다.

[2012년 7월 22일]

사회를 밝히는 스타가 돼야

세밑이 꽁꽁 얼어붙고 있다. 날씨가 그렇다는 의미가 아니다. 예전 같으면 구세군의 종소리가 행인들의 발걸음을 기꺼이 멈추게 하면서 활기를 띠던 연말 불우이웃돕기에 시민과 대기업의 참여율이 저조해져 찬바람이 쌩쌩 불 정도로 썰렁해지고 있다는 뜻이다. 금년 들어 대기업들의 불우이웃돕기 성금총액이 7천5백만 원에 불과하다는 소식이 노태우(盧泰愚) 전 대통령의 5천억 원에 이르는 천문학적 숫자의 비자금과 오버랩되면서 더욱 우리를 슬프게 한다.

이와 관련하여 사회봉사에 대한 개념이 전무하다시피 한 스포츠맨들의 현실에 대해 한마디 해 보고자 한다. 프로스포츠의 활성화에 힘입어 매년 스타급 신인들의 몸값이 몇 억 원을 호가하면서 일부 선수들은 일반국민들로부터 화폐 인플레의 주범으로 지목받았다. '억, 억 병'에 걸려 걸핏하면 억 단위를 내세우는 한국 스포츠계의 금전만능주의적 태도에 대해 우려의 목소리도 적지 않다.

그런데 그토록 고수입을 올리는 스포츠맨들이 사회봉사나 불우이웃돕기를 통해 사회의 어두운 곳을 밝히는 스타가 됐다는 소리를 나는 들어본 적이 없다. 스포츠단체나 체육계 전체를 보아도 마찬가지이다. 스포츠는 으레 소비적인 성향이 있는 것으로 치부하고 흥청망청 남의 돈을 쓰기만 할 줄 알지 자기가 쓰는 데는 인색하기 그지없다.

이에 경종을 울리는 의미에서 미국농구코치협회(NABC)와 여자농구코치협회(WABC)가 암연구학회(ACS)와 공동으로 벌이이고 있는 암퇴치 활동을 소개하고자 한다. 이들은 유수한 대학농구팀의 감독들로부터 암연구기금 등을 지원받고 있다. 공식대회에서 3점슛이 들어갈 때마다 감독들이 1달러씩 낸다. 선수들도 감독의 뜻에 동참하여 1달러씩 낸다. 그것을 모아 ACS에 보낸다.

나아가 이들 스포츠맨들은 암환자 시중, 암예방 교육 등의 사회봉사 프로그램에도 자발적으로 참여하여 운동과 사회를 연결지으려는 노력을 아끼지 않는다고 한다. 래리 버드, 매직 존슨 등 왕년의 NBA 선수들이 매년 자신의 연봉을 떼어 슬럼가의 지역청소년 선도를 위한 봉사활동에 참여하고 있다고 들었다. 이들은 연습이 없는 날이면 1주일에 2~3회씩 슬럼가 농구동아리들과 어울리며 스스로 사회의 등불이 되고 있는 것이다.

우리나라 운동선수들도 이제는 과거의 헝그리 스타일에서 벗어날 때가 되었다고 본다. 스포츠 한 분야에서만 빛을 내는 것에서 그치지 말고, 사회의 어두운 곳을 고루 비쳐주는 명실상부한 스타가 되어 주기를 기대한다.

[동아일보, 1995년 12월 13일(수)]

삭발의 투혼

심기일전의 결의를 다지는 의미로 한 삭발이 의외의 위력을 발휘하고 있다. 농구대잔치 남자부 예선전에서 불의의 5패를 당한 실업팀의 자존심 기아자동차 선수들이 8강전을 앞두고 스스로 머리를 짧게 깎고 출전해 분발하고 있다.

삭발을 하고 나서는 선수들을 보면 몸놀림이 의외로 가볍게 느껴진다. 물론 선입견이 끼어 있음을 부인할 수 없지만, 눈동자가 반짝거리는 것 같고 정신력에서 상대를 압도하고 있다는 믿음이 생기게 된다. 같은 전력이라면 정신력이 앞서는 팀이 이기는 것은 당연한 이치이다. 삭발의 위력을 가끔 경험했던 나로서는 그 효능이 신기하다고 말할 수밖에 없다.

농구 코트에서의 삭발은 60년대 초 고(故) 이경재 감독이 이끌던 연세대 팀이 아마 처음이 아니었나 생각된다. 김영일, 신동파, 하의건, 김인건, 필자 등 호화 멤버를 자랑하던 연세대 팀이 의외로 부진하자 이 감독이 어느 날 갑자기 삭발을 했다. 선수들은 울며 겨자먹기로 동참했는데, 결국 종합선수권을 차지하는 영예를 안았다. 그 이후 현대와 삼성, 기아가 물고 물리는 승부를 펼치는 가운데 와신상담(臥薪嘗膽)의 징표로 삭발이 등장했고, 대학팀도 여기에 가세했다.

벌칙의 의미가 담긴 삭발도 있다. 1980년 이충희, 임정명 등 고려대 선수들이 당시 휴교령 하에서 부칙(部則)을 어겨 삭발한 다음 대표단에 합류했고, 1984년 중앙대 1년생이던 허재가 삭발한 채 내부적인 출전금지 조치를 받았던 일이 있다. 정봉섭 감독은 허재의 부칙 위반을 문제 삼아 중요한 일전에 일부러 허 선수를 제외시켜 일벌백계의 교훈을 안팎으로 과시했다.

그럼에도 불구하고 삭발은 투혼을 상징하는 경우가 대부분이다. 지난 1994년만 하더라도 고려대는 현주엽 선수가 합류했는데도 연세대에 지자 전 선수가 삭발하여 패자부활전에서 살아나 역전 우승을 일궈내기도 했다. 이처럼 삭발이 투혼으로 비쳐지는 것은 동양적인 금기와 관련이 있지 않은가 한다. '신체발부(身體髮膚)는 수지부모(受之父母)니 불감훼상(不敢毁傷)이 효지시야(孝之始也)'라 했으니, 삭발은 부모님의 뜻을 거스르는 불효다. 바꿔 말하면 부모님이 물려주신 머리카락도 내 스스로 깎아버렸으니 이제 나는 못할 것이 없다는 의지의 표현이기도 하다.

삼손처럼 머리카락에서 힘이 돋아나는 게 아닌 이상 삭발은 별 게 아닐 수 있는 데도 코트에서 플러스알파의 효과를 거두고 있음을 보고 있노라니 착잡한 마음이 든다. 너도나도 머리만 깎으면 이길 수 있다고 믿다가 패배했을 때 뒷감당은 어떻게 할 것인가? 그러면서도 또 한편으로 머리를 박박 밀어낸 선수들의 눈초리가 초롱초롱한 것 같아 마음이 든든해지는 느낌이 일어나는 건 왜일까?

[동아일보, 1996년 2월 14일(수)]

무한책임을 지는 감독

한국 농구가 프로화되면서 안팎으로 많은 변화를 겪고 있다. 3명의 심판과 쿼터제 도입, 외국용병 2명 기용 등의 내적인 변화는 물론, NBA를 본 딴 치어리더들의 등장, 3점슛 대회, 덩크슛 콘테스트, 관중의 롱슛 대회 등 바스켓 쇼까지 곁들이며 외적인 흥행을 위해 나름대로 몸부림치고 있다. 변화해야 발전할 수 있으므로 이런 과정은 언젠가 한번은 겪어야 한다고 본다.

그러나 이 와중에서 하나도 변하지 않은 것이 있다. 바로 감독 · 코치들의 행태다. 이들의 행태는 아마추어 수준을 벗어나지 못하고 있다. 작전시간(타임-아웃)을 불러 선수들이 벤치에 들어설 때의 난장판 같은 혼란이 이를 단적으로 증명해준다. 외국선수 2명과 언어 소통에서 어려움을 겪는 것은 그런 대로 이해할 만하지만, 경기 중 감독과 코치들이 뒤엉켜 과장된 제스처로 고함을 쳐대는 모습은 가관이 아닐 수 없다. 이 볼썽사나운 혼란은 경기의 통수권자가 누구인지 책임 소재조차 불분명하게 하고, 감독들의 올바른 선수 장악까지 방해한다.

NBA를 보라. 막판 승부의 분수령을 만났을 때도 감독이 냉철하게 초(秒)관리에 나서며 선수들을 지휘한다. 감독은 하프타임 때에는 역할이 분담된 코치들로부터 반칙, 수비 변화, 실책, 득점 등에 대한 부분별 기록들을 받고, 이들의 의견을 수렴할 때도 있다. 또 경기 중에도 코치들의 조언을 듣는 경우도 있지만, 작전 지시는 오로지 감독 한 사람만 하는 것이다.

경기 도중 설령 감독이 흥분하는 일이 있더라도 보좌하는 코치들은 냉정해야 한다. 구단주들도 감독과 코치들을 공동운명체로 생각하고 감독을 경질할 때 코치들도 함께 교체해야 한다. 감독에게만 책임을 물으면, 코치가 선수들을 충동질 하게 되어 선수들이 누구 말을 들어야할지 몰라 혼란을 겪어나 내분에 휩싸일 수 있기 때문이다.

우리나라는 현재 코치 1명을 두어 감독을 보좌토록 하고 있는데, 감독이 약한 팀과 경기할 때 코치에게 작전권을 위임하는 인정(?)을 베푸는 경우도 있다. 이런 일은 냉엄한 프로세계에서는 있을 수도, 있어서도 안 된다. 코치를 2~3명 늘려 공격과 수비, 장신자, 스카우트 등으로 역할을 분담하여 감독을 보좌하도록 하고, 경기장 안에서는 일체의 월권 행위를 못하도록 해야 할 것이다.

『이상설 전』

"선거철을 맞은 정치꾼들이 온 나라를 구정물로 튀겨대며 날뛰고 있어 금년 겨울이 더 춥고 어지러울 것 같아 몇 자 적어보려 한다."

지난 17일은 을사보호조약이 맺어진 지 97년이 된 날이다. 97년 전 우리의 외교권을 빼앗은 을사보호조약은 일본의 무력에 의해 강압적인 분위기에서 그야말로 날치기로 이뤄졌다. 그 일이 대한제국 황제였던 고종 황제의 적극적 반대 속에서 이루어졌다는 것도 중요하다. 이미 여러 문건을 통해 그런 사실이 입증됐지만, 고종 황제가 '을사보호조약은 무효'라고 직접 언급한 문건이 당시의 강대국이었던 미국, 영국, 러시아, 중국 등 9개국에 보내졌다는 것이 알려졌고, 실제로 그런 문건이 최근 미국에서 발견됐다고 한다. 이런 사실은 지난 1963년 스위스 인권 단체에 의해서 유엔에 보고되고, 유엔에서 을사보호조약의 무효를 확인한 일도 있었다. 그러니 역사는 끊임없이 발굴하고 연구해 나갈 필요가 있다고 본다.

얼마 전 구 한말 때에 고종과 순종의 측근에서 그분들을 모셨던 시종원부경(侍從院副卿), 요즘으로 말하면 경호실 차장쯤 되는 정환덕 선생이 궁중비사를 직접 보고 기록한 『남가록(南柯錄)』이 발견됐다. 이 『남가록』에 의해 참으로 놀라운 사실이 밝혀졌다. 지금까지 우리는 고종 황제께서 을사보호조약의 무효를 만국에 알리기 위해 당시 네덜란드 헤이그에서 열린 제2회 만국평의회에 이준, 이상설, 이위종의 세 분만 파견한 걸로 알고 있었다. 교과서에도 그렇게 쓰여 있다. 그런데 『남가록』에는 그 밀사 팀에 유명한 김좌진 장군과 남필우 선생도 포함되었다고 기록되어 있다.

그 다섯 분 중에서 김좌진 장군과 남필우 선생은 블라디보스토크까지 갔다가 웬일인지 서울로 다시 돌아왔다는 내용도 있다. 무엇보다 나를 충격에 빠트렸던 내용이 있다. 당시 헤이그 밀사 팀의 팀장이었던 이상설 선생은 을사보호조약이 체결되자, 놀랍게도 고종 황제께 나아가 이렇게 말했다고 한다.

“황제시여! 강압이 됐건 국력이 약해서 그리 됐건 국권을 빼앗겼다면 스스로 목숨을 끊으십시오!”

임금을 하늘로 받들어 모시던 시절에 황제의 무능함을 정면으로 통박하고 자결을 권고한 상소를 올렸다는 점은 정말 민주사회에서도 하기 어려운 일이 아닐 수 없다. 건국 이래 대통령이 일을 잘못한다고 해서 “각하, 나라가 이렇게까지 됐으니 하야를 하시든지 순국을 하십시오!” 이렇게 건의한 장관이나 정치인이 누가 있었던가. 충언은 못할망정 속해 있는 집권당이 다가오는 대선에서 패색이 짙어지니 등을 돌리거나, 당의 중심 인물이라는 둥 장관이라는 둥, 목에 힘주고 행세하던 사람들이 이런저런 이유를 붙여 집권당을 떠나 야합하는 작태를 보고 있자니 대한민국의 앞날이 어찌될지 참으로 걱정스럽다.

다시 『남가록』에 나오는 이상설 선생 이야기로 돌아간다. 더 놀라운 사실은 고종 황제께서 불경스런 상소를 올린 이상설이라는 청년을 담력 있고 소신 있는 인물로 여겨, 그를 특사로 뽑고 헤이그 만국평화회의에 정사로 파견했다는 점이다. 지금까지 분사한 이준 열사에 가려서 널리 알려 지지 않은 이상설 선생의 풍모를 더욱 생각하게 된다.

이상설 선생은 25세 때 갑오문과에 급제하고, 이율곡의 마지막 제자라고 불릴 만큼 높은 학문을 쌓은 분이라고 한다. 27세 때에 성균관장이 되고, 탁지부 재무관을 한 일도 있다. 이때부터 우리나라에 들어와 서양 문물을 전한 헐버트 박사와 깊은 친교를 맺고 영어와 불어에 통달해서, 외국어에 능통했던 이준 선생과 함께 헤이그에 가게 되었다고 한다. 1905년, 을사보호조약이 체결될 당시에 이상설 선생은 36세, 그의 직함은 법부협판(法部協辦), 요즘으로 치면 법무국장 쯤 되는 위치다. 조약이 체결될 때는 의정부 참찬이 되었는데, 그 자리는 조약문을 실제로 만들고 실무를 전담해야 하는 자리였다고 한다.

이상설 선생의 생애는 윤병석 박사가 펴낸 『이상설 전』을 통해 더욱 자세히 알게 되었다. 당시의 정치인들이 그 어려운 난세에 어떻게 처신해 왔는지 알 수 있는 자료라 할 수 있다. 정치인들에게 『이상설 전』을 꼭 한번 읽어 보라고 권하고 싶다.

[2002년 5월, 푸른 하늘 아래에서]

시간의 속성

시간이 참 번갯불처럼 지나간다. 시간이 내게로 다가오는 것인지, 내가 시간을 향해 달려가고 있는 것인지 분별조차 어렵다. 최근 대한농구협회장 선거에 뛰어들면서 새삼스레 시간의 속성을 온몸으로 체험한다. 하루하루 만나야 할 대의원과 그들과 연이 닿는 사람들의 목록을 점검해가면서 서울에서 부산으로, 부산에서 광주로, 대구로, 인천으로……. 시간이 얼마나 빨리 지나치는지, 아니다. 얼마나 빨리 사라져버리는지 모르겠다.

나에게 남은 시간이 이렇듯 신속하게 마치 번갯불처럼 사라져버리는 사실에 놀라지 않을 수 없다. "한순간 한순간이 지나 하루 낮과 하루 밤이 가고, 그 하루하루가 쌓여 한 달이 후딱 지나가고, 그 한 달 한 달이 지나 어느덧 한 해가 저문다. 그러다가 마침내 죽음의 문전에 이르게 될 것이다. 그러니 어찌 헛되이 세월을 보낼 수 있겠는가."라는 불경의 글이 떠오른다.

일상을 사는 사람들은 '은행에 맡겨 둔 통장잔고'를 걱정하지만, 그보다 자신에게 '주어진 시간의 잔고'를 생각할 수 있어야 한다. '깨알같이 많은 날' 어쩌고 하는 것은 시간에 대한 모독이고 망언이다. 자신에게 허락된 남은 시간을 의식한다면 순간순간을 아무렇게나 함부로 지나가게 할 수 없을 것이다.

시시한 일이나 무가치한 일에 귀중한 생명의 순간을 흘려보낸다면 한 인생의 삶이 그만큼 소홀해지고 가벼워질 것이다. 지금 자신이 마주하고 있는 그 순간들을 들이쉬고 내쉬는 숨결처럼 놓치지 말고 의식할 수 있어야 한다. 이 엄숙한 순간에 이미 지나가버린 과거사를 불러들이지 말아야 한다. 과거가 끼어들면 현재가 소멸되고 만다. 그렇게 되면 지금 나는 살아 있어도 살고 있는 것이 아니게 된다. 몸뚱이만 있을 뿐 영혼은 이미 지나가버린 과거의 퇴적물에 묻히고 만다.

언젠가 일어날 일은 일어나게 마련이다. 아직 오지도 않은 불확실한 미래에 대해서 근심걱정을 미리 앞당겨 초대할 이유는 무엇인가. 이미 지나가버린 세월을 다시 뒤적일 것 없고, 아직 오지 않은 내일의 일을 미리 앞당길 필요도 없다. 우리가 살고 있는 것은 바로 지금 이 순간임을 잊지 말아야 한다. 그때 그때 그 순간을 최선을 다해 살 뿐, 그밖의 일은 지나가는 세월의 흐름에 맡겨야 한다.

여보! 손자가 벌써 중학생이 되는구려. 웃기는 소리 같지만 당신과 함께 구정초등학교 운동장에서 거행된 재원이 졸업식에 참석한 것이 어제였는데, 벌써 그 녀석 아들이 초등학교를 졸업한다니……. 우리가 할머니 할아버지라는 걸 잊고 있었던 게 아닌지 모르겠구려! 번갯불, 정확한 말이오! 예전 일들이 새롭게 떠오르는구려.

그 아이의 아들, 그러니까 손자에게 중학생 교복을 입혀주는 것, 그것은 아주 좋은 선물이 될 게요. 당신이 가장 가치 있게 생각하고 있는 어려운 사람 돌보는 일, 한 달에 한 번씩 은평천사원에서 봉사활동을 할 수 있도록 손자에게 단체 가입도 권해보구려. 아마 승현이도 멋진 계획들이 많겠지만, 당신과 나의 유전자를 가진 손자니까 아마 좋아할 것이리라.

내일은 얼굴 펴고 웃으면서 우리 손자가 '중딩'이 된 것을 마음껏 축복해줍시다. 그리고 우리의 삶 속에서 우리들 시간의 속성이 무엇인지 잊지 않길 바라오.

"All, all are gone, the old familiar faces." (Charles Lamb)

세월처럼 무서운 것은 없다.

[2009년 2월 12일(목), 손자의 초등학교 졸업식에 즈음하여]

설 명절

“말은 나면 제주도로 보내고, 사람은 나면 서울로 보내라.” 우리의 이농 현상은 산업화가 시작되던 60년대부터 본격적으로 이뤄졌지만, 알고 보면 ‘고향 떠나기’는 농경시대였던 왕조시대부터 시작됐다고 봐야 할 것이다. 글줄이나 읽고 공부 꽤나 했다고 하면 무엇을 했을까. 문경새재를 넘고 한강을 건너 악착같이 한양 천릿길을 가서 과거에 장원급제하거나 아전자리라도 하나 얻으려 했다.

서양 사람들도 형편은 비슷했다. 나폴레옹은 코르시카 섬 출신의 시골뜨기다. 그가 과감히 고향을 떠나 파리의 육군사관학교를 졸업했기 때문에 나폴레옹이 된 것이지, 고향에 그대로 있었더라면 고향의 유지가 되는 선에서 끝났을 것이 뻔하다. 폴란드의 피아노 천재 쇼팽의 경우도 마찬가지다. 고향에 그대로 머물러 있었다면 쇼팽이 될 수 없었을 것이다. 같은 폴란드 출신 퀴리 부인 역시 유럽의 중심권인 파리로 나오지 않았었다면 과학사에 길이 남는 그런 과학자가 되지는 못했을 것이다.

고향을 떠난다고 해서 다 잘되는 것도 아닌 것 같다. 박사, 예술가,

사업가, 정치가가 되면서 겉으로는 그럴 듯 해 보였지만, 제3의 인간으로 변모해버리는 경우가 있다. 고향에 있을 때의 쇼팽은 소녀처럼 말수가 적고, 남에게 이상한 소리를 들으면 얼굴을 붉히는 적안증(赤顔症)을 갖고 있었으나, 파리라는 대도시로 나와 귀부인들이 모이는 살롱가에 드나들면서 그녀들이 주는 용돈에 만족하는, 좀 심하게 말하자면 제비족 비슷한 인물이 되었다. '조르드 상드' 같은 남장 여인을 만나 시달린 끝에 영 이상한 사람이 되고, 젊은 나이에 병을 얻어 요절했다고 한다. 이것은 위대한 예술가라는 측면과는 별개로 생각해 봐야 할 대목이라 할 것이다.

프랑스의 우파 사람들은 아직도 나폴레옹을 영웅으로 생각하고 있다. 하지만 인간의 본질을 숙고하면서 나폴레옹이야말로 고향 코르시카를 떠나서는 안 됐던 인물이라고 하는 생각하는 사람들도 적지 않다. 만약 나폴레옹이 고향을 떠나지 않고, 고향 코르시카에서 덕망 있는 선생님이 되었거나, 소박한 어부가 되었다면 유럽은 그처럼 전화(戰禍)를 겪지 않았을 것이고, 수십만의 무고한 젊은이들이 명분 없는 전쟁터에서 목숨을 잃지도 않았을 것이다.

모두가 제자리에서 좁은 농토나 어장만 바라보고 고향을 지켜야 한다는 말이 아니다. 그렇게 했다면 누가 산업 발전을 시켰을 것이며, 공업화는 누가 진행했을 것인가. 인류사적 개혁과 발전은 또 누가 이루어냈을까. 인간의 역사는 고향을 지키려는 구심력과 고향을 떠나려는 원심력이 부단히 반복되며, 이와 같은 모순이 얽히며 흘러왔다는 점을 부인하지 못할 사실이다. 다만 한 가지 분명한 것은 고향을 지켜야 한다는 명분과 고향을 떠나야 한다는 두 가지 선택지 중에서 고향을 지키는 쪽에 섰던 분들은 자신의 출세나 영달을 유보한 분이라 할 것이다. 농토 지키기, 어장 지키기를 자청한 그들을 현대적 의미의 순교자라고 칭할 수도 있을 것이다.

감독 시절 선수단을 이끌고 이런저런 나라들을 방문하며 그네들의 명절 문화를 알게 되었다. 명절에 민족성이 그대로 나타나는 것 같았다. 정열적인 남미 사람들의 명절은 뭐니뭐니 해도 카니발을 떠올린다. 정열적인 남미 사람들은 카니발 때 잘 먹고, 잘 마시고, 신나게 놀기 위해 1년을 힘들여 산다고 한다. 그런 열정 때문에 카니발 축제가 끝나고 나면 너무 심하게 춤을 춰서 일사병과 몸살이 겹쳐 숨지는 사람들, 과음과 광란으로 숨지는 사람들이 속출하여 잔치 뒤끝은 엄청나게 비참하다고 한다.

미국 역시 크리스마스 때부터 시작해서 연말까지 거의 일손을 놓는다. 그래도 청교도 시절에는 모여서 예배를 보고, 건전한 포크댄스를 함께 즐기고, 이웃 간에 칠면조나 과자를 나누면서 공동체 의식을 나눴기 때문에 그들의 명절 문화는 빛났다. 어린 시절 절대빈곤 시대를 경험한 우리네는 그들의 명절을 부러워하기까지 했다. 그런데 요즘에는 크리스마스 때 고속도로에서 희생당하는 사람, 도시의 뒷골목에서 알코올이나 마약으로 숨지는 사람들이 급증하는 바람에 기독교 국가의 경건한 축제 문화가 형편없이 일그러져 있는 상태라고 한다.

중국을 비롯한 동남아 일대는 구정 명절이 최고의 명절로 지켜지고 있다. 그들은 구정 때만 되면 악귀를 쫓는다고 하면서 며칠 전부터 폭죽놀이를 시작하는데, 그 소리가 매우 요란하고, 폭죽놀이와 함께 벌어지는 각종 무예시범이 너무 난폭해서 역시 많은 희생자를 낸다고 한다. 들리는 소식에 의하면 정부에서 폭죽놀이를 금지시켰다고 한다.

이에 비하면 우리의 명절 문화는 대단히 격이 높고 신비해 보이기까지 하다. 추석 때 한 성묘를 설날에 다시 하고, 추석 때 지낸 차례를 설날에도 다시 지낸다. 조상이나 하늘에 대한 일종의 종교적 색채를 띠는 신비한 의식이 있고, 조상의 묘소까지 돌아보는 알뜰한 혈연 의식이 있다. 널뛰기나 윷놀이 같은 놀이문화가 있고, 깨끗하고 정갈한 옷으로 차려입고 정성들여 만든 음식을 이웃과 나누고 함께 기쁨을 만들어가는 공동체 의식도 있다. 놀이적인 요소, 공동체적인 요소, 종교적인 요소까지 절묘하게 조화시킨 우리의 명절 문화야말로 세계에서 단연 돋보이는 축제문화라는 자부심을 느낀다. 한류와 더불어 세계 시장에 수출을 해봄직도 하다.

다만 신용카드를 남용하여 분수에 넘치는 옷을 사 입고 고향에 가서 자랑을 하고, 할부로 사들인 신형차를 몰고 가서 터무니없이 뽐내는 부박(浮薄)함만 없다면 명절 문화가 더 빛날 것 같다. 재산이나 사회적 지위를 너무 과시하지만 않는다면 우리의 설날은 잘 차려 입은 한복만큼이나 아름다울 것이다. 즐겁고 복된 '설' 명절이 되기를 바란다.

[2016년 1월 25일, 서재에서]

제3부
코트 위에서 본 세상

스포츠 경기는 승패를 가리려는 목적도 있지만, 그 과정에서 페어플레이를 보여주어야 한다. 관중들은 자기가 좋아하는 팀이나 선수들의 플레이를 보기 위해 돈을 내고 입장하는 소비자들이다.

그런 만큼 '소비자는 왕이다'는 말이 있듯 '관중은 왕이다'라는 구호를 코트 벽에다 걸어야 한다.

장신에 대접을

성경에 다윗과 골리앗의 싸움 이야기가 나온다. 이들이 어떤 배경으로 어떻게 싸웠는지는 기억이 나지 않지만, 조그만 다윗이 초거인 골리앗을 무찔렀다는 사실은 잘 알고 있다.

농구에 몸담고 있는 내 입장에서는 그 싸움이 농구가 아니었다는 게 천만다행이라 느낀다. 다윗과 골리앗이 제한된 코트에서 전후반 40분 동안 35cm의 골대에 공을 던져 넣는 게임을 했다면 무조건 골리앗이 이겼을 것이다. 골리앗의 키는 기록에 6큐비트 1스팬이라고 나와 있는데, 학자들이 요즘의 단위로 환산했더니 2m 90.8cm가 된다고 한다. 이 키에다 팔길이 1m 정도 · 점프력 약 60cm를 합친다면 총 4m 50.8cm가 되는데, 골대는 3m 5cm짜리니 골리앗 입장에선 손오공(孫悟空)이 구름을 타고 인간세계를 내려다보는 기분이 들진 않을는지.

한국(韓國)대표팀을 이끌고 외국팀, 특히 2m가 훨씬 넘는 인간 장대들과 게임을 해야 하는 입장이 되어 보면 얼마나 키가 중요한 것인가를 통감하게 된다. 요즘 농구는 갈수록 '꺽다리들의 대행진'이 되어가고 있다. 신문에서 쉽게 쓰는 '장신의 벽'이란 것이 얼마나 두려운 것인지는 안 당해보고는 모른다. 이 장대들은 키만 큰 게 아니라 몸싸움에서도 탱크 같고, 날렵하기는 조그만 우리 정도는 안 되더라도 제법 날쌘 토끼처럼 코트를 이리저리 누비고 다니니 기가 막힌다. 아무리 중거리슛이 좋고 테크닉이 뛰어나도 앞에 태산이 턱 막고 있으면 공이 손에서 떨어지지를 않는다. 패스 · 리바운드에도 이들이 유리하며, 특히 이들을 수비하기가 더욱 어렵다는 것은 두말할 필요도 없다.

나도 선수생활을 해봐서 잘 알고 있다. 평균신장이 10cm 이상 차이가 나면 옆에서 고함을 친다고 게임이 풀리는 것이 아니라는 사실을 잘 알고 있다. 그러니 자연 키 타령을 늘어놓을 수밖에 없다. 사실 동양권에서 아무리 키를 키워보려 해도 결국은 난쟁이 용쓰는 범위를 못 벗어난다. 그렇다고 미국(美國) 친구들이 만들어낸 농구를 포기할 수는 없는 일이다.

한번은 우연하게 국어사전에서 '키'를 찾아보다가 그 밑에 키에 관한 우리 속담이 쭉 씌어져 있는 대목에 눈길이 갔다. 우리나라는 자고로 키 큰 사람이 환영받지 못하는 사회였던 것 같다.

"키 크고 묽지 않은 사람 없다."

"키 크고 속 없다."

"키 크고 싱겁지 않은 사람 없다."

"키 큰 사람의 집에 내려 먹을 것 없다."

"키 큰 암소 똥 누듯 한다."

반면 키 작은 사람을 두고는 이렇게 이야기했다.

"키는 작아도 담은 크다."

"키 작으면 앙큼하고 담대하다."

나는 농구인으로서 키 큰 사람이 대접받는 사회가 되어야 한다고 생각한다. 정부는 '86 아시안게임과 '88 서울올림픽을 앞두고 체육입국을 내걸고 있는데, 키 큰 사람들이 사회로부터 이처럼 박대를 받아서야 되겠는가. 우리도 최근에는 생활환경 향상과 식생활 개선으로 청소년들의 키가 무럭무럭 자라고 있는데, 이들이 이같은 우리 속담을 알고 나서는 얼마나 실망하겠는가.

키 큰 사람들이 대접을 받아야 앞으로 우리 농구도 발전할 수 있다고 믿고 있는 나도 좀 묽고 싱거운 축인지 모르겠다.

[서울신문 스포츠 칼럼, 1983년 2월 17일(목)]

점보시리즈

TV를 보고 있던 중에 어느 광고에 나오는 한 여고생의 얘기와 그 뒤의 깔깔거림이 비위를 확 거스르게 만들었다.

"큰 것이 좋아요. 호호호……"

이 '큰 것이 좋아'라는 것은 인간이면 누구나가 가질 수 있는 본질적인 기본 욕망이라고 할 수 있다. 약육강식(弱肉强食)이 자연의 섭리라면 강한 것을 존경하고 두려워하는 건 당연하며, 이에 따라 현대인들이 스포츠에 열광하는 것도 약육강식의 섭리 때문으로 보는 사람들까지 있을 정도다.

이 당연한 얘기를 CM에 등장시킨 것까지는 이해하겠지만, 순진무구한 여학생의 입을 통해 표현한 것과 그 다음의 깔깔거림에는 음흉한 음모가 숨어 있지는 않은가 하는 강한 의구심이 든다. 티 없는 소녀들이 무슨 말인지 모르고 깔깔대게 만들어서 효과를 끌어냈다며 회심의 미소를 짓는 카피라이터가 있다면 그를 어떻게 대해야 할까? 내 기분 같아서는 그를 범죄자로 고발하고 싶다.

이처럼 '큰 것이 좋아'는 미국에서도 '점보이즘(jumboism)'으로 부르며 그 폐해를 지적한 사람들도 있는데, 우리나라에서는 무슨 뜻인지도 모르고 사용하는 사람들이 많은 것 같다. 최근 농구협회에서는 농구를 겨울 스포츠로 정착시켜 농구 활성화와 저변 확대를 도모하겠다는 취지로 '점보시리즈'의 청사진을 내놓았다. 프로야구와 축구의 슈퍼리그 붐에 자극을 받아 농구도 조금씩 퇴색해져가는 이미지를 일신해서 종전의 황금기로 되돌아가려는 의지를 나타낸 것이다.

이 계획은 필자가 이미 3년 전에 협회 측에 거론한 바 있었지만 빛을 보지 못하다가 이번에 등장한 셈인데, 그 기본 목적은 다음의 세 가지로 요약할 수 있다.

첫째, 농구와 관중을 연결시켜 관중들이 즐길 수 있는 여건을 제공하자는 것이다. 농구는 다른 스포츠와 달리 실내경기이므로 야구나 축구처럼 시즌이 없다. 그 이점을 살려 겨울 스포츠로 관중들과 쉽게 접촉할 수 있게 하며, 시합 시간도 종전의 주중 상오부터 하던 '대회를 위한 대회'가 아니라 주말 하오로 잡아 '관중을 위한 대회'로 전환하자는 것이다. 입장객에게는 푸짐한 경품을 제공하여 흥미를 유도하며, 우수 팀에게도 상품을 제공하여 선수들의 게임 의욕을 높이고, 심판들에게는 관중들이 인기 투표를 하여 우수 심판에게 격려금을 지급하는 것이다.

둘째, 선수들이 경기력 향상은 물론 얼마 되지 않는 선수층을 보호하기 위해 대회일정을 조정해야 한다. 종래의 경기방식은 연중 남자 실업팀이 5개 대회, 대학이 6개 대회, 여자 실업이 5개 대회를 치르면서 보통 7~8일로 예정된 일정을 소화하기 위해 무더기 게임을 해야 했다. 이에 따라 선수들은 우승을 위해 대회기간 중에는 집중적으로 혹사되어 부상 중이라도 뛰어야 했다. 앞으로는 대회일정을 느긋이 잡고, 선수들이 쉬 피로하지 않도록 여유를 주어 생기발랄한 게임을 할 수 있도록 해야 한다.

아울러 선수들에게 자극을 주기 위해 대회방식도 1차 대회는 12팀이, 2차 대회는 8개 팀이, 3차 우수 팀 초청대회는 6개 팀이 각각 시합을 벌이고, 최종 챔피언 결정전은 3개 팀만이 경기를 하도록 하여 총 1백 64게임을 소화하면서도 선수들이 불필요한 에너지를 낭비하지 않도록 배려해야 한다.

셋째, 이 '점보시리즈'로 농구인들이 대동단결하여 농구가 제 2의 황금기를 맞을 수 있는 전기를 스스로 찾자는 데 목적이 있다. 알다시피 농구는 1960년대 말 여자팀이 세계대회 2위, 남자가 아시아 정상을 차지하면서 전성기를 구가했으나, 요즘에 와서는 야구 · 축구에 밀려 생기를 잃어가는 느낌이 없지 않았다. 농구인들은 그 원인을 우선 자신들에게서 찾으려는 반성을 통해 문제를 해결해야 할 필요성이 있었다. 그래서 이 점보시리즈를 통해 종래의 매너리즘이나 패배주의를 불식하고 전진적인 자세로 단결할 터전을 만들자는 것이었다.

원래 농구는 큰 사람들이 하는 경기라서 그 명칭도 '점보'가 되었다는 점을 상기해두면 면책은 되었을는지?

[서울신문 스포츠 칼럼, 1983년 11월 24일(목)]

제야(除夜)의 '공' 소리

요즘의 며칠은 한 해를 결산하면서 새해를 맞을 마음의 준비를 하고 결의를 다지는 시점이다. 지나간 12개월 동안 명멸한 갖가지 사연들에 대한 아쉬움 때문에 감개무량해진다. 제야의 종소리가 장엄하고 감명 깊은 것은 묵은 해를 과거로 흘려보내기 때문 아니겠는가? 섭섭한 마음으로 1983년을 되돌아보고 한숨부터 쉬어본다.

스포츠 분야에서는 부푼 기대를 안고 1983년을 시작했다. 한 해 동안 축구 슈퍼리그의 출발, 프로야구 2년의 환희, 민속씨름의 화려한 등장, 농구의 점보시리즈 등이 모두 이 부푼 기대를 채워주었다. 나의 경우에는 11월의 홍콩 ABC대회가 LA올림픽 예선전을 겸하고 있어서 태릉선수촌에서 가장 나이가 많은 할아버지 팀을 이끌고 비지땀을 흘리는 것으로 1983년을 시작했다.

그러나 LA올림픽 예선전에서 구기종목 대거 탈락으로 1년의 비지땀이 무색하져버렸다. '통한의 11초'가 망령처럼 지금도 내 귓전을 때리고 있다. 만약 대 일본전에서 아웃 오브 바운드의 내 작전이 주효했다면 중국전에서 그처럼 허무하게 무너지지는 않았을 것이다.

나는 농구를 리듬의 경기로 보고 있다. 만약 우리가 일본과의 시합에서 11초를 남겨둔 그 순간 내 작전대로 자유투 대신 공을 돌려 3, 4초전에 골을 성공시켰다면 중국과의 싸움 양상도 크게 달라졌을 것으로 믿고 있다. 물론 내 작전에 하자가 있었다고는 지금도 생각지 않고 있다. 패장의 변명이 무슨 소용일까 마는 그게 아쉬워서 이렇게 1983년의 치맛자락에 매달려 칭얼대고 있는 것이다. 이 한 해의 3백 65일×24시간×60분×60초, 즉 3천 1백 53만 6천 초 중에서 딱 11초가 이렇게 내 가슴을 쥐어짜게 할 줄은 어찌 생각이나 했겠는가.

또 하나 세밑의 한숨을 증폭시키는 소식이 있다. 조흥은행이 재정압박을 이유로 여자농구 등 구기 팀을 해체키로 결정했다는 것이다. 조흥은행 여자 농구팀은 한국 여자농구의 발판으로 대표선수 배출의 명문구단이었다는 점에서도 아쉽지만, 1967년 3월 창단 팀의 코치를 맡아 나로 하여금 농구 지도자로서 새 출발을 할 수 있게 해 준 의미 있는 팀이었다. '프라하의 봄'으로 비유되던 세계 여자농구선수권대회 준우승의 열기를 업고 여자농구가 붐을 일으켰을 때, 나는 박용분, 강부임, 홍성화, 조복길, 임정순, 도순남, 신인섭, 조은자, 윤선자, 김경순 등의 선수들과 함께 종별선수권대회 3연패, 동남아여자농구 선수권대회 2회 우승을 하며, 당시 상업은행의 박신자 시대를 이어 호화찬란한 위업을 이룰 수 있었다.

코치로서 열과 성을 다해 가르쳤던 그 팀이 이제 해체의 위기를 맞고 있다니 그 서글픈 마음 어디다 하소연하리오. 조흥은행 여자팀이 살 수 있는 길이 있다면 금방 뛰어가서 절이라도 하고픈 심정이다. 은행입장에서 그 나름의 사정이 있겠지만, 선수들 입장에선 제야의 종이 조종(弔鐘)이 되어버린 셈인데, 어찌 살맛이 나겠는가?

이렇게 한숨만 쉬는 중에도 시간은 가고 새해는 오게 마련이다. '오는 손님 반갑게 맞고 가는 손님 빨리 가게'라고 매정하게 말할 수는 없지만, 그래도 오는 손님은 반갑게 맞이하는 게 도리이다. 더욱이 승부의 세계에 살고 있는 내 입장에서는 과거의 망령에 사로잡혀 헤어나지 못한다면 영영 구제불능이 될 터이다. 오히려 가는 1983년을 그만큼 더 밝게 보내야 할 터이다.

그러기 위해 나는 이 종소리를 제야의 '공' 소리로 바꾸어야겠다. 12월 31일 자정에 나는 농구 코트에 서서 공을 튀기며 1984년을 맞으련다. 남들이 어떻게 생각할는지 모르지만, 그것이 한 해를 털어내고 새해를 맞이하는 나의 올바른 자세가 아니겠는가? 만약 내 뜻에 동조하는 농구인이 있다면 12월 31일 밤 썰렁한 코트에서 농구공과 함께 희망의 새해를 맞기로 하자.

[서울신문 스포츠 칼럼, 1983년 12월 30일(금)]

적극적 사고

지난해 12월 3일부터 시작됐던 점보시리즈의 원년이 끝나고 나서 반백(半白)의 머리가 더 희어졌다는 소리를 들었다. 시합이야 선수들이 하는 거지만 3개월 동안 총 25게임, 라이벌인 삼성전자와는 합계 8번의 살얼음판 같던 시합을 치르느라 체중도 6kg이나 줄었고 신경도 적잖게 쓴 게 사실이다. 기대 이상의 관중 동원과 선수들의 불같은 투지가 이 농구제전을 성공적으로 이끈 셈인데, 이제는 좀 쉬게 되는가 싶어 우선은 안도의 한숨부터 내쉬게 된다. 긴장의 끈이 갑자기 풀리면 병이 난다는데…….

3개월간 고초를 겪으면서 빅게임 전야의 그 초조했던 스트레스를 생각하면 지금도 아찔하다. 1점의 승부가 뻔하다면 온갖 전략과 전술을 다 동원해도 백약이 무효일 때가 있다. 그저 심판을 기다리는 도리밖에 없다는 무력감이 가슴을 치면 아예 코트를 쳐다보기도 겁이 났다. 이럴 때가 고비다. 점보시리즈 3차대회, 삼성과의 첫 시합에서 14점을 졌을 때가 그랬다. 선수들이 너무 지쳐 그라운드에 내보내기조차 민망한데 시합은 자꾸 밀리고……. 이럴 때는 혼자서 바스켓 안으로 쏙쏙 빠져가는 볼과 내 영혼이 어떻게 하나가 될 수 없을까 하는 망상에 빠지기도 한다.

내가 선수생활을 하던 시절, 어떤 때는 발에 땀이 나는 경우가 있었다. 이런 날은 골대가 유난히 크고 낮아 보인다. 마치 야구선수들이 컨디션이 좋으면 투수가 던지는 공의 실밥까지 보인다고 하는 것처럼 농구공이 가볍고, 던지면 그야말로 신들린 것처럼 쏙쏙 빠져나간다. 이럴 때는 마치 볼에 눈이 달린 것처럼 느껴진다. 볼과 내 마음이 합일되어 내 의지(意志)가 바로 골로 연결되는 것이다. 그래서 어려운 때일수록 선수들의 마음을 풀어주고 적극적인 사고를 권장한다. 다시 말해 "하면 된다"는 자신감을 불어넣어 주는 것이다.

최근의 『뉴욕타임즈』(2월 27일자)의 「스포츠 월드 스페셜」이란 칼럼에서 고등학교 때 자유투 실수를 너무 많이 해서 더 이상 선수생활을 못한 에드 슐츠라는 뉴저지 주(州) 상속세 감사역 얘기를 읽었다. 그는 고교 졸업 후 20년 동안 자유투 성공률을 높이기 위한 연구를 해서 마침내 방법을 개발했다. 그는 NBA 소속 23개 프로팀에 편지를 보내서 무료로 그 비결을 가르쳐주겠다고 제의했다. 그는 자신의 방법으로만 한다면 첫해에 자유투 성공률을 6~8% 올릴 수 있고 2~3년이면 10~13%까지 끌어올려주겠다고 말했다.

그의 비결은 어떻게 보면 퍽 단순한 것이었다. 공을 손에서 놓는 바로 그 순간에 머릿속에 바스켓 한가운데로 향하는 포물선을 그리고 그 포물선을 따라 공을 던지면 백발백중이라는 것이다. 다시 말해 포물선을 따라 던지면 들어간다는 신념을 가지고 적극적인 사고를 하면 볼에 눈이 붙게 된다는 주장이다. 지도자의 입장에서 보면 일리가 있는 이야기다. 한석봉이 그의 어머니와 캄캄한 어둠 속에서 떡을 썰고 글씨 쓰는 내기를 한 것처럼, 정신통일만 되면 어둠 속에서도 골대에 볼이 들어간다. 기네스북에도 올라 있는 것인데, 1972년 5월 18일 존 세바스찬이란 선수는 메인 타운쉽 고등학교 체육관에서 눈을 가린 채 자유투를 던져 연속으로 63개나 성공했다고 한다. 이쯤 되면 볼에 눈이 달려 있는 정도를 넘어서는 게 아니겠는가?

물론 농구도 인간이 하는 것이니까 때로는 실수를 할 수도 있다. 하지만 조금만 더 적극적으로 대시하면 인간은 누구나가 모두 무한한 잠재력을 펼칠 수 있다. 기록이란 깨어지기 위해 존재한다는 말의 참뜻은 이를 두고 한 말일 터이다.

나는 팀의 주득점원인 슈터의 슛이 불발일 때 그에게 잘 들어갈 때의 손끝의 감각이 어떠했는가, 공의 무게가 어떠했는가, 바스켓이 얼마나 크고 그 높이가 어떻게 느껴졌는가를 상기하게 한다. 그 선수가 이를 어떻게 받아들이느냐가 관건이 되겠지만, 선수생활을 어느 정도 지낸 고참이라면 금세 그 말뜻을 알아듣는다. 적극적으로 사고하게끔 전환만 해준다면 그 다음은 성공한다고 볼 수 있다.

3개월의 장기 레이스를 벌이면서도 체력의 열세를 정신력으로 극복해 준 선수들이 고마울 따름이다.

[서울신문 스포츠 칼럼, 1984년 3월 9일(금)]

금메달에 거는 기대

LA올림픽 출전에 즈음하여 국민은 금메달에 대한 기대에 부풀어 있다. 다음 올림픽 개최국으로서의 체면도 있고, 한민족의 우수성을 세계 만방에 자랑하고픈 잠재적인 바람도 있다. 여러 가지 기대를 담아 체육부는 국회 제출자료를 통해 여자양궁, 레슬링, 유도, 권투 등에서 모두 7개의 금메달을 목표로 하고 있다고 밝혔다.

한편, 김성집 선수단장은 금메달 2~3개 정도면 만족이라고 하면서 기대상향에 따른 좌절을 피하기 위해 미리 연막(?)을 쳤으며, AP통신은 4~5개, 일본의 스포츠 관계자는 5개의 금메달이 유력하다고 내다보고 있다. 그 나름대로의 근거에 기초를 두고, 최소치를 산정해 낸 것으로 볼 수 있다.

1976년 몬트리올올림픽 때 양정모 선수가 사상 처음으로 목에 금메달을 걸었을 때의 환희를 생각하면 금석지감(今昔之感)이 있다. 그 당시 양 선수를 껴안고 오열하던 임원들의 기쁨은 바로 온 국민들의 감격 바로 그것이었다. 이제 우리는 '88 서울올림픽 개최국이 된 이상 그 유일한 한 개의 금메달에 만족할 수 없게 되었다. 마침 LA올림픽에 소련(蘇聯)을 비롯한 동구 공산권 국가들이 대거 불참함으로써 금메달과의 거리가 그 어느 때보다 가깝게 접근하고 있음도 부인할 수 없는 사실이다.

그러나 개구리가 올챙이 시절을 잊듯이 금메달 인플레에 걸려 그 유일한 하나의 금메달의 의미를 잊어버리면 곤란하다. 그 하나의 금메달을 따기 위해 온 국민들이 얼마나 애를 썼으며, 체육 관계자들이 얼마나 눈물을 흘렸던가? 하나를 따냈지만, 국민들은 만점으로 여겼다. 그럼 이번 올림픽에서 기대대로 7개의 금메달을 다 땄다고 할 때 우리 국민들이 느끼는 만족도는 1976년 당시의 만점 그대로라고 볼 수 있을까?

만약 7개 중 5개만 땄다고 하면 만족도는 70~80점 선으로 떨어져 버리고 만다. 산술적으로 1개 땄을 때 백 점이라면 5개는 5백 점이 되어도 시원찮을 텐데, 그 만족도가 오히려 1개 때보다 훨씬 미달하는 이유는 어디에 있는 것일까. 우리는 이 인플레 심리를 경계하지 않으면 안 된다. 기대 상향은 그만큼 좌절을 낳아 사람을 만족할 줄 모르는 불가사리로 만들어버리기 때문이다.

가난이라는 것에 대해 생각해 보자. 6 · 25전쟁 당시엔 누구나 다 헐벗고 굶주리던 어려움을 겪고 있었기 때문에 가난하다는 의식을 가질 틈이 없었다. 그러나 그 당시보다 훨씬 먹고 살기 좋아진 오늘날 달동네 사람들은 그 옆에 번화가가 있음으로 해서 빈곤을 몇 십 배 더 절실히 느끼게 된다. 이것은 소위 '상대적(相對的) 빈곤(貧因)'을 의미하는데, 비극은 이런 데서 비롯된다. 5개의 금메달에도 만족할 줄 모르고 끝없이 상대적으로 적은 숫자를 두고 불평한다면 우리는 영원히 만족을 얻을 수가 없다는 점을 강조해두고 싶다.

2백 80여 명의 이번 올림픽선수단 중에서 금메달 후보인 7명만 각광을 받는 데 따른 후유증도 꼭 짚고 넘어가야 한다. 이 7명 말고도 얼마든지 금메달을 딸 수 있다. 그런데도 신문이나 TV는 언제나 이들만 뒤따른다. 결과적으로는 금메달이 나올 수 있는 가능성을 우리 스스로 말살해버리는 행위밖에 안 된다.

더욱이 이 7명의 금메달 후보들은 국민들의 열화 같은 성화에 부담감을 느끼고 긴장하게 된다. '다 된 밥에 코 흘리는'격이 될 수 있다는 말이다. 대표선수들이 국내에서 경기를 할 때 온 국민들의 열렬한 성원이 오히려 짐이 되어 차라리 원정 게임이 훨씬 편하다는 얘기를 공공연히 하고 있고, 실제로 감독들도 그렇게 말하고 있다. 또 너무 어깨에 힘이 들어가 실패하는 경우를 얼마든지 볼 수가 있다. 차분히 이들의 건투를 비는 것만이 좋은 결실을 가져올 수 있는 길이다. 비록 소극적인 자세라 할 수 있겠지만, 진인사대천명(盡人事待天命)만큼 좋은 방법이 없다는 점을 모두가 인식해야 할 것 같다.

[서울신문 스포츠 칼럼, 1984년 7월 14일(토)]

동심과 승부사

스포츠 경기는 승부를 위주로 이루어진다. 이러다 보니 승부만이 전부인 양 오해를 하는 사람이 많다. 나 역시 농구선수들을 감독하는 입장에 있다 보니 어떤 때는 승부사라는 소릴 듣고 있지만, 마음 한 구석에는 '이게 아닌데'하는 안타까움도 없지 않다.

승부는 병가지상사(兵家之常事)라고 툭 털어버릴 수만 있다면 더할 수 없이 편하겠지만, 지고 나면 어깨부터 축 쳐지고 이 눈치, 저 눈치 돌아보지 않을 수가 없는 게 감독의 입장이다. 그래서 무리하게 승리를 요구하게 되고, 선수들도 지고 싶어서 운동을 하지 않는다.

그 묘한 강박관념으로 인해 때로는 밤잠을 설치고, 혀끝이 마르고, 나아가 피를 말리는 고통을 겪는다. 큰 대회 하나를 끝내면 내 경우 보통 체중이 5~6kg쯤 빠진다. 누구라도 체중 조절을 하고 싶다면 내 자리를 양보하고 싶다며 헛웃음을 지을 때가 한두 번이 아니다.

이래서 요즘 져주기 시합으로 말썽이 나고 있는 프로야구 얘기를 들으면 남의 일이 아닌 것처럼 그 고통이 와 닿는다. 진짜 지고 싶은 사람이 어디 있겠는가? 우선은 져주어서 그 이후에 큰 이득을 볼 수 있으면 까짓것, 눈 찔끔 감고 져주자 이런 계산을 했던 것 같다.

농구의 경우에도 과거에 이런 일이 몇 번 있었다. ○○실업리그에서 어떤 팀이 결승에서 강팀을 피하기 위해 약팀에게 져주는 시합을 해서 빈축을 산 일이 있었고, 심지어 고교 농구시합에서도 이처럼 승부를 조작하여 말썽이 된 일이 있었다. 이기고 지는데 너무 집착하다 보면 선수들은 기본기를 외면하고, 잔재주나 세기(細技)만 밝히게 된다. 결국 아까운 자질을 썩혀버리는 안타까운 일을 수없이 봐왔다. 그러니 승리만이 능사가 아니라는 사실을 다시 한 번 되씹어 볼 필요가 있다. 승리만을 앞세우고 나아가면 그 과정에 사(邪)가 끼게 마련이다. 이런 생각이 프로야구에서 표출(表出)되었을 뿐이다. 결과도 중요하지만 그 과정이 더욱더 중요하다.

나는 지난 여름 우리 선수들과 함께 시골 초등학교의 두 농구팀을 찾았다. 상주 상산초등학교 남자팀과 영산포초등학교 여자팀이 그들인데, 이들의 때 묻지 않은 농구에 대한 열정을 접하고 큰 감동을 받았다. 열심히 배우겠다는 의지에 불타는 그들의 눈망울은 스포츠가 원래 지향하는 바를 그대로 보여주었다. 이 어린 동심에게 승리만을 강요하는 농구를 가르친다면 우리는 죄인이 될 것이라고 믿었다.

우리 선수들은 일일 코치가 되어 이들에게 아주 기쁜 마음으로 승부에 집착하는 농구가 아닌 좋아해서 즐기는 농구를 가르쳤다. 농구공만 있으면 어떤 악조건에서도 기꺼이 뛰어들어 농구를 사랑하는 선수가 될 수 있도록 안내했다. 이들을 가르치면서 그야말로 가슴 뿌듯한

스포츠 칼럼

童心과 勝負師

方烈
<現代남자농구팀 감독>

스포츠가 競技위주가 되다보니 승부만이 전부인양 오해되고 있다. 나역시 농구선수들을 감독하는 입장에있다보니 어떤때는 勝負師라는 소릴 듣지않을수 없지만 마음 한구석에는「이게 아닌데」하는 안타까움이 없지않다.

누구말대로 勝敗는 兵家之常事라고 툭털어버릴수만 있다면 더할수없이 편하겠지만 지고 나면 어깨부터가 축 처지고 이 눈치, 저 눈치를 아보지 않을수가 없는게 감독입장이다. 그래서 무리하게 승리를 요구하게 되지만 선수들도 지고싶어 운동을 하는것은 아닐터이다.

그 묘한 갈등과 강박관념은 때로 밤잠을 설치게하고 혀끝을 마르게하며 나아가 피를 말리는 고통의 연속이다.

큰 시합 하나를 끝내면 내경우 보통 체중이 5~6kg쯤은 빠지게된다. 누구라도 체중조절을 할 양이면 내자리를 양보해주고 싶다고 헛웃음을 지을 때가 한두번이 아니다.

그래서 요즘 져주기시합으로 말썽이 나고있는 프로야구얘기도 남의 일이 아닌 것처럼 그 고통이 와 닿는다. 진짜 지고싶은 사람이 어디 있겠는가? 우선은 져주어서 그 이후에 큰이득을 볼수있으면 까짓것, 눈 찔끔 감고 져주자 이런 계산이겠는데 농구의 경우도 이런 게임이 과거에도 몇번 있었다.

○○실업리그의 경우 결승진출에서 강팀을 피하기위해 능히 이길수있는 약한팀에게 져주는 시합을 해서 빈축을 산 일이 있었고 심지어 배우는 입장의 고교농구에서도 이런 승부극을 조작하여 말썽이된 일이 있었다. 이기고 지는데 너무 집착하다보면 선수들은 基本技를 외면하고, 잔재주나 細技만 밝히게 되어 일찍 조숙하고 결국 아까운 자질을 썩혀버리는 안타까움을 우리는 수 없이 봐왔다.

그러나 승리만이 스포츠의 能事가 아닌 사실을 다시한번 되씹어 볼 필요가 있다. 승리만을 앞세우고 나아가면 그 과정에 邪가 끼게 마련이며 그 보기가 이번 프로야구에서 表出된 것이다. 스포츠란 결과도 중요하지만 그 과정은 더욱더 중요하다.

나는 지난여름 우리선수들과 함께 시골국민학교 두 농구팀을 찾아 이들과 어울리는 기회를 가졌다. 상주 상산국민학교남자팀과 영산포국민학교 여자팀이 그들인데 이들의 때묻지않은 농구열을 접하고 큰 감동을 받았다.

이 어린 童心에게 승리만을 강요하는 농구를 가르친다면 우리는 罪人이 될것이라고 믿었다. 열심히 배우겠다는 의지에 불타는 이들의 눈망울은 스포츠가 원래 지향하는 바를 그대로 실천하는 것이었다.

이런 갈등은 이들이 실내코트는커녕 농구공이나 골대등 시설들이 미비한 시골의 벽촌학교라는데서 더했다. 우리선수들은 일일코치가되어 이들에게 아주 기쁜 마음으로 승부에 집착하는 농구가 아니라 스스로 좋아 즐기는 농구、농구공만 있으면 어떤 惡條件에서도 기꺼이 뛰어들어 농구를 사랑하는 선수가 되도록 가르쳤다. 그야말로 가슴 뿌듯한 희열을 만끽했다.

따라서 우리는 이런 기쁨을 매년 가지도록 하자고 다짐했다. 승리욕에 찌들어있는 肉身을 훨훨 털고 원래의 농구인이 되어 즐겁게 코트를 누빌 수 있기 때문이다.

다시 원래의 내모습으로 돌아와 금년의 점보시리즈를 생각하면 勝負師가 될 수밖에 없을 터이지만 이제는 좀 더 기쁜마음으로 담담하게 임할 수 있을것 같다. 승패에 一喜一悲하는 것보다 최선을 다하겠다는 겸허한 자세로 임할때 농구팬에 보답하는 길이 있을것이기 때문이다.

시골어린이들의 그 순진무구한 눈망울과 핏발 선 승부사의 눈초리를 대비해가면서 스스로를 반성할 수있는 좋은 기회를 가진것을 다시한번 고맙게 생각하고 있다.

희열을 만끽했다. 우리는 이런 기쁨을 매년 가지도록 하자고 다짐했다. 이런 기회를 통해 승부욕에 찌들어 있는 육신을 훨훨 털고 원래의 농구인이 되어 즐겁게 코트를 누빌 수 있게 될 것이다.

다시 원래의 내 모습으로 돌아온다. 점보시리즈를 생각하면 승부사가 될 수밖에 없을 터이지만, 이제는 좀 더 기쁜 마음으로 담담하게 임할 수 있을 것 같다. 승패에 일희일비(一喜一悲)하는 것보다 최선을 다하겠다는 겸허한 자세로 임할 때 농구팬에 보답하는 길이 있을 것이기 때문이다.

시골 어린이들의 그 순진한 눈망울과 핏발 선 승부사의 눈초리를 번갈아 떠올리며 스스로를 반성할 수 있는 좋은 기회를 가졌던 것을 다시 한 번 고맙게 생각하고 있다.

[서울신문 스포츠 칼럼, 1984년 10월 5일(금)]

팬은 왕이다

나는 선수 생활을 할 때 코트에 들어서면 공 이외에 다른 것은 거의 보이지가 않았다. 어떤 때는 코치의 사인이나 고함조차 들리지 않았고, 큰 시합일 때는 심판의 호각 소리도 못 들을 때가 많았다.

그렇게 시합에 열중하다가도 어느 때 갑자기 관중석에 있는 특정인의 얼굴이 부각되어 나타나면 당황하게 된다. 그 분의 표정이나 고함 · 박수 소리가 직접적으로 전달되어 신경이 그쪽으로 쏠리게 된다. 코치들은 가급적 관중이나 팬을 의식하지 말고 차분히 경기만을 풀어가라고 요구하지만, 한 번 그쪽으로 쏠린 신경은 끊어지지가 않는다. 결국 죽을 쑤고 만다. 다음번에는 관중석을 쳐다보지 말자고 다짐하지만, 잘 지키다가도 한 번 실수를 하면 똑같은 결과를 얻는다.

이제는 지도자가 되어 선수들을 감독하는 입장이 되고 보니 제법 관중석을 돌아볼 여유가 생겼다. 그러나 선수들이 그쪽으로 향하지 말도록 해야 하는 처지 때문에 의식적으로 외면하고 들어갈 때가 많다. 팬이나 관중을 머릿속에서 몰아내고 시합에만 몰두하게 되는데, 또 이

때문에 나는 안타까움을 느낀다. 누구를 위해 경기를 하는 것인지 알 수 없게 되는 경우가 적잖이 있었다. 관중이나 팬을 아예 염두에 두지 않고 오직 승부에만 집착해버리는 시합을 한 적이 얼마나 많았던가. 시합을 선수들의 생사나 지도자 · 심판들의 생사가 걸린 일로밖에 여기지 않는 경우가 비일비재했었다.

관중이나 팬을 들러리 정도로만 여기고 우리끼리만 아웅다웅하면서 끝내는 행사는 그 수명이 길 수 없다. 우리 농구계가 이 점을 뒤늦게 인식하고 '점보시리즈'니 '농구대잔치'니 하는 대회를 통해 농구를 겨울스포츠로 정착시키려 한 의도도 여기에 있다. 그 동안 등한시해왔던 관중이나 팬에 대한 서비스의 중요성을 뒤늦게나마 깨달았다는 뜻이다.

그런데도 정작 코트에 나서면 마음먹은 대로 잘 되질 않는다. 우선 승부에 집착하다 보니 관중이나 팬에게 멋있는 농구의 진수를 보여주기보다는 추태(醜態)를 연출하는 일이 많다. 이런 까닭으로 나는 앞으로 '소비자는 왕이다'대신 '팬은 왕이다'라는 구호를 코트의 벽에다 게시하는 것이 바람직하다고 생각한다.

시합에서 승패를 두고 다투더라도 그 과정에서 페어플레이를 보여주어야 한다. 농구의 아기자기한 맛은 서비스하지 못한 채 추태만 벌일 바에야 관중들을 못 들어오게 막고 시합을 하는 게 옳을 것이다. 관중들은 자기네들이 좋아하는 팀이나 선수들의 플레이를 보기 위해 돈을 내고 입장하는 소비자들이다. 우리는 이 엄연한 사실을 잊고 있다. 관중이나 팬은 외면한 채 선수들만 다그치는 그런 못난 지도자는 되지 말자. 선수들이 실력을 마음껏 발휘할 수 있도록 뒷바라지해서 관중들이 코트를 떠날 때 입장료가 아깝지 않았다는 생각을 갖도록 하자. 물론 아마추어 스포츠에서 이같은 팬서비스를 요구하는 것은 다소 무리한 일일지 모르지만, 그래도 좀 더 전향적으로 생각하는 여유를 가졌으면 한다. 새해를 맞는 나의 소박한 바람이다.

[서울신문 스포츠 칼럼, 1985년 1월 11일(금)]

부정수비제 빨리 폐지하라

그간 프로농구 5년을 지켜보면서 겨울스포츠로 자리매김해나가는 한국 프로농구가 혹시나 외화내빈(外華內貧)은 아닌가 하는 우려를 하고 있었다. 지난 7월 한국팀이 중국 상해에서 열렸던 아시아농구선수권대회에서 3위를 하면서 가까스로 체면을 유지할 정도의 전적을 내는 것을 보고 내 우려가 한낱 기우가 아니었음을 확인했다. 어떻게 해보지도 못하고 그냥 주저앉는 모습이 딱하다 못해 측은해 보이기조차 했다.

왜 그렇게 됐나? 중요한 원인 중 하나로 현재 사용하고 있는 일리걸 디펜스(부정수비, illegal defense)를 꼽을 수 있겠다. 원래 이 제도는 미국 프로농구(NBA)에서 관중에게 볼거리와 즐거움을 제공하기 위해 만든 것이다. 공격수를 일정 거리(약 1m) 이상 떨어져 수비하지 못함으로써 지역수비를 금지하고 대인 방어만 허용하는것이다. 이 경우 1:1공격에서 공격수가 수비수를 따돌리면 그 옆의 수비가 협력하기 어려워진다. 공격 측에 유리한 제도다.

ABC대회에서 우리 선수들은 신장이나 체력 면에서 우리보다 훨씬 우위에 있는 중국이나 레바논, 심지어 카타르를 수비하는데도 많은 허점을 보였다. 당시 김동광 감독은 선수들에게 장신에 대한 협력수비와 지역수비를 독려했다. 그러나 이미 국제농구연맹 룰과는 다른 NBA 룰에 적응돼 있는 우리 선수들은 번번이 골밑을 열어줬다. 불과 몇 년 전만 하더라도 중국이나 일본이 가장 두려워했던 한국의 수비 조직력이 온데간데없이 사라져버린 것이다. 프로농구가 발족하기 전까지 한국 농구가 아시아권에서 우승 아니면 준우승을 할 수 있었던 것은 개인기가 우세한 필리핀이나 장신 군단 중국을 상대로 한국형 지역수비나, 지역수비와 맨투맨을 혼합한 매치 업 수비를 성공적으로 사용했기 때문이다.

이번 시즌부터 NBA도 부정수비 제도를 없앴다. 농구란 한 개인에 의해서 지배되는 스포츠가 아니고 협력기술에 의한 팀워크 경기라는 점에서 이는 합리적인 결정이라고 할 수 있다. 그러나 KBL은 현재에도 부정수비 제도를 고수하고 있다. 프로농구가 시작되면서 부정수비제가 도입되었고, 그 결과 신장이나 체력 면에서 우리보다 훨씬 우위에 있는 외국인 선수들이 경기의 주역이 됐다. 그들 1~2명이 게임당 평균 50~60 득점을 하고, 30여 개 리바운드를 잡아내 우리 농구장은 용병들의 파티 장이 되어버렸다. 만약 '박스 앤 원'이나 '트라이앵글 투' 같은 지역수비가 허용된다면 외국선수들이 지금만큼 기를 펼 수 있을까.

중국, 일본도 프로농구를 하고 있지만 모두 지역수비를 허용함으로써 국제대회에서의 경기력 향상에 기여하고 있다. 부정수비는 가능한 한 빨리 폐지되어야 한다. 그리하면 수비에서 맨투맨 수비 한 가지만, 공격에선 외국인 선수들에게만 의존했던 감독들의 머리 싸움도 지금보다 훨씬 치열해질 것이다.

[조선일보 2001년 11월 29일(목)]

관중 없는 프로는 없다

프로농구 감독들이 경기에 나올 때의 복장은 마치 연회장에라도 나온 듯 정장 차림이다. 대개는 넥타이에 싱글이나 더블양복을 입는다. '감독 · 코치도 인기인이니까' 하면서 TV나 팬을 의식한 쇼맨십으로 보는 사람도 있지만, 사실은 그렇지 않다.

그들은 스포츠도 하나의 사교(社交)라고 믿고 있으며, 경기를 책임지는 감독은 그 날의 호스트로서 관중에 대해, 심판에 대해, 상대팀에 대해 존경심을 갖고 예의 바른 복장으로 예의를 몸으로 드러내고 있는 것이다.

모든 스포츠에서 이런 예의는 반드시 지켜져야 한다. 그런데도 우리는 과연 누구를 위해 경기를 하는지 잊을 때가 너무 많다. 경기장 안의 열기가 고조되면서 흥분하다 보면 관중을 외면하는, 본말이 전도되는 상황을 자주 목격한다. 경기장이 살벌해지면서 선수들은 선수들끼리, 감독 · 코치는 심판을 향해 눈을 흘기면서 고성을 질러댄다.

최근 A선수는 경기 중 심판의 판정에 불만을 품고 관중석까지 들리는 고성으로 거칠게 항의했다. 경기는 중단되었고, 심판은 참다 못해 테크니컬 파울을 선언했다. 이후에도 5경기에서 4번의 테크니컬 파울을 받았다. 또 B선수는 자기 실수를 심판으로부터 보상(?)받으려 했는지 삿대질까지 해대며 항의하는 민망한 모습을 보았다.

감독 · 코치들도 마찬가지다. C감독은 모든 패배의 원인이 심판의 편견에 있다고 보는 듯하다. 경기가 불리해지면 손가락으로 심판을 가리키며 상기된 얼굴로 뛰어나와 욕하기 일쑤다. D코치는 감독보다 더 흥분해 감독이 이를 말리는 일이 벌이지기도 했다. 문제는 이러한 모습이 TV를 보고 있는 전국 농구팬들에게 욕하는 입모습까지 클로즈업돼 전달되고 있다는 사실이다.

관중이나 팬을 들러리로만 알고 자기네끼리 아옹다옹하는 행사는 오래 갈 수 없다. KBL이 프로농구를 출범시킨 것은 그 동안 등한시해왔던 관중이나 팬에 대한 서비스를 제대로 하자는 의미도 있었을 것이다. 스포츠 경기는 승패를 가리려는 목적도 있지만, 그 과정에서 페어플레이를 보여주어야 한다. 관중들은 자기가 좋아하는 팀이나 선수들의 플레이를 보기 위해 돈을 내고 입장하는 소비자들이다.

그런 만큼 '소비자는 왕이다'는 말이 있듯 '관중은 왕이다'라는 구호를 코트 벽에다 걸어야 한다. 지도자들은 이 엄연한 사실을 잊고 관중이나 팬을 외면할 때가 많다. 이제라도 선수, 감독 · 코치들은 전향적으로 생각하는 여유를 가지라고 충고하고 싶다.

[조선일보, 2001년 12월 12일(수)]

3점슛, 약인가 독인가

"3점슛은 약인가 독인가?"

지고 있는 경기에서 3점슛은 추격의 발판이 된다. 상대에게 주는 심리적 타격도 크다. 그러나 최근에는 3점슛을 너무 난사한다. 이는 한국 농구의 전반적인 문제다. 국제대회 때마다 3점슛을 전가의 보도처럼 쏘아댄다. 프로팀 중에는 경기 초반부터 마치 슛에 굶주린 듯이 쏘아대는 팀도 있다. 빗나가면 그저 컨디션이 나빴다고 한다. 이처럼 무책임한 자세도 없다.

3점슛은 단신에게 중요한 무기이지만, 상대를 굴복시킬 수 있는 전천후 무기는 아니다. 모든 스포츠는 과학에 바탕을 두고 있다. 특히 농구는 수학적 경기다. 3점슛은 6m 25cm 밖에서 던지는 슛이므로 2점슛보다 정확도가 낮다. 따라서 그 확률을 높이기 위해서는 정석에 따라야 한다. 바둑에 정석이 있듯이 3점슛에도 정석이 있다. 3점슛은 볼이 포스트에서 외곽으로 빠져 나올 때, 수비자가 1.5m이상 떨어져 있을 때, 작전이 걸렸을 때 쏴야 한다.

작전에 의한 3점슛은 상황에 따라 '백신호'(15점 이상 리드), '청신호'(시소경기), '적신호'(패하고 있는 상황) 때로 나눠진다. 적신호는 경기 종료 3분 전 12~15점차로 지고 있는 상황을 말한다. 농구는 미묘한 경기라서 3분 전 15점을 지고 있어도 뒤집을 수 있다. 이때는 함정수비를 펴면서 3점슛을 적극 활용하는 작전을 써야 한다. 그렇다고 누구나 3점슛을 쏘는 것은 아니다. 아울러 3점슛을 던지면 모두가 공격 리바운드를 위해 질주해야 한다. 반면 백신호, 청신호 때는 찬스가 났을 때가 아니면 3점슛은 자제해야 한다.

3점슛 제도는 1984년, UCLA의 체육대학교수이며 세계농구협회 기술위원이었던 스타이즈(Steize) 박사가 창안했다. 이후 세계 각 국에서 3점슛을 시도하는 선수들이 속출했다. 1987년, 팬아메리카대회 결승전에서 미국을 꺾고 우승한 브라질의 오스카 슈미트, 1987년 유럽선수권대회에서 우승하는 데 결정적 역할을 한 니코스 갈리스, 1988년 서울올림픽에서 호주를 4위로 끌어올린 앤드류 영이 좋은 예다. 미국 NBA의 경우는 1990년대 초 보스턴 셀틱스의 래리버드가 단연 으뜸이라 하겠다.

한편, 우리나라도 좋은 슈터들이 많았다. 1970년대 신동파와 1980년대 초반의 이충희는 한국 농구가 아시아 정상에 오르는 데 크게 기여했다. 당시엔 3점슛 제도가 없었다. 오히려 3점슛이 생기고 난 이후에 아시아 정상 탈환에 실패했다. 이충희, 김현준 등 위력적인 3점슈터들이 있었지만, 3점슛에만 너무 의존했기 때문이다.

[조선일보, 2002년 1월 23(수)]

반칙에도 '수준'이 있다

농구는 스포츠 중 유일하게 반칙을 작전으로 이용할 수 있는 종목이다. 대개의 스포츠에서 반칙을 하면 불이익을 당한다. 축구의 페널티킥, 야구의 보크, 레슬링의 파테르 등이 그 예다. 그런데 농구는 반칙 5개를 해야 퇴장을 당하고, 4개까지 하더라도 상대에게 재공격권이 주어지거나 자유투 2개를 허용할 뿐이어서 반칙을 자유롭게 이용할 수 있다는 데 오묘함이 있다.

감독들은 경기 종료가 임박한 상황에서 패색이 짙을 경우 마지막 카드로 반칙 작전을 쓴다. 자유투가 부정확한 상대 선수에게 고의로 반칙을 해서 그가 자유투를 실패하면 즉시 공격권을 되찾아 전세를 뒤집겠다는 계산이다. 경기 초반부터 상대팀의 가장 두드러진 외국인 공격수 중에서 자유투가 부정확한 선수에게 계속 반칙을 하는 적극적 반칙 작전을 쓰는 경우도 있다.

선수들도 상황에 따라 반칙 작전을 쓴다. 경기 흐름의 맥을 알고 있는 노련한 선수들은 위기 때 시간과 스코어를 염두에 두고 자기에게 허용된 반칙 수를 계산하면서 거침없이 반칙을 한다. 그렇게 해서 상대의 결정적 득점 기회, 결정적 리바운드, 결정적 속공 기회를 무산시킨다.

전사에도 반칙 작전을 적극적으로 사용해 승리한 군대가 있다. 바로 18세기 중엽 나폴레옹 군대다. 당시엔 수백 명의 보병들이 횡대의 전투대형으로 맨 앞줄부터 소총을 겨누고 적을 향해 돌진했다. 죽음을 두려워하지 않고 당당하게 정면 승부를 하는 것이 전쟁의 '룰'처럼 되어 있었다. 그러나 나폴레옹의 군대는 죽은 척 엎드려 있다가 갑자기 '엎드려 쏴' 자세로 전환하여 상대를 공격했다. 그럼으로써 최소의 군대로 최대의 전공을 세울 수 있었다.

'죽기 아니면 살기'식으로 반칙을 밥 먹듯 한 군대는 바로 몽골군이었다. 1215년 중국의 금나라를 공격할 때, 그들은 포로들을 선두에 세워 '화살받이'로 사용해 대승했다. 1347년 킵차크한국은 이탈리아의 제노바 교역소를 포위하고 페스트로 죽은 시체를 포대에 담아 투석기로 성내로 쏘아 현대전에서도 금하는 세균전을 일으켜 항복을 받아냈다.

정규 리그가 종반을 향해 가면서 반칙도 갈수록 지능화되고, 치열해지고 있다. 그러나 슬쩍 건드려도 반칙 1개, 강하게 때려도 반칙이 1개인 점을 이용해 치명적 결정타로 상대를 굴복시키려는 몽골식이나, 스타 선수를 자극해 치고받는 난타전 상황을 만들어 함께 퇴장을 당하려하는 '물귀신작전' 등 눈에 뻔히 보이는 파행성 반칙은 관중의 등을 돌리게 한다. 선수나 감독들은 나폴레옹의 '엎드려 쏴'와 같이 머리를 쓰는 반칙 작전을 연구해봐야 하지 않을까?

[조선일보, 2002년 2월 6일(수)]

선수 위주의 연봉 총액제로

2001~2002년 애니콜프로농구 플레이오프전이 막을 내리게 되면 농구계는 한 차례 홍역을 치러야 할 것 같다. 지금껏 경험하지 못했던 자유계약선수(Free Agent, 이하 FA)들이 무더기로 출현하기 때문이다. 연봉 3억 원대의 서장훈(SK), 이상민(KCC)을 비롯해 주희정(삼성), 조성원(LG), 문경은(SK빅스) 등 무려 36명의 선수가 한꺼번에 쏟아져 나오게 된다.

FA선수란 KBL(한국 농구연맹)에 등록된 선수로서 선수 계약기간이 만료되거나 구단과 선수 간의 계약이 해지된 자를 뜻한다. 문제는 이들의 팀 선택권이 사실상 별로 없다는 점이다. 예를 들어 A라는 선수가 B팀으로 이적하길 원한다면 A는 소속팀과 우선 계약 협상을 해야 한다. 이때 제시된 계약 금액이 1억5천만 원이라면 이적을 원하는 B팀은 이보다 많아야 하고(예를 들면 2억), 더욱이 3년 계약을 원한다면 6억의 30%에 해당하는 액수를 A팀에게 지급해야 한다. 기존 구단은 또 지명권 행사로 B팀 선수 중 1명(보호선수 제외)을 자유롭게 선택할 권한을 갖는다. '몸값+30%+선수 지명권'이라는 기존 구단의 기득권 때문에 이적은 너무 어렵다. 지난 해 FA 선수였던 강동희, 김영만 등은 이런 이유로 이적에 실패했다.

미국 NBA의 경우에는 구단보다 선수 쪽에 무게가 실려 있다. 즉 독립단체로 구성돼 있는 선수협회(Players Association)가 FA 표준계약서(Collective Bargaining Agreement)를 작성해 NBA총재와 매년 협상을 한다. 가령 구단에 배정된 샐러리 캡이 10억인데, FA 슈퍼스타가 5억으로 계약을 원한다면 그 이외의 선수들은 나머지 5억을 가지고 나누어야 하므로 불이익이 초래될 수밖에 없다. 그러나 NBA는 구단에 정해진 샐러리 캡을 초월한 '예외 규정'을 적용, 기존 선수들의 권익도 보장하면서 선수 이적도 가능하도록 하고 있다. 반면 한국은 샐러리 캡도 너무 작고 '예외규정'도 없어 선수 이동이 더욱 제한된다. 원년 8억 원으로 시작해서 매년 한국은행이 발표하는 표준금리에 준해 산출하는 샐러리 캡 한도액은 객관적 산출 근거로는 설득력이 부족하다.

물은 흐르지 않고 고이면 썩는다. 이처럼 선수들도 한 팀에 오래 매여 있으면 팀컬러 쇄신이 불가능해진다. KBL의 한 고위 간부는 이번 시즌 개막 전에 "곧 선수협의회를 구성토록 하겠다."고 했지만, 선수협의회를 구성하려는 선수들의 움직임은 아직 없고, 여전히 선수들은 약자의 입장에 있다. FA선수들의 원활한 이동으로 한국 농구가 한 단계 업그레이드될 수 있도록 KBL과 구단이 협조해주기를 기대해본다.

[조선일보, 2003년 3월 20일(수)]

수비 농구 관전법

농구에서 최고의 공격력을 가진 팀과 최고의 수비력을 가진 두 팀이 격돌한다면 어느 편이 이길 것인가. 이는 논리적으로는 답이 안 나오는 질문이다. 고대 중국 어떤 상인의 이야기에서 나온 모순(矛盾)이라는 말이 떠오른다.

현실 세계에서 감독들은 그중 하나를 선택한다. '최선의 공격이 최선의 수비'라는 신앙을 가진 파가 있는가 하면, "무슨 소리냐. 최선의 수비야말로 최선의 공격이다."라고 말하면서 상대방의 공격을 저지, 그 허점을 노려야 한다는 것을 강조하는 파도 있다. 나는 후자 쪽이다.

개인경기 특히 레슬링이나 복싱 등 격투기는 공격적이어야 함이 마땅하다. 만일 이들이 수비 위주의 경기를 펼친다면 보는 사람이 소극적이고, 비겁하다고 느낄 것이다. 그러나 단체경기인 구기는 그렇지 않다. 야구 · 농구 · 배구 · 축구 등과 같은 경기는 최종 순간의 공격은 언제나 한 사람이 한다. 이에 반해 수비는 한 사람이라도 구멍이 뚫리면 무너지게 된다. 그래서 전체가 일치단결해 상대 공격을 막는 가운데 팀워크라는 것이 생긴다. 단체경기는 이 팀워크가 없으면 결국은 패하게 된다. 결론은 역시 수비다.

미국에서는 얼마 전 켄터키대학(감독 릭 피티노)은 NCAA사상 유례가 없는 지역수비로 선수권을 차지해 세상을 떠들썩하게 만들었다. 금번 2001~2002애니콜프로농구대회에서도 KCC는 선수 전원의 기동력을 살려 대인전면억압수비(full court man to man press)와 뒤에서 트랩을 거는 회전수비(rotating run and jump), 코너를 이용한 이중수비 등으로 정규리그에서 난공불락이었던 SK와 동양에 승리하면서 초반의 열세를 딛고 4강에 올라 한 때 결승행도 바라보았다. LG도 지난해 슈터를 이용한 공격농구에서 수비농구로 탈바꿈하여 역시 4강에 오를 수 있었다.

더욱 두드러진 건 우승을 다투고 있는 동양과 SK의 경기 내용이다. 이들의 공격 패턴은 예선전과 동일했지만 수비에서는 새로운 무기가 나왔다. 동양은 서장훈의 포스트 공격만 봉쇄하면 이긴다는 전략으로 시종일관 그에게 볼이 투입되면 전희철로 하여금 더블 팀을 시도케 했다. 상대 공격의 시발점이 되는 포인트가드 임재현을 억압해 볼 운반을 둔화시키는 데 총력을 기울이기도 했다. 이에 반해 SK는 사석작전을 썼다. 5반칙 퇴장을 각오하며 허남영은 힉스를, 석주일과 김종학은 전희철을 막아 승부수를 띄웠다. 우여곡절 끝에 나이츠가 한발 앞서고 있지만, 양 팀의 수비는 모두 일리가 있다. 6차전이나 7차전은 수비를 중심으로 보는 것도 흥미 있는 관전법이 될 것이다.

[조선일보, 2002년 4월 17일(수)]

포인트 가드 감상법

2001~2002 애니콜 프로농구의 플레이오프 우승은 어느 팀이 차지할까? 그 예측을 위한 가장 중요한 변수 중 하나는 포인트 가드다. 농구 이론서에는 "승리를 위해서는 우선 포인트 가드를 선정하고 강화하라."고 씌어 있다. 챔피언 팀에는 반드시 유능한 포인트 가드가 있었음은 농구역사가 증명해주는 사실이다.

NBA 역사상 가장 많는 우승을 한 보스턴 셀틱스에는 불멸의 가드 밥쿠지(1950년대)가 있었다. LA 레이커스의 매직 존슨(1980년대), 유럽선수권대회에서 우승(1980년대)을 한 유고의 페트로비치와 러시아의 벨로프 등도 뛰어난 가드였다. 한국 남자대표팀에는 1969년 아시아선수권대회 우승을 이끈 김인건, 1982년 뉴델리아시안게임 우승을 이끈 박수교가 있었다.

1990년 2월 한국 농구코치협회는 단신의 한국 농구가 국제 무대에서 취해야 할 길을 찾아내기 위해 매우 유익한 경기를 진행한 바 있다. 주로 가드와 슈터로 구성된 단신 팀과 센터 중심의 장신으로 이루어진

팀을 인위적으로 구성하여 경기를 펼쳤다. 결과는 장신 팀의 승리로 끝났지만, 신동찬, 이문규 등 장신가드들이 큰 역할을 했다. 당시 참가했던 가드들이 현재 KBL 10구단 중 7개 구단의 감독직을 수행하고 있음은 단순한 우연만은 아닐 터이다.

흔히 포인트 가드는 경기를 리드하고, 드리블에 능하고, 패스를 잘해야 한다고 믿고 있다. 하지만 분업화된 현대 농구는 이들에게 더 많은 것을 기대한다.

첫째, 슛이 가장 정확해야 한다. 위협적인 슈팅력을 보유하고 있어야 수비자를 끌고 다닐 수 있고, 동료선수의 공격 지역이 넓어진다. 슛이 부정확한 포인트 가드는 죽은 가드다. 수비자는 그를 놔두고 다른 4명을 막는 꼴이 되기 때문이다.

둘째, 스파크 플레이(드리블로 수비를 제치는 돌파력)에 능해야 한다. 상대를 제쳐 5 대 4를 만드는 데 능해야 한다. 누구나 드리블을 한다. 그러나 수비자 앞에서 치는 드리블은 아무 위력이 없다. 상대를 제치고 5 대 4의 양상을 만들 수 있는 플레이가 요구된다.

셋째, 면도날처럼 날카로운 패스기술이다. 볼을 달라고 할 때 패스하는 건 생명을 잃은 패스다. 수비자도 두뇌를 갖고 있으므로 수비가 예측 못하는 패스를 해야 그만큼 공격이 쉬워진다.

넷째, 볼을 보유하고 있지 않은 상태에서의 기동성, 즉 컷팅 플레이에 강한 에너지를 갖고 있어야 한다. 중앙을 센터의 활동 지역으로만 간주해서는 안 된다. 열려 있으면 날카롭게 찔러 들어가 득점하거나 돌아나와 수비 진영의 균형을 깨야 한다.

우리는 지금까지 슈터들을 중심으로 농구를 관람해 왔다. 하지만 포인트 가드를 분석하는 안목으로 관람한다면 농구의 재미를 더 느낄 수 있을 것이다. 자! 농구장으로 가보자.

[조선일보, 2002년 4월 3일(수)]

만리장성, 머리로 넘어라

고대 신화에는 길가에 살면서 나그네를 끌어들여 키 큰 손님은 작은 침대, 작은 손님은 큰 침대에 눕혀놓고 그 사이즈에 맞게 자르거나 잡아 늘려 죽인 프로크루스테스라는 도둑 얘기가 나온다. 그 날강도 같은 프로크루스테스 역을 내가 할 수만 있다면……. 가령 평균 신장 192cm의 우리 대표팀을 2m 10cm 정도로 늘리고, 평균 신장 2m 5cm가 넘는 중국 선수를 2m 정도로 줄인다면 한번 해볼 만할 것이다. 그러나 이는 나의 상상일 뿐이다.

아시안게임에 참가하고 있는 중국 장신선수(야오밍 2m 26cm, 멩크바티어 2m 10cm)의 신장을 보면서 과거 감독 시절에 그랬던 것처럼 긴장과 흥분을 느꼈다. 그들은 체격도 클 뿐 아니라 재빠르고 슛까지 정확하다. 우리 골밑에 서장훈(2m 7cm)과 김주성(2m 5cm)이 있다지만 최근 국제대회에서 좋은 성적을 올리지 못했다. 하지만 안방에서 허무하게 앉아서 당할 수만은 없는 노릇이다. 기왕 염려한다고 키가 커지지 않는다고 했으니 장신의 벽을 타개할 해결책을 찾아야 할 것이다.

첫째는 그들을 심리적으로 이용하는 것이다. 중국은 부산에서도 우승을 해 아시아 최강의 명성을 이어가야 한다는 부담감이 있다. 바로 이 점을 역이용해서 주도권을 장악해야 한다. 즉 파울 한두 개를 아끼지 말고 강력한 몸싸움으로 밀고 나가 당황스럽게 만들어야 한다. 체격에선 뒤져도 체력에선 밀리면 안 된다는 얘기다.

둘째, 화려함을 좋아해 중화(中華)라고 자처하는 중국은 농구도 화려한 플레이를 선호한다. 그들은 키 작은 우리를 의식해서인지 워밍업할 때부터 화려한 덩크슛을 뽐낸다. 하지만 호호(好好)대는 의기양양함 뒤에 '못 이기면 망신'이라는 초조함이 숨어 있다. 따라서 첫 쿼터부터 그들의 플레이를 구질구질하게 만들어야 한다. 속공할 때는 번개처럼 달려가야 하지만, 여의치 않으면 골을 돌리는 지공(遲攻)전술로 그들을 짜증나게 만들어야 한다. 이 순간이 바로 승부처다. 우리의 장기인 3점슛은 이때부터 발휘돼야 한다. 처음부터 3점으로 승부하면 그들에게 잡힐 공산이 크다. 후배들이 멋지게 중국 장대 군단의 콧대를 납작하게 만드는 모습을 두 눈으로 보고 싶다.

[조선일보, 2002년 9월 23일(월)]

비장의 무기 '매치업 존'

농구에서 맨투맨(1대1) 수비는 기량에 따라 책임제로 수비한다는 장점이 있는 반면 반칙이 많고, 체력 손실이 크며, 뛰어난 기량을 가진 선수에게 협력 수비를 할 수 없다는 단점이 있다. 반면 지역수비는 외곽슛과 빠른 패스에 허점을 드러내지만 체력 손실이 작고, 협력 수비가 가능하며 속공 기회를 만들기 쉽다는 이점이 있다.

오래 전부터 농구 전문가들은 이 두 가지 수비법의 장점을 모두 취할 수 없을까 하는 일념으로 연구 개발을 거듭해 왔고, 그 결과로 나온 것이 1976년 미국 고교 농구팀 감독이던 빌 그린(Bill Green : Notre Dame)에 의해 소개된 '매치업 존(Match Up Zone)'이다.

'매치업 존'은 볼이 있는 곳에선 맨투맨을, 볼이 없는 반대쪽에선 지역방어를 하는 것이다. 이 수비가 위력을 발휘하려면 다섯 명의 선수들이 탁월한 수비감각을 갖고 조직적으로 움직여야 한다. 빌 그린 감독은 당시로선 생소했던 이 수비법으로 단숨에 팀을 우승으로 이끌었다.

그러나 '매치업 존'은 상대방이 모를 경우 엄청난 위력을 발휘하지만, 반대로 알고 있으면 걷잡을 수 없이 무너져버린다는 약점도 함께 갖고 있다. 마치 '감은 감인데 못 먹는 감이 무엇이냐'는 질문에 '영감'이라는 아주 단순한 답을 알기 전까지 진땀이 나고 답답하기 그지없는 느낌을 갖는 것과 같다.

한국 프로농구(KBL)는 미국 프로농구(NBA)의 규정 변경과 때를 맞춰 2002~2003시즌부터 지역수비를 허용했다. 그러면서 다시 코트에서 선보이고 있는 수비방법이 '매치업 존'이다. '매치업 존'은 외국선수를 한 명만 기용할 수 있는 2쿼터에서 상대의 국내 장신선수에 더욱 효율적으로 대비할 수 있다.

현재 프로농구에서 '매치업 존'을 쓰고 있는 팀은 삼성, LG 등이다. 아직 사용시간이 5~6분에 그치는 등 활용도는 미미한 편이다. 그러나 체력 비축을 위해서, 맨투맨과 지역수비의 약점 보완을 위해 '매치업 존'을 쓰는 팀과 시간이 점점 늘어날 것이다.

TG, LG, 삼성, 동양 등 현재 상위에 올라있는 팀들도 수비에서 나름대로의 약점을 갖고 있는 이상, 급소에 해당하는 맥에 '매치업 존'을 대입하면 대마를 잡을 수도 있을 것이다. 이기기 위해서는 상대의 강점보다 약점을 공략해야 부가가치가 높아진다. '매치업 존'이 물론 만병통치약은 아니지만, 4쿼터 전 경기를 같은 템포, 같은 네 박자로 진행하는 것보다는 어느 한순간, 느닷없이 상대방에게 수수께끼 같은 문제를 던져 볼 필요가 있지 않을까?

[조선일보, 2002년 11월 26일(화)]

마지막 5분이 승부처

"야구는 9회 말 투아웃부터다", "축구는 후반 마지막 5분이 가장 중요하다."란 말이 있다. 경기가 끝날 때까지 승부를 속단할 수 없는 스포츠의 묘미를 잘 표현해주는 말이다.

농구의 경우도 그렇다. 농구처럼 불과 몇 초 사이에 승부가 수차례 엇갈리는 짜릿한 역전 드라마를 연출할 수 있는 종목은 많지 않다.

1981년 도쿄 아시아 여자농구선수권대회 결승전에서 2m가 넘는 장신 진월방이 버티고 있는 중국을 상대로 박진숙의 장거리 슛(당시엔 3점슛 제도가 없었음)이 그물을 갈라 대역전승했던 것이 기억에 생생하다. 올해 아시안게임에서 한국이 4쿼터 종료 20여 초 전까지 뒤지다가 극적으로 동점을 만든 뒤 연장전에서 승리한 것도 '영화 같은' 실제상황이다.

최근 부천에서 열린 SBS와 SK빅스의 경기를 봤다. 양 팀 감독인 정덕화, 유재학 감독은 대학과 실업에서 고락을 함께한 죽마고우(竹馬故友)였지만 승부의 세계는 냉혹한 법. 처음부터 SK빅스가 문경은과 맥도웰의 위력으로 10여점을 줄곧 앞서 사실상 승부가 결정되는 듯했다. 그러나 SBS가 줄기차게 따라 붙더니 결국 경기 종료 4초를 남기고 퍼넬페리의 득점으로 필자도 믿기 어려운 대역전극(70대 68)을 연출했다. 올해는 프로 10개 팀의 전력이 엇비슷해 이처럼 경기 종반이 되어서야 승부가 갈리는 경우가 많고, 대부분 승리는 마무리를 잘하는 팀에게 돌아갔다.

농구에선 종료까지 4분을 남겨 놓은 시간을 승부처라 한다. 어느 정도 점수 차로 앞서면 '블루 존(blue zone)'에 들어왔다고 말하고, 반대로 지고 있으면 '레드 존(red zone)', 시소게임이면 '화이트 존(white zone)'이란 표현을 쓴다. 이때부터의 전략은 이전까지와는 달라야 한다. 이기고 있을 때는 득점력보다는 실책이 적고 패스와 드리블이 뛰어난 선수를 투입하는 게 좋다. 지고 있을 경우엔 도박 같지만 압박수비로 공을 가진 선수를 두 명이 에워싸는 '더블 팀(double team)'을 시도해 공격권을 빼앗으려는 전술을 써야 한다. 시소게임에선 개인에 의존하기보다는 평소 연습한 패턴플레이로 다섯 명 전원이 상대 수비를 교란해 손쉽게 득점 기회를 만들어내는 것이 바람직하다.

"똑같은 전력이라면 마지막 5분을 참아내는 군대가 승리한다."는 나폴레옹의 말을 되새겨 볼 필요가 있다.

[조선일보, 2002년 12월 24일(화)]

지나친 드리블은 코트의 독

'노 드리블'(No Dribble). 미국의 한 대학 농구팀은 이 짧은 문구를 아예 유니폼 엉덩이 쪽에 새겨 넣어 연습 중에도 시선이 자연스럽게 닿도록 한다. 다른 대학팀은 연습할 때 일부러 튕겨지지 않는 볼(노 바운딩 볼)만 쓴다. 바운드가 안 되니 드리블을 할 수가 없다.

이처럼 '노 드리블'을 강조하는 것은 농구가 단체경기이기 때문이다. 한 사람이 볼을 오래 갖고 있으면 공격 리듬도 늦어지고 나머지 4명이 손을 놓게 된다. 물론 절묘한 드리블로 상대 선수들을 따돌리고 슛까지 넣으면 팬들은 환호성을 지른다. 하지만 그 뒤에는 나머지 동료들의 한숨이 숨겨져 있다.

프로농구에서 가장 드리블을 많이 하는 선수로는 강동희(LG), 허재(TG), 김승현(동양)을 꼽을 수 있다. 강동희는 어시스트, 김승현은 속공, 허재는 슛할 때 주로 드리블을 한다. 이들의 드리블은 언제나 흥미 있는 볼거리를 선사한다. 그러나 분명한 것은 지나치게 긴 드리블은 스피디한 진행이 장기인 농구의 멋까지 말살해버릴 수 있다는 사실이다.

이래서 강조되는 것이 패스다. 패스는 상대 진영까지 볼을 제일 빨리 전달하는 기술이다. 올 시즌 패스를 제일 많이 하는 팀은 동양, LG, 코리아텐더다. 이 팀들은 10~15점 차로 뒤지고 있다가도 순식간에 점수를 만회하곤 한다. 지난 시즌 KCC가 막판 연승을 한 것도 바로 순간 패스를 통한 속공농구를 구사했기 때문이다.

농구의 패스는 사람의 혈액순환에 비유된다. 패스가 잘 돼 게임이 잘 풀리는 것은 건강한 사람의 혈색이 좋은 것과 같다. 반면 개인플레이를 위해 볼을 오래 잡고 있으면 팀 전체가 동맥경화증에 걸린 것 같아 결국은 쓰러지고 만다. 농구 지도자들은 전진이 곤란할 때, 득점할 수 있다고 생각할 때, 지연작전을 펼 때 등의 경우에 드리블을 하라고 가르친다. 프로선수라면 이런 상황에서도 패스를 할 수 있어야 한다. 빠르게 패스하면 득점기회는 저절로 찾아온다.

가끔 이런 비약을 해본다. 우리 사회의 혈액순환을 돕는 패스는 질서인데, 슬쩍슬쩍 개인플레이를 하는 '눈치놀음'이 드리블처럼 너무 많은 것은 아닌지. 그래서 우리 모두가 '노 드리블'을 위해 '노 바운딩 볼'로 연습을 해야 되는 건 아닐는지.

[조선일보, 2003년 1월 7일(화)]

상대팀 코트를 점령하는 '속공'

『손자병법』의 「작전」편에 '병문졸속, 미도교구'(兵聞拙速, 未覩巧久)란 말이 있다. 속전속결이면 다소 미비한 점이 있더라도 승리를 거둘 수 있지만, 아무리 작전이 교묘해도 장기전으로 승리했다는 말은 못 들었다는 뜻이다.

이 말은 농구에도 그대로 적용된다. 속공은 상대가 방어태세를 갖추기 전에 공격을 가하는 것이므로 아무리 상대가 탁월한 능력을 보유하고 있다 하더라도 힘을 집중시킬 수 없게 만드는 효과가 있다. 단점도 있다. 속공으로 5초 이내 3~4회 패스를 해서 슛으로 연결할 수 있지만, 볼을 빠르게 처리해야 하므로 성공보다 실책이 더 많을 수도 있다. 이런 이유로 미국 대학 농구팀의 감독 중에는 속공의 허와 실을 따져 보고, 아예 철저한 세트 오펜스만을 강조하는 사람도 있다. 그러나 속공은 신장의 열세를 만회키 위해 슈터를 살려야만 하는 한국 농구로서는 더없이 필요한 전술이다.

국내 프로농구 경기에서 승리하기 위해서는 세 가지 조건이 있다. 첫째, 외국인의 득점이 전체 득점의 ½을 넘어야 하고, 둘째 외국인 선수의 총리바운드 수가 상대 외국인 선수의 총리바운드 수보다 많아야 한다. 마지막으로 국내 선수의 속공에 의한 득점이 상대보다 많아야 한다. 현재 선두인 동양은 김승현, 김병철, 박재일, 2위인 LG는 강동희, 조우현, 김영만을 축으로 공격이 빠르게 연결된다. 돌풍의 주역 코리아텐더는 황진원, 정낙영, 진경석의 속공 능력으로 개인기의 열세를 극복하고 있다. 이들의 전광석화같은 속공은 순식간에 10여 점을 넣을 수 있는 득점력을 자랑한다. KCC도 이상민과 추승균, 전희철로 연결되는 속공이 매우 뛰어나지만, 승리 조건의 하나인 외국인 선수의 득점이 전체득점의 50%을 넘지 못하고 있어 고전을 면치 못하고 있다.

지금까지 지구상에서 가장 속공을 잘했던 군대는 몽골군대다. 그들의 속공작전은 기마군단의 빠른 기동성과 강인한 인내력에 의해 성공할 수 있었는데, 1209년 봄 8만의 몽골군은 고비사막을 지나 1,200km의 거리를 2개월만에 주파해 불가능하리라 믿었던 서하를 점령하는 데 성공했다. 금년 프로농구의 특색은 이렇다 할 특정 팀이 없이 서로 막상막하의 실력 차라고 지적한다. 그래서 그 어느 대회 때보다도 토종선수들의 활약이 절실한 대회가 될 것이다. 누가 기동력과 인내력을 바탕으로 한 속공을 펼 것인지, 바로 그 팀이 서하를 점령하고 승리할 것이라는 점에 의심의 여지가 없다.

[조선일보, 2003년 1월 21일(화)]

왜 하향 평준화됐나

미 프로농구(NBA)는 수많은 마니아(mania)들에 의해 인기가 유지된다. 이들은 단순히 경기를 좋아하는 정도로 끝나지 않고 각종 자료를 분석하고, 작전을 논하기도 하며, 애정을 갖고 있는 팀을 위해서 은퇴한 스타선수를 다시 코트로 불러들이는 캠페인을 벌이기도 한다.

KBL도 이런 마니아들이 많아질 때 비로소 대중들로부터 사랑을 받을 수 있을 것이다. 그런데 프로농구 7년째를 맞이한 요즘, 관람석에서는 "요즘 농구가 재미없어 졌어."라는 말을 심심치 않게 하고 있다. 10개 구단의 기량이 하향 평준화됐기 때문이다. 무엇 때문에 그렇게 되었을까?

첫째, 외국인 선수의 기량이 과거(재키 존스, 윌리포워드, 제이 웹, 제랄드 워커 등)보다도 훨씬 못 미친다는 점이다. A팀에서 퇴출된 선수가 다음 해에 B팀이나 C팀으로 옮기면서 수준 낮은 기량으로 전 경기를 소화하는 모습이 이제 흔한 일이 되어버렸다.

둘째, 국내 스타선수들의 기량이 날로 퇴보하고 있다. KBL 출범 당시 최고 기량을 발휘했던 허재, 강동희, 김영만, 정재근 등이 하향기에 접어든지 오래됐는데도, 동양 김승현을 빼곤 이렇다 할 새로운 스타 선수가 보이지 않고 있다.

셋째, 외국인 선수들의 선발방법과 시기에 문제가 있다. 현재는 일정 기간 인터넷으로 신청자 접수를 받은 다음, 그들 중 선발하는 날에 참석한 선수만 뽑기 때문에 선택의 폭이 매우 좁다. 선발 시기가 매년 7월이어서 그나마 선발된 선수들도 시즌 직전에나 팀에 합류가 가능하다. 감독은 자신의 지도철학에 따른 팀 구성을 해 보지도 못하고 그들의 개인적 기량에만 의존할 수밖에 없다. 우수 감독이 능력보다는 운에 의해 평가되는 것이 현실인 셈이다. 결국 감독으로 하여금 접전 상황에서 진정한 농구의 맛을 마니아들에게 선보이는 것을 불가능하게 만들어버린다.

넷째, 두 명의 외국인 선수를 고집하고 있다는 점이다. 그나마 올 시즌부터 2쿼터 1명 출전 규정으로 윤영필, 이은호, 정경호 등 국내 장신선수들을 자주 볼 수 있어 다행이지만, 앞으로는 전 경기에 1명만을 출전시키는 것이 바람직하다. 그래야 대학 장신선수들도 희망을 가질 것이다.

마니아들이 외국인 선수보다는 국내선수를 보기 위해 농구장을 찾는다는 것은 이미 올스타전에서 확인됐다. 이제 KBL도 보다 더 재미있는 농구를 마니아들에게 보여 인기를 유지하기 위해 노력해야 할 것이며, 초심으로 돌아가야 할 필요가 있다.

[조선일보, 2003년 2월 18일(화)]

여자 농구가 풀어야 할 숙제

여자 농구가 암울했던 시절이 있었으니, 1997년 '금융대란'이 일어났던 바로 그때다. 당시 남자 농구는 KBL 프로깃발을 내걸고 협회로부터 탈퇴를 선언했지만, 여자 농구는 정반대로 팀 해체(13개 팀에서 4개 팀으로) 도미노 현상이 일어나 선수와 지도자들이 고통을 겪었다. 그러나 비 온 뒤에 땅이 굳어진다는 우리 옛 속담처럼 이듬해인 1998년 7월, 삼성, 현대, 국민은행, 우리은행, 신세계가 팀을 창설하면서 바야흐로 프로시대를 맞이했고, 이후 금호생명이 합류하면서 오늘에 이르렀다.

한국 농구는 열기 측면에서 남고여저(男高女低)현상을 보이고 있지만, 국제사회에서는 여고남저(女高男低)로, 기량 면에서 여자가 한수 위라는 것은 잘 알려진 사실이다. 1960년대에 창설된 아시아선수권대회에서 지금까지 챔피언 자리를 유지해 왔을 뿐만 아니라, 각종 세계대회에서도 빛나는 위업(65년 체코선수권대회 2위, 84년 LA올림픽 2위)을 달성했다. 최근엔 2000년 시드니올림픽 4위에 이어 지난해 중국 장주 세계선수권대회에서 4위에 오름으로써 아시아권에 맴돌고 있는 남자 농구에 비해 국제적인 수준에 이르렀다는 점을 다시 한 번 확인시켜 준 셈이다.

하지만 2003년 우리금융그룹배 여자프로농구 겨울리그 챔피언결정전을 보면서 양 팀 국내 선수들의 기량이 예전보다 못해 진 것 같아 아쉬움이 크다. 요즈음 선수들은 옛날 선수들만큼 뛰어난 일 대 일 돌파능력을 보여주지 못하고 있다. 대표경력 선수들을 많이 보유한 두 팀이지만, 가드진과 포스트진이 오히려 옛날에 못 미치는 것 같다.

여자 농구가 세계 정상권을 유지하기 위해 하루 빨리 풀어야 할 과제가 있는 것 같아 이를 제언하고자 한다. 첫째, 고사 직전에 놓인 여고농구가 활성화돼야 한다. 여고 팀은 1997년 30개 팀 335명이었던 것이 2003년 현재 26개 팀 246명으로 줄었다. 몇 년 전 전국체전에서 우승한 전주기전여고의 등록선수는 당시 5명에 불과했다. 이같은 선수 고갈상태는 바로 여자 농구의 미래가 없다는 것을 뜻한다.

둘째, 일관성 있는 행정력이 요구된다. 시즌 중 모 팀의 외국인 선수 교체 문제를 두고, WKBL 사무국에서 안 된다고 못 박았지만, 각 팀 단장으로 구성된 이사회에서 결정을 뒤집는 등 업무에 혼란을 빚었다.

셋째, 심판의 일관성 있는 판정이 필요하다. 심판에 대한 각 구단의 불신으로 인해 프로 출범 후 처음으로 2명의 감독 퇴장과 심판위원장이 정직 당하는 해프닝이 일어났다. 감독들의 흥분한 몸가짐도 문제지만, 심판의 일관적이고도 경기력 수준에 맞는 판정 능력이 요구된다. 이같은 점을 개선하지 않으면 여자 농구의 세계 상위권 유지는 점점 어려워질 수밖에 없다고 보아야 할 것이다.

[조선일보, 2003년 3월 18일(화)]

명감독과 시간 관리

감독은 경기장에 들어서면 '시간'의 노예가 될 수밖에 없다. 농구도 다른 스포츠와 마찬가지로 시간이 제한되어 있는 경기인 만큼 감독은 항상 시간의 멍에를 진 채 코트를 지휘한다고 해도 과언이 아니다. 멍에도 보통의 것이 아니라 바로 등 뒤에서 재깍재깍 생명을 단축시키는 시한폭탄을 지고, 길이 28m, 너비 15m의 운동장에서 전쟁을 치른다.

전략적인 측면에서 미국과 이라크 전쟁처럼 속전속결이 미국에 유리한 경기가 있는가 하면, 이라크가 원하는 것처럼 시간을 끌어야 하는 지공작전이 유리한 경기도 있다. 어떻게 뛰어다녔는지도 모르게 경기종료의 버저 소리가 들리는 경기가 있고, 마지막 10초가 왜 그렇게 안 가는지 발을 동동 구르고 싶어지는 경기도 있다. 경기가 잘 풀려 빨리 끝을 내고 싶은데 1초가 1분으로 느껴질 때가 있고, 박빙의 리드를 빼앗겼을 때는 1분이 1초로 느껴져 감독의 속을 태우기도 한다. 시간이란 '놈', 당장 뛰어가서 멱살이라도 붙잡고 따귀라도 한 대 치고 싶은데 실체가 어디에도 없어, 그야말로 혼자 피를 말릴 수밖에 없다.

지난 주 4강전을 펼쳤던 동양과 코리아텐더의 1차전, TG와 LG의 경기는 속전속결하려는 TG와 장기전을 원하는 LG가 경기 종료 몇 초까지 예측을 불허하는 명승부를 펼쳤다. NBA 프로농구 중계에서는 종료 1초 전에 작전타임을 불러 그 촌각에 슛을 성공시켜 게임을 역전시키는 것을 간혹 볼 수 있다.

KBL 챔프전에서도 감독이 시간의 주인이 되어 1초를 자신의 뜻대로 움직여 명승부를 펼쳐주었으면 하는 염원을 열 번도 더 가져본다. 막상 마지막 쿼터 3분을 남기게 되면 어느새 시간으로 인한 중압감에 허우적거리는 감독의 모습을 보게 되는데, 시간을 쓰는 일은 엿장수 맘대로 되는 게 아니기 때문이다.

감독은 '너의 시간을 알라'는 라틴의 속담을 잘 이해해야 한다. 누구는 네 자신을 알라고 했지만, 시간 관리에 무지하면 진정한 감독으로 성숙되지 못한다. 시간을 알기만 하면 무엇 하나? 자기 뜻대로 시간을 움직여야 한다.

"귀관! 시간 빼놓고는 뭐든지 자네 맘에 드는 것을 청하게. 내 그대로 들어줌세."

그 용감했다는 나폴레옹 장군도 그의 부하장교에게 이렇게 말하지 않았던가. 시간을 컨트롤하지 못하고 마냥 끌려가기만 한다면 무능한 감독이 되고 말 것이다. 한정된 작전타임을 손아귀에 틀어쥐고 선수교체의 리듬을 살려가면서 시간을 리드한다면 명승부를 이끌어내는 명감독이 될 것이다.

[조선일보, 2003년 4월 1일(화)]

민주형 감독 전성시대

스포츠교육학자 버처(Bucher)는 지도자의 성격 유형이 피교육자의 학습효과에 영향을 미친다고 주장했다. 이를 증명하기 위해 그는 지도자를 네 가지 유형으로 분류했다. 행동과 사고의 방법이 엄격하고 독단적이며 학습자와의 관계를 수직적으로 유지하는 '군림(강압)형', 화려하고 과장된 표현을 하는 '허풍형', 계획성이 부족한 '충동형', 신중히 분석하여 개념화시킨 후 학습자와 수평 관계를 유지하는 '민주형'이 그것이다.

우연인지는 몰라도 2002~2003 애니콜 프로농구에서도 감독의 지도 유형에 따라 경기력이 좌우되는 결과가 뚜렷하게 나타났다. 하위에 머물렀던 팀의 감독은 대부분 '군림형'이었다. 이들 밑에서는 선수의 자유가 제한되고, 상호 간에 협력이 부족해진다. 감독과 선수의 관계는 수직적이므로 선수들의 자발성 · 독립성 · 자기결정능력이 부족하다. 특히 외국인 선수들은 국내 선수들과 다른 교육환경에서 성장했으므로, 강압적인 방식으로는 효율적으로 지도할 수 없다.

4강에 올라선 팀 감독들 중 3명은 40대 초반의 '민주형' 감독들이다. 이들과 훈련을 하고 경기에 임하는 선수들은 전체적으로 화목하고, 협조적이며 자기결정성을 갖고 있는 것이 특징이다. 이들은 지도자에 대한 의존도가 낮다. 민주형 감독은 외국인 선수들에게 높은 호응도를 보여줬다. 챔피언 결정전에서 맞붙은 동양 김진 감독과 TG 전창진 감독은 선수들과 호흡을 같이하는 젊은 감독이라는 공통점을 갖고 있으면서, 벤치 운영에서도 코치들의 말에 귀를 기울인다. 특히 훈련할 때는 강요가 없고 독선적인 행위를 보이지도 않는다.

그렇다고 해서 민주적 방법은 모두 옳고, 비민주적 · 권위적 · 전체적인 방법은 모두 나쁘다고 보지는 않는다. 민주를 너무 강조한 나머지 일체의 훈육이나 벌은 훈련 중에 추방되어야 하고 오직 타협과 인정만이 훈련의 효과를 올릴 수 있다는 주장은 잘못된 것이라고 보기 때문이다. 최소한의 강요는 필수 불가결하다.

다만 미국에서 '강압형' 농구 지도자로 명성을 날리던 인디애나(Indiana) 대학의 보비 나이트(1980) 감독과 UNLV(네바다 라스베이거스대학) 탈카티니안(1982) 감독이 서서히 하강세를 보이고 자리를 떠나고 있다는 점을 눈여겨 볼 필요가 있다. 감독은 사회 · 경제 · 문화의 변화에 따라 선수의 지도법도 달라져야 한다는 점을 수용하고, 이에 적응해야만 선수 · 관계자 · 팬들에게 존경받는 명감독이 될 수 있다는 것을 인지해야 하겠다. 2003~04시즌에서 그러한 명감독이 많이 나오길 기대해 보자.

[조선일보, 2003년 4월 15일(화)]

농구 예찬론

해마다 겨울철이 되면 잠실은 물론, 전국이 온통 농구열기로 가득해 진다. 우리나라뿐만 아니라 미국의 NBA, 유럽의 Euro League도 마찬가지다. 어디 그뿐인가? 세계농구연맹에 가입되어 있는 국가만도 축구보다 많은 203개국에 이르고 있다고 하니, 현재 이 시각에도 지역, 기후, 인종, 종교, 남녀, 정치에 관계없이 전 세계가 농구라는 경기를 통해서 호흡을 함께하고 있다고 해도 과언이 아니다. 지구인들이 모두 농구를 즐기고 있다는 말이다.

농구는 특히 젊은 청소년들이 선호하는 경향이 두드러지게 나타나는데, 무엇이 그들을 열광의 도가니 속으로 몰아가는 것일까?

첫째, 먼저 규칙이 제정되고 후에 경기가 이루어졌다는 점이다. 스포츠는 주로 인간의 원시적 생활습관이나 인간의 투쟁본능, 유희가 경기화되고 규칙화됨으로써 탄생 · 발전되어 왔다. 육상이나 수영은 인간의 높이뛰기나 달리기, 물에서 헤엄치는 능력을 서로 겨루는 것에서 비롯되었고, 구기 종목 등의 단체 스포츠는 어린아이들이 사방치기나 고무줄넘기를 하듯이 서로의 합의하에 또는 오랫동안 유희삼아 해오던 관습을 규칙화하면서 만들어졌다고 한다. 즉 기존 스포츠의 장단점을 취사선택하여 경기규칙을 제정할 수 있었기 때문에 다른 스포츠가 갖지 못하는 뛰어난 특성들을 많이 지니고 있다는 것이다.

둘째, 뛰고, 던지고, 달리는 스포츠의 3대요소를 고르게 갖추고 있다는 점이다. 종목에 따라서 뛰는 것, 달리는 것, 던지는 것이 차지하는 비중에 차이가 있을 뿐, 뛰거나 달리거나 던지지 않는 스포츠는 없다. 농구는 이 세 가지 요소 가운데 어느 것 하나 더하거나 덜하지 않게 고루 요망되는 스포츠이다. 뿐만 아니라 순발력이나 민첩성, 유연성, 지구력 등이 절대적으로 필요한 경기라는 것이다.

농구는 테니스나 배구처럼 상대방과 지역을 달리하며 경기를 진행해 가는 종목이 아니다. 경기를 하는 두 팀 10명의 경기자가 좁은 코트 안에서 서로 어울려서 공격과 수비를 동시에 전개한다. 그러면서도 신체적 접촉이 원칙적으로 금지되어 있으므로 때로는 전속력으로 질주해야 하며, 제한된 구역 내에서 경기를 해야 하기 때문에 질주를 하다가도 급정지하거나 급회전해야 한다. 순발력과 유연성, 빠른 판단력과 민첩성이 반드시 뒤따라야 한다.

농구는 야구나 럭비와 같이 공격할 때와 수비할 때가 따로 구별되어 있지 않다. 공격하면서 수비하고 수비하면서 공격하므로, 공격에서 수비, 수비에서 공격으로의 전환이 어느 경기보다도 빠른 스포츠이다. 경기자는 상대편 경기자와 공의 움직임을 잠시도 쉴새없이 대응해야 하므로 강인한 체력과 지구력은 물론 불굴의 정신력이 절대로 필요하다.

대부분의 스포츠가 종적 · 횡적인 활동에 그치는 데 비해, 농구는 종적 · 횡적 활동과 아울러 득점의 원천인 바스켓이 공중에 떠 있으므로 공중에서의 활동에 커다란 비중을 둔다는 특징이 있다. 다른 스포츠가 평면적이며 2차원적인 운동이라고 한다면, 농구는 입체적이며 3차원적인 운동이라고 할 수 있다. 특히 농구의 공중 플레이는 농구가 추구하는 이상을 무엇보다 잘 나타내준다. 공중에 수평으로 놓여 있는 골대에 공을 투입하기 위해서 때로는 공격자와 수비자가 공중에서 격투를 벌이는가 하면, 보다 빨리 보다 높이 전력을 다해 달리고 뛰면서도 언제나 속력과 강도를 조절해야 하므로 기교성과 반사 신경 또한 절실히 요구된다.

셋째, 농구는 스포츠의 모든 요소를 지닌 완벽한 운동이라는 점이다. 스포츠는 경쟁성과 오락성 그리고 안정성을 갖추고 있어야 비로소 스포츠의 자격이 부여된다. 농구는 실내에서 마음껏 신체활동을 할 수 있는 단체경기여야 한다는 것, 누구나 쉽게 배울 수 있고 재미를 느낄 수 있어야 한다는 것, 배우기는 쉬우나 고도의 기술까지 단계적으로 무한히 개발할 수 있어 흥미를 지속시킬 수 있어야 한다는 것, 난폭한 행동을 금한다는 것 등이 탄생 시부터 고려된 스포츠이다.

이런 점에서 농구는 다른 어떤 스포츠보다 스포츠의 모든 요소들을 잘 지니고 있는 스포츠라고 할 수 있겠다. 게다가 농구는 인간이 가장 잘 사용할 줄 하는 손으로 하는 운동이라서 다른 구기 종목에 비해 배우기 쉽고, 창안 초부터 미식축구의 태클과 같은 난폭한 행동을 배제하기 위해 신체적 접촉을 금하는 것을 원칙으로 하였던 만큼 거론할 필요도 없을 만큼 안정적이다.

넷째, 농구는 교육적인 측면에서도 높이 평가되는 운동이라는 점이다. 그래서 학원 스포츠로도 크게 각광받고 있는 것이다. 농구는 배트나 라켓과 같은 용구를 사용하여 간접적으로 공을 다루지 않고, 축구처럼 발로 공을 다루거나 배구와 같이 공을 띄우지도 않는다. 손에 공을 가진 채 이론을 바탕으로 조정해야 하고, 슛할 때는 발 · 무릎 · 허리 · 팔꿈치 · 공이 마지막으로 떨어져나가는 손가락의 끝부분까지 이용하여 근육과 신경의 협응체계가 고르게 이루어지도록 한다. 이처럼 농구는 신체와 두뇌를 동시에 발달시켜주는 스포츠이다.

이외에도 농구는 팀워크를 통해 협동성을 길러주기도 한다. 농구는 단체경기의 생명이라고 할 수 있는 팀워크가 주는 교훈을 체험할 수 있는 스포츠이다. 어떤 스포츠보다 개인의 기술과 신체적 능력을 필요로 하면서도, 선수 전원이 상호 협조하여 조직적이고 계획성 있는 플레이를 해야 한다. 팀 구성원이 협동하여 지적인 전략을 과학적으로 구사하지 못하고서는 아무런 위력을 발휘할 수 없으며, 승리도 이끌어 낼 수 없다. 농구는 지극히 복잡하고 격렬한 가운데서도 엄격하고 질서 정연하게 이루어지는 스포츠이다. 이를 통해 협동과 단결, 봉사와 희생정신을 배울 수 있고 사회성을 개발시킬 수 있다.

스포츠의 핵심은 페어 플레이 정신이라 할 수 있다. 농구는 자기편이나 상대편이나 경기자의 안전을 무엇보다 우선시하고, 반칙에 엄격히 대처할 뿐만 아니라 반칙을 했을 때에는 스스로 손을 들어 자신의 비위(非違)를 시인하여야 하는 등 페어플레이 정신을 잘 구현하고 있는 스포츠다.

농구는 처음부터 선수의 안전성을 중시하며 탄생했다. 경기자의 안전을 위해 경기 중에는 금속성 물질을 지니거나 유니폼에 부착하지 못하게 되어 있다. 신체적 접촉을 금하고 있는 만큼 반칙이 누적되면 퇴장을 당하든가, 상대편에게 자유투를 던질 기회를 주는 등 엄격하게 처벌하고, 반칙을 범하는 자는 반드시 손을 들어 자기의 비위를 시인하도록 요구하고 있다. 심판에게 이견이 있다 하더라도 선수들의 항의나 이의제기를 인정치 않는다. 오직 주장을 통해서 예의를 갖추어 질의할 수 있도록 규정하고 있다. 이 또한 농구가 추구하는 페어플레이의 이상을 보여주는 한 단면이라고 할 수 있다.

이같은 정신은 경기자뿐만 아니라 심판에게도 요구된다. 다른 스포츠의 경우 일반적으로 심판은 권한자로서 존재하는 경우가 많다. 그러나 농구 심판에게는 경기규칙에 따라 경기를 진행시키는 의무 이행자로서의 자세를 요구하고 있어, 농구는 규칙 제정의 입법정신 자체에서도 공정성을 기하고 있음을 알 수 있다.

이상과 같이 농구는 단순히 신체를 단련하고 즐기는 것을 넘어 교육적으로도 훌륭한 가치를 지닌 스포츠이기 때문에 누구나 애호하고 몰입하게 된다. 농구는 앞으로도 지구인들의 끊임없는 사랑을 받으며 발전할 것으로 확신한다.

[2006년 5월 19일]

스포츠정신이 선비정신이다

2천 년대 들어 한국 스포츠는 바야흐로 프로 전성기를 맞고 있다. 축구와 야구는 봄 · 여름 · 가을에, 농구와 배구는 가을 · 겨울 · 봄에 경기를 진행하고 있다. 선수들은 고도의 기술로 무장된 플레이로 화려한 볼거리를, 구단은 질 높은 서비스의 제공으로 팬들을 즐겁게 해주고 있다. 자연히 해마다 관중 수가 꾸준히 늘고 있다. 국민소득 2만 불을 넘어서면 자연스레 다가온다는 여가시간을 우리 국민들도 스포츠 관람에 할애하여 삶의 질을 높이고 있다고 본다.

프로스포츠가 각광을 받는 만큼 아마스포츠는 대중으로부터 외면당하고 있다. 선수들은 경기마다 텅 빈 운동장이나, 빈 체육관에서 죽을 쓰고 있다. 그래서 일부 대학스포츠 종목에서는 관중을 끌어오기 위해 프로스포츠 흉내를 내며 안간힘을 쏟기도 한다. 스타들이 포함된 프로와 아마가 함께 경기를 한다든가, 입장수입을 늘리기 위한 일환으로 결승 토너먼트 경기를 3판 2승제로 시행하는 등의 궁여지책을 쓰는 것이다. 대학스포츠의 정체성이 실종되어가는 것 같아 심히 유감이다. 프로스포츠는 오로지 승리를 목적으로 두지만, 아마스포츠는 교육에 목적을 두기 때문이다.

대학스포츠의 핵심은 다음과 같다.

첫째, 모든 일에 페어플레이(fair play), 즉 공명정대해야 한다. 공명정대란 규칙을 지키고, 적이 아무리 강해도 두려워 말고, 옳은 일에 몸을 던지는 것이다. 우리 민족정신에는 선비정신이라는 게 있다. 스포츠맨십이 바로 선비정신과 일맥상통한다. 단종을 폐위시키고 왕위에 오르려는 세조를 두고 옳지 않다고 하며 몸을 던진 사육신 성삼문을 기억하길 바란다. 불에 달군 인두로 살을 지지면서 자백을 요구하지만 결코 입을 열지 않고 '인두가 식었으니 다시 달궈서 지지라'고 한 불굴의 정신! "un-sport man-like" 즉, 비겁함으로 승리를 쟁취하는 것은 택하지 말라는 것이다. 스포츠맨십이 선비정신이라는 점을 알고 실천하는 것이 대학스포츠의 핵심이다.

둘째, 역경을 극복하는 인간정신(Spirit)을 함양하는 것이다. 자신과 싸워 이기기 위해 인간한계에 도전해 보는 것이다. 나를 이겨야 남과 경쟁할 자격이 주어진다는 점을 배우는 것이다. 경기장에서 맞이하게 될 난국을 타개해 나가는 힘을 발휘하도록 하기 위해 훈련을 진행한다.

셋째, 기술 연마가 스포츠의 최종 목표라 생각지 않고, 상대를 존중하고 배려하며 결과에 승복할 줄 아는 인격(character)을 기르는 것이다. 흔히 인용되는 중국 고사에 '승물교, 패물뇌(勝勿驕, 敗勿餒)'와 같다. 즉 이겼다고 교만하지 말고, 졌다고 속상해 하지 않는 인격체가 되라는 뜻이다.

넷째, 학습(learning)하는 자세를 잃지 말아야 한다. 대학선수는 선수이기 전에 학생이다. 어쩌면 대학에서 공부하는 시기가 자신들의 인생에서 마지막 교육기간이 될 수도 있다. 지식으로 무장해야 비판정신을 기를 수 있다. 비판력이 없는 젊은이는 죽은 것과 다름없고, 무지는 죄악이다.

이와 같은 높은 수준의 윤리관은 대학의 어느 과목에서도 배울 수 없으며, 오직 스포츠 활동에서만 체득할 수 있다.

스포츠는 남성의 전유물이 아니다. 인간의 존엄성과 평등함을 실천하려는 것이 현대 스포츠다. 우리나라의 경우 사회뿐만 아니라 스포츠도 남성 위주로 이루어져 있다. 남녀 스포츠 간의 재정지원 액수가 다를 뿐만 아니라, 그나마도 미국의 NCAA에 비교하면 확연히 적다. 대학은 스포츠의 사회적 역할을 기억할 필요가 있다.

대학 스포츠경기가 전국적으로 열리고 있다. 아마추어와 프로가 혼재돼 있는 우리의 스포츠 현실 속에서, 대학이 새로운 모델로 거듭나 대학스포츠가 한국 스포츠의 미래를 선도할 수 있는 생명력을 불어넣길 기대해 본다.

[2013년 3월 11일 서재에서]

세계를 평정한 한국 스포츠의 경쟁력

대대로 이어져온 뛰어난 손재주 DNA를 각 분야에서 더욱 발전시켜야 한다.

골프와 양궁은 우리나라가 강세를 지니고 있는 종목이다. 골프의 경우 1990년대 박세리에 이어 2000년대에는 박인비가 LPGA 3연승과 시즌 6승을 기록하여 세계 골프계를 놀라게 했다. 우리나라 여자골퍼들의 세계제패는 이미 오래 전부터 시작됐다고 봐야 한다. 양궁은 1986년 김진호의 서울아시안게임 3관왕을 시작으로 '88 서울올림픽에서 김수녕이, 지난해 런던올림픽에서 기보배가 금메달을 차지하면서 30년 넘게 왕좌를 고수하고 있다. 특히 양궁은 국내대회 우승이 바로 세계대회 우승이라는 등식을 갖고 있는 종목이기도 하다.

무엇이 이들로 하여금 국제적 경쟁력을 갖도록 한 것인가? 과학적 훈련인가, 뛰어난 지도력인가, 아니면 그들이 사용하는 운동기구의 특성인가? 해답은 따로 있다고 본다. 골프와 양궁은 손의 감각이 가장 중요하게 작용하는 스포츠다. 공을 칠 때와 화살을 시위에 걸고 쏫하는 순간까지 손가락의 강약고저(强弱高低)와 전후좌우에 대한 감각이 뛰어나야 순간적인 정확도를 높일 수 있다. 그 감각은 우리 조상들로부터 이어받은 DNA다. 삼국시대부터 도자기를 제작해 온 탁월한 솜씨와 무관하지 않을 것이다. 흙을 빗고 손가락끝 감각으로 다듬고 화덕에 넣어 만들어내는 도자기 기술. 그 손의 미감은 최첨단 과학 분야인 IT(정보기술), BT(생명공학), NANO(나노공학)에서도 위력을 발휘하고 있다.

런던 시내 대영박물관(The British Museum) 3층에 올라서면 세계 각국에서 생산된 도자기 전시관을 만날 수 있다. 잘 정돈된 도자기들이 저마다 아름다움을 뽐내며 자웅을 겨루고 있다. 그런데 관람객들이 이동을 포기한 채 한 전시품만 바라보고 있었다. 그 곳은 뒤이어 모여든 사람들로 곧 인산을 이루었다. 관람객들을 저마다 고개를 있는 대로 뺀 채 전시품을 보려고 발뒤꿈치까지 치켜세웠다. 그 전시품은 바로 고려청자와 조선백자였다.

바라보는 순간 "아!" 소리가 절로 나왔다. 모두들 넋을 잃었다. 나란히 놓여 있는 그 두 점의 청자와 백자에는 도공의 혼이 살아 숨 쉬고 있었고, 그 모습은 단아하면서도 우아했다. 화려한 색채를 자랑하는 중국자기, 입체적 멋을 내고 있는 독일자기, 아기자기한 색깔로 치장한 일본 자기보다 한 차원 높은 색채와 자태를 자랑하고 있었다. 이것이야말로 미켈란젤로의 '피에타', 로뎅의 '생각하는 사람'을 능가하는 한국인의 손으로 만들어진 명품이다.

우리 조상들은 일찍부터 중국 도자기를 뛰어넘는 세계적인 기술을 지니고 있었다. 때문에 임진왜란이 일어나자 도요토미 히데요시는 우리나라에서 많은 문화재를 약탈하면서 도자기 같은 경우엔 물품은 물론 도공까지 데리고 갔다. 우리나라는 임진왜란 이후에 고려청자의 맥이 끊기고 백자가 나타났으며, 일본에서는 그때부터 본격적인 도자기 문화가 탄생하기 시작했다. 일본의 가고시마 지방에는 오늘날까지 우리 도공의 후예가 남아 있고, 그들은 일본에서 제일가는 도자기의 명인들로 인정받는다고 한다.

일본 사람들은 메이지유신 이후 재빨리 서양의 도자기 기술을 도입하기 시작했다. 독일의 바그너 같은 도자기 기술자를 초빙해서 종래의 동양식 일색의 일본 도자기에다가 서양식 감각을 절충시키게 되었다고 한다.

요즘 우리는 입버릇처럼 국제화 · 세계화를 주장하고 있다. 우리 조상이 도예 기술을 전해준 일본인들은 우리 노하우에다가 서양 노하우를 슬쩍 도용해서 세계 시장을 공략하고 있는데 그들의 스승이었던 우리는 도자기에서마저 지고 있는가. 남에게 도자기 기술을 가르쳐주고도 뒤처지는 원인을 깊이 생각해 봐야 한다. 이처럼 한국인의 뛰어난 손재주로 세계를 평정한 골프와 양궁의 경쟁력을 다른 스포츠 종목들도 본 받아야 할 것이다.

[국민일보, 2013년 7월 1일]

농구의 작전타임과 같은 변화가 필요하다

농구는 한마디로 '시간 경기'라고 표현하고 싶다. 선수 개개인의 역량이 어떻든 훈련의 강도가 어떻든 간에 농구경기의 결판은 길이 28m, 너비 15m의 규정된 코트 내에서 이루어진다. 아무리 사활이 걸린 경기라고 해도 1쿼터 10분씩 40분, 쿼터 사이 휴식시간 2분씩 4분, 하프타임 휴식시간 15분, 여기에다가 감독이 작전을 위해 활용할 수 있는 이른바 작전시간이 1분씩 5회, 모두 64분이다. 추가로 상대편도 작전타임 5분이 허용되니까 이 모든 시간을 합쳐보면 결국 69분의 싸움이 된다.

제1 · 2쿼터 20분에는 초반부터 주도권을 확실히 잡은 후, 그 승기를 놓치지 않고 선수들의 페이스를 적당히 유지하면서 경기를 잘 운영해야 한다. 또 감독은 선수들의 전열이 흐트러지거나 허점이 보일 때 재빨리 작전시간을 요구하고, 제2쿼터와 제3쿼터 사이의 15분간의 휴식시간도 충분히 활용한 뒤, 나머지 3 · 4쿼터 20분을 그야말로 금쪽같이 활용해야 경기의 대미를 승리로 장식할 수 있다. 단 1 · 2점 차로 안타깝게 패배한 뒤 '초반에 왜 그렇게 전열을 가다듬지 못했던가', '중반에 왜 그렇게 느슨한 경기를 했던가.', '왜 끝에 가서 사력을 다해 밀어붙이지 못했던가."하며 혀를 깨물고 후회해봐야 아무런 소용이 없다.

우리 인생도 알고 보면 각자에게 주어진 수명이라는 시간과 사회나 가정이라는 공간영역 속에서 이루어지는 제한 경기가 아니겠나 싶다. 신은 백년 미만의 비슷비슷한 시간을 우리에게 주었고, 재능도 큰 차이나지 않게 나누어 주었다. 그럼에도 불구하고 짧은 생애 속에서 엄청난 업적을 남기고 떠나는 이가 있는가 하면, 그저 평범하게 일생을 끝내거나, 반칙만 하다가 경기도 마치기 전에 퇴장당하는 선수처럼 일찌감치 사회에서 격리되는 이도 있다.

우리 민족에게도 시간과 공간의 제약성은 엄연히 존재한다고 믿는다. 원래 한민족에게는 한반도라는 아름다운 코트가 마련이 되어 있었는데, 현재는 넓지 않은 코트를 남북이 반쪽으로 나누어 옹색한 3대 3 길거리 농구경기를 펼치는 듯하다. 하물며 새로운 밀레니엄이 시작된 지도 벌써 10여년이 훌쩍 지나고 있는데도 우리들은 아직도 남북문제에 대해서는 시간의 귀중함을 못 느끼고 있는 것 같다.

통일을 준비하느라 '햇빛정책'이니, 'IT'니, 'BT'니 하면서 의욕적인 경기를 펼치고 있는데, 일부 학생들은 '등록금 인상 반대투쟁'을 위해 수업을 거부하고, 시민사회는 집단민원을 제기하며, 노동현장에선 노사분규가 일어나는 등 아쉬운 시간을 허비되고 있다. 21세기에 접어들면서 국가라는 규정된 코트 개념도 사라지고, 세계가 하나로 어우러져 모든 민족이 올코트 프레싱으로 마지막 총력을 다 기울여 전원이 공격대열에 가담할 가능성이 보이고 있는 판에 우리의 시대 인식은 너무 안이한 것은 아닌가 하는 안타까운 마음이 든다.

우리 국민들의 전열은 많이 흐트러져 있고, 세계적 경제 불황으로 사기는 저하되어 있다. 박근혜 정부가 출범하고 '창조경제', '미래창조' 개혁 운동이 시작될 때만 해도 얼마나 뜨거운 성원을 보냈는가. 그러나 뜻하지 않은 국가경영상의 변수가 나타나고 있다. 일본 엔화의 평가절하, 중국경제의 성장률 저하 등 세계경제의 불황은 국민경제의 악재로 작용하고 있다.

게다가 남북대화의 걸림돌이 되고 있는 북한의 핵문제와 개성공단의 폐쇄 위기, 여론분열 및 노사갈등은 단기적으로 경제의 주체들이 몸조심을 하게 되는 원인이 되고 있는 느낌이다. 일부 'yesman' 정치인들의 맹목적인 충성심과 정신적 이완, 국민들의 방심이 겹쳐서 여러 가지 실책이 벌어지고 있다.

한마디로 사회기강이 해이해졌다. 민심도 흉흉하다고까지는 할 수 없겠지만, 차분하지 못한 것은 사실이다. 지금 정부가 추진하는 개혁의 이상에 이의를 다는 사람은 아무도 없을 것이지만, 그 방향에 대해서는 부정적이거나 회의적인 견해를 가진 분들이 의외로 많다. 경기를 운영하는 감독이 국면 전환을 위해 작전 타임을 요구하듯이, 국가를 운영하는 정부는 지금 국민의 사기를 돋워주기 위해 국면을 전환시켜야 하지 않을까 한다.

[국민일보, 2013년 7월 29일]

한 지붕 세 가족

세계농구연맹(FIBA)은 마음이 급하다. 더 이상 뒷줄에 서 있을 수 없다는 위기의식을 지니고 회원국 각 협회에 각성을 촉구하고 있다. 농구가 축구보다 흥미 있는 요소를 지니고 있고, 세계적으로 더 많은 회원국(농구 215개 국, 축구 209개 국)을 보유하고 있음에도 인기 면에서 축구나 야구에 뒤처져 있기 때문이다.

농구의 인기를 부활시키기 위해 FIBA는 지난 해 8월 라스팔마스에서 총회를 열어 한 나라에 한 농구가족, 협회조직기구 강화, 대회운영 변화로 경쟁력 제고, 3×3 농구 활성화를 목표로 하고, 이를 달성하기 위해 만장일치로 정관 및 규정을 개정했다. 개정된 부분이 전체 규정의 약 26%에 해당한다. 이 가운데 가장 눈에 띄는 법안은 더 이상 한 국가 내에 복수연맹 간의 대회운영 및 분쟁을 방치할 수 없다는 기치 아래 '한 국가, 한 협회'(One sport One Association)를 준수해야 한다는 내용이다.

각 국의 기존 협회와 신생 프로연맹 간의 불협화음은 1992년 프로

선수들도 올림픽에 참여할 수 있도록 허용한 바르셀로나올림픽을 계기로 시작됐다. 우선 아시아권을 살펴보겠다. 나라마다 프로연맹이 이중 · 삼중으로 탄생했고 협회와 연맹 간의 크고 작은 분쟁이 나타났다. 필리핀(2007)은 대표팀 운영 및 대표기관 문제가 국제재판소까지 가는 소송으로 이어졌고, 레바논(2014)은 아시아농구연맹 사무총장(Hagop)이 존재하고 있는데도 주도권 경쟁으로 분할되었으며, 일본(2015)은 프로와 아마경기를 세 개 연맹이 각각 운영해 농구의 열기를 오히려 추락시켰다. 이들은 모두 강력한 제재를 받으며, 세계연맹의 규정에 부합할 때 까지 무기한 제재가 지속될 것이다.

우리나라의 농구도 세계농구연맹처럼 마음이 급하다. 지난 해 인천아시안게임에서 남녀 동반우승이라는 쾌거를 이룩했지만, 여전히 80년대 누렸던 인기를 회복하지 못하고 있다. 우리나라 농구는 1925년 조선농구협회가 창립된 이래 단 한 번의 단절 없이 면면히 유지되어 왔다. 그러다 1996~98년, 하필 가장 뼈아팠던 외환위기 때 남녀프로가 탄생했다. 이후 한 혈통이 세 개의 혈통으로 나뉘어져 불행의 길을 걷고 있다.

농구협회(KBA), 남자프로농구연맹(KBL), 여자프로농구연맹(WKBL)이 '세 지붕 세 가족'을 이루고 있다. 농구인들과 농구팬들도 세 갈래로 나뉘어 이리저리 갈피를 못 찾고 방황하고 있다. 대회는 그들만의 잔치가 됐고, 그들만의 만족으로 끝난다. 마치 모나리자와 같은 명화를 집에 걸어놓고 자기들만 즐기고 있는 것 같다. 이래서는 한국 농구의 미래를 개척해 나갈 수 없을 뿐만 아니라 세계연맹이 주창하는 '한 국가, 한 농구가족'이 되기 어렵다. 언제 어떤 제재를 받을지 예측할 수도 없다.

때마침 대한체육회와 국민생활체육회의 통합을 골자로 하는 국민체육진흥법 개정안이 발표됐다. 체육인 모두는 스포츠 시스템의 선진화, 국제적 추세에 따라 변화하고자 하는 바람을 정부가 과감히 수용했다고 평하면서 환영하고 있다. 드디어 농구에도 통합의 기회가 왔다. 아마 · 프로농구의 행정적 · 재정적 · 사회적 기능의 중복성, 정책의 누수현상을 더 이상 방치해선 안 된다. 미몽에서 깨어나 하루 속히 협회, 남녀프로연맹, 생체연합 농구연맹은 집약된 에너지를 바탕으로 한국 농구의 활력을 되찾아야 한다.

'한 지붕 한 가족'은 한국 농구인과 팬, 그리고 세계농구연맹의 염원이다.

[2015년 3월 25일]

남북통일농구대회 현장에서 본 남북스포츠교류

남과 북이 농구 교류를 한 것은 이번이 네 번째가 된다. 첫 번째는 1929년 일제강점기 하에서 관서체육회가 설립된 이듬해 10월에 서울에서 이루어졌고, 두 번째는 분단 50년만에 1999년 9월 평양과 서울에서 각각 교류경기로 이루어졌다. 세 번째가 2003년 고 정주영 회장께서 건립 기증한 '류경정주영체육관' 개관 기념 경기다. 여기까지는 모두 민간 주도하에 교류된 농구경기였다. 하지만 네 번째가 되는 금번 7월 3일부터 6일까지 북측 초청으로 평양에서 거행된 남북통일농구대회는 앞서 진행된 민간 주도가 아닌 정부 주도에 의해 이루어진 대회라는 것이 특징이다. 지난 4월 27일 한반도의 평화와 번영을 위한 문재인 대통령과 김정은 국무위원장 간에 맺어진 '판문점선언', 6월 1일 남북고위급회담, 이어서 6월 18일 남북체육회담 등 모두 남과 북의 관(정부)주도하에 이루어졌기 때문이다.

경기 진행은 1999년의 대회를 모델로 하였다. 7월 4일 첫 경기는 남과 북의 선수들을 통합하여 판문점선언에서 추구한 이념인 '평화'팀과 '번영'팀으로 나뉘어 거행했다. 류경정주영체육관에는 1만 여 평양 시민관중이 운집하여 환호와 열광으로 체육관을 채웠다. 주석단(로얄석)에는 북측의 최휘 중앙당 체육위원장, 김일국 체육상 등이 자리하였고, 남측에서는 조명균 통일부장관, 노태강 문체부차관 등이 참관했다. 이들은 선수단에 많은 격려와 응원 그리고 환호의 박수를 보냈다. 다음날은 남북의 남녀대표선수로 구성된 청팀과 홍팀의 대결로 진행되었다. 경기를 마치고 양국의 관계자 및 선수단이 한데 어우러져 인사를 나누고 기념촬영을 했다.

세상에는 어려운 일이 두 가지가 있다. 하늘에 오르는 것이 어렵고, 분단된 조국을 하나로 이룩하는 것이 어렵다. 그러나 남북농구단이 통일농구대회를 계기로 그 디딤돌 역할을 할 것이라고 선수단 모두 다짐했다.

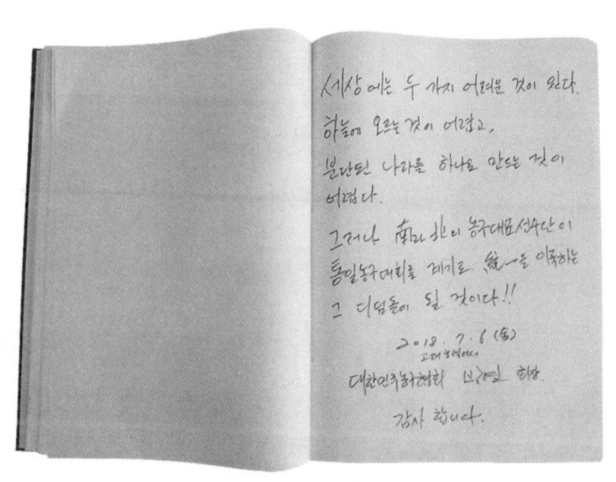

세상에는 두 가지 어려운 것이 있다.
하늘에 오르는 것이 어렵고,
분단된 나라를 하나로 만드는 것이
어렵다.
그러나 南과 北의 농구대표선수단이
통일농구대회를 계기로 統一을 이룩하는
그 디딤돌이 될 것이다!!
2018. 7. 6 (金)
고려호텔에서
대한민국농구협회 [illegible] 회장.
감사 합니다.

평양 고려호텔의 방명록에 적어놓은 글

남북통일농구대회의 배경 및 경과

4월 27일 남북정상회담 시 김정은 위원장이 남북농구 교류전을 제안했고, 6월 1일에는 남북고위급회담으로 공동보도문을 발표하기에 이르렀다. 즉 남과 북의 목적과 필요성은 남북통일농구경기와 2018년 아시아경기대회 공동 진출을 비롯한 체육 분야의 교류협력 문제를 협의하기 위함이었다. 따라서 남북체육 회담을 6월 18일 판문점 평화의 집에서 가지기로 했다.

이후 6월 18일, 남북체육회담은 예정대로 성사되어 공동보도문을 작성하고 발표하였다. 보도문에서 남과 북은 7월 4일을 계기로 평양에서 남북통일농구대회를 개최하기로 하고, 가을에는 서울에서 개최하기로 하였다. 이번 평양 경기에 남측은 남녀선수단을 북측에 파견하며, 경기는 남북선수 혼합경기와 친선경기 형식으로 진행하기로 하였다.

대한민국농구협회는 이에 앞서 4월 30일 국제적으로, FIBA(국제농구연맹)와 FIBA ASIA(아시아농구연맹)에 '2018 아시아경기대회'에 농구 남북 단일팀 구성 문제와 선수자격을 평창올림픽 남북여자아시스하키팀 구성과 동일 조건으로 추진해 달라는 협조공문을 발송했다. 그리고 조선농구협회에 대한민국농구협회의 의지와 견해를 확고히 통보해 줄 것도 요청했다. 남북체육문제의 전문가인 Mr. Baumman(FIBA 사무총장 겸 IOC위원)은 즉시 반응했다. 그는 OCA(아시아올림픽위원회)와 아시아농구연맹으로부터 우리의 의견대로 적극 협조하겠다는 답을 수신했다는 내용의 전자문서를 통보해주기도 했다.

국내적으로는 앞에서 다루었듯이 금번 남북체육회담이 정부 주도하에 이루어졌기 때문에 김정은 위원장의 제안뿐만 아니라 농구가 왜 첫 번째 남북 체육 교류 종목이어야 하는가의 당위성을 주장하고 설득하는 데 중점을 두었다. 그 대상 부서는 문화체육관광부와 통일부 그리고 대한체육회였다.

남북통일농구대회의 의의 및 기대 효과

남북 통일은 오랜 시간과 많은 노력을 필요로 한다. 특히 정치, 경제, 군사, 사회, 문화 등 각 분야에 노정된 문제점들은 하루 이틀에 하

인민문화궁전 방문

나로 만들 수 없다. 통일을 위해서는 어느 분야에서든 대화가 시작되어야 한다. 그래야 설득과 이해가 증진될 것이다. 만남이 없으면 대화가 이뤄지지 않고, 대화가 없으면 통일은 요원할 것이다. 그 만남의 대화는 스포츠가 최우선이다. 역사가 이를 증명한다.

1964년 동경올림픽에 동서독 단일팀을 구성하여 참가함으로써 양 독일의 긴장 완화에 기여한 것은 이미 널리 알려진 사례다. 1971년 4월 10일 미국 탁구선수들의 중국 방문경기로 20년간 무역금지 조치를 취해왔던 중국의 문호를 개방시켰고, 이후 양국 관계가 호전된 것 또한 좋은 사례이다. 스포츠는 국경이 없고 경기규칙도 하나다. 남북통일농구대회는 남북의 난제들을 하나하나 풀어가는 데 필요한 기능을 발휘하게 될 것이다.

남북 농구인들의 만남은 큰 의미를 갖는다. 북측의 유소년부터 성인 및 대표선수들에 이르기까지 어떻게 경기가 이루어지고 어떻게 조직되었는지를 비교·분석하는 것은 통일 이후의 스포츠 발전을 위해 매우 중요한 부분이다. 또한 조선농구협회의 운영 및 조직과 그 예산은 어떻게 편성되는지도 파악해야 할 부분이다. 이 모든 분야의 전공자를 대동해 방북한 것은 당연지사다. 그러나 안타깝게도 북측의 분야별 농구인들과의 면담은 경기장과 연회장에서만 이루어졌다. 그들과의 허심탄회한 만남은 도저히 불가능했다. 면밀하게 준비해간 자료가 수포가 되었다.

남북통일농구대회의 시너지효과를 극대화하려면

가을엔 북측 농구팀이 서울을 방문하게 될 것이다. 자유대한민국에서 경기가 진행될 것이므로 가장 민간 주도형 대회가 진행되도록 해야 할 것이다. 이를 위해서는 먼저 남과 북의 농구인들이 직접 머리를 맞대고 경기진행 방법부터 기술 발전을 위해 필요한 사항을 결정해야 한다. 더 이상 관에서 이렇게 저렇게 하라는 대로 따라 할 수 없다. 민(民)이 전면에 나서고 관(官)은 뒤에서 협력하고 관리하는 자세가 바람직하다. 즉 보여주기식 경기는 하지 말아야 한다. 남측과 북측의 혼합팀 구성이 바로 그 사례다. 스포츠는 경쟁이 없으면 즐거움과 가치가 사라진다. 혼합팀은 윤곽으로는 그럴듯하겠지만 내용적으로 '팥소 없는 찐빵'과도 같다. 스포츠의 맛이 사라진다는 뜻이다. 그리하면 대중의 호응을 이끌어내려는 효과는 사라질 수 있다.

북측은 그 동안 국제대회 참가가 원만하지 못했다. 그들은 남측과 동일하게 EABA(동아시아)에 속해 있다. 회원국으로서 북측과의 농구 교류가 초석이 되도록 해야 한다. 그래야 북측에서도 공감을 느끼게 될 것이며, 남북의 기량 향상에도 큰 도움이 될 것이다.

또한 남녀 평양 프로농구팀을 구성하도록 리드해야 한다. 겨울철 동안 서울 SK, 울산 모비스, 부산 KT 등이 평양에서 방문경기를 하고 평양팀도 한반도의 각 시를 방문하여 경기를 함으로서 가장 빠른 시간 내에 양국의 사회 · 문화를 이해하는 데 기여할 것이다. 뿐만 아니라 북측은 평양 프로팀의 성과 여부에 따라 제2의 프로팀으로 원산 팀,

신의주 팀 등을 창단하여 대회 규모와 경쟁력 제고로 인한 기량 향상의 진일보와 남북의 농구붐 조성을 이룩할 수 있을 것이다.

대한민국농구협회가 나아갈 길

일부 언론에서는 통일농구대회를 바라보며 미래지향적으로 2032년 평양 · 서울올림픽 유치를 추진하자는 발 빠른 보도를 했다고 한다. 곧 실시되는 서울 국제탁구대회에 북측 선수단이 참석하기로 결정했다는 보도는 벌써 발표되었다. 축구에서도 경평축구대회를 추진한다는 소식도 들려오고 있다. 이어서 배구, 태권도, 유도 등의 협회에서 우리 농구협회로 문의 전화가 쇄도하고 있다. 그만큼 금번 실시된 남북교류농구대회의 파급 효과는 전 스포츠 종목에 영향을 미치는 물꼬를 튼 셈이다.

그러나 이에 만족할 것이 아니라 대한민국농구협회는 다음과 같은 기대에 부응할 수 있도록 자구 노력을 해야 할 것이다.

첫째, 단일팀 구성으로 국제대회 성과를 극대화하는 것이다. 특히 2018년 자카르타 · 팔렘방 아시안게임 여자농구에만 국한된 사항이지만 농구팬들은 이를 주시할 것이다. 이들의 경기 결과는 어떨까? 그 성과의 달성 여부에 따라 남북관계 개선 및 통일기반 조성에 영향을 줄 것이라는 것을 기억해야 한다.

둘째, 남과 북의 정기적인 농구 교류를 통한 농구의 붐업 조성 및 저변 확대, 국내 농구 활성화로 각급 국가대표팀의 국제경쟁력 강화를 달성해야 할 것이다.

셋째, 남북통일농구경기교류전의 효율성을 극대화하기 위해서는, 올림픽경기를 IOC가 주관하고 개최국이 주최하듯 관에서 교류전을 주관하고 민에서 주최하는 형태로 나아가야 할 것이다.

넷째, 국내 농구팬들과 농구의 세계화를 위해 2027년 FIBA 농구 월드컵을 남북이 개최할 수 있도록 준비해야 할 것이다.

[한국스포츠정책학회 발제문, 2018년 7월 24일(화)]

제4부
바른 교육이 세상을 바꾼다

우리들이 걱정할 필요 없는 또 다른 하루는 무거운 짐들로부터 오는 부담과, 큰 약속에 못 미치는 결과와 함께할 '내일'이다. 내일은 우리가 즉시 조정할 수 있는 범위 밖에 있다. 내일도 날씨가 맑거나 흐리거나 관계없이 태양은 떠오를 것이다. 그러나 우리는 내일 일어날 그 어떤 것에 대해서도 좌지우지할 수 없다. 우리가 좌우할 수 있는 것은 오로지 단 하루, 바로 오늘뿐이다.

좋은 감독의 자질

스포츠맨으로 살아온 지 40여 년. 그중 지도자로 25년을 보냈지만, 솔직히 아직도 "어떤 자질을 갖추고 있어야 훌륭한 지도자인가?"라는 물음에 대한 정확한 답을 갖고 있지 못하다. 그간의 경험을 토대로 나름대로 지녀온 지도신념(?)을 몇 자 적어보겠다.

먼저 감독 · 코치라면 누구나 그 자신만의 철학을 가지고 있어야 한다고 생각한다. 정신의학자들은 감독들에게 생길 수 있는 두 가지 정신이상 증후가 과대망상과 피해망상이라고 말하고 있다. 가능하지 않으리라 생각되었던 것을 팀이 성취했을 때 과대망상에 걸리기 쉽고, 위기일발의 상황이나 실책이 불리하게 작용할 때 피해망상에 걸리기 쉽다고 한다. 때문에 감독들은 제반 상황들을 냉정하고 침착하게 받아들일 수 있는 철학적 사고능력을 가지고 있어야 하고, 분명한 견해로 무엇인가를 결정해야만 한다.

감독들은 참가자, 경기, 경기의 스코어(점수)에 대해 개인적인 관심을 갖고 있는 선수들, 팬들, 상대편 사람들을 포함한 다른 사람들의 예상치 못한 감정적 반응에 대해서 어떻게 대처할 것인지를 판단해야 한다. 직업상 감독은 때로는 불공평한 비판과 받을 만한 가치가 없는 칭찬을 받게 될지도 모르지만, 이 두 가지로 인해 감정이 흔들리면 안 된다. 감독이 하는 일의 대부분은 젊고 미숙한 개인과 함께 이루어지며, 감정적이고 흥분하기 쉬운 환경 하에서 이루어지고 있다는 사실을 깊이 인식하고 있지 않으면 안 된다.

아래에 제시하는 것들은 내가 팀(단일팀이든 대표팀이든)을 지도할 때 중요하게 생각했던 사항이다. 이 안에 나의 철학이 담겨 있다고 믿고 소개하고자 한다.

최선을 다해야 한다

감독은 최선을 다해 일해야 한다. 그것이 자신뿐만 아니라 자신을 고용한 사람과 감독 하에 있는 청소년들에 대한 의무라고 생각한다. 만약 진정 본인이 '최선을 다했다'고 만족했다면 그 자체로 성공이라 할 수 있다. 경기의 결과가 좋았든 나빴든 그것은 별로 중요하지 않다. 그러나 최선을 다하지 않았을 때는 경기 결과가 마음에 흡족할지라도 실패한 것이다.

경기의 승패에 얽매이지 말고 과정 하나하나에 충실해야 한다. 때문에 감독은 자기 선수들이 이기도록 가르치되, 정직한 힘으로 이길 수 있도록 가르쳐야 한다. 나는 불타는 의욕을 가지지 않은 선수들이 이기는 것을 원치 않으며, 과감하게 열심히 경기하지 않는 것을 원하지 않는다.

나는 선수들이 최선을 다하는 것 자체가 승리라는 것을 느끼기를 진심으로 원한다. 선수들은 연습이나 경기에서 최선의 노력을 다하면 된다. 스코어에 관계없이 최선을 다했다면 패해도 승리한 것이다. 최선을 다 하지 않고 얻은 승리는 곧 패배한 것이다. 아울러 '승물교(勝勿驕)', 즉 이겼다고 교만하지 말고, '패물뇌(敗勿餒)', 즉 패배에 너무 속상해 하거나 의기 소침할 필요가 없다는 점을 늘 강조하고 있다.

교육자로서의 감독

실제 경기를 할 때, 감독은 선수들이 적절하고 효과적으로 경기의 여러 가지 기본을 수행하도록 가르쳐야 한다. 감독은 교사이기도 하다. 기본기술은 설명되고 시범되어야 하며, 올바른 시범을 선수들은 따라야 하고, 시범은 건설적 비판을 거쳐 수정되어야 한다. 그런 뒤에 선수들이 본능적으로 반응할 수 있을 정도로 될 때까지 적당한 모델의 실행을 반복하고 또 반복해야 한다.

이때 감독은 참석하여, 보고, 분석하고, 다시 수정해야 한다. 때문에 감독은 모든 사람을 환영하고 선수들을 향상시키기 위해 자신을 향상시키는 방법도 끊임없이 탐구해야 한다.

아래에 제시하는 것들은 훌륭한 감독이 되기 위해 갖추어야 할 덕목이라고 생각한다.

1. 자기 목적에 대한 지식

2. 지도하는 기술
3. 교육자로서 자각과 태도
4. 실기 학습의 조직화
5. 팀과 지역사회의 관계
6. 감독과 선수의 인간관계
7. 따듯한 인간성과 타인에 대한 고려
8. 항상 하고자 하는 의욕
9. 규율
10. 일반 상식적인 지식

지도자로서의 감독

감독은 권위자가 아닌 지도자라는 것을 잊어서는 안 된다. 감독의 지도하에 있는 청소년들은 올바른 플레이뿐만 아니라 개인의 인생살이 및 모든 면에서 올바른 지도를 받아야 하는 사람들이다. 청소년들은 부모님 다음으로 코치 · 감독과 많은 시간을 보내고, 감독에게 많은 영향을 받게 된다. 감독은 이들에게 영향을 주는 선생님이다. 그러므로 감독은 이들에게 진지한 관심을 갖고 가르침을 베푸는 교사로서의 의무와 책임을 인식하고 있어야 한다.

코치강습회가 있을 때마다 훌륭한 지도자가 되기 위해 갖추어야할 기술(요령)에 관해 필자가 강조하는 몇 가지 사항을 다음에 제시하며 글을 맺고자 한다.

1. 지도자는 동반자의 눈을 꿰뚫어 볼 줄 알아야 한다.
2. 지도자는 "나가라."라고 말하기보다 "함께 가자." 라고 하면서 길을 이끌어야 한다.
3. 지도자는 다른 사람에게 대해서 신뢰를 가져야 한다.
4. '지도자는 하인(下人)이다'라고 생각해야 한다.
5. 지도자는 두뇌와 동시에 마음을 사용할 줄 알아야한다.
6. 지도자는 높은 목표에 눈을 돌려야 한다.
7. 지도자는 개방된 마음과 유머감각을 가지고 있어야 한다.

[2006년 5월 10일, 경원대학교 사회체육대학원장 집무실에서]

감독을 맡기 전에 알아야 할 몇 가지 사항

감독이라는 직업에 왕도는 없다. 지도한 선수가 성공했다고 해서 나도 성공한다는 보장이 없다. 선수와 감독 사이에는 엄청난 거리가 있다. 선수는 스타가 되고 싶어하지만, 감독은 팀을 승리팀으로 만들려는 강한 욕구가 있다.

부, 명예, 명성 등과 같은 화려한 요소들은 소수의 감독에게 주어진다. 이를 취득한 코치들도 길게 유지하기 어렵다. 팀을 운영 · 관리하는 사람들의 코치에 대한 기억은 미미하다. 팬들은 지난 시즌에 우승한 것보다 현재의 패배를 더 잘 기억하고 말하기를 좋아한다. 모든 영광은 곧 사라진다.

일반적으로 감독은 선수들과 특수한 관계를 맺지만, 이 외에도 팀, 소속사, 부모, 언론, 심지어 지역사회까지도 인간관계를 형성하게 되며, 이에 따른 다양한 역할이 요구된다는 점을 인지해야 한다. 그것은 다음과 같다.

직업의 안정성

새로 감독이 된 사람은 누구나 직업의 안정성에 관심을 가진다. 감독이라는 직업의 안정성은 다음의 세 가지에 달려 있다.

첫째, 감독은 보조코치의 수 또는 협조자들의 수에 관계없이 자신의 능력에 의해 안정성이 좌우된다. 이러한 능력은 다변적 기능을 가능하게 만든다. 다변적 기능은 젊은 선수들에게 어떻게 경기에 적응하고 플레이를 잘할 수 있는지를 준비시키는 과정에서 만들어진다.

둘째, 감독은 보조코치들과 선수와 상호 신뢰하는 관계여야 한다. 선수들이 흥분한 상태에서 수행해야 할 것, 훈련에서 실제로 배웠던 방법 등을 보조코치들은 충분히 이해하고, 감독을 뒷받침할 수 있어야 한다. 그리고 감독은 탁월한 선수가 되기 위한 기술의 지도뿐만 아니라 태도를 가르쳐주어야 하고, 가르치는 데 필요한 지식을 충분히 가지고 있어야 한다. 신뢰에 바탕을 둔 적절한 인간관계가 감독을 승리로 인도한다.

지도의 신념은 감독에게 절대적으로 요구되는 사항이다. 감독이 작전판에 실질적 전술을 도표로 작성해 설명하는 것이 자신의 선수 시절의 성공 사례를 지적해 설명해주는 것보다도 훨씬 값지다는 점을 기억하라. 세일즈맨은 오직 제품 판매촉진을 위해 자신의 능력과 신념을 발휘한다. 건축가는 능력과 완전한 자신감(신념)을 가지고 있어야 하고, 음악가는 연주를 잘할 수 있다는 신념이 필요하다. 그러나 감독은 자기의 신념에 따른 방법으로 일을 해낸 결과에 의해 평가받는 것이 아니라, 그들이 지도한 선수들이 얼마나 플레이를 잘했느냐에 따라 평가받는 독특하고 유일한 직업이다. 감독이라는 직업을 생계 수단으로 선택한 프로팀 감독들은 남자건 여자건 신(神)과 함께 선수들의 손을 잡고 지도해야 한다. 이것이 곧 지도의 신념을 갖는 것이다.

감독은 끊임없는 열정으로 팀이 최고의 수준에 도달할 수 있도록 승리와 패배의 기록을 게을리 하지 말고 마음에 새겨야 한다. 선수가 시즌을 준비하거나 경기에 임하는 자세는 감독과 크게 다르다. 선수들에게 경기란 단순히 플레이하고 순간적 상황을 즐기는 것이다. 그러나 야심을 가지고 있는 감독에게 경기란 그들 자신의 생계 방식이자 미래이다. 이 엄청난 차이는 감독의 야심과 직접적으로 비례해 다양하게 변화되어 감독과 팀 사이에서 분쟁이 일어나는 원인이 되기도 한다.

셋째, 감독은 반드시 팀의 프런트 관리자들과 유대 관계를 잘 가져야 한다. 기본적으로 인식해야 할 점은 프로스포츠 팀은 소속사(기업)의 한 부분에 지나지 않는다는 것이다. 대부분의 코치들은 프런트 관리자들과의 관계를 무시하거나 기업 특성에 적응하려 들지 않고 오직 선수들 지도만 잘하면 된다는 식의 개인적인 생각에 빠져 있는 경우가 있다. 기업은 프로팀을 소유하지 않아도 존재하지만, 팀은 기업을 떠나 존재할 수 없다.

프로팀 감독 생활

감독은 매일 새로운 도전에 직면하기 때문에 매우 흥미로운 직업일 수 있다. 꿈과 희망을 지니고, 미래를 알 수 없는 젊은 20~30대 선수들과 함께 생활하며, 그들을 지도한다는 사실 자체로 충분한 가치가 있다. 선수들과의 연계, 성장하는 선수들을 지켜보는 것, 승리의 무아경 또는 패배의 고통을 공유하는 것 등은 감독만이 지닐 수 있다. 더 좋은 직업과 더 큰 수입을 얻기 위해 사다리를 기어오르듯 애를 쓰는 감독들이 안타깝고 불쌍히 여겨질 때가 있다. 그들은 젊은 선수들 속에서 선수들과 함께하며 지도하는 경험이 전문 직업인으로서 얼마나 만족스러운 것인가를 망각하고 있기 때문이다.

대회기간 중 경쟁에 익숙해진다는 것은 감독으로 하여금 단조롭지 않게 하는 또 다른 요소이다. 대회가 종결될 때까지 감독은 한 경기가 끝나면 즉시 다음 경기를 준비해야 한다. 감독은 지난 경기에서의 승리, 선수들을 칭찬해 줘야 할 경기상황에 대해서도 그들과 함께 즐길 수 있는 충분한 시간적 여유를 가지고 있지 않다. 경기 및 훈련 스케줄 외에 상대 팀에 관한 정보와 지난 경기에서 나타난 우리 팀 선수들의 플레이에 대해서도 정리를 해 두어야 한다. 오늘 경기해야 할 상대 팀에게는 어제 경기에서 보여준 내용과는 다르게 대처해야 한다.

선수들도 반드시 이러한 요소들을 배우게 될 것이다. 우리 팀을, 우리 선수들을 칭찬했던 신문들은 오늘이 되면 쓰레기통에 버려져 있게 마련이다. 모든 전문직처럼 학생들을 지도하는 감독들에게도 좌절의 시간이 있다. 많은 것들이 감독의 욕구를 좌절시킬 수 있다. 그러나 일반적으로 좌절하게 되는 으뜸 원인은 성급함과 최종 목표 달성에 대한 조급함이다. 대체로 최종 목표 달성의 기회는 다른 팀들보다 승리를 위해 치밀하게 프로그램을 구성하고, 승리하기 위한 규칙을 가지고 있는 팀에게 주어진다.

만약 프런트 관리자들이 감독에게 스스로 판단하고 팀을 설계할 수 있는 자유를 주지 않는다면 이 욕구불만은 관리자에게 돌려질 것이다. 감독이 팀을 발전시키고 프로그램의 전개에 필요한 요구를 수용하는 데 무관심하거나 성의를 보이지 않으면 코치는 욕구불만을 가지게 된다. 이같은 상황이 발생할 때 감독은 관리자들이 팀에 대한 관심이 없어서 요구한 프로그램을 깔아뭉갰다고 생각할 수도 있다.

감독 스스로의 성급함으로 인해 욕구가 좌절될 수도 있다. 팀을 발전시킬 수 있는 훌륭한 프로그램을 만들려면 분명히 시간이 필요하다. 몇 년이 더 요구될 수도 있다. 이 기간 동안에 경기에 패해 기회를 놓칠 수도 있겠는데, 이 때문에 좌절하기도 한다. 특히 반드시 이겼어야 할 팀에게 패했을 때 더욱 크게 좌절한다. 그러나 패배를 수용하고, 상황에 순응하여 곰곰이 생각하게 될 때 비로소 성공하는 감독이 되는 데 필요한 중요한 요소들을 스스로 챙길 수 있게 된다.

오늘이라는 단 한 번의 하루

매주에 1~2일 동안은 걱정하지 않아도 되는 자유로운 시간이 있다. 그중 하루는 실책과 근심, 그리고 과실로 인한 고통과 아픔이 함께한 '어제'이다. 어제는 영원히 지나간 시간이다. 세상에 어떤 물질적 대가를 치른다 해도 어제로 다시 되돌아갈 수 없다. 어제는 이미 갔기 때문이다. 우리가 행동한 단 한 번의 동작도 원상태의 모습으로 다시 돌이킬 수 없다.

우리들이 걱정할 필요 없는 또 다른 하루는 무거운 짐들로부터 오는 부담과, 큰 약속에 못 미치는 결과와 함께할 '내일'이다. 내일은 우리가 즉시 조정할 수 있는 범위 밖에 있다. 내일도 태양은 날씨가 맑거나 흐리거나 관계없이 떠오를 것이다. 그러나 우리는 내일 일어날 그 어떤 것에 대해서도 좌지우지할 수 없다. 우리가 좌우할 수 있는 것은 오로지 단 하루, 바로 오늘뿐이다. 그 누구나 바로 '오늘'이라는 날에 승리할 수 있는 것이다. 그러므로 만약 오늘도 지속적으로 다가오는 '어제'와 '내일'이라는 이 두 가지 엄청난 부담을 가지고 있다면 이를 과감히 없애야 한다.

[2015년 1월 7일, 농구협회 집무실에서]

'반값등록금' — 대학 협력 모델로 해결을

온 나라가 반값등록금 문제로 몸살을 앓고 있다. 정치인들이 급하게 발표한 선심정책으로 인해 교수와 학생이 거리로 나서고 있다. 반값등록금 제안이 이토록 나라를 들끓게 만들다니 대학 운영의 책임을 맡고 있는 한 사람으로서 부끄럽기 짝이 없다.

서민의 허리를 휘게 만든 등록금 문제는 어제 오늘의 이야기는 아니다. 정부는 해마다 치솟는 등록금 문제를 해결하기 위해 학자금 대출제도를 시험해 왔다. 그러나 학자금 대출을 받았다가 금융채무 불이행자(옛 신용불이행자)가 된 학생 수가 올해로 3만 명을 넘어섰고, 이젠 그렇게 되지 않으려고 학생들이 웬만하면 대출을 꺼릴 정도까지 됐다.

반면 정부의 등록금 동결 방침에 불구하고 대부분의 대학은 해마다 일정한 비율로 등록금을 인상하고 있다. '반값등록금'은 그래서 터져 나온 소리다. 학부모와 학생들의 부담을 덜어줄 목적으로 비싼 등록금을 절반으로 깎아주고 나머지 절반은 국고로 지불해주자는 내용이다. 그러나 재원 마련이 쉽지 않다. 7조 원에 이르는 반값등록금 예산은 결국 부메랑이 되어 국민에게 돌아올 수밖에 없다.

등록금 문제는 정부의 예산 지원만으로 해결될 사안은 아니라고 본다. 대학의 자립도를 끌어올리는 방향에서 해결돼야 한다. 그 방안 중 하나가 중소기업과 대학의 협력체제 구축이다. 우리 대학의 신재생에너지학과는 중소기업과 공동으로 파도를 이용한 에너지 생산 연구를 진행하고 있다. 파도가 일 때마다 발생되는 에너지를 얻으려는 연구로, 원자력을 대체할 목적으로 진행되고 있는 획기적인 연구과제다. 신구조연구팀도 중소기업과 함께 폐비닐에서 재생 에너지를 추출하는 연구를 공동으로 진행하고 있다. 우수기술 확보가 대학이 자생력을 가질 수 있는 확실한 방법이다.

국내 중소기업 가운데는 기발한 아이디어를 보유하고도 전문성과 자금, 지원 프로그램의 부재로 실패하는 곳이 적지 않다. 심지어 정부 정책에 따라 대기업과 협력하려다 아이디어만 뺏기고 문을 닫는 일도 있다. 중소기업에겐 대학의 전문지식이 절실히 필요하다. 중소기업과 적극적으로 협력 모델을 만들어야 한다. 이 경우 중소기업은 성장을 위한 동력을 얻을 수 있고, 대학은 중소기업이 지원하는 장학금으로 학생들의 등록금 부담을 덜어주고, 졸업 후 취업 문제도 해결할 수 있을 것이다.

대학의 재정 자립도를 높이기 위해선 과감한 변신이 필수적이다. 재정 문제를 푸는 확실한 방법은 재정을 만드는 것이다. 신지식으로 세상이 필요한 것을 만들어 기업에게 주고, 이것을 사업화하여 수익모델을 만들고, 그 지분으로 부족한 재정을 메우는 것이 대안이 될 수 있다. 미국의 매사추세츠공대(MIT)는 연구 결과를 기업에 넘겨주고 인센티브로 받은 주식을 불려 1조 원의 자금을 만들었다. 미국의 대부분 대학은 재정의 절반 이상을 투자와 학내 수익사업으로 충당해 등록금이 재정에서 차지하는 비중은 16%에 그치고 있다. 반면 우리나라는 52%나 된다. 우리나라 대학도 협력기업과 협력기관, 전문인력 등과 공동으로 대학의 재정 자립도를 높이는 사업을 서둘러야 한다.

등록금 문제는 대학 스스로 해결책을 찾아나설 때에만 길이 보인다. 거기엔 대학 스스로의 의지와 자구 노력이 뒤따라야 하며, 다양성과 경쟁을 수단으로 삼아야 할 것이다. 이것이 바로 정부가 강조하는 대학 교육의 '자율', '다양성', '경영'과 일치하는 결과를 얻을 수 있는 길이 될 것이다.

[동아일보 〈오피니언〉, 2011년 7월 15일(금)]

우리나라 교육의 패러다임 바꿔야

일반 공산품은 1980년대 이미 대량생산, 시스템 · 판매자 위주 시장을 접고, 소비자시장 시대를 맞이하며 질적인 경쟁에 돌입했다. 전자, 자동차, 선박, 철강 등 한국의 주력 수출품은 세계 시장에서 질적인 승부로 살아남은 품목들이다.

한국 대학들은 이런 경제시스템의 변화에도 불구하고 질적인 문제는 접어두고 양적인 팽창에 주력해 왔다. 학생 수, 학교부지 등 규모 확대에 전력투구했다. 2000년대에 불거진 불량 학생 논쟁은 "기업이 세계 시장에서 경쟁을 해야 하는데, 대학들의 부실 교육 때문에 발목을 잡힌다."는 것에서 비롯됐다. 이를 계기로 대학들은 실용 교육을 강화하고 있고, 정부는 대학 종합평가를 시도하고 있으나, 근본적인 문제를 간과함으로써 형식적인 평가에 머물고 있는 상태다.

한국 교육의 문제는 구조적인 요인에서 비롯된 면이 더 크다. 첫째, 교육시장이 판매자 위주 시장에 머물고 있어 소비자 중심 교육을 절실히 느끼지 못하고 있는 실정이다. 즉 학교 발전의 원동력을 학생

발전에서 찾으려는 노력과 통찰이 부족한 상태다. 둘째, 교육 부실의 모든 책임을 대학에만 전가하고, 대학은 학생의 무능으로 돌리면서 실질적인 교육 책임자인 교육 당국, 교수, 심지어는 학부까지 책임을 회피하고 있다. 셋째, 전임교수의 정년까지의 탈락률이 10% 미만으로, 선진국 우수 대학들의 생존율 10%와 극단적인 대조를 이루고 있다.

교육기관은 대학 평가를 양적 · 외형적인 측면에서만 진행하여 질적인 문제를 빗겨나게 하고 있다. 학생 교육 성과에 대한 평가는 교수의 자의적인 판단에 전적으로 의존하고 있으며, 교수의 교육 내용과 교육 프로그램 등 교수 평가도 객관화가 미흡한 실정이다. 그런데 한국의 고등교육 시장을 개관해보면 앞서 언급했듯이 교육 소비가 공급(인가 정원)에 못 미치는 출초(出超) 상황에 진입하고 있다. 교육의 질에 불만을 지닌 소비자가 해외 유학으로 눈을 돌리고 있는 이유다. 한편 선두 기업군은 외국인의 직접 고용으로 문제 해결을 시도하고 있다.

이처럼 교육 소비자의 질적인 측면에서의 욕구가 증대되고, 국내외적으로 대학 간 경쟁이 가속화되고 있는 상황에서도 질적인 문제를 안이하게 생각한다면, 대학은 소비자의 외면을 받는 것은 물론 시장에서 도태될 것이다. 질적인 문제를 적극적으로 수용하고 다른 대학에 한 발 앞서 정면돌파하는 전략적 선택한다면 좋은 대안을 마련할 수 있을 것이다.

대학은 교육품질 강화책을 '양적 추구'에서 '질적 추구'로, '대학 중심'에서 '학생 중심'으로, '규모 확장'에서 '교육의 질적 향상'과 '우수학생 배출을 통한 교육소비자 인지도 제고'에 초점을 맞춰 수립해야 할 것이다. 대학들도 기업의 생산성 향상과 이윤의 극대화를 위해 사용하는 품질보증 · 품질관리(Quality Assurance · Quality Control)를 채택해야 하겠다.

이를 간략히 축약해 본다. 외부평가(교육당국)와 별도로 대학 자체의 QA/QC 제도를 수립하고, 학생의 학업성취도 평가와 교수의 교육과정 · 교육내용 평가 시에 다단계 평가 제도를 수립하여, 내부 구성원 간 교차 점검이 가능하게 해야 할 것이다. 또한 권위 있는 외부의 전문가에 의한 평가를 강화함으로써 자의적인 평가를 최대한 배제하고, 실질적이고 객관적인 평가가 이루어질 수 있도록 이를 상설 운영해야 할 것이다.

이러한 제도가 정착되려면 학교당국, 교수, 학생의 많은 고통과 노력이 수반되어야 한다. 우선 학생은 상당한 노력 없이는 엄격한 학사관리의 벽을 넘을 수 없게 되며, 교수는 자신의 교과와 교육내용이 공개적으로 평가됨으로써 노력하지 않고는 정년 보장은 물론 교수로서의 생존을 위협받게 되는 상황에 내몰릴 수도 있을 것이다. 그럼에도 불구하고 학교당국은 평가제도를 품질관리 체제로 전환하고, 학업성취와 학업 분위기 조성을 위해 적극적인 지원과 재원 마련을 위하여 노력해야 할 것이다ㅏ.

[국민일보, 2013년 6월 3일]

스포츠과학과 초인

초인(超人)에 대한 기대는 일찍이 많은 철학가들도 설파한 바가 있거니와 스포츠 선수들 또한 자기를 극복하는 초인이 되려고 노력해 왔다. 나아가 그들은 인간능력의 한계를 뛰어넘어 보려는 욕망을 지니게 되었고, 그 욕망은 각종 기록과 묘기로 승화되어 나타났다. 지난 헬싱키육상대회에서 칼 루이스는 새로운 초인으로 전 인류의 탄사를 받았다.

인간은 얼마나 초인에 접근할 수 있는가. 여기서 우리의 주목을 끄는 인물이 바로 '6백만 불의 사나이'다. 그는 우주비행사로서 지상에 불시착하여 사경을 헤매다가 6백만 불의 기계를 장착한 뒤 각종 초능력을 발휘하게 되는 TV드라마의 주인공이다. 우리는 이 초인이 초속으로 달리고, 괴력을 발휘하고, 초 감도의 투시력을 보여주는 것에 환호한다. "나도 저렇게 한번 날아봤으면……", "나도 저런 괴력의 소유자가 되어봤으면……"하는 잠재적 욕망은 결국 스포츠 스타에 환호하는 관중들의 열기와 상통하게 된다.

그러나 우리는 6백만 불의 사나이가 될 수 없다. 여기에서 스포츠맨의 갈등과 지도자의 한숨이 생기는 것이다. 우리 팀이 무조건 이겨주어야 하는데, 선수들은 제한되어 있고, 지쳐 있으며, 단신의 핸디캡도 극복할 수 없다. 이러한 이유를 바탕으로 지난 8월 남미의 카라카스에서 열렸던 범미주대회(汎美洲大會)에서 약물 복용 소동이 일어난 것이다.

이 대회에서 23개의 메달이 박탈되었고, 15명이 추방되었다. 약물검사가 너무 까다로워 아예 시합을 포기하고 귀국하는 선수도 적지 않았다고 한다. 이 소동을 두고 미국올림픽위원회의 윌리엄 세몬 위원장은 "이 약물 소동은 시한폭탄이었다."고 우려했다. 이번 사건은 초인이 되기 위한 강한 집념을 스테로이드라는 약물 복용으로 메우려는 선수들에 대한 경종인 셈이었다. 실제 허들계의 챔피언인 모세스 선수도 미국의 올림픽 육상선수 중 50%가 약물을 복용하고 있다고 폭로했다.

미국 프로농구의 경우도 지난 7월 2명의 흑인 스타가 코카인 상용혐의로 체포되었는데, 미국 농구선수 중에는 약물중독 때문에 시합 중에는 펄펄 날지만, 시합이 끝나면 멍청하게 바보가 되는 자가 상당수 있다는 보고도 나오고 있다. 가까이는 1974년 테헤란 아시아경기에서 북한의 역도선수 김중일(90kg급)이 금메달 3개를 박탈당하는 일이 있었다.

이처럼 비합리적인 방법으로 초인만 지향하면 되는 것인가? 천만의 말씀이다. 컴퓨터와 기계를 몸에 달고 다니는 6백만 불의 사나이나 마약중독자가 스포츠맨이 될 수는 없다. 스포츠맨은 인간이 초인이 될 수 있는 가능성을 노력과 극기에서 찾아야지, 다른 불법수단을 통해서 찾아서는 안 된다.

따라서 스포츠과학이란 것도 결국은 인간적인 스포츠를 향유할 수 있게 하기 위한 수단이지, 그것 자체가 절대적인 것이 아니다. 마약중독자를 초인이 되도록 해서는 안 되며, 인간적인 극기를 지원하는 선에서 머물러야 한다고 믿는다.

뒤늦게 우리나라에도 스포츠과학연구소가 생겼다. 과학적인 훈련을 위한 기초 조사를 한다고 하면서 무조건 과거 일선 지도자들의 훈련방법을 비과학적이며 주먹구구식이라고 강변하는 건 납득할 수 없다. 과학이 만능이란 주장은 6백만 불의 사나이가 올림픽에서 금메달을 따고 폼을 잡는 것과 다를 바 없다.

과학적인 훈련방법이 나쁘다는 것은 결코 아니다. 다만 과학 때문에 인간이 말살되는 스포츠라면 그것은 차라리 안 하는 것이 낫다는 것이다. 이런 말이 있다.

"사람들은 호랑이를 쏘아 죽이면서 스포츠라고 부른다. 그러나 호랑이가 인간을 죽이려 할 때 이것을 난폭성(亂暴性)이라고 부른다."

스포츠는 사람이 호랑이를 죽이려는 것도 아니고 호랑이가 사람을 죽이려는 것도 아니다. 스포츠는 어디까지나 인간이 인간답게 살기 위한 극기에의 노력이지, 수단 방법을 가리지 않고 6백만 불의 사나이나 초인을 만들어내는 것은 결코 아니다.

[서울신문 스포츠 칼럼, 1983년 9월 9일(금)]

뿌리 깊은 체육을

'88 서울올림픽을 앞두고 일어나는 스포츠 열기가 오히려 역효과를 불러오지 않을까 하는 우려가 현실화되고 있는 것 같아 가슴이 아프다. 경기력 향상이라는 지상과제 아래서 학생선수들의 28%가 전혀 수업을 받지 않고 있으며, 91%가 4~5시간 이상 운동 연습에 매달리고, 연간 합숙일 수도 88.4일이나 되고 있다면(서울신문 10월 23일자 보도), 결국 운동은 공부와 거리가 멀어지고 만다.

과연 그래야 하는 것일까? 바탕은 아무래도 좋다며 방치하고, 승리와 기록의 결과만을 중시하게 된다면 과연 그 스포츠는 누구를 위한 것이 될 것인가? 특히 스포츠 열기가 기승을 부리는 요즘의 스포츠는 TV를 시청하거나 경기장에 가서 선수들에게 희생을 강요하면서 '보는' 것으로 전락(轉落)했고, 승리를 요구하며 기록에 일희일비(一喜一悲)하는 것으로 끝나고 있다. 그러나 이는 모래 위에 성을 쌓는 것과 같다. 1988년이 끝나면 그 다음은 아무렇게나 되어도 좋다는 말인지?

흔히들 '요즘 사람들이 스포츠에 열광하는 것은 근대 문화인이 된 뒤

그 신체적인 건강을 상실했기 때문'이라고 얘기하면서, 스포츠 스타에의 환희는 이런 불건강(不健康)한 자기가 갖지 못한 꿈을 보상해주기 때문이라고 한다. 그러나 그렇다 할지라도 국가 스포츠의 차원에서 금메달이 능사가 되어서는 곤란하며, 스포츠는 '보는 것'이 아니라 온 국민이 '참가하며' '즐기는' 것이 되어야 한다. 그래야만 금메달이 나올 수 있는 토양이 마련되는 것이다. '백문(百聞)이 불여일견(不如一見)'이라고 했지만, 스포츠는 '백견(百見)이 불여일행(不如一行)'이다.

남자 농구대표팀의 이번 유럽 전지훈련에서 그같은 것을 절감했다. 유럽인들은 스포츠에 참가해서 즐긴다. 그것이 스포츠클럽의 활성화로 직결된다. 부럽기 짝이 없었다. 실내농구 · 배구 · 수영 · 테니스 등의 주민클럽이 있고, 각 동 단위로 시설을 갖추고 있다. 동독의 경우는 세금의 7% 가량이 이주민들의 스포츠클럽 경비로 지원되고 있다. 미국도 클럽경비의 20~50%를 주정부에서 지원해주고 있으며, 직장에서도 클럽이 활기를 띠어 클럽별로 활발한 시합을 벌이고 있다.

지역 주민들은 클럽에 참가하여 스포츠를 즐길 뿐만 아니라 성금도 내는데, 이 경우 세금을 면제해준다. 이로 인해 이들은 이발소 · 문방구점 · 운동구점 · 사진관 · 식품점 등 작은 영업소에서부터 큰 기업에 이르기까지 갖가지 클럽을 만들어 스포츠를 즐길 뿐 아니라 어린이들에게 유니폼을 사주고 지도를 하는 등 유능한 선수를 기르는 데 투자를 아끼지 않는다. 그 나라의 대표선수들도 결국 이같은 스포츠클럽에서 배출되는 셈인데, 이같은 저력이 있을 때에 비로소 스포츠 강국이 될 수 있는 것이 아닐까?

학교 스포츠도 마찬가지다. 학교마다 대표선수들이 있겠지만, 모든 학생이 자기 취미에 맞게 운동을 선택하여 해당 클럽에서 그 운동을 하면서 즐길 수 있어서 스포츠는 단순히 보는 것이 아니라 레크리에이션처럼 행해지고 있다.

우리나라에도 이같은 바탕은 이미 마련되어 있다. 가령 각 동(洞) 단위로 구성된 조기축구회가 스포츠클럽 이상의 역할을 하고 있으며, 이들이 바로 한국 축구의 밑바탕을 형성하여 슈퍼리그를 성공적으로 이끌게 했다고 볼 수 있다. 그런데도 대표선수들이 잔디구장에 신경을 써야 한다면, 확실히 이는 스포츠행정이 출발부터 잘못되어 있다고 봐야 하지 않겠는가? 주민이나 학생은커녕 대표선수조차 연습할 장소를 마련하지 못해 허둥대는 게 현실이라면 '88 서울올림픽은 그림의 떡이 될 수밖에 없다.

다행히 최근 일부 기업에서 스포츠클럽을 만들어 선수들뿐만 아니라 일반에게까지 문호를 개방할 의욕을 보이고 있어 마음이 놓이기는 한다. 그런데 이같은 뿌리가 깊고 넓게 퍼져 있어야 진정한 스포츠 발전이 이룩될 수 있다. 농구도 집 앞뜰 또는 아파트촌에 농구대를 만들고, 동(洞)마다 주민들끼리 활발한 시합을 벌여야 대표팀의 전력이 향상될 수 있다.

아직 1988년까지는 시간이 남아 있다. 너무 성급하게 꽃이나 열매만 기대하지 말고 거름을 주고 물을 뿌리는 기초 작업에도 관심을 기울여야 할 것이다.

[서울신문 스포츠 칼럼, 1983년 10월 27일(목)]

죽을 땅에서는 결사적으로 싸워야 한다

농구 감독직을 맡고나서부터 『손자병법(孫子兵法)』을 애독하게 되었다. 전장에 나간 장수와 경기장에 나선 감독의 역할은 본질적으로 다르지 않다고 여겼기 때문이다. 목표 역시 동일하다. 장수와 감독은 싸움을 승리로 이끌어야 한다. 『손자병법』을 탐독하면서 "옛날에 이른바 전쟁을 잘했다는 자는 쉽게 승리하게 만들어 놓고 승리하는 자이다."는 구절에 주목했다. 쉽게 말해 장수와 감독은 이길 수 있는 상황을 만들어 놓고 싸워야 한다는 것이다. 이것은 『손자병법』 전체를 관통하는 논지(論旨)라 할 수 있겠는데, 내게 적지 않은 교훈과 영감을 주었다.

지난번 서울청소년농구대회에서 우리는 중공(中共)팀에 승리했고, 뉴델리아시안게임에서는 우리 남자대표팀이 중공팀을 이기고 금메달을 획득했다. 신장 면에서 열세였던 우리 대표팀은 수비 시에 끊임없이 움직이며 상대의 장신공격수를 차단했고, 공격 시에는 상대가 실수할 때를 노리면서 지공(遲攻)을 펼쳤다. "군대는 일정한 형세가 없어서 적에 따라 변화하여 형세를 만드는 것", "옛날에 전쟁을 잘한 자는 먼저 수비를 잘하여 적이 승리할 수 없게 만들어 놓고 적에게 승리할 수 있는 틈을 기다렸다."는『손자병법』의 내용이 실전에 응용된 경우라 하겠다.

새삼『손자병법』을 거론하는 까닭이 있다. 쿠바 아바나에서 6일부터 열리는 로스앤젤레스올림픽 세계예선에 출전하는 여자 농구 대표팀의 승리를 다시 한 번 바라기 때문이다. 여자 대표팀은 지난해 7월 브라질에서 열렸던 세계선수권대회에서 4위를 한 전적이 있다. 미국과 소련을 제외한 4 개국이 올림픽티켓을 딸 수 있는 이번 대회는 우리 대표팀에게는『이길 수 있는 상황』이라고 할 수 있다. 거기에 올림픽을 향한 구기 종목의 마지막 도전이므로 선수들의 각오 또한 비장하며, 그 동안 충분히 연습을 해 왔기에 승전보를 기대해도 좋을 것 같다.

"격동한 물의 빠름이 돌을 표류하게 함에 이르는 것은 기세가 있기 때문이다."

우리에게는 이 기세가 이미 마련되어 있다. 지난 연말부터 금년 초까지 열렸던 점보시리즈의 열풍, 농구에 관심을 가진 많은 국민들이 선수들에게 보내는 성원이 바로 이러한 기세다. 비록 공산권의 적지에서 경기를 하게 되더라도 우리 대표팀은 이 기세를 바탕으로 용기백배할 줄로 믿는다. 마지막 한 장 남은 올림픽 출전 티켓을 거머쥘 수 있을 것으로 확신한다.

"적을 알고 자기를 알면 백 번 싸워도 위태롭지 않다."

이기기 위해서는 상대뿐만 아니라 우리의 이모저모를 알고 있어야 한다. 나는 우리 대표팀이 앞으로 직면하게 될 어려운 상황 두 가지를 제시하고, 우리 대표팀에게 당부의 말을 전하고자 한다.

첫째, 쿠바는 공산국가이므로 선수들의 신변 안전을 핑계삼아 과도한 경호를 함으로써 우리 선수들이 심리적으로 위축될 수 있다. 게다가 우리 팀은 주최국 쿠바와 같은 D조에 속해 있어 이들의 도전을 뿌리쳐야 하는데, 쿠바 팀이 주최국 프리미엄을 등에 업고 텃세를 할 경우 마음이 여린 여자선수들이 당황한 나머지 페이스를 잃을 수 있다. 각별한 유의가 필요하다 할 것이다.

둘째, 동구권 심판들과 미국형 심판들의 견해차로 인해 게임의 흐름이 바뀔 수 있다. 우리는 주변의 아시아 국가들처럼 주로 미국형 심판에 적응되어 있는데, 동구권 심판들은 워킹, 바이얼레이션, 파울에 대한 룰 적용의 기준이 미국형 심판과 차이가 있다. 기준이 다소 다르더라도 동요하지 말고 물 흐르듯이 차분히 게임을 풀어나가기를 바란다.

셋째, 선수단이 꼭 기억해야 할 사실이 있다. 여자 농구의 올림픽종목 채택(1976년)은 우리가 주도적인 역할을 하여 이루어 놓았으면서도 한 번도 본선에 출전하지 못했다는 점이다. 해밀턴에서 열렸던 1976년 몬트리올올림픽 예선 탈락, 소피아에서 열렸던 1980년 모스크바올림픽 예선 탈락했다. 이번 LA올림픽 예선 대회는 세 번째 도전이라는 것을 잊지 말고, 농구의 올림픽 종목 채택 주도국으로서의 체면을 세워야 할 것이다.

손자(孫子)는 "죽을 땅에서는 결사적으로 싸워야 한다."고 했다. 우리 여자 농구팀은 적지에서 결전을 치르게 된다. 이 말을 명심하기 바라며, 온 국민에게 낭보가 날아들기를 기대해 마지않는 바이다.

[서울신문 스포츠 칼럼, 1984년 5월 4일(금)]

프로농구 도약을 위한 다섯 가지 과제

한국 프로농구가 5차 시즌을 마감하면서 걸음마 단계를 지나고 있다. 초기에 비해 선수들의 개인 능력이 향상됐고, 승부처에서의 집중력도 높아졌다. 외국인 장신선수에 대한 공포도 많이 해소됐다.

하지만 본격적인 도약을 위해서는 몇 가지 짚어봐야 할 문제점이 있다고 본다.

첫째는 외국인 선수 문제다. 외국에서 2~3일간 치르는 트라이아웃은 기간이 짧아 좋은 선수를 선발하기가 힘들고, 추첨 운에 맡기는 경우가 흔하다. 결국 한 번 국내에서 뛰어본 선수들이 이 팀 저 팀으로 돌아다니게 되는데, 한국에 와서 오히려 이들의 기량이 일취월장하는 아이러니한 일이 생기고 있다. 트라이아웃 제도를 없애고 연봉 상한은 남겨놓은 채, KBL로 창구를 일원화하면서 자유계약제로 바꿔봄직하다고 본다.

둘째는 프로 의식이다. 심판의 사소한 판정 하나하나에 반발하는 등 선수들의 성숙한 모습을 보기 어렵다. 유감을 표하지 않을 수 없다. 특히 스타선수들의 자기 관리는 엉망이다. 이번 시즌엔 서장훈(SK), 현주엽(골드뱅크), 이상민(현대), 전희철(동양) 등 최고 연봉 선수들이 부상으로 결장하는 사례가 빈번했다. 몸 관리를 못해 구단이나 관중들을 실망시켰다면 그 책임은 전적으로 선수들에게 있다.

셋째는 기술적 낙후성이다. 지금 우리 농구는 미국 NBA에서 60~70년대에 횡행하던 아이솔레이션 공격(5명 중 1명에게 1대1공격을 시키는 전략)을 주 무기로 승부를 결정하고 있다. 맥클래리(삼성), 하니발(SK), 맥도웰(현대), 에드워즈(SBS) 등은 1 대 1 기량으로 정상에 서 있는 셈인데, NBA에서는 마이클 조던 출현 이후 이를 제도적으로 못하게 하고 있다. 농구 기술 발전을 위해 '원맨쇼'를 막자는 취지에서이다. 우리도 아이솔레이션을 금지하든지, 5초 이상 특정 선수가 볼을 가질 수 없게 한 현행 바이얼레이션 룰의 시간을 더 줄여야 한다.

넷째는 심판 문제다. 시즌 중 KBL의 가장 큰 어려움은 각 팀으로부터 받는 심판의 중립성 · 공정성에 대한 문제 제기이다. 현재 18명의 심판들이 정규리그 225경기에 플레이오프, 결승전 등 총 248경기를 소화하고 있다. 경기당 심판이 3명 투입되고 있는데, 심판의 절대수가 터무니없이 부족해 1명이 연간 41경기를 치르는 초 강행군을 하고 있다. 심판아카데미 제도 등을 통해 심판의 양과 질을 향상시켜야 하며, 나아가 KBL에 대한 소속감도 높여야 한다.

마지막으로 시즌 관중 100만 명 돌파에 실패한 프로농구는 마케팅 전략을 전면 재검토해야 한다. 한국은 10 팀당 5라운드로 연간 한 팀이 45경기를 치르며, 미국은 82경기를 소화하고 있다. 우리도 경기수를 6라운드로 늘려야 한다. 관중 동원이 가장 확실한 서울 연고 팀도 만들고, 구단들도 관중 동원 포상제도 등을 도입해 스스로 팬을 유치할 수 있도록 해야 한다. 플레이오프전도 무조건 격일로 할 것이 아니라 토 · 일요일을 최대한 활용했으면 한다.

[조선일보, 2001. 4.8(일)]

'3R'을 실천하는 민족 행사로

"무엇이 우리로 하여금 스포츠에 열광케 하는가?" 이 물음에 대해 사회학자인 스나이더(E. Snyder) 교수는 종교와의 비교를 통해 해답을 제시하고 있다. 그는 종교와 스포츠라는 다소 이질적인 두 개념에서 공통점을 도출해냈다. 이를테면 종교에서 보여주는 사랑은 스포츠 경기에서 상대방을 존중하는 모습과 닮았다는 것이다. 박애정신은 최선을 다하는 스포츠 정신에, 율법은 규칙에 비유된다. 가톨릭의 고해성사는 경기에 임하는 페어플레이 정신, 잘못에 대한 회개는 경기 결과에 깨끗이 승복하는 자세와 닮았다고 한다.

우리는 최근 이같은 스포츠의 본질을 음미할 만한 수준을 지닌 스포츠 강대국으로서의 위상을 갖추어가고 있다. '86 서울아시안게임의 성공적 개최를 통해 쌓인 저력으로 '88 서울올림픽에서 본면모를 과시했다. 올해 6월 세계를 놀라게 한 한국 축구의 월드컵 4강 진출은 한국이 명실공히 스포츠에 관한 한 세계적인 수준임을 입증해준 결정적 계기가 됐다.

다만 우리가 스포츠를 논할 때 더욱 더 강조해야 할 점이 있다. 그것은 바로 Rule(규칙), Role(역할), Relationship(관계)의 세 가지 요소다. 이'3R'은 스포츠에서 '승리'만을 추구하는 범인(凡人)들의 생각에 쐐기를 박는다.

첫째, 'Rule'은 이른바 준법정신이다. 스포츠에서뿐 아니라 일상생활에서 어느 누구도 엄격한 규칙에서 단 하루도 자유로울 수 없다. 차를 몰고 나가는 순간부터 도로교통법의 규제를 받는다. 물건을 사고 팔 때는 상법, 일상생활에서는 민법이 생활을 통제한다.

둘째, 'Role'은 누구에게나 주어지는 것이다. 선수에게 그들만의 역할이 있는 것처럼 코치와 감독 역시 자신의 본분을 다해야 하며, 경기 운영위원들과 자원봉사자와 관객들 또한 각자에게 주어진 역할을 충실히 수행해야 한다.

셋째, 상대방을 존중하는 'Relationship'이다. 스포츠는 혼자서 할 수 있는 것이 아니다. 상호 작용과 공존의식이 전제되어야 하는 아름다운 행위이다.

내일 개막하는 2002 부산아시안게임이야말로 상호신뢰와 상호존중이 최우선으로 요구되는 지상 최대의 스포츠 행사가 될 것이다. 2002 월드컵을 통해서 스포츠 강대국으로서 전 세계인의 이목을 집중시키며 '코리아' 열풍을 불러일으켰던 것을 상기하며, 이제 우리는 이번 아시안게임을 다소 다른 각도에서 살펴보아야 할 듯싶다.

이번 대회는 아시아 44개국이 참가하는 역대 아시안게임 사상 최고 · 최대 규모를 자랑한다. 또 국내에서 열리는 국제대회사상 처음으로 총 18개 종목에서 300명이 넘는 북한선수단이 참가함으로써 한민족 역사의 한 획을 긋게 될 감격적인 행사이기도 하다.

이전과는 무언가 달라야 한다. 금메달에 연연한 나머지, 오로지 승리만을 추구하는 소아적인 태도에서 벗어나야 한다. 판정에 승복하여 멋있게 패배하고, 상대의 아름다운 승리를 축하하는 성숙된 자리가 돼야 한다. 이것이 바로 규칙(Rule)을 준수하는 주최국의 의무이자 역할(Role)이다. 그리하여 거대한 물줄기를 앞에 놓고 작은 물길을 여는 첫 삽을 뜬다는 자세로, 커다란 성을 쌓기 위해서 작은 돌 하나를 올리는 첫 손길의 마음으로 이번 대회를 그간의 서먹한 관계를 순수하고 아름다운 관계(Relationship)로 승화시키는 기회로 삼아야 할 것이다.

한반도의 가을 하늘을 뜨거운 열기로 뒤덮게 될 부산아시안게임이 스포츠경기에서의 '3R'이 주는 의미를 실천하는 귀중한 시간으로 기억되기를 온 국민과 함께 한껏 기대해 본다.

[조선일보, 2002년 9월 28일(토)]

심판들이여, 정의를 지켜라

프로농구 플레이오프가 눈앞에 다가오고 있다. 그러나 심판에 대한 각 팀의 불만이 가라앉지 않아 팬들의 마음을 불안하게 하고 있다. 지난달 26일 동양: TG전이 그랬듯이, 경기 중 일어나는 선수의 폭력 사태는 일관성이 없거나 잘못된 심판 판정으로 인해 일어나는 경우가 많다. 각 구단은 판정에 이의가 있을 때 KBL에 설명회를 요청할 수 있는데, 이번 시즌에 이미 11회 열렸고, 한 번 더 일정이 잡혀 있다. 아직 리그가 끝나지 않은 상황에서 지난 시즌 전체 횟수(11회)보다 늘어난 것이다.

KBL 심판교육담당관인 제씨 톰슨 씨는 "한국은 아마추어 개념으로 프로농구를 하고 있다."고 꼬집은 적이 있다. 물론 톰슨 씨의 말대로 프로 도입 연륜이 짧은 탓도 있겠지만, 필자가 보기엔 심판들의 자질 문제가 더 심각하다.

스포츠는 한 사회에서 가장 영향력 있는 문화적 현상 중 하나다. 그러나 이것이 순기능을 발휘하려면 경기에 참여하는 세 축인 선수,

감독, 심판이 제역할을 다해야 한다. 이들의 역할이 수준에 못 미칠 때, 특히 심판이 '포청천'이자 '조정자' 역할을 다 하지 못하면 오히려 부작용이 생긴다.

이처럼 중요한 심판이 우리나라에서는 학연 · 지연을 내세우는 감독 · 구단에 흔들리거나, 심지어 금품 유혹의 대상까지 되고 있다. 스포츠 천국인 유럽이나 미국에서도 '승부조작'을 위한 부정이 일어나곤 하지만, 심판보다는 선수를 노린다. 예를 들면 스타 선수를 포섭하여 경기에 불참토록 하거나 부진한 경기를 하도록 유혹한다. 그런데 우리는 아예 법을 집행할 심판을 유혹하려 들기 때문에 준법정신 자체가 와해되고, 결국 판정 시비의 희생양이 나오고 있는 것이다.

심판들에게 정의의 여신 '디케(Dike)'를 기억하라고 권하고 싶다. 이 여신은 한 손에 저울을, 다른 한 손에는 칼을 쥐고 있다. 저울로 개인 간의 권리 관계에 대한 다툼을 해결하고, 칼로 사회질서를 파괴하는 자에게 제재를 가한다고 한다. 여신의 두 눈은 가려져 있다. 정의를 실현하려면 어느 쪽에도 기울지 않는 공평무사한 자세를 지켜야 한다는 점을 보여주는 것이다.

심판도 사람이니 실수가 있고, 선입관이 개입될 수 있으며, 평소의 우호적인 관계를 은연 중에 표출할 수도 있다. 그러나 스포츠의 기본 정신인 '정정당당함'을 포기한다면 그것은 이미 스포츠가 아니라는 사실을 인식해야 할 것이다.

[조선일보, 2003년 3월4일(화)]

심판의 공정성 제고는 교육과 처우 개선으로부터

문화체육관광부가 최근 대한체육회 등 체육단체 특별감사 결과와 정상화 대책을 발표하면서 획기적인 심판 운영방안을 마련한 것은 늦었지만 환영할 만한 일이다. 체육계의 정상화를 위해서 공정하고 깨끗한 심판운영만큼 중요한 것이 없기 때문이다.

문체부의 방안은 심판의 공정성을 확보하는 것으로 모아졌다. 지난해 9월부터 대한체육회 주관으로 운영 중인 심판아카데미를 전 종목 심판에 대한 통합교육으로 확대 개편해 운영하고 상임심판제, 심판등록제, 심판판정에 대한 4단계 상고제, 심판퇴출제, 심판기피제 등을 새로 도입하기로 했다. 새 심판제 운영 안은 금명간 대한체육회 심판위원회 규정에 반영키로 했으며, 올 상반기 중에 심판 운영 매뉴얼을 마련하기로 했다. 특히 상임심판제는 농구, 유도, 태권도 등 심판 공정성 문제가 발생할 가능성이 높은 10개 종목에 우선적으로 도입 · 운영하기로 했으며, 단계적으로 다른 종목으로 확대해 나갈 예정이다.

문체부가 박근혜 정부 들어 체육계 정상화 작업의 일환으로 심판

문제 개선에 나선 것은 그 동안 심판 폐해가 우려할 만큼 심각했다는 판단을 했기 때문일 것이다. 편파판정, 승부조작, 폭력사고 등 불미스러운 일이 경기장에서 심심치 않게 발생했다. 지난해 5월, 인천에서 태권도장을 30년 가까이 운영하던 40대 관장이 심판 판정에 강한 불만을 품고 스스로 목숨을 끊는 사건이 벌어졌다.

그는 “우리 애들이 인천에서 하도 당해 (두 아들을) 서울 중 · 고등학교에 보냈는데, 그놈(심판)과 또 만났다. 핀급 결승전에서 아들과 상대방의 점수 차가 3회전 50초를 남기고 5대1로 벌어지자 (심판이) 경고를 날리기 시작했다. 50초 동안 경고 7개로 결국 경고패를 당한 우리 아들이 ‘태권도를 그만두고 싶다’고 한다.”는 유서를 남겼다.

당시 사건을 접한 박근혜 대통령은 국무회의에서 강한 어조로 “스포츠계의 비정상적인 관행을 정상으로 바로잡아야 한다.”고 강조했다.

문체부에 대한 이번 특별감사를 통해 적지 않은 심판운영 불공정 사례가 적발됐다. 대한유도회는 심판위원장이 임의로 국제심판을 추천했다. 대한태권도협회는 단체장이 심판위원장을 위촉하고, 심판위원장은 심판을 사실상 단독으로 배정하는 등 특정인맥을 중심으로 한 심판진을 운영했다. 또 일부 경기단체는 심판이 자신의 소속 선수를 심사하기도 했으며, 순위 배점방식 등을 경기당일에 변경해 대회를 불공정하게 운영했다고 한다. 심판위원회에 관한 운영규정이 없이 단체장이 심판관련 업무를 자의적으로 처리하기도 했다. 우려했던 점들이 총체적으로 드러난 것이다.

이처럼 심판 운영이 엉망진창인 상황에서 공정한 경기를 기대한다는 것은 연목구어(緣木求魚)와 다를 바 없다고 하겠다. 따라서 때늦은 감이 있지만 다양한 대책을 세운 것은 다행한 일이라고 할 수 있다. 특히 선수와 지도자들에게만 집중되던 혜택(훈련수당 및 연금제도 등)이 그 동안 도외시되어왔던 심판에게 향했다는 점은 스포츠문화의 진일보에 이바지할 수 있는 일이라 하겠다.

이처럼 올바른 심판 문화가 정착되기 위해선 위에서 언급한 여러 대책도 중요하지만, 동시에 심판의 처우 개선 및 교육과 함께 심판을 존경하는 분위기가 조성되어야 한다. 심판의 처우는 현실에 맞게 상향 조정돼야 한다. 미국과 유럽은 스포츠 천국이다. 우리나라보다 더 많은 경기가 진행되고 있다. 하지만 심판 유혹 사례는 찾아보기 힘들다. 오히려 선수를 유혹 대상으로 삼는다. 심판이 정신적 · 경제적으로 안정되어 있기 때문에 흔들리지 않고, 자긍심을 발휘하기 때문이다.

우리나라는 선수가 아닌 심판을 유혹 대상으로 삼는다는 데 심각성이 있다. 그들은 웬만한 직종의 기초일당에도 크게 못미치는 심판비를 받기 때문에 검은 돈의 유혹에서 자유롭지 못하다. 그 동안 축구, 야구, 농구, 배구에서 심판 비리사건이 연달아 터진 이유도 결국 돈 문제 때문이었다. 정도의 차이가 있을 뿐 각 종목, 곳곳에 깊숙이 자리 잡고 있다. 또한 엘리트선수들이 은퇴 후에 심판을 맡으려 해도 심판을 백안시하는 주위의 시선 때문에 심판이 되기를 꺼린다. 결국 대부분의 심판들이 화려한 선수 활동 경력이 없는 관계로 선수나 지도자들이 심판 판정을 무시하는 일이 벌어지게 되는 것이다.

이제는 지도자들이 갖고 있는 심판에 대한 불신풍조가 없어져야 한다. 심판에 대한 불필요한 불신으로 인해 경기 자체를 망칠 수 있으며, 그 피해는 결과적으로 선수나 지도자들에게 돌아온다. 따라서 심판을 중립적인 입장에 선 '제3의 선수'로 인식하고, 스포츠맨십을 갖고 서로를 존경하고 이해하며 양보하는 의식이 자연스럽게 형성되도록 하는 교육이 이루어져야 할 것이다. 미국은 NASO(National Association Sports Officials)라는 심판육성회가 주마다 설립돼 있고, 텍사스대학, 영국의 리버풀대학, 호주대학 등에는 심판학 강좌까지 개설되어 있다는 점을 눈여겨 볼 필요가 있다.

모처럼 문체부와 대한체육회가 마련한 심판 문제 개선책이 스포츠의 기본 정신인 공정성을 되살리고, 대한체육회를 비롯한 전 체육계가 더욱 발전하는 방안으로 자리매김하기를 기대해본다.

[2014년 1월 18일, 농구협회 집무실에서]

고기 잡는 법을 가르쳐야

신문 스포츠 면에 한국 대학 선발팀이 '95 국제대학올스타전에서 연승을 기록하고 있다는 기사가 실렸다. 그리고 바로 그 밑에 오는 22일 발표되는 대입 수능시험에서 체육특기자의 하한 점수가 40점이라는 기사도 실려 있었다.

수능 40점이라면 1백점 만점에 20점 정도의 바닥인 셈인데, 그것도 미달될까봐 대학팀 감독들이 전전긍긍하고 있다는 얘기를 국제 올스타전에 참가하고 있는 미국, 캐나다 선수들이 들었다면 과연 그들은 어떤 표정을 지을까?

미국 대학농구연맹(NCAA)의 경우 C학점 이하의 점수를 받은 선수들은 아예 대학 경기 출전자격이 박탈된다. 이들은 매년 3월 초 시즌이 끝나면 9월 1일까지 농구 연습을 못하며, 이 기간 중에 원정경기나 연습게임을 하려면 모두 사전승인을 얻어야 한다. 운동선수들도 공부를 할 수 있도록 보장하고, 무리한 대회로부터 선수를 보호하려는 취지에서 비롯되었다고 할 수 있다.

우리의 실정은 어떤가? 초등학교 때부터 특기생 대우를 받으며 수업을 빼먹고, '시도 때도 없이' 합숙연습과 시합을 반복하는 생활을 한다. 그러다 보니 한문(漢文)으로 자기 이름도 제대로 쓰지 못한다고 비아냥거림을 듣는 처지로 전락했다.

물론 계약금 몇 억 원, 연봉 몇 천만 원을 받는 프로선수로 성공하는 경우도 있다. 그러나 농구의 경우 초등학교 76개 팀, 중학교 67개 팀, 고등학교 54개 팀, 대학 25개 팀의 남녀 선수 2,700명 중 실제 실업팀(남 · 녀 20개 팀)에 스카우트되는 숫자는 전체의 8%선인 240명 선에 지나지 않는다. 그야말로 낙타가 바늘구멍에 들어가기보다도 어려운 실정이다. 그렇다면 나머지 92%의 선수들은 다 어디로 간단 말인가? 담임선생 얼굴도 제대로 보지 못한 채 운동만 열심히 하던 그들이 사회에 팽개쳐졌을 때 과연 무엇을 할 수 있겠는가?

이들에게 마냥 특혜만 베풀면 굶어죽기 십상이다. 이들에게도 잡은 고기만 줄게 아니라 남들처럼 고기를 잡는 법을 가르쳐야 한다. '우선은 곶감'이라고 특기생 대우를 해주는 게 결국은 '쥐약'이 되고 마는 현실을 직시해야 한다.

'86 아시안게임과 '88 서울올림픽을 거친 우리나라 체육계는 이제는 엘리트체육 정책에 내실을 다져야 한다고 본다. '메달만 따면 장땡'이란 사고방식에서 벗어나 진득한 여유를 갖고 사람을 만들고 기르는 정책을 수립해야 한다.

"1년의 계획은 곡식을 심는 것이 제일 좋고, 10년의 계획은 나무를 심는 것 만한 게 없고, 백년의 계획은 사람을 기르는 것 만한 게 없다."

일년지계 불여수곡, 심년지계 불여수목, 종신지계 불여수인
一年之計 不如樹穀, 十年之計 不如樹木, 終身之計 不如樹人

당장의 메달에 전전긍긍하다보니 수능점수가 40점인 체육특기자가 양산될 수밖에 없었지만, 언젠가 수능 1백점 시대가 오기를 충심으로 바란다.

[동아일보, 1995년 12월 6일(수)]

칭기즈 칸에게서 전략·전술을 배우자

적을 알아야 승리할 수 있다

상대팀의 상황을 누가 많이 아느냐에 따라 승패가 좌우된다. 어떤 작전을 쓸 것이고, 어느 선수가 출전하며, 누가 부상을 당했고, 어느 선수가 컨디션이 나쁜지 등, 알아야 할 상대방에 관한 정보는 무수히 많다. 경기 전 상대에게 허위정보를 흘리기도 하는데, 이러한 정보전은 실제 경기보다 더 치열하다. 외국팀과 경기를 할 때 이기려면 정보수집과 보안에 심혈을 기울여야 한다. 적을 알지 못하면 결코 승리할 수 없다.

칭기즈 칸은 정보의 중요성을 누구보다도 잘 알았으므로 여행자나 상인들을 통하여 많은 정보를 수집하였고, 이를 적극 활용하였다. 몽골고원의 통일과정에서 공을 세운 핫산, 금(金)나라의 정보를 빼낸 자파르 코자, 콰리즘 전쟁 시 첩보단장으로 혁혁한 공을 세운 오코나 등은 모두 이슬람 대상 출신이었다. 이들은 상대국의 군사정보는 물론 정치 경제 사회 등 다방면의 정보를 수집하였다. 이들 정찰 · 첩보팀은 곳곳에서 활동하였으며, 유언비어를 퍼뜨려 적을 이간시키기도 하고, 공포감을 불러일으켜 전의를 상실케 하는 등 심리전에도 적극적으로 활용하였다.

1213년 금나라와 싸울 때 거용관(居庸關, 만리장성)은 지형이 험하고 금나라의 정예부대가 사수하고 있어 이곳을 돌파하기 어렵게 되었다. 칭기즈 칸은 자파르를 장사꾼으로 위장시켜 금군(金軍)에 침투시켰다. 자파르는 빽빽한 숲 사이에 난 외길을 통해 장성을 통과할 수 있다는 사실을 알아냈다. 몽골군은 야음을 틈타 말의 입에 재갈을 물리고 장성에 접근한 뒤, 잠들어 있는 수비병을 급습하여 관문을 점령하였다.

1223년, 제베와 수베데이는 술탄 무하마드를 죽이고 북진하여 러시아를 침공하였다. 이때 러시아인들은 몽골군을 단지 동양의 야만족(Tatar)이라는 것밖에 몰랐다. 그들이 어디서 왔으며, 무슨 언어를 쓰고, 무슨 종족인지조차 몰랐다. 그들이 알 수 있었던 건 몽골군의 잔인함뿐이었다. 반면 제베와 수베데이는 현지 주민들을 통해서 그곳 사정을 너무나도 잘 알고 있었다.

투철한 정신력

몽골인은 '죽기 아니면 살기'라는 생존원칙 아래 초원에서 살아왔다. 죽을 때까지 적과 싸웠고 지휘자의 신호가 없는 한 후퇴를 몰랐다. 상하가 일치단결하여 싸우고 승리하였다. 칭기즈 칸은 장춘진인(長春眞人)에게 "나는 양치기와 똑같은 옷을 입고 똑같이 먹는다. 전리품은 똑같이 나누고 백성을 내 자식같이 생각하고 병사들을 내 형제처럼 생각한다."고 말하였다. 주베이니는 "몽골병사는 모두 옆 사람과 똑같이 노력하였고, 어떠한 지휘관도 포식하지 않고, 양식은 병사와 균등하게 분배되었다."고 했다. 몽골인들은 법을 잘 지켜 살인 · 폭력 등의 범죄가 없고, 길이나 수레에 물건을 쌓아두어도 훔쳐가는 사람이 없었다. 이러한 정신력으로 뭉친 몽골군은 마치 맹수가 집지키는 개를 물어뜯듯 여러 나라를 제압했다.

한 병사가 보초를 서다가 잠시 졸고 나서 자신의 과오를 친위대장에게 보고하였다. "만일 내가 잠든 사이 적이 쳐들어왔으면 우리 바투칸이 위험했을 것이다. 경계 중에 잠이 들었다는 것은 용서할 수 없는 일이다." 친위대장은 이 말을 듣고 즉시 그 보초병을 처형했다. 이것은 바보스러운 사건 같으나 이를 통해 당시 몽골 병사의 공동체를 위하는 마음과 책임감, 투철한 정신력을 알 수 있다.

용병의 활용

칭기즈 칸은 몽골군의 취약하고 부족한 부분을 보완 · 강화시키기 위해 많은 노력을 하였다. 적의 정보를 수집하고, 신무기를 도입하며, 전술을 꾸준히 개발하였다. 이러한 작업의 일환으로 칭기즈 칸은 여러 분야의 외국인 기술자와 전문가를 휘하에 끌어들여 그들이 충성과 노력을 다하도록 극진히 우대하였다.

칭기즈 칸은 이슬람 상인들을 통해 칼 · 창 · 방패 · 투구 등의 병기를 구입한 뒤 몽골기마병사의 체구에 맞춰 작고 가볍게 개량하여 사용하였다. 몽골군의 칼은 일자형으로 날이 두텁고 넓어 무거웠으나, 기마전에 적합하도록 손잡이 부분을 작게 하고 반달형(찌르고 베는 것을 동시에 할 수 있다. 말이 달릴수록 상처부위도 커져 살상력을 높인다)으로 얇고 가볍고 날카롭게 개조하여 한 손으로도 자유롭게 사용할 수 있게 만들었다.

창은 길고 무거웠으나, 짧고 가볍게 만들어 마상에서 자유자재로 쓸 수 있도록 했다. 이슬람의 투구는 철제 머리 부분과 목 부분에 쇠사슬 덮개가 씌워져 있고 어깨 밑으로 양팔과 팔꿈치보호대가 있어 방어에 안전하나 무겁고 행동하기에 불편하였다. 칭기즈 칸은 목의 보호대 부분을 쇠그물대신 가죽 덮개를 달았다. 방패는 원형의 나무에 쇠판을 씌워 작게 만들었다. 당시 이슬람군의 창은 끝이 날카롭고 갈구리가 달려 적을 찌르거나 걸어 낙마시킬 수 있었으나 너무 무겁고 길었다. 쇠뇌라는 활은 3개의 화살을 동시에 쏠 수 있었으나 사격시간이 길고 무거웠다.

1211년, 칭기즈 칸은 금나라를 침공하여 중도(中都)를 포위 공격했지만, 공성(攻城)전법을 몰라 피해가 클 것으로 판단하여 금나라의 강화제의를 수락하고 철수하였다. 그 후 공성에 능한 거란족(요나라) 출신의 야전공병대원을 데려와서 성과 해자를 격파하는 공성무기를 제작하고 공성전법을 배웠다. 이후 2차 금나라 침공 시 무칼리의 부대는 4만 명에 이르는 용병을 이용하여 대승을 거두었다.

1219년, 콰리즘의 성을 공격할 때 칭기즈 칸은 금에서 노획한 신무기인 비화조(날개가 달린 큰 창을 화약으로 힘으로 쏘는, 다연장 로켓포와 같은 것), 비화창(창을 쏘는 기계), 노포(대포)를 사용하였으며, 공성무기인 투석기 · 운제(사다리)도 가지고 갔다. 몽골군은 포로를 전면에 화살받이로 세웠고, 투항자로 병력을 보충하여 몽골군의 희생을 최소화하였다.

칭기즈 칸은 콰리즘 원정 시 포로로 잡은 이슬람 기술자를 죽이지 않고 몽골로 데리고 왔다. 사마르칸트를 점령한 후에는 3만 명의 기술자를 포로로 잡아 데리고 왔으며, 성을 함락시킨 후 주민들을 학살할 때 기술자만은 제외시켰다. 기술자들의 분야는 무기, 목수, 대장장이, 공예, 수예, 방직, 농업 등으로 다양하였는데, 후에 이들은 카라코룸에 궁전을 지을 때 동원되었다. 칭기즈 칸은 학자 · 관리들도 우대했으며, 그들을 몽골인을 교육하거나 점령지역을 통치하는 데 활용했다.

용병 선택에 신중을 기해야

외국인 용병(hired troops) 선수는 농구를 위해 자신의 신체 하나만을 가지고 장사(business)를 하러 온 사람이다. 신체적 조건, 개인기술, 전술에 바탕을 둔 자신의 농구실력을 팔러 온 사람이다. 감독은 그들의 취약점이라 할 수 있는 개인플레이 치중, 충성심과 희생정신의 결여, 부족한 협동정신을 보완하고, 국내 선수들과 화합하여 그들의 능력을 최대한 발휘할 수 있는 여건을 조성해야 할 것이다. 이런 의미에서 용병 선택은 신중해야 하며, 잘못되면 전력에 더 큰 손상을 가져올 수도 있다는 점을 각 구단의 감독들은 명심해야 할 것이다.

[2004년 6월]

건강을 지키는 스포츠 활동

인간은 누구나 건강한 몸으로 사회를 위해 힘쓰며, 이름을 날리고, 오래 살며, 일생을 행복하게 보내고자 염원한다. 그런데 대부분의 사람들은 신체에 아무 이상이 없고 건강할 때는 자신의 건강에 대해 특별히 생각하지 않는다. 그러다가 신체의 이상을 느끼면 그제야 비로소 건강의 고마움을 느끼고, 어떠한 방법으로든 건강을 되찾으려 고심하고 노력하기 시작한다.

대다수의 직장인은 자동차, 아스팔트, 시멘트, 철근, 공해 등으로 뒤덮인 정글 속에서 끊임없이 크고 작은 스트레스를 받으며 생활하고 있다. 스트레스는 WHO(세계보건기구)가 지적한 건강을 해치는 위협요소 가운데 식습관 다음으로 강조하는 요소다.

스트레스는 외부로부터 받는 정신적 충격으로 제일 먼저 뇌에 전달돼 여러 경로를 거쳐 인체의 가장 약한 곳으로 파급된다. 이때 인체는 다양한 변화를 일으켜 적응증후군이 발생되는데, 이런 현상이 더 지속되면 스트레스 말기에 도달해 각종 성인병을 일으키게 된다. 풍선에 지속적으로 바람을 불어넣으면 터지는 것과 같은 원리다.

그러므로 스트레스를 신속히 해소하는 일이 무엇보다 중요하다. 간혹 술로 스트레스를 해결하려는 사람들도 있는데, 술은 스트레스를 순간적으로 잊게 해줄지는 몰라도 사람을 오히려 더 깊은 '피로의 늪'으로 빠져들게 하므로 이 방법은 바람직하지 않다. 스포츠 활동을 하는 것이 가장 효과적인 스트레스 해소법이다. 짧은 시간에 생리적 변화를 심화시킬 수 있으며, 자유 인지, 활동 장악, 창의능력 발현 등을 경험할 수 있다. 여기서 말하는 스포츠란 승부를 위한 엘리트 스포츠가 아니며, 교육을 위한 스포츠도 아니다. 오직 스트레스 해소와 건강을 추구하는 스포츠 활동을 말한다.

그렇다면 어떤 운동을 어떻게 하는 것이 가장 바람직할까. 의사 및 전문가들에게 이런 질문을 던지면, 그들은 으레 빙그레 웃으면서 "너무 심하게 하지 말고 적당히 하라."고 막연하게 충고를 해 준다. 일반인의 입장에선 '적당히'가 과연 어떤 양과 질을 의미하는 것인지에 대해 의문이 생기지 않을 수 없다. 나는 다음과 같이 제시한다.

첫째, 자기가 가장 좋아하는 종목을 택한다. 여기에서 '좋아하는 종목'은 즐겨 관람하는 종목이 아니라 행하는 종목을 의미한다. 어떤 사람은 던지기에 능한 팔을 갖고 있는가 하면, 또 어떤 사람은 뛰어야 만족을 한다. 또 어떤 사람은 물이 몸에 닿기만 해도 공포를 느끼기도 한다. 각자 자기에게 가장 잘 맞는 운동을 선택해야 한다. 야구 관람을 즐기지만, 운동할 때는 조깅을 선택할 수 있다는 뜻이다.

둘째, 가급적 단체종목이 아닌 개인종목을 선택한다. 단체종목은 팀과 어울려 플레이해야 하므로 자기도 모르는 사이에 과격한 행동이 유발될 수 있어 자칫 부상을 불러오기 때문이다. 조깅, 골프, 체조, 라켓볼, 등산, 테니스, 수영 등을 추천한다. 원칙적으로 신속운동, 가속운동 등은 성인에게 좋지 않다는 연구 결과도 참고할 필요가 있다.

셋째, 반드시 심장박동수가 1분에 130 정도 뛰도록 운동을 해야 운동의 효과를 볼 수 있다. 안정 시 인간의 심박수는 평균 60~70이다. 농구나 축구선수들의 경기 종료 5분을 남겨놓은 극한시기의 심박수는 1분에 180~185를 넘나든다. 이때부터 인간은 심장에 가장 큰 부하를 느끼기 시작하며 전신에 산소부채 현상이 유발되고 착시현상까지 나타나기도 한다. 그러나 일반인들은 올림픽에 출전하기 위해서가 아니라 건강을 위해 운동을 하는 것이므로 이같은 극한 상태까지 도달할 필요가 없다. 운동 시의 심박수는 130을 유지할 것을 권한다. 참고로 그 이하에서는 운동효과를 기대할 수 없다는 점도 기억할 필요가 있다.

넷째, 주 3~4회 운동을 하되 운동 시 심박수 130을 유지한 채 30~45분(준비운동 포함)이 적당하다. 다만 이것은 절대치가 아니다. 개인에 따라 차이가 있을 수 있다. 운동하다 힘들다 싶으면 중지하는 게 좋다. 간혹 스포홀릭(spo-holic, 운동중독자)에 빠져 있는 사람들을 쉽게 찾아볼 수 있는데, 이쯤 되면 스포츠가 오히려 스트레스로 변해버린다.

지금이라도 늦지 않았으니 운동으로 스트레스를 줄여 건강을 유지하며 삶의 질을 높이도록 하자.

[2002년 8월, 국민체육공단에서 의뢰한 원고]

주역에서 배우는 전술·전략

제2차 세계대전 당시 유엔군은 아프리카에서 전투를 벌였다. 상대는 나치 독일의 롬멜 장군이었고, 전세는 유엔군 쪽으로 기울고 있었다. 이때 유엔군 측에서는 영국의 몽고메리와 미국의 패튼 장군이 각각 작전을 제시했다. 몽고메리는 게릴라 부대를 즉시 투입하여 일렬종대로 진격하자고 했고, 패튼은 정규군이 집결한 다음에 일거에 몰아붙이자고 주장했다. 두 장군은 서로 상대의 작전에 문제점을 제기했다. 몽고메리는 미군의 작전을 두고 독일군이 전열을 가다듬을 기회를 줄 것이라 했고, 패튼은 영국군이 중장비 없이 진격을 서두르면 역공을 받을 것이라고 했다.

나는 두 장군의 작전을 『주역』으로 풀이해 봤다. 먼저 몽고메리의 작전은 '풍수환(風水渙)'이라 할 수 있겠다. 바람처럼 신속히 진군하여 각개격파를 하자는 것이다. 진공청소기로 먼지를 흡수하듯 게릴라들로 하여금 지리멸렬한 롬멜군을 깨끗하게 소탕하자는 것이다. 패튼의 작전은 '뇌화풍(雷火豊)'이라 할 수 있다. 정규군이 조직적으로 롬멜군을 밀어붙이자는 것이다.

과연 어떤 작전이 옳았을까? 몽고메리와 패튼은 자신의 견해를 굽이지 않고 각자의 작전을 밀어붙였다. 결과적으로 몽고메리의 진격이 빨랐고, 독일군은 전열을 가다듬을 새도 없이 궤멸하기 시작했다. 패튼의 군대는 천천히 나타나 이미 패퇴하고 있는 독일군을 추가로 공격하는 데 그쳤다. 몽고메리의 작전이 옳았던 것이다. 패튼의 작전은 교범에 따른 안전주의였고, 몽고메리의 작전은 상황에 따른 현실주의에 가까웠다.

'택풍대과(澤風大過)'라는 괘도 있다. 과도한 욕심, 지나친 행동, 과한 소유 등을 나타낸다. 공무원이 뇌물을 받거나 여자를 탐내는 것, 술을 지나치게 많이 먹어 위장에 탈이 나는 것도 이에 해당한다. 사람에게는 해서는 안 될 일이 있다. 아무리 궁해도 남의 재산을 빼앗거나 훔쳐서는 안 되고, 분수를 모르고 잘못된 길을 가서도 안 된다. "오르지 못할 나무는 쳐다보지도 마라."라고 하지 않았던가.

진시황은 영원히 살려고 했는데, 이는 분명 과욕이다. 어떤 대통령은 법을 고쳐서라도 그 직위에 더 있고자 했는데, 이것도 과욕이었다. 인생은 열심히 목표에 도전해야 하는 것이지만, 어떤 일에 대해 과감히 체념하는 것도 도전 못지 않게 필요하다. 체념을 두려워해서는 안 된다. 공자는 맨몸으로 호랑이에게 달려드는 것, 맨몸으로 바다를 건너겠다는 것은 용기가 아니라고 말했다. 체념을 잘하면 평화로워지고, 과한 욕심을 부리면 반드시 후회하게 되는 법이다. 〈김승호(2016), 주역인문학〉

스포츠경기도 전쟁과 마찬가지로 우리 편과 상대 편의 상황을 읽고 준비하는 전략과 전술이 필요하다. 스포츠 팀의 코치, 특히 구기종목 코치들은 주역의 내용을 공부해두었다가 경기하기 전 상대 팀을 분석할 때 활용하면 좋을 것이다.

[2016년 6월 28일 서재에서]

여자농구가 중흥하려면

여자 프로농구는 어려운 시기에 탄생해 나름대로 인기를 모으고 있다. 프로스포츠가 태동되려면 선수층의 다양화, 운동종목의 시장성, 놀이·여가문화의 사회성 등의 확보가 선행되어야 한다. 하지만 여자 프로농구는 어느 하나도 충족되지 못한 상태에서 시작됐다. 1996~97년, 금융계 빅뱅이 일어나 합병을 선언하는 은행들이 늘어나고, 뒤이어 IMF가 터지면서 여자농구팀이 줄줄이 해체되는 가운데 프로화가 선언됐다.

그렇다면 그 당시 프로화하게 된 속사정은 무엇이었을까? 어처구니없을 만큼 그 이유는 간단했다. 당시 주축 선수들이었던 정은순, 유영주, 전주원, 정선민 등이 은퇴의사를 표명해왔으나, 각 구단들은 그들을 대체할 선수들을 찾지 못하고 있었다. 게다가 고교 졸업 신인들의 몸값은 천정부지로 치솟고 있었다. 구단 간의 경쟁 과열로 '드리블만 할 줄 알아도 1억 원'이라는 얘기까지 나돌았다. 그로 인해 기존 선수들은 사기가 저하돼 쥐꼬리만한 월급을 받느니 차라리 선수생활을 포기하자는 분위기가 팽배했다.

그 틈바구니 속에서 프로화의 기치가 올랐던 것이다. 우수선수들을 우대하여 이들의 선수생활을 연장하고, 고교 신인선수 선발도 자유경쟁이 아닌 드래프트제로 바꿔 터무니 없는 몸값 폭등에 제동을 건 것이다. 결국 위기를 기회로 전환시키는 승부수가 적중했고, 여자 농구는 새로운 기반을 다지게 됐다. 이런 노력이 2000년 시드니올림픽 4위의 밑거름이 됐다고 본다. 외국인 선수 2명 보유에 한 명 출전, 3쿼터 지역방어 허용 등 유연한 운용도 높이 살만하다.

여자 농구가 더욱 발전하려면 다음 문제를 해결해야 한다.

첫째, 고사 직전에 놓인 여고 농구가 활성화되어야 한다. 여고 팀은 1997년 기준 30개 팀 335명이었던 것이 2001년 12월 기준 26개 팀 246명으로 줄었다. 지원금도 드래프트 1순위 지명 선수를 배출해야만 받을 수 있어 여타 팀들은 운영난에 빠지게 되어 있다. 이들이 햇볕을 쬘 수 있도록 여자농구연맹(WKBL)에서 신속히 대처해야 하겠다.

둘째, 부산아시안게임에서 우승을 일궈내야 한다. 그래야만 여자 농구의 불씨를 이어갈 수 있다. 1967년 세계선수권대회 준우승, 1984년 LA올림픽 은메달, 각종 아시아대회에서 일궈낸 금메달들은 태릉선수촌에서 6개월 이상 합숙훈련을 한 결과이다. 따라서 대한농구협회(KBA)와 WKBL은 겨울리그가 끝난 후 각 구단에 흩어져 있는 대표선수들을 불러들여 아시안게임에 대비해야 할 것이다.

중국은 이미 대표선수들을 대폭 물갈이해서 지난 여름 북경유니버시아드대회에서 미국에 이어 준우승을 거두고 무섭게 달려오고 있다.

[조선일보, 2002년 1월 9일(수)]

KBL에 바란다

우리는 20년만에 또다시 짜릿한 우승의 기쁨을 맛보았다. 지난 10월 14일 부산사직체육관에서 터진 감격과 기쁨의 눈물은 지금으로부터 꼭 20년 전 '82 뉴델리아시안게임에서 우리나라 남자 농구팀이 숙적 중국을 85대 84로 꺾었던 때와 견줄만한 역사적인 것이었다.

돌이켜보건대 우리나라 농구는 아시아 정상에 서기 위해 달려온 90년 동안 국운과 함께해왔다고 해도 과언이 아니다. 일본, 중국, 필리핀과 끈질기게 투쟁해 온 역사를 갖고 있다. 일제강점기하에서는 항일운동의 일환으로 일본선수들과 투쟁하며 나라 없는 설움을 씻으려 했고, 독립 후 1950년대부터는 필리핀과 우승을 다투어 왔으며, 1970년대 중국이 세계 무대로 진출한 이래로는 중국과 우승을 놓고 항상 결전을 벌여야 했다.

첫 쾌거는 뭐니뭐니 해도 1969년도 방콕 ABC대회의 우승이다. 당시 김영기(현 KBL 부총재) 감독이 이끈 대표팀은 금융기관을 주축으로 창설한 코리언리그 선수들로 구성되었다. 김영일, 김인건, 신동파, 유희영, 이인표 등을 중심으로 강적 필리핀을 꺾고 한국 농구 50년 사의 첫 우승을 기록, 도약의 발판을 마련했다.

그로부터 23년 후 필자는 1982년 뉴델리아시안게임에서 우승을 이룩했다. 현대와 삼성이 치열하게 경쟁하면서 대표팀의 수준이 향상되었고, 그것으로 인해 이런 결과를 얻었다고 본다. 신선우, 박수교, 신동찬, 이충희, 임정명 등의 멤버로 장신군단 중국을 제치고 금메달을 획득, 한국 농구의 중흥기를 마련했다.

다시 20년 후, 2002년 금번 부산아시안게임에서 중국과의 치열한 경쟁에서 승리했다. 이는 7년째를 맞이한 KBL프로농구의 성과라고 본다. 뉴델리대회 때는 시소경기 중 리드한 점수를 완벽하게 지켰는데, 부산대회 때는 시종일관 10여 점차로 끌려가던 경기를 동점을 만들었고, 연장전까지 끌고 가서 끝내 극적인 승리를 거두었다. 이때 선수들의 기량은 장신을 압도했다. 이것은 50여 경기를 소화해야 하는 프로농구에서 터득한 것이라고 하겠다. 그들은 또 하나의 엄청난 역사를 창조해냈고, 선배들의 뒤를 이어 농구 중흥의 기반을 마련했다.

그 동안 우리 프로농구계는 상당한 변화를 겪어왔던 것이 사실이다. 용병선수들의 선발 방법, 연고지 선정, 규칙의 변화, 최초의 FA선수 탄생 등이 그것이다. 변화가 일어날 때 마다 이런저런 의견이 분분했지만, 결국 아시아 정상을 위해 꾸준히 노력한 KBL에 힘찬 박수를 보낸다.

미국 프로농구팀의 소위 스타선수들의 몸값이 수억, 수십억 원을 호가한다는 사실을 두고 마치 별나라 이야기인 듯 경탄을 금치 못하였던 것이 엊그제 같은데, 이젠 우리나라에서도 프로스포츠 선수들의 연봉이나 스카웃 비용이 수억, 수십억 원을 상회하고 있다. 춥고 배고프던 시절 운동하면서도 금메달 하나만 따서 먼 이국땅의 하늘 위에 태극기만 한번 펄럭여 봐도, 가슴에 손을 얹고 애국가 한 소절만 눈물 삼키며 불러 보아도 여한이 없었던 시절에 비하면 지금의 스포츠 환경은 바람직한 방향으로 발전하고 있다는 생각이 든다.

각설하고, 이제 슬슬 외투 깃이 올라가는 것을 보니 프로농구 시즌이 도래하고 있는 듯하다. 금년도의 프로농구는 그 어느 해보다도 흥미진진한 경기가 펼쳐질 것으로 예견된다. 강적 중국을 극적으로 누르고 한국에 금메달을 안겨준 신예들이 대거 포진해 있고, FA(자유계약선수)라는 새로운 제도의 도입으로 프로 탄생 이후 최대의 지각변동이 이루어졌기 때문이다. 과연 어느 팀이 승리할지, 매 경기 뚜껑을 열어봐야 알 수 있을 만큼 예측을 불허하는 경기가 많아질 것이다. 더구나 시즌 중에도 선수 트레이드가 가능하다. 선수들의 거취에도 관심이 모이고 있어 이번 겨울은 바깥 날씨와는 관계없이 유난히 뜨거운 계절이 되지 않을까 한다.

농구의 묘미는 아름다운 포물선을 그리면서 골을 향해 날아가는 볼, 선수의 날렵한 슛 동작에 있다고들 하지만, 그보다 중요한 건 관람석의 열기다. 관람객들의 함성과 갈채가 없으면 프로농구는 재미로 즐기는 길거리농구와 다를 바 없게 된다. 1982년도 뉴델리의 영광을 20년만에 어렵사리 재현한 늠름한 한국 농구의 건아들. 이제 그들이 우리 곁으로 달려와 있다. 농구팬의 뜨거운 관심과 성원을 부탁드린다.

2003 프로농구가 팬들에게 더 나은 서비스를 하기 위해 KBL은 현안으로 떠오르고 있는 심판 문제를 더 이상 덮으려고만 하지 말고, 오히려 확실하게 드러내 도려낼 필요가 있다. 1970년대 심각했던 부정 심판들의 승부조작을 정화하기 위해 당시 강재권 농구협회 전무이사가 대표선수 출신(이인표, 박한, 김인건 등)을 훈련시켜 심판으로 활용했던 기억을 되새겨 볼 필요도 있다고 본다. 못 본 척, 점잖은 미소만 짓고 있다고 해서 문제가 해결되지 않는다. 이 문제가 해결되지 않으면 팬들이 프로농구의 참맛을 즐기기 어려워진다. 팬들은 정정당당한 승부에 마음껏 소리치는 사람이라는 걸 잊어서는 안 된다.

팬은 선수를 향해 함성을 지르며, 팀을 응원하며, 멋진 골에 갈채를 보낼 준비를 하고 있다. KBL과 선수들은 열심히 플레이하는 것으로 팬의 성원에 보답해야 할 것이다. KBL이 한국 농구의 웅비기를 열어가길 기대한다.

[2002년 11월 14일]

코트도 정보화 시대

요즘 프로농구 경기장에 가보면 정보화 시대, 서비스 시대가 왔음을 실감하게 된다. 경기 전에는 홈 구단에서 선수 프로필과 각종 홍보자료를 나눠준다. 경기 중에는 쿼터마다 KBL이 실시간으로 작성한 출전선수 기록과 경기상황을 관계자들에게 전달한다. 그런데 이런 정보 자료를 각 구단이 얼마나 체계적으로 준비하고, 분석하고, 활용하고 있는지는 솔직히 의문이다. 구단 간 트레이드를 할 때 한 팀이 크게 손해를 본다든가, 터무니없는 가격으로 연봉 협상이 이뤄지는 경우가 있기 때문이다.

한 팀이 동일한 팀에 매번 근소한 점수 차로 지는 것도 정보를 활용하지 못한 데서 원인을 찾을 수 있다. '지피지기(知彼知己)면 백전불태(百戰不殆)'이라는 말이 있듯, 정보는 경기의 승패를 좌우할 만큼 중요하다. 미국 프로농구(NBA) 구단들, 특히 필라델피아 세븐티식서스는 엄청난 정보를 갖고 있는 팀으로 유명하다. 이 팀은 모든 정보를 공개자료와 비공개 자료로 구분하여 보관하고 있다. 공개 자료는 홈경기 때 미디어에 제공하는 정보다. 이는 주로 NBA가 쿼터마다 각 선수들의 활약을 통계 수치로 표시한 자료다. 이외에 홈 구단이 서비스 차원에서 경기 중 작전타임 때마다 그순간까지의 활약상을 첨가해 거의 실시간으로 중계석에 전달하는 자료가 있다.

비공개 자료는 구단의 블랙박스에 보관하고 있는 정보다. 여기에는 전 세계 유명 스타의 기록과 NBA 선수들의 고교 시절부터 현재까지의 평가기록들이 체계적으로 수록되어 있다. 그중 눈여겨 볼 것은 선수를 평가하는 기준 항목이다. 이 항목에는 정의적 영역(Affective Domain, 선수로서의 태도 및 프로로서의 정신 자세), 인지적 영역(Cognitive Domain, 교육적 배경 및 지적 능력), 심동적 영역(Motor Domain, 기술 능력 및 적응력), 신체적 영역(Physical Domain, 체력 및 상해 경력) 등이 있다.

구단 프런트는 이러한 정보를 신인선수 선발, 연봉 협상, 트레이드 등에 활용한다. 감독은 상대 선수들의 누적된 통계 수치를 분석 대비할 때 샘플사이즈(출장 경기 수)가 크면 클수록 더 정확한 정보를 얻을 수 있다는 전제하에 시계열변화(쿼터나 시즌 시기별로 나타나는 선수의 개인별 특성)와 함께 최대공약수를 찾아 전략에 최대한 활용한다.

"구슬이 서 말이라도 꿰어야 보배"란 말이 있듯이 이제 국내 구단들도 갖고 있는 통계 정보 자료를 더욱더 체계적으로 분석하여 콤비네이션 차트(뒤지고 있을 때, 속공을 해야 할 때 등 상황에 따라 전력을 극대화시킬 수 있는 선수들의 조합)까지 만들어 실전에 이용해야 명실상부한 프로구단이라 할 수 있지 않을까?

[조선일보, 2003년 2월 4일(화)]

코트도 정보화시대

요즘 프로농구장에 가면 정보화시대, 서비스시대를 실감하게 된다. 경기 전에는 홈 구단에서 개인별 선수 프로필과 각종 홍보 자료를 나눠준다. 경기 도중에는 쿼터마다 KBL이 실시간으로 작성하는 출전선수 기록이 다른 경기 상황과 함께 관계자들에게 전달된다.

그런데 이런 정보 자료를 각 구단이 얼마나 체계적으로 준비하고, 분석하고, 활용하고 있는지는 솔직히 의문이다. 왜냐하면 구단간 트레이드할 때 한 팀이 크게 손해를 본다든가, 터무니없는 가격에 연봉 협상이 이뤄지는 경우가 있기 때문이다. 한 팀이 동일한 팀에 매번 근소한 점수 차로 지는 것도 정보를 활용하지 못한 데서 원인을 찾을 수 있다.

좀 진부한 것 같지만 '지피지기(知彼知己)면 백전백승(百戰百勝)'이란 말과 같이 정보를 가장 중요하게 생각하는 곳이 미국 프로농구(NBA) 구단들이다. 그 중 필라델피아 세븐티식서스는 엄청난 정보량을 가진 팀으로 유명하다. 이 팀은 모든 정보를 공개 자료와 비공개 자료로 구분하여 보관하고 있다.

공개 자료는 홈 경기 때 미디어에 제공되는 정보다. 이는 주로 NBA가 쿼터마다 각 선수들의 활약을 통계 수치로 표시한 자료다. 이외에도 홈 구단이 서비스 차원에서 제공하는 정보 자료로 경기 중 작전타임 때마다 그 순간까지 활약상을 첨가해 거의 실시간으로 중계석에 전달하는 자료가 있다.

비공개 자료는 구단의 블랙박스에 보관하고 있는 정보다. 여기에는 전 세계 유명 스타의 기록과 NBA 선수들의 고교시절부터 현재까지의 평가 기록들이 체계적으로 수록돼 있다.

그 중 눈여겨 볼 것은 선수를 평가하는 기준 항목이다. 이 항목에는 정의적 영역(Affective Domain·선수로서의 태도 및 프로로서의 정신 자세), 인지적 영역(Cognitive Domain·교육적 배경 및 지적 능력), 심동적 영역(Motor Domain·기술 능력 및 적응력), 신체적 영역(Physical Domain·체력 및 상해 경력) 등이 있다.

구단 프런트는 이러한 정보를 신인선수 선발, 연봉 협상, 트레이드 등에 활용한다. 감독은 상대 선수들의 누적된 통계 수치를 분석 대비할 때 샘플사이즈(출장 경기수)가 크면 클수록 더 정확한 정보를 얻을 수 있다는 전제하에 시계열변화(쿼터나 시즌 시기별로 나타나는 선수의 개인별 특성)와 함께 최대공약수를 찾아 전략에 최대한 활용한다.이제 국내 구단들도 갖고 있는 통계 정보 자료를 체계적으로 분석하여 콤비네이션 차트(뒤지고 있을 때, 속공을 해야할 때 등 상황에 따라 전력을 극대화할 수 있는 선수들의 조합)까지 만들어 실전에 이용해야 명실상부한 프로구단이라 할 수 있지 않을까?

/조선일보 농구해설위원·경원대 교수 yul6@mail.kyungwon.ac.kr

회장 선거인단 제위에게 드리는 글

안녕하십니까? 방열입니다!

저는 이번에 영광스러운 일을 해 보리라 다짐했습니다. '제33대 대한민국농구협회장'에 출마하려 합니다. 모든 일을 미리 헤아려 살피기란 실로 어렵다는 것을 실감하고 있습니다. 오늘날 대한민국 농구가 국내외적으로 처해 있는 상황은 매우 어렵습니다. 농구 발전과 혁신을 위해 그 동안 제가 지니고 있던 소신에 대해 간략히 말씀드리겠습니다.

흔히 '한국 농구 100년'이라고 합니다. 농구가 가장 어려웠던 시기는 일제강점기와 남북전쟁기였다고 말합니다. 그러나 우리는 현재 이보다 더 어려운 상황에 직면해 있습니다. 그것은 대한농구협회와 국민생활체육 전국농구연합회의 통합입니다. 실질적인 새로운 대한민국농구협회의 창설입니다. 농구인에게 막중한 역할이 주어졌습니다. 새로운 각오로 혁신을 해야 할 때 입니다.

저 '농구인 방열'은 몸을 돌보지 않고 맡은 일에 책임을 다해 노력할 것입니다. 저는 일의 성패와 이해득실을 따지는 데 밝지 못합니다. 때문에 '자기만 아는 이기주의자', '대인관계가 수월치 못한 사람'으로 평가받기도 했습니다. 그러나 저의 태도는 농구에 대한 깊은 사랑과 농구 발전에 기여하고 싶은 저의 직선적인 의식에 바탕을 둔 것이었습니다. '인생이란 농구경기와 같다'고 생각하며, '진인사 대천명(盡人事 待天命)'이라는 철학을 지니고 초지일관 정도를 걸어왔기 때문에 후회하지 않습니다.

농구의 개혁과 국제화를 위해 봉사할 기회가 온다면 책임 있게 매진하겠습니다. '머슴 길'을 택하는 것이 평소 '농구교(籠球敎)'를 믿으며 살아온 사람의 길이라 생각하고 봉사하리라 다짐합니다. 제게 4년의 임기가 주어진다면 다음과 같은 과제들을 이루어나가고자 합니다.

첫째, 국민 모두가 즐기는 농구가 되도록 할 것입니다.

1990년대부터 2000년대 초반까지 한국을 대표했던 스포츠로서의 영광을 되찾아야 합니다. 이 목적을 달성하기 위해 'One Sport, One Federation'을 이룩해야 합니다. 그 동안 한국 농구는 KBA(대한농구협회), KBL(한국 농구연맹), WKBL(한국여자농구연맹), NABA(국민생활체육전국농구연합회) 등으로 나눠져 집약적인 기능을 발휘하지 못했습니다. 그간 대학총장, 세계농구코치협회 아시아회장, 대한농구협회장으로 있으면서 축적한 행정력을 바탕으로 FIBA가 추구하는 '한 지붕 한 가족 농구'를 반드시 달성하겠습니다. 풀뿌리 농구부터 프로농구까지 일관된 운영으로 집약적 농구 발전을 도모할 것입니다.

둘째, 통합리그를 개설하고, 행정체계를 구축하겠습니다.

엘리트선수와 아마추어인들이 함께 어우러질 수 있는 통합리그를 개설할 것입니다. 아울러 업무를 세분화하고, 한국 농구의 특징을 고려한 행정체계를 구축할 것입니다. 이를 위해 'New Competition System'을 도입하여 유소년, 중 · 고 · 대학 대회를 활성화할 것입니다.

셋째, 전용체육관 건립을 추진 · 완공하겠습니다.

왜 농구는 유소년들이 체육관을 못 찾아 이곳저곳을 헤매어야 합니까? 왜 생활농구인들과 각급 국가대표팀은 하고 싶은 훈련과 경기를 마음껏 소화하지 못하는 것입니까? 전용체육관이 없기 때문입니다.

넷째, 문호를 열고, 적극적으로 마케팅하겠습니다.

적극적인 마케팅으로 팬 확보 및 농구의 관심 증대를 꾀할 것입니다. 개방적 사고를 바탕으로 전 세계 농구와 국내 농구인들이 상호 교류할 수 있는 기회를 만들 것입니다.

다섯째, 2020년 도쿄올림픽 남녀농구 동반 출전을 이루어내겠습니다.

대중을 떠난 스포츠는 살아남을 수 없습니다. 올림픽 출전을 못하는 종목은 대중으로부터 소외됩니다. 올해 우리 농구는 '리우' 올림픽 출전에 실패했습니다. 이같은 실수를 다음 올림픽에서 반복해서는 안 될 것입니다.

선거인단 전체의 동의를 얻는 일이 쉽지는 않겠지만, 최선을 다해 볼 생각입니다. 적극적으로 돕겠다는 분들도 계시지만, 혼탁한 농구계에 왜 진출하려고 하느냐는 부정적 말씀을 하시는 분들도 계십니다. 경제적 · 정치적 기반도 없는 입장에서 무리한 승부수를 던졌다가 오히려 어려운 상황에 처할 수 있다고 염려하시는 분들도 계셨습니다. 협회는 앞으로 더 이상 정치인, 경제인들에게 의존해선 안 된다고 생각했습니다. '농구는 농구인의 손으로'라는 소신은 놓을 수가 없었습니다. 최선을 다해볼 생각입니다.

선거인단 여러분!

이번 대한민국농구협회장 선거는 지금까지의 선거 과정과 매우 다릅니다. 새로운 민주적 절차에 따라 오는 8월 10일 전국 각 시 · 도지부 및 연맹체에서 추천, 선정된 선거인단에 의해 제33대 회장이 선출될 것입니다. 저의 진솔한 뜻을 이해해 주시고, 저에 대한 지지를 부탁드리는 바입니다. 여러분들의 도움이 저에게 큰 힘이 됩니다. 지금은 다시 한 번 일어설 때입니다.

제 뜨거운 손을 잡아주십시오. 농구에 새로운 비전을 제시하는 새로운 리더로서 열심히 일하겠습니다.

[2016년 8월 6일, 대한민국농구협회 회장 출마의 변]

제5부
세상 살아가는 넋두리

"내가 벌거벗고 있는 이유는 누구에게나 쉽게 눈에 띄기 위함이고, 내 뒷머리가 민머리인 이유는 내가 지나가면 다시는 나를 잡을 수 없게 하기 위함이다. 내 발에 날개가 달린 이유는 최대한 빨리 그들의 눈앞에서 사라지기 위해서다. 나의 이름은 기회다."

새해 아침

일본 식민지 하의 그 암울했던 시절에 소파(小波) 방정환(方正煥) 선생은 새해를 이렇게 표현했다.

"해가 솟는다, 사람들이 가리켜 새해라 하는 아침 해가 솟는다/ 금선 은선을 화살같이 쏘면서 바뀐 해 첫날의 새해가 솟는다/ 누리에 덮힌 어둠을 서쪽으로 밀어 치면서 새로운 생명의 새해는 솟는다/ 오호 새해다, 새 아침이다, 우리의 새 아침이다/ 어둠 속에 갇힌 모든 것을 구해내어 새로운 광명 속에 소생케 하는 것이 하침 해이니/ 계림강산에 찬란히 비춰오는 신년 첫해의 광명을 맞이할 때 누구나 젊은 가슴이 쿵쿵 뛰는 것을 막을 수 있으랴
새해의 기쁨은 오직 아침 햇살과 같이 씩씩한 용기를 가진 사람들만의 것이니/ 천근만근의 무게 밑에서도 오히려 절망의 선을 넘으려는 사람만이 새해의 기쁨을 차지하고/ 천 가지 만 가지 설음 속에서도 오히려 앞을 향해 내닫는 사람들만이 새해, 새 생활의 기쁨을 차지할 수 있을 것이니……."

1996년 새해가 밝았다고 해서 누구나 기쁘고 누구나 희망에 벅찬 것은 아닐 것이다. 그러나 소파 선생님의 외침처럼 슬픔과 절망 속에서도 희망을 간직하는 사람만이 새해 속에서 승리할 수 있고, 천 근 만 근의 시름과 걱정을 가지고 있다 하더라도 그것을 이겨내는 사람들에게 1996년의 행운이 찾아가게 될 것이다.

왜 우리들은 이 똑같은 시간의 흐름 속에서 365일이라는 선을 긋고 특별한 의미를 부여했을까? 아마 지금까지 실패했던 분들은 오늘부로 실패한 일은 잊고 지금 이 시간부터는 새롭게 출발하자는 뜻으로 물처럼 흐르는 세월 위에 새해라는 이정표를 만들었을 것이고, 어제까지 잘 달려온 분들은 앞으로도 잘 해 보자는 뜻으로 새해라는 출발의 선을 만들었을 것이다. 어쨌든 새해의 가장 큰 철학은 희망이며, 우리 모두가 추구해야할 공동의 목표는 발전과 또 한 번의 도약일 것이다.

새해가 되면 말쑥하게 차려입은 신사나 지성미 있는 숙녀들이 슬그머니 토정비결이나 신년의 운수 같은 것을 남모르게 짚어본다. 왜 그럴까? 우리 인간은 불완전한 존재이므로 앞으로 다가올 시간과 공간 앞에서 그 운명을 누구도 장담할 수 없기 때문이 아닌가 한다. 따라서 우린 희망은 갖되 우리 앞에 다가오는 시간과 활동의 영역 앞에 겸손하고 숙연한 태도를 가져야 할 것이다.

1996년 새해에는 우리의 몸과 마음이 처음 만지는 새 농구공처럼 탄력 있게 튀어 오르는 힘을 회복하기를 바란다. 요즘 세상이 어떻게 빨리 급변하는지 아이들도 이젠 미운 7살이 아니라 미운 4살 이라 하지 않는가. 시대 감각에 맏도록 지천명(知天命)이라도 불혹(不惑)에 살고 있다는 것을 잊지 말 것을 당부하고자 한다. 개발도상에 처해 있는 우리 국민들은 이런 에너지를 가지고 너도나도 적극적으로 현실에 동참해야 한다.

아무쪼록 올 한 해 동안에는 나쁜 것은 비켜가고, 불길한 것은 일본(日本) 근해에서 사라지는 태풍처럼 미리미리 사라지며, 혹 발을 헛디뎌 빠질 수 있는 웅덩이는 나타나지 말기를 바란다.

[1996년 원단에]

'리모델링'만이 살 길이다

"21세기에 살아 남으려면 누구나 끊임없는 재교육으로 자기혁신을 해야 한다."

우리나라 여자농구는 1960~1980년대에 아시아 제패를 넘어 세계 정상에 우뚝 섰다. 그 시기에는 박신자, 박찬숙이라는 걸출한 센터가 있었다. 그러나 2000년대로 접어들면서 미국이나 유럽의 체력과 신장, 개인적 · 국가적 노하우, 기술이 모두 우리를 압도하고 있다. 따라서 서구 농구를 이기기 위해 그들의 신장이 작아지거나 체력이 떨어지기를 바랄 수는 없는 노릇이다. 우리 선수들의 체형을 '리모델링'하고 힘과 기량을 키우며, 전략 · 전술을 개발해나갈 수밖에 없는 것이다.

산업에서도 마찬가지다. 일본 최대 자동차 회사인 도요타는 현재 본사만 도쿄에 남겨 놓고, 디자인연구소와 핵심기술센터가 아예 미국으로 건너간 지 오래됐다. 2000년대 들어서는 자동차의 75%를 북미 지역에서 생산하고, 그곳에서 차를 팔고 있다. 도이치뱅크의 경우 지난해 기준 북미 지역 임원 중에서 독일사람은 60여 명에 불과하고 미국사람이 1,500명이라고 한다. 21세기에 살아 남으려면 일단 국적을 버리고 글로벌 경영체제로 리모델링해야 한다.

우리나라에는 아직도 정서적으로 민족주의가 오롯하게 남아 있어 피부색이나 언어가 다른 사람들이 우리의 산업현장에 얼씬거리면 생리적인 거부반응을 일으키고, 다국적 기업을 애국심을 저버리는 기업으로 생각하며, 특히 다문화가정을 냉대하는 경향이 짙다. 이것이 사회문제로까지 대두되고 있다. 심지어 유능한 한국인인데도 불구하고 외국에서 성장하고 그곳 정보기관에서 일했다는 이유로 장관 자리에서 떠날 수밖에 없게 만든다. 이런 의식부터 과감하게 리모델링하지 않는 한 미래지향적 산업 창출의 길은 요원할 것이다.

예일대 폴 케네디 교수는 흥미롭게도 우리나라를 아프리카 서부 기니 만에 인접한 가나공화국과 비교한 적이 있다. 1960년대 이전까지만 해도 가나는 영국의 식민지였고, 우리는 일본의 식민지였다. 영토는 가나가 23만여 km^2, 우리나라는 22만 km^2로 비슷한 편이다. 인구는 1960년대 기준으로 우리가 3천 만을 조금 넘었고, 가나는 2천 만이 조금 못 됐다. 산업 구조면에서는 농업에 의존한다는 공통점이 있었다.

소득까지도 비슷했다. 1960년대 당시의 1인당 국민총생산(GNP)은 양국이 모두 230달러 정도였다. 그런데 두 세대를 지난 2010년대에 두 나라를 비교해봤더니 소득 격차가 하늘과 땅만큼 벌어졌다는 것이다. 우리나라는 세계 10대 교역국으로서 세계 6번째로 '20-50클럽'(국민소득 2만 달러와 인구 5천만 명 이상 국가)에 가입했고, 21세기 정보화산업 시대의 선두 자리를 지키고 있다. 반면 가나는 1인당 국민소득 1,000 달러 선으로 한국의 20분의 1 정도에 지나지 않는 상태이고, 아직도 1차 산업 위주에 경공업이 조금씩 시작되고 있는 형편이다.

케네디 교수는 한국이 반 세기만에 선진국 대열로 올라서게 된 원인을 다음과 같이 제시했다. 첫째, 높은 교육열, 둘째, 높은 저축률, 셋째, 1960년대 이후 줄곧 수출 지향적 정책을 펴왔다는 점이다. 마지막으로 한국에는 일본이라는 경제적 모델이자 기필코 따라잡아야 할 라이벌이 이웃에 있었다는 점이다.

그가 제시한 21세기의 새로운 도전 요소들에도 주의를 기울일 필요가 있다. 그것은 폭발적인 인구 증가, 통신금융 방면의 혁명과 다국적기업의 횡포, 농업구조의 혁신과 생명공학의 발달, 로봇과 자동차 분야 및 첨단산업의 혁명, 자연환경의 위기, 민족국가끼리의 불안한 대치 등이다. 이처럼 복잡한 문제가 얽혀 있는 21세기에서 살아남기 위해서는 기술자뿐만 아니라 일반인들도 나이와 관계없이 끊임없는 재교육으로 리모델링해야만 한다. 케네디 교수는 거기에 높은 수준의 정치적 지도력이 있어야 된다는 점을 강조했다.

최근 정부조직 개편안을 놓고 우리 국회가 보여준 모습을 보면서 리모델링은 바로 그들에게 필요한 것이 아닌가 하는 아쉬움이 남는다.

[2013년 3월 11일]

워싱턴의 벚꽃나무

4월의 첫 주. 해마다 이맘 때가 되면 통영에서 시작되는 벚꽃놀이가 서서히 북으로 올라온다. 벚꽃놀이를 통영에서 제일 먼저 시작한다는 사실을 아는 사람은 그리 많지 않을 것이다. 진해군항제가 워낙 규모도 크고 잘 알려져 있어 벚꽃하면 진해를 떠올리게 된다.

진해 일대의 벚꽃잔치가 끝나고 나면 전북 전주에서 군산으로 이어지는 이른바 '번영로', 옛날에 '전군도로'라고 불리던 42km 도로 양편의 벚나무터널이 장관을 이룬다. 야경은 더 볼만하다. 4월 중순으로 들어서면 서울시민이 즐겨 찾는 여의도 벚꽃축제가 열린다.

벚꽃은 번식력이 좋다. 통영, 진해 일대에만 피어 있던 벚꽃이 지금은 창원 지역까지 퍼져 있다. 진해와 창원 일대는 그야말로 우리나라 화신(花信)의 일 번지라고 할 수 있다. 벚나무의 원산지는 우리나라 전라남도 일대와 제주도다. 그러나 이는 학술적인 사실일 뿐이고, 벚꽃은 일본의 국화다. 1964년 동경올림픽 대표선수 시절이다. 바로 이맘 때 주말 외출을 나갔다가 도로를 따라 양 옆으로 펼쳐져 있는 나무의 모습에 취한 적이 있었다.

진해 일대의 벚나무도 일본인들이 가꾸기 시작해서 번창하게 됐다. 전북에서 새로운 관광명소로 등장한 번영로는 일제강점기에 우리 농민들이 배를 주려가며 농사를 지어 놓은 쌀을 일본으로 실어 날랐던 길이었다. 그 쓰라린 역사가 서린 길 위에 일본의 국화가 흐드러지게 핀다는 사실이 영 마음에 걸린다. 우리나라 지형에 맞고, 벚나무보다 더 화려한 꽃나무는 없을까 한 번쯤 생각해 보아야 할 문제라고 본다.

한편 많은 미국인들은 봄이 오면 워싱턴을 찾는다고 한다(워싱턴은 포토맥 강변에 있는 미국의 수도다). 링컨센터나 자연사박물관을 보기 위해 찾는 것이 아니다. 포토맥 강변에 환상적으로 피어나는 벚꽃을 구경하러 샌드위치나 햄버거를 싸들고 연인들이, 가족들이, 관광객들이, 심지어 우리나라에서 공부하러 간 유학생들까지도 워싱턴으로 달려간다는 것이다. 워싱턴에는 대략 3,400 그루의 벚꽃이 눈부신 자태를 자랑한다.

워싱턴의 벚꽃이 도대체 어디서 온 것이냐 하는 점이 문제의 핵심이다. 미국인들이 봄만 되면 비행기를 타고 와서 감상하는 바로 그 벚나무는 일본에서 건너온 것이다. 100여 년 전인 1910년대에 돈을 벌기 시작한 당시의 일본 기업체와 이른바 '일본 국수주의자'들은 일본의 이미지를 서양의 신흥국가인 미국에게 전할 방법을 찾던 중 자신들의 국화인 벚꽃을 떠올리게 됐다. 이들은 당시 수도로 자리 잡은 지 얼마 되지 않은 워싱턴 시내를 빛내준다는 뜻으로 교묘하게 벚꽃을 보냈다고 한다. 벚꽃 묘목을 배에 싣고 태평양을 건너는 일은 그 당시로서는 대단히 어렵고 힘든 일이었을 것이다. 뿐만 아니라 현지에서 적당히 땅을 파고 묘목을 길러내는 일도 보통 일이 아니었을 터이다. 그런데도 일본인들은 후일을 계산하며 그 일을 묵묵히 해냈다.

워싱턴의 벚꽃이 활짝 필 때쯤 일본인들은 힘을 길러서 1941년 하와이의 진주만을 기습공격했다. 하와이의 태평양함대가 처참하게 침몰되자 워싱턴 사람들은 포토맥강변의 일본 벚나무를 찍어버리자는 의견도 내놨다. 그러나 벚꽃나무는 이미 30년 이상 아주 튼튼하게 자랐기 때문에 손을 못 썼다는 얘기도 있다.

이 시점에서 우리의 독도를 일본의 섬이라고 주장하는 아베정권을 떠올려본다. 일본인들이 가지고 있는 세계화나 미래화에 대한 통찰력을 생각해 보지 않을 수 없게 된다. 요즘 우리는 국제화 · 세계화라는 말을 잘 쓰지만, 1910년대에 이미 자기네 국화를 미국의 수도 심장부에 심을 줄 알았던 일본인들의 그 멀리 보는 시야를 먼저 생각해보아야 할 것 같다. 먼 훗날, 이 민족의 젊은이들이 아무쪼록 많은 것을 피부로 느끼고, 눈으로 보고, 머리로 배워서 아름답고 외로운 독도를 더 이상 시빗거리가 되지 않게 하는 지킴이로 튼튼하게 성장해 주길 바랄 뿐이다.

[국민일보, 2013년 4월 8일]

약탈의 도시, 파리

1969년 1월 프랑스 파리에서 고(故) 이수용 프랑스 대사와 콩코르드 광장 주변 카페에 간 적이 있다. 조흥은행(현 신한은행) 여자농구팀이 프랑스 대표팀에 승리한 것을 기념해야 한다며 이 대사가 마련한 자리였다. 본인이 대사 활동을 통해 했던 것보다 몇 배 더 크게 국위선양을 했다며 선수단을 축하해주는 자리였다.

카페는 서울의 작은 통술집을 연상케 했다. 담배연기가 자욱한 내부에는 생음악이 흘렀고, 도로에 접한 벽은 투명유리여서 거리가 훤히 보였다. 때마침 유리창 너머에 앙증맞게 생긴 작은 차 한 대가 멈췄고, 차에서 내린 신사가 카페 안으로 들어섰다. 그 신사가 우리가 앉은 좌석 옆으로 지나가는 순간이었다. 갑자기 이 대사가 벌떡 일어서더니 반갑게 인사를 나눴고 이어 우리에게 소개했다. 프랑스 외무부장관이라 했다. 허름한 코트 차림에 시가를 입에 물고, 비서도 없이 손바닥만한 차를 손수 몰고 통술집에 들어선 것이다. 프랑스 외무장관이라니! 파리인들의 검소함과 자유스러움에 놀랐고, 한편으론 부럽기도 했다. 전후 프랑스 드골정부 관료들의 평범함과 민주성을 느끼기에 충분했다.

파리 관광을 하다보면 안내인이 '파리의 자랑'이라며 하수도를 보여준다. 매주 월요일과 수요일에 파리의 하수도를 관광객들에게 개방한단다. 지상의 파리는 다소 무질서하게 보였다. 길은 좁고, 구도로와 신도로가 복잡하게 얽혀 있다. 뒷골목은 서울의 무교동 피마길보다 더 지저분하다. 하지만 하수도는 도로 밑에 질서정연하게 배치되어 있다. 냉기 서린 소독약 냄새가 나지만, 절대로 악취는 아니다.

파리의 하수도 총연장 길이는 2,000km로 경부고속도로의 네 배가 넘는 길이라고 한다. 그곳에 들어가 보면 수많은 관들이 질서정연하게 지나가고 있다. 하수관, 전기배선관, 가스배관이 있다. 가장 중요한 통신망은 절대로 불에 타지 않는 절연재로 싸여서 철저하게 관리되고 있다. 가끔 영화 속에서도 보았던 하수구인데, 그 곳을 견학하면 프랑스가 왜 엄청난 문화적 저력을 지닌 선진국인지, '떼제베'나 '엑조세 미사일'로 대변되는 최첨단 과학기술을 어떻게 발전시켰는가 하는 의문점이 풀리게 된다. 파리의 질서정연한 하수구를 보면서 국가를 과학적으로 관리하는 나라가 위대한 문화도 관리해 나갈 수 있다는 점을 깨달았다.

한편, 어떤 사람은 파리를 '약탈의 도시'라 한다. 나폴레옹 1세 때부터 프랑스의 얼굴로 떠오른 이 도시는 사실상 세계에서 가장 많은 약탈물로 가득 차 있다. 프랑스가 자랑하는 루브르박물관에는 나폴레옹 1세가 세계 전역을 누비며 약탈한 각 국의 미술품과 보물들이 많다. 콩코르드광장에는 나폴레옹 1세가 이집트 원정 때 약탈해온 오벨

리스크가 자랑스럽게 서 있다.

최근 보도에 의하면 파리 묘지에 있는 십자가가 수난을 겪고 있다고 한다. 절도범들이 구리나 금 장식이 붙어 있는 십자가를 훔쳐서 팔아 생활비로 사용한다는 것이다. 주민들의 신고가 급증하고 있지만, 절도범들은 날이 갈수록 대범해져 백주 대낮에도 다리에 장식한 꽃무늬 동판, 심지어 금장식으로 된 문화재까지 손상시키고 있다.

우리나라도 그런 시절이 있었다. 1950년대, 빈곤하던 때다. 광화문 네거리에 세종대왕, 강감찬, 을지문덕, 이순신 등 위인들의 동상이 있었다. 일부 몰지각한 사람들이 그 동상에 붙어있는 동판이나 길바닥에 있는 표시물까지 파헤쳐 팔아넘겼다. 살기 힘들 때 나타나는 현상이겠거니 하면서도 최근 파리에서 일어나고 있는 약탈 보도를 보고 난 뒤, 수십 년 전 카페에서 만났던 외무부장관의 모습이 떠올랐다. 씁쓸한 마음을 지울 수 없었다.

유럽자동차공업협회(ACEA)는 우리나라의 중추 산업인 자동차 산업에 경고등이 켜졌다고 했고, 미국 외교전문매체인 포린폴리시는 '한국의 진짜 위기는 북핵보다 경제성장 능력이 멈춰버린 것'이라고 했다. 우리 경제나 세계 경제가 어렵긴 어려운 모양이다. 그렇다고 약탈이 정당화되어서는 안 되겠다.

[국민일보, 2013년 5월 6일]

참 삶의 길

이집트에 빵을 구워 파는 청년이 있었다. 어느 날 그는 밀가루를 반죽해 놓고 빵을 구워야 할 때에 지친 나머지 그만 잠이 들고 말았다. 한참을 자다 눈을 떠보니 아침햇살이 창가로 들어와 온 방안을 점령한 후였다. 그는 반죽해 놓은 밀가루가 걱정돼 황급히 달려가 확인했다. 뜻밖으로 변해 있는 반죽의 모습을 보고 놀라고 말았다. 하루를 넘긴 반죽이라 딱딱하게 굳어 있을 거라 생각했는데, 반죽은 몽글몽글 부풀어올라 둥글둥글한 모양으로 변해 있었다. 뿐만 아니라 은은히 풍겨오는 향기가 주위로 퍼지고 있었다.

그는 신기한 모양의 이 반죽을 어쩔 수 없이 구워낸 후에 맛을 봤다. "아! 이럴 수가!" 그가 지금까지 만들어왔던 그 어느 빵보다 향기가 짙고 맛있는 게 아닌가? 이후, 그는 시도를 거듭해 더 맛있는 빵을 만들어내면서 많은 사람들에게 자랑했고, 끝내 새로운 빵으로 대박을 터트렸다. 늦잠 때문에 빵 만드는 걸 포기해야 할 판국에 오히려 새로운 방향의 기술을 터득하게 된 것이다.

우리네 인생살이도 이와 무엇이 다르겠는가! 실패를 했다고 좌절하거나, 포기하거나, 실망만 할 것이 아니다. 오히려 그 실패 속에서 새로운 길을 모색해나가야 한다. 참 삶이란 좌절 속에서 또 다른 길을 열어가는 것일 수도 있다는 걸 인식해야 할 것이다.

[2015년 정월 대보름에]

유적(遺蹟)을 남기자

Sixty years of sportman life!

한평생을 스포츠맨으로 살아온 삶이다. 그간 명승부를 많이 지켜봤지만, 그래도 특히 뇌리에서 잊히지 않는 경기가 있다. 우리 팀의 경기가 아닌 제3자끼리의 경기를 관전하면서 갈등을 받는 경우는 그리 흔치 않은데, 내가 지금까지도 못 잊어 하는 경기는 바로 이 흔치 않은 남남끼리의 대결이다.

1973년 8월, 모스크바 유니버시아드대회 남자농구 결승전 미 · 소(구 소련)의 대전을 지켜보았다. 미국은 바로 1년 전인 1972년 뮌헨올림픽에서 소련에게 분패하여 농구왕국의 지위를 빼앗긴 울분을 새기고 있었는데, 그 탓인지 두 라이벌의 대결은 박진감이 넘쳐흘렀다. 숨 막히는 시소의 연속으로 그야말로 스릴과 서스펜스(영화 선전문구 같지만)가 충만했다. 미국이 한 골 차이로 이겼다.

다만 나는 여러 경기에서 박빙(薄氷)의 승부를 경험했기 때문에 큰 감흥은 없었다. 그런데 경기가 끝난 후 벌어진 광경이 신선한 충격으로 다가왔다. 망연자실하는 소련 팀과 소련 관중들과는 대조적으로 환호하며 기뻐 날뛰던 미국 팀은 전 선수들이 코치를 목말 태우고 미국측 골대 밑으로 쇄도했다. 이어 코치가 바스켓 그물을 가위로 한 올 자르자 다른 선수들도 한 사람씩 목말을 탄 채 차례로 그물을 자르기 시작했다.

보통 골대에 연결되는 그물 올은 10~12개 정도다. 그 윗부분을 모두 잘라 그대로 내리더니 그것을 온 선수의 목에 차례로 한 번씩 걸고 기쁨을 만끽하는 것이었다. 무슨 일인지 영문을 모르던 소련 관중들은 이들의 의도를 알아채고 일제히 야유를 보내기 시작했다. 승리를 기뻐하는 것은 좋지만 애매한 그물을 자르는 것은 자본주의적인 낭비가 아니냐는 뜻이었다.

그때 그 미국 선수들이 목말을 탄 채 그물을 자르는 행위는 물론 낭비일 수는 있지만, 나는 이들의 원래 목적이 승리에 도취하여 안심한 채 허공에 둥둥 떠버리는 것이 아니라 이를 영원히 기념하기 위해 무엇을 남기려는 것이었음을 알았다. 아닌 게 아니라 미국의 유수한 체육관에는 이런 기념비적인 유물이 가득 차 있다. 이들의 체육관은 단순한 경기장이 아니라 자신들의 승리를 기념하는 박물관이기도 한 것이다.

그때 만약 우리가 승자였더라면 어떻게 했을까? 물론 승리에 겨워 눈물을 흘렸을 것이고, 감독이나 코치를 헹가래쳤을 것이다. 메달을 목에 건 채 금의환향하여 가두 '퍼레이드'를 벌이고, 축하파티를 벌이고…….
그렇게 전 국민이 환호하다가 금세 그 승리를 잊어버렸을 것이다. 결국 개인이 가진 색깔바랜 사진 몇 장 이외에는 거의 남는 게 없게 된다.

이런 기록 보존에 대한 무관심은 비단 농구계나 체육계에 국한된 문제만은 아니라고 본다. 5천 년의 유구한 역사만 자랑했을 뿐이지 지금의 현재가 다시 먼 훗날 5천 년 뒤의 역사가 된다는 사실을 망각하고 있다. 우리는 이같은 기록 · 보존 능력의 결핍을 컴퓨터가 처음 도입되던 그 당시의 시행착오에서 쓰라리게 경험해야 했다. 입력할 만한 기록된 자료가 없어 그냥 세워둔 채 허비해야만 했던 것이 엊그제 일 같다.

다소 귀찮더라도 모든 것을 기록 · 보존만 해두면 그 역사는 그 나름의 가치를 가지게 마련이다. 아무리 하찮은 것일지라도. 더욱이 승리나 영광의 역사는 사람을 쉬 자만과 허세에 빠져들게 만들어 그 의미를 깊이 되새길 여유를 주지 않는다. 한순간의 영광은 1년 내내의 피땀 어린 훈련의 결과라는 사실을 잊게 하고, 이후 쉽게 허물어져버리게 되는 것을 우리는 얼마든지 알고 있다.

역사라는 것이 원래 그런 희비쌍곡선이 교차되는 것인지 모르겠지만, 승리를 관리하는 기술로 결함을 얼마만큼은 보완할 수 있으리라. 창업보다는 수성이 어렵다고 하지 않는가? 승리의 참뜻이 자기도취(自己陶醉)나 자만이 아니기 위해서, 더욱이 후배들에게도 유산을 남기기 위해서는 하찮은(?) 농구 망(그물) 하나라도 남겨두어야 한다.

1996 애틀랜타올림픽 폐회식 때, 미국 선수들이 모스크바에서 그물 자르던 일을 떠올리게 됐다. 주최측은 육상경기장에 깔려 있던 타이탄 바닥재를 조각조각 뜯어내 판매했다. 경기장은 이를 구매하기 위한 관중들로 인해 아수라장이 되었다. 얼핏 어이없게 느껴질 수도 있겠지만, 이 역시 올림픽의 유물을 간직하겠다는 미국 시민들의 간절함을 볼 수

있었던 장면이 아니었는가 한다.

이젠 우리도 그 동안 나름대로의 인생의 명승부를 펼치면서 겪었던 흔적을 가지고 있다. 더 늦기 전, 그 자료와 유물들을 충분히 보관해서 후배 · 후손들에게 남길 수 있도록 스스로를 다시 한 번 채찍질해 볼 때라고 본다. 먼 훗날이 되면 싫건 좋건, 크든 작든 간에 우리가 역사의 한 주인공이 되어야 할 날이 올 테니까 말이다.

[2015년 12월, 첫 눈이 내리던 날]

기회

그리스에는 수많은 신들이 존재한다. 바람의 신 '피닉스', 바다의 신 '포세이돈', 지혜의 신 '아테네', 미의 신 '아프로디테' 등이다. 모두들 아름답고 멋진 자태를 뽐낸다. 반면 우스꽝스러운 모습의 신도 있다. 이 신의 흉상은 이태리 서북부 지역 공업도시이자 옛 이태리 왕국의 수도인 토리노 시 박물관에 전시돼 있다. 동상은 벌거벗고 있으며, 앞머리는 숱이 많은 곱슬머리고, 뒷머리는 머리카락이 하나도 없는 민머리다. 발에는 날개가 달려 있으며, 양손에는 저울(천칭)이 들려 있다. 그 동상 아래에는 다음과 같은 글귀가 적혀 있다.

"내가 벌거벗고 있는 이유는 누구에게나 쉽게 눈에 띄기 위함이고, 내 뒷머리가 민머리인 이유는 내가 지나가면 다시는 나를 잡을 수 없게 하기 위함이다. 내 발에 날개가 달린 이유는 최대한 빨리 그들의 눈앞에서 사라지기 위해서다. 나의 이름은 기회다."

기회의 신 '카이로스'다. 설명에는 없지만 저울을 들고 있는 것은 모든 기회를 냉정하고 정확하게 판단하라는 의미가 담긴 게 아닌 가 생각해 봤다. 기회는 누구에게나 오고 있다. 그러나 그것이 기회인지 알고 난 후에는 잡으려 해도 잡히지 않는다.

기회가 기회인지 알기 위해, 기회를 잡기 위해 잡을 수 있는 손을 준비하고 있어야 내 앞에 온 기회를 놓치지 않고 잡을 수 있다. 사람 사이에서의 기회, 일에서의 기회, 건강할 수 있는 기회……. 수많은 기회가 오늘도 우리 앞을 지나치고 있을지 모른다. 오늘 오는 기회를 놓치지 말고, 기회를 볼 줄 알고 잡을 수 있는 능력을 갖추고 준비된 삶을 살아가는 젊은이가 되어 주길 바란다.

[2016년 2월 28일(일), 서재에서]

산은 산, 물은 물

농구대잔치가 올해로 14년째 열린다. '큰잔치'면 모를까 '대잔치'는 도대체 어느 나라 말이냐는 잔소리도 들었지만, 이 대회가 이제는 겨울스포츠로 확실하게 자리 매김하고 있는 데 대해 농구인의 한 사람으로서 뿌듯함을 느끼지 않을 수 없다. 대회 때마다 물결치는 관중들의 함성과 열기는 14년 전 우리가 머리를 맞대며 '점보시리즈'를 만들어 낼 때의 의도와 그대로 맞아떨어진 것 같아 더욱 기분이 좋다.

돌이켜보면 이 대회는 명칭 변경이 꽤 많았다. 전술한 대로 첫 대회는 '점보시리즈'로 출발했다. 점보란 엄청나게 큰 것을 말한다. 농구인들의 키가 엄청나게 큰 것을 가리키기도 했고, 대회가 크다는 의미가 내포되어 있었을 터였다. 이 명칭은 5공(共)의 시퍼런 서슬(?)에 눌려 대통령배대회로 바뀌어야만 됐다. 6공들어 농구대잔치가 됐는데, 지난해에는 '012배'란 관사(冠詞)가 붙었다가 올해는 또 '한국통신배'가 되면서 상업주의의 혹(?)을 전면에 달고 다니게 됐다. 대회 운영의 측면을 무시할 수 없지만, 한국스포츠의 현주소를 보는 것 같아 무척 안쓰럽다.

이런 현상은 급기야 대학교 농구선수들이 CF모델이 되어 대중의 스타로 나서게 된 것을 하나도 어색하지 않게 만들었다. 그러나 농구협회는 근본을 잃지 말아야 한다. 농구가 프로화되지 않고 있는 마당에 이를 부추기는 듯 대회 운영을 해서야 6개 팀이나 참가하는 대학선수들이 과연 무엇을 보고 배우겠는가?

차제에 우리 스포츠계에 만연된 프로화 즉, 스포츠가 돈에 의해 좌지우지되는 병폐에 대해 짚고 넘어가고 싶다. 우리나라에는 대학생 프로선수가 엄연히 존재하고 있다. 대학생 프로복서도 있고, 프로 테스트를 통과한 골퍼도 있다. 그러나 이처럼 드러난 현상보다 더 무서운 것은 아마추어가 벌써 돈을 밝힌다는 점이다.

농구선수 몸값이 몇 억을 초과하고 있는 곳이 바로 한국이다. 프로가 아닌데 벌써 이 지경이니 대학까지 공공연히 돈을 쓰고 스카우트를 할 수밖에 없다. 이런 풍토에서 농구를 잘하면 뭣하나 하는 안타까움을 느낄 때가 한두 번이 아니다. 백주에 경찰차와 카레이스를 벌이고 살인혐의까지 썼던 O. J. 심슨 같은 선수가 이 땅에 나타나지 않으리란 법이 있겠는가.

아마추어라면 순수성을 잃지 말아야 한다. 지난해 타계하신 성철스님이 “산(山)은 산(山)이요, 물은 물”이란 말로 우리들의 가슴을 쳤듯 다시 한 번 “아마추어는 아마추어요, 프로는 프로”를 외치면서 14년째로 막을 여는 올해의 농구대잔치를 축도하고자 한다.

[1995년 11월 23일, 연구실에서]

'팽'당하는 감독

시즌이 돌아올 때마다 코트의 사령탑들이 대거 바뀌는 것을 보노라면 영 서글퍼진다. 소모품처럼 승률에 희생되는 이들 감독들은 참 힘들고 괴로운 직업의 주인공들이다. 이들은 성적이 나쁘면 에누리없이 물갈이된다. 아예 처음부터 싹수가 없던 사람이라면 덜 억울하겠지만, 왕년(?)에 날리던 감독들이 어쩔 수없이 교체가 되는 것을 볼 때면 안쓰럽기 그지없다. 권불십년(權不十年)이고 화무십일홍(花無十日紅)이라고 하면 할 말은 없지만, 승률 하나 때문에 파리 목숨이 되어버리는 감독들의 신세란…….

옛날에는 웬만큼 지더라도 '그 감독 괜찮은 사람'이란 평가만 받으면 몇 년은 지탱할 수 있었다. 이제 이같은 낭만시대는 거(去)하고 실적시대가 래(來)한 것이다. 미국의 프로감독들은 이력서보다 '생애통산 ○승 ○패, 승률 ○%'라는 꼬리표가 그 사람을 대변한다. 이 안에는 그 감독의 지도방법, 성품, 스타일 등이 자리 잡을 틈이 없다. 참 삭막한 세상이 되어가고 있음을 알 수 있다. '오로지 승리해야'하는 스포츠의 특성 때문에 경기내용도 갈수록 살벌해지고 있다. 감독들은 신경이 예민해지고 스트레스가 쌓여 스스로 명(命)을 재촉하는 악순환이 거듭되고 있다.

이 수렁을 벗어날 길은 과연 없는 것인가. 감독은 무조건 줄담배를 피워야 되고, 어금니를 꽉 깨물어서 제일 먼저 이빨이 상하고, 머리를 많이 써서 백발이 성성해지거나 대머리가 되어버려야 하는 것일까? 『육도삼략(六韜三略)』에 '지욕장(止欲將)'이란 말이 나온다. 장수가 군사들을 격려할 때 제일 먼저 몸으로 실천하라는 의미였지만, 나는 그보다 욕심을 버린다는 뜻의 '지욕(止欲)'이란 말이 가슴에 와 닿았다. 꼭 이겨야 되겠다고 욕심을 부리면 그것이 화근이 되어 오히려 승부의 노예가 되어버려 명을 재촉하는 결과를 초래하게 된다. 핏대를 올리기보다는 느긋하게 여유를 갖고 승부를 관조하는 자세를 견지하는 과정에서 명감독이 태어난다.

감독이란 직업은 오래 살려 하면 오히려 빨리 죽게 되는 역설을 안고 있는 참으로 묘한 직업인 셈이다. 새로 감독직을 맡은 신참들에게 한 없는 격려를 보내면서, 그래도 요즘 정치인들처럼 실컷 이용당하고 팽(烹)당하는 것보다는 당당하게 실적에 따라 목이 달아나는 감독들이 훨씬 나은 입장이라는 점을 지적하고자 한다.

[동아일보, 1995년 11월 29일(수)]

두 얼굴의 사나이

선수들을 지도하는 감독 생활을 하다 보니 선수 시절에는 알지 못했던 복합적인 인간관계에 대해 번민하게 되었다. 혼자서 개인연습을 충실히 해서 팀플레이에 기여할 수 있도록 자기연마에만 골몰하면 되던 단순한 영역이 확대되어 훈련뿐 아니라 팀 전체를 무리없이 이끌어가기 위한 인간적인 노력이 병행되어야 하기 때문이다.

『로마신화』에 나오는 야누스란 수호신은 두 개의 얼굴을 지녔다고 한다. 바로 내 입장이 이런 두 얼굴의 사나이가 아니겠는가 생각하며 혼자 쓴웃음을 지을 때가 있다. 문을 지키는 야누스는 집 밖으로는 험상궂은 얼굴로 외적의 침입을 경계하고, 안으로는 자상한 미소로 내부의 평화를 다져나간다. 이렇게 할 수 있어야 이상적인 지도자가 되는데, 그건 말이 그렇지 인간인 이상 양수겸장의 완전성은 그림의 떡일 수밖에 없다.

문 밖을 향해 있는 인상 나쁜 표정은 그라운드에 선 사람이면 누구든지 지어야 한다. '동양의 마녀'들을 길러낸 일본 배구의 '다이마쓰'

감독처럼 스파르타의 극치를 이루기는 쉽지 않지만, 험상궂은 얼굴을 지니지 않고서는 성취감을 얻을 수 없다. 경기는 상대를 이기기 위해 하는 것인 만큼 극기가 없이는 경기를 할 수 없다. 따라서 경기를 위한 훈련은 고될 수밖에 없고, 그걸 강요하는 감독에게 '채찍'이 없으면 곤란하다.

그라운드를 떠났을 때 미소를 지어야 하는 얼굴이 문제다. 다시 말해 채찍에 반대되는 달콤한 '사랑'을 어떻게 효과적절하게 나누어주어 팀워크가 눈에 띄지 않는 가운데 무럭무럭 자라도록 할 수 있느냐 하는 것이다. 선수들과 인간관계가 원활하다면 지도자로서 70%의 목표를 달성한 것이라는 주장의 근거가 여기에 있다.

그라운드에 나가 연습을 시작하기 전, 선수들을 모아놓았을 때 눈동자만 보고도 그들의 고뇌와 문제를 집어내야 한다. 농구는 특히 최종적인 슛 동작 하나에 모든 걸 걸기 때문에 이런 민첩성이 없으면 한번 수렁에 빠진 게임을 뒤집기가 예삿일이 아니게 된다. 모든 선수들의 동작 하나하나를 미리 파악해서 사전에 최상의 컨디션에 올려 놓아야 한다. 그렇다고 선수들의 눈치만 살피다가는 팀의 목표 달성이 어려워지게 된다.

팀 내부의 인간관계는 그런 대로 꾸려나갈 수 있지만 험상궂은 표정이 굳어지다보면 그라운드 밖의 일상생활에까지 그 표정을 유지하게 되는 경우가 많다. 이래서 다른 사람들에게 오해를 받기도 한다. 훈련이라는 단순 · 반복적인 생활에 익숙해진 나머지 이 문 안의 미소짓는 표정을 지을 수 없게 된다. 나 역시 항상 웃어야 되겠다고 생각은 하지만, 안

면근육이 마비(?)되어버린 탓인지 마음대로 되지 않는다.

요는 이 두 얼굴을 조화시켜 필요할 때마다 시의적절하게 써야 한다는 것이다. 이에 대한 해답은 『인간관계론』이란 책에서 얻을 수 있는 게 아니다. 얼마만큼 성의를 가지고 노력하느냐가 관건이다. 비록 나의 원래 얼굴이 험상궂다 하더라도 팀 전체를 대표하는 사람으로서 지금부터 억지로라도 웃는 연습을 해야겠다. 웃는다는 것, 인간과 인간이 마주친다는 게 이렇게 어려운 일인 줄을 예전엔 미처 몰랐다.

[서울신문 스포츠 칼럼, 1983년 6월 2일(목)]

노장은 없다

농구대잔치 여자부 경기가 연일 열기를 더해가고 있다. 역동성 넘치는 남자들의 경기 일정이 늦추어진 대신, 아기자기한 여자농구의 매력이 돋보이고 있다. 특히 우리의 눈길을 끄는 것은 실업 5~6년생들의 활약상이다. 흔히 매스컴에서 '노장(老將)'이라 부르는 이들은 박현숙, 이강희(이상 국민은행), 천은숙, 하숙례(이상 코오롱), 손경원, 정은숙(이상 삼성생명) 등 내년 중 은퇴가 예정되어 있거나 곧 은퇴할 것으로 알려진 선수들이다. 이들은 이제 '게임 리더'로서 팀 전체를 이끌어가는 기둥이라 해도 과언이 아닐 정도로 마음껏 투혼을 발휘하고 있다.

나는 그걸 지켜보면서 이제 겨우 농구가 무엇인지 알만한 나이의 선수들이 왜 은퇴를 서두를 수밖에 없는지에 대해 생각했다. 한국 여자농구의 조로화(早老化) 현상이 심히 걱정되었다. 24~25세의 여자선수들이 '할머니' 취급되는 현실은 잘못돼도 한참 잘못됐다. 올림픽이나 세계선수권대회, 심지어 대학생들의 제전인 유니버시아드대회에 가보아도 여성 기혼자 선수들이 줄줄이 늘어서 있다. 선수 경험이 풍부한 주부선수들의 활약상은 그만큼 선수층이 얇다는 반증같이 보일지 모르지만, 사실은 전혀 그렇지 않다.

농구는 실력에 따라 결과가 나오는, 말하자면 '이변(異變)'이 적은 경기이다. 그 실력이란 결국 선수 개개인의 코트에서의 적응력, 경기경험에서 나오는 시야, 상황판단, 기술 등을 총체적으로 집약한 것인데, 이를 지니려면 그만큼 연륜이 필요하다.

지난 1968년 체코 세계선수권대회에서 준우승을 차지했던 한국 팀의 박신자, 김추자 등의 평균연령은 지금보다도 훨씬 높은 27~28세였다. 오늘 아침 세계대회 우승이라는 낭보를 보내준 여자핸드볼 팀 역시 지난 바르셀로나올림픽에서 주전으로 활약했던 고참 선수로 재구성하여 성과를 거두었다고 한다.

결혼적령기를 맞은 여성들의 입장에서는 여성화를 외면하는 운동선수의 역할에 회의가 들만도 하겠지만, 스포츠가 자아실현(自我實現)의 또 다른 한 면인 이상 '결혼=은퇴'라는 등식은 결코 성립될 수가 없다. 오히려 여성선수들의 여성화를 부추길 수 있도록 운동 이외의 시간에 꽃꽂이, 수예, 미용법, 컴퓨터 등을 교육받을 수 있는 기회를 늘려야 한다. 아울러 선수 개개인의 개성을 살려주고, 유니폼이나 헤어 스타일 등을 통해 여성미를 연출할 수 있도록 배려함으로써 선수들의 조로화(早老化)를 막아주어야 한다.

1990년, 세계농구연맹의 부스넬 회장은 1백 40여개 국의 대표들이 모인 자리에서 "여자 농구선수들이 더 이상 남성화되는 것은 바람직하지 않다. 여자선수들은 이제 예쁘고 아름다워지도록 스스로를 가꾸어나가야 한다."고 지적한 바 있다.

여자나이 스물다섯만 넘기면 천덕꾸러기 취급하는 우리 체육계의 시각이 고쳐져 주부들도 부담없이 능력껏 코트를 누비는 날이 하루 빨리 와야만 한다.

[동아일보, 1995년 12월 20일(수)]

엘리트그룹이 있어야 한다

농구가 겨울스포츠로 성공했느냐고 묻는다면 그렇다고 답할 사람이 많을 것으로 본다. 나도 농구인인 만큼 '그렇다'는 편이지만, 가슴에 손을 얹고 냉정하게 말하라면 회의가 드는 경우도 있다고 하고 싶다. 겉으로 드러난 성과와는 별개로 집행부, 지도자, 선수가 3위 1체가 되어 농구 발전을 위해 헌신하고 있느냐 하는 문제가 있기 때문이다.

금년 애틀란타올림픽에 남·여 팀이 모두 출전하는 축복을 받았지만, 과연 열광하는 농구팬들의 기대에 부응할 수 있을는지? 농구의 본바닥인 미국에서 바닥을 헤매는 실력으로 다른 종목들의 사기나 떨어뜨리며 눈총이나 받지 않을는지, 이래저래 걱정만 태산이라는 게 솔직한 심정이다.

우리 농구는 1948년 런던올림픽에 남자팀이 처음 출전한 이후 1984년 LA올림픽에서 여자팀이 구기사상 최초로 은메달을 획득하는 감격을 누렸다. 서울올림픽에는 남자팀이 출전해 12개 팀 중 9위를 차지하는 성과를 거두기도 했다. 그러나 지금은 아시아에서도 무관(無冠)

으로 전락한 '종이호랑이'에 불과하다.

왜 이 지경까지 되었는가를 생각하면 답답하면서도, 이것이 바로 우리 농구의 현실인 것만은 부인키 어렵다. 이를 냉엄하게 받아들이면서 지금부터라도 다시 느슨해진 마음을 다잡고 최소한 아시아의 정상만이라도 되찾겠다는 목표를 세우고 정진하자. 무슨 일이든 잘 풀려나가려면 '앞에서 끌어주고 뒤에서 밀어주어야' 한다. 농구인이라면 남녀를 불문하고 모두 앞에서 끄는 데 앞장서야만 한다.

그러나 앞에서 끌어감에 있어 농구협회, 지도자, 선수 모두가 다 잘해야 하겠지만, 이는 현실적으로 불가능에 가깝다. 따라서 소수의 엘리트집단이 있어야 한다. A. 토인비가 "창조적 소수(creative minority)가 역사를 이끌어간다."고 했던 바, 농구계에도 기술적으로나 정신적으로 실험 정신이 충만한 선두집단이 나타나야 한다. 그들에게는 다소 욕을 듣는 한이 있더라도 할 일을 하는 우직함이 필요하다.

병자년 새해에는 왕성한 번식력을 지닌 쥐처럼 농구계를 이끌어갈 엘리트들이 많이 나와 주었으면 한다.

[동아일보, 1996년 1월 10일(수)]

오빠부대

나이든 사람들이 농구대회장을 찾는다면 깜짝 놀랄 일 몇 가지가 있을 것이다. 첫째, 시끄러운 소음이 열광(熱狂)의 단계를 넘어선 게 아닐까 할 만큼 극성이라는 점, 둘째, 그 열광의 주인공들이 대부분 앳된 얼굴의 10대 소녀들이라는 것, 셋째, 이들은 자기 표현에 부끄러움이나 주저가 없고 당당하다는 점이다.

이들은 3~4명이나 5~6명씩 동아리를 만들어오며, 좋아하는 선수들의 이름이 쓰인 플래카드를 내건다. 특정 선수의 동작 하나하나에 소프라노 소리를 내며 열광하고 환희한다. '오빠부대'라 불리는 이들 소녀들이 발을 동동 구르면서 내지르는 환호성은 겨울스포츠로 정착한 농구 열기의 핵심으로 등장하기에 이르렀다.

내가 감독 시절에 겪은 바로는 이들 오빠부대들은 새벽 일찍이 숙소에 찾아오거나 저녁 늦게까지 밖에서 기다리며 자기가 좋아하는 선수의 얼굴을 한번이라도 보고자 안간힘을 다한다. 지방에서 비행기나 열차를 타고 경기장에 오기도 하는데, 마치 서울을 동경하여 무작정 상경하던 60년대의 철부지를 연상케 한다. 이들이 보내는 팬레터는 스타급 선수의 경우 처치곤란일 정도로 쇄도한다. 경기장 입구에서 몸으로 선수단 버스를 에워싸서 못가도록 막기도 한다. 심지어 병원에 입원중인 한 극성팬은 자신의 투병기를 녹음테이프에 담아 보내면서 자신의 생명이 선수의 활약상에 따라 좌우되기라도 하는 듯이 말하는 경우도 있었다.

무엇이 이들 10대 소녀들을 열광케 하는 것일까? 공부의 중압감에 찌든 가슴이 농구장의 활기로 인해 한 줄기 햇살처럼 청량함을 느끼게 되기 때문일까? 농구선수들의 훤칠한 키를 보며 대리만족을 얻으려는 보상심리 탓일까? 교육제도의 어떤 허점이 이들을 농구장으로 내몬 것일까?

중학생쯤 되면 '나는 누구인가(Who am I ?)'라는 의문에 휩싸이며 자아를 찾으려는 노력을 하게 된다. 인간이면 누구나 발달과정에서 겪는 일인데, 심리학에서는 이를 자아정체감(自我正體感)이라고 한다. 이들은 스스로 그 해답을 찾기가 어려우므로 집단화해서 함께 문제를 풀어나가려 한다. 고입, 대입 등의 시험지옥을 겪어야 하는 입장에서 이들의 스트레스는 엄청날 수밖에 없다. 결국 이들의 욕구불만이 집단적으로 표출된 것이 '오빠부대'인 셈이다.

기성세대들이 이들을 바라보는 시선이 곱지 않듯이 선수들이나 지도자들이 이들을 대하는 태도도 곱살 맞을 수가 없다. 어떤 때는 민망할 정도로 문전 박대하기도 한다. 그러나 아버지 노릇을 하다보면 이들을 이해해주어야 할 때가 있다. 만약 이들이 더 나쁜 탈선행위를 한다고 가정해 보자. 농구장에 오는 것은 그나마 다행한 일로 여길 수밖에 없다. 전자오락실이나 유흥업소에 빠져들 위험도 주위에 널려 있다. 그나마 농구장에 와서 스트레스를 풀고 갈 수 있으니 얼마나 다행한 일인가? 오빠부대를 건전하게 이끌어주어야 할 책임이 우리 모두에게 있다는 점을 강조하고 싶다.

[동아일보, 1996년 1월 17일(수)]

계시원의 역할

농구경기의 박진감은 경기 종료 몇 초 전의 그 아슬아슬한 승부처에서 피크를 이룬다. 지난해 12월 미(美) 프로농구 유타 재즈팀과 클리브랜드 카발리애스팀 간의 대결은 농구의 극치를 맛보게 한 한편의 드라마와 같은 경기였다.

유타가 마지막 3초를 남기고 공격에 성공하여 100:102로 리드함으로써 그대로 경기가 끝나는 듯했다. 클리브랜드는 작전타임을 요구, 3초 안에 존 스탁턴으로 하여금 3점슛을 시도하라는 작전 지시를 냈다. 그의 손을 떠난 볼은 유려한 포물선을 그으며 유타 바스켓을 갈랐다. 전광판의 스코어가 103:102로 역전된 것은 당연한 결과! 남은 시간은 1.5초, 이번엔 유타의 작전타임을 알리는 부저가 요란스레 울렸다. 유타는 마지막 승부수로 유일한 백인선수인 댄 머리가 3점슛을 쏘도록 하는 작전을 펼쳤다. 댄 머리는 타임아웃을 알리는 소리와 함께 극적인 골을 성공시켜 경기는 105:103으로 재역전됐다.

지난 1월 12일, 군산에서 영원한 실업라이벌인 현대와 삼성 간의 경기가 있었다. 서로 승부를 예측할 수 없는 시소게임이 벌어지는 가운데 경기 종료 13초를 남기고 현대가 79:77로 리드한 상황에서 삼성이 마지막 공격을 성공시켜 79:79 동점을 만들었다. 시간은 4초가 남았다. 현대는 미리 예약한 작전타임을 요구했다. 우리도 미 프로농구 같은 짜릿한 승부를 볼 수 있으리라는 기대를 낳게 했다. 그러나 결과는 전혀 엉뚱하게 계시원(計時員)의 실수로 4초가 남았어야 할 시간이 1.5초로 에누리되어버렸다. 현대는 거칠게 항의했지만, 도리없이 연장전을 펼쳐야 했고 결국 89:90으로 현대가 패했다.

목포에서도 유사한 일이 벌어졌다. 연세대와 한국은행 전에서 경기 도중 정지되어 있어야 할 시간이 총알같이 흘러가버리자 연세대가 항의, 5초를 재조정하는 해프닝이 있었다. 문제는 이처럼 눈에 띄지 않는 사소한 실수가 경기의 흐름을 바꿔놓아 선수들의 리듬을 끊어놓는다는 데 있다. 계시원들은 기계 고장 탓이라고 얼버무렸지만, 이제는 감독들의 뛰어난 초(秒) 관리 능력을 살려 농구의 극적인 즐거움을 만끽할 수 있도록 노력해야 한다. 시간을 재는 계시원들의 분발이 요구된다.

일촌광음(一寸光陰)을 아껴 쓰는 차원을 넘어 스피드가 생명이 되고 있는 만큼 농구경기도 막판 몇 초(秒) 전의 그 짜릿한 승부를 선보일 수 있어야 한다. 지난 '88 서울올림픽 때 세계농구연맹 기술위원장이던 데이비드 터너 씨가 한 말을 곱씹어보자.

"경기력도 중요하지만, 그에 못지 않게 기록원과 계시원의 역할이 더 중요하다."

[동아일보, 1996년 1월 31일(수)]

농구 기술의 변천

농구도 사회의 여러 변화에 영향을 받아 규칙이 수시로 바뀌며 그에 따라 전술 전략도 다양해지고 있다.

농구의 본고장 미국의 경우 1920년대에는 필라델피아, 뉴욕, 보스턴 등 동부지역에서 기브 앤 고(give & go), 즉 공을 주고 뛰는 농구가 성행했지만, 샌프란시스코, LA, 오래곤 등 서부지역은 스크린플레이(screen play)를 위주로 경기를 펼쳤다. 때문에 그 당시 수비는 내 사람은 내가 책임진다는 수비, 즉 맨투맨이 전술 전략의 기본이었다.

지역수비는 경기 도중 경기장에 비가 새는 바람에 수비하는 선수들이 미끄러져 움직일 수가 없게 되자 즉흥적으로 5명이 위치를 나누어 수비한 것이 큰 성과를 얻은 데 착안한 클레어 비(Clare Bee) 감독이 기술적으로 다듬어 사용한 수비 형태인데, 그 이후 미국 전역에 대유행하게 되었다.

우리나라의 경우 1978년에 창단된 현대, 삼성 농구팀이 농구발전에 끼친 영향은 지대했다. 이들은 불꽃 튀기는 경쟁을 벌이며 승리를 낚기 위해 각종 전술을 도입하여 농구의 국제화에 앞장섰다. 이들은 '매치 업 존', '런 앤 점프', '박스 앤 원', '드리 투 존', '트라이앵글 투', '올코트 프레스' 등과 같은 최신 수비기술과 '셔플 컷', '스프릿 포스트', 슛장이를 살리는 '더블 스크린', G2(TV 반공드라마 제목에서 따온 것으로 남자대표팀이 주로 사용한 맨투맨 공격법. UCLA대학의 스크링 플레이임) 등의 공격작전을 도입했다. 당시에는 3점슛 제도는 없었지만, 공격시간 30초와 자유투를 사이드 아웃 볼로 선택할 수 있었다.

1982년 뉴델리아시아경기대회에서 남자농구가 일본과 중국의 장신 벽을 넘어 우승할 수 있었던 것은 이같은 전술 · 전략을 개발했기 때문이었다. 공격 제한 시간 30초를 최대한 이용하여 장신 벽의 수비 시간을 길게 늘이기 위한 4코너 딜레이플레이와 신장의 열세를 극복하기 위해 2명이 공격 코트 전체를 막고 3명이 바스켓을 지키는 '2아웃 3백'의 수비법이 진가를 발휘했다.

1984년 LA올림픽 이후 3점슛 제도가 한국 농구에 도입되자 이충회, 박수교, 진효준, 박인규, 김현준 등 슈터들의 전성시대가 도래했다. 이로 인해 3점슛이 마치 야구의 홈런을 방불케 하는 위력을 발휘했다. 이들 '슛장이'를 잡기 위해 나온 수비가 '박스 앤 원'과 '트라이앵글 투'인데, 지금까지도 이 수비법은 널리 이용되고 있다.

1986년 기아농구팀이 창단됐다. 기아는 한기범, 김유택의 더블포스트를 이용한 고공농구를 선보이면서 공격 시 '스택오펜스', 수비 시 두 장신을 골밑에 고정시키는 '3-2투 스라이딩 존'을 사용했다. 맨투맨 수비를 할 땐 현대, 삼성의 뛰어난 상대선수를 1:1로 막을 길이 없자 1.5:1로 수비하는 '헬핑 맨투맨'을 개발하여 성공, 이를 대 유행시키는 계기가 되었다.

여자 농구는 남자의 영향을 많이 받는 편이다. 그러나 1970년대 난공불락이던 태평양화학팀은 박찬숙의 '싱글 포스트'와 '1-1-3존', 즉 바스켓 아래는 190cm의 박찬숙에게 맡기고, 나머지 4명이 외곽수비를 전담토록 했다. 이 수비는 당시 지역수비로서 일대 혁신을 일으켰으며, 중국 여자대표팀의 거인 진월방을 꽁꽁 묶는 데 성공하여 우리나라 여자농구를 아시아정상에 올려놓는 데 공헌했다.

1982~83년의 점보대회 이후 1992~93까지 남자부는 실업팀들의 독무대였다. 그러다가 10년만에 연세대가 실업 최강 기아를 누르고 우승을 차지해 우리를 놀라게 하더니 금년엔 고려대가 전승 행진을 이어가며 독무대를 펼치고 있다. 연세대는 국내 최장신 서장훈을 축으로 속공을 전개하는 데 유리한 '2-3 매치 업 존'과 '스위칭 맨투맨', 문경은, 우지원, 이상민의 안정된 3점슛을 살릴 수 있는 '모션 오펜스'로 승리했는데, 금년의 고려대는 슛장이 양회승과 에어 전희철, 파워슛의 현주엽 등이 어우러지며 막강한 공격력을 떨치고 있다. 어떤 팀이 어떤 전술·전략을 들고 나와 이들을 깨트릴 것인지 궁금하다. 깨어지지 않는 기록은 없으며, 연승 팀에게도 반드시 천적이 나타나게 마련이다.

[동아일보, 1996년 2월 7일(수)]

세심한 준비가 승부를 가른다

1995~96 농구대잔치 남자부의 우승 향방은 상무와 고려대, 기아자동차 승자 간의 5판 승부로 판가름나게 됐다.

3개월 가까이 장기레이스를 한 이후 큰 승부까지 앞두고 있으니 선수들은 물론 지도자들도 지쳤고, 엄청난 스트레스를 받고 있을 것이다. 안 겪어본 사람은 그 고충을 모른다. 서로를 잘 아는 팀과 승부를 펼쳐야 할 때는 전술 전략이나 용병술, 경기운영 등도 중요하지만, 엉뚱한 요인에 의해 무너지거나 이기는 경우가 있으므로 지도자들은 많은 변수를 염두에 두어야 한다.

예를 들어 선수들의 권태감을 해소하는 문제가 의외의 골칫거리로 떠오르기도 한다. 6개월 가까이 장기 합숙을 하다보면 모두가 지치고 그 생활을 지겨워하게 된다. 이를 극복하기 위해 선수들은 보통 바둑이나 장기, 당구, 비디오 시청, 음악 감상, 만화 보기 등을 하는데, 지도자들은 선수들을 데리고 단체 영화 관람이나 외식을 하거나 자연농원의 놀이시설에 가서 기분 전환을 해주어야 한다.

선수 부상을 줄일 수 있도록 배려하는 것도 큰 문제이다. 컨디션을 시합 날에 맞추어 두고, 베스트 컨디션를 유지할 수 있도록 해야 한다. 식사 때는 무거운 육류보다는 생선회 · 굴 등의 고단백 음식을 준비하여 소화가 잘 되도록 해야 한다. 건강 식품으로 야채와 자몽 등의 과일, 검정깨 · 꿀 등도 준비해 두어야 한다. 경기 전날은 어떤 일이 있더라도 9시간 이상 충분한 수면을 취할 수 있도록 해 주어야 한다.

보통 한 경기를 끝내면 체중이 3~4kg 가량 줄어드는데, 식사와 수면으로 회복시켜야 한다. 챔피언 결정전 등의 큰 경기를 앞두면 승부에 대한 중압감으로 잠 못 이루는 선수들이 의외로 많다. 내 경험으로는 김유택이나 강정수, 이문규, 신선우 등이 이런 유형에 속하는 선수들이다. 외국 또는 지방 원정을 갈 때마다 항상 의사로부터 수면제를 확보하여 경기 전날 복용토록 했고, 심지어 알부민 주사를 대기시킨 경우도 있었다.

큰 경기를 이기려면 이처럼 눈에 띄지 않는 노력들이 뒷받침되어야 한다. 흔히 "승리하는 자는 싸우기 전에 먼저 이긴다(勝者先勝)"고 하는데, 그만큼 지도자들의 세심한 준비가 큰 승부를 좌우한다는 뜻이다. 특히 5전 3선승제에서는 첫 경기가 중요하다. 농구대잔치 14년의 역사를 보더라도 첫 경기를 이긴 팀이 우승할 확률은 95%에 달했다. 지난해 SKC가 삼성생명에게 두 판을 내리지고 3연승으로 우승을 차지한 경우도 있었지만, 이는 특수한 예외에 속한다.

양 팀 모두가 미련 없는 승부를 펼치기 바라는 마음을 담아 격려의 박수를 보낸다.

[동아일보, 1996년 2월 21일(수)]

프로농구, 이대로 괜찮나

이달 들어 첫 선을 보인 프로농구가 그런대로 관중들의 호응을 얻어 열기를 더해가고 있는 모습을 보며 매우 다행스럽게 여기고 있다. 농구인의 한 사람으로서 농구붐 조성을 흐뭇해 하지 않을 이유가 없다.

농구대잔치 때의 오빠부대가 이제는 아빠부대나 넥타이부대로 바뀌면서 관중들의 수준이 한 단계 높아졌고, 흑인용병들의 순발력에서 나오는 현란한 묘기는 NBA농구를 대하는 듯한 볼거리를 제공하기에 충분했다. 게다가 선수들의 몸값도 상승, 실업팀 소속이었을 때보다 몇 십 배를 더 받는 억대연봉 선수들이 출현하고 있지 않은가.

그러나 한편으로는 아쉬운 감도 없지 않다. 당장 경기에 나서는 선수 5명 중 2명이 용병이고, 이들의 기량이 뛰어나다보니 볼을 갖고 있는 시간이 공격시간의 70~80%를 차지함으로써 한국형 농구는 사라지고 무국적의 어중간한 공격농구만 횡행하고 있다. 외국팀들이 한국농구에 갖던 두려움, 즉 조직력과 정신력은 간 곳이 없어졌다. 한 선수가 수비코트 골밑에서 볼을 잡아 단독 드리블하고 가서 골밑 레이업

슛까지 하는 공격일변도의 농구를 지켜보기에 이르렀다. 팀플레이나 수비력은 찾아볼 수 없고, 1대1 공격으로 눈을 어지럽히는 농구가 한국 풍토에 맞을는지 하는 걱정을 하지 않을 수 없다.

일본은 현재 외국용병 출전을 억제하고 있고, 중국은 작년까지도 자국 대표선수들이 소속된 팀에게는 용병 출전을 허용치 않고 있다. 우리도 차제에 외국용병 TO를 경기당 1명으로 제한하는 방안을 검토해보는 것이 바람직하지 싶다.

경기장 주변에서도 '프로니까 괜찮다'는 식의 흥청거림을 감지할 수 있다. 모든 게 돈으로만 받아들여지는 방식은 문제가 있다. 걸음마 단계의 프로농구가 제자리를 잡으려면 농구나 농구인의 본질이 희석되어서는 안 된다. 잘 나가는 프로농구에 찬물을 끼얹으려는 의도는 없다. 주마가편(走馬加鞭). 달리는 말에 채찍을 한번쯤 더하고 싶을 따름이다.

[중앙일보, 1997년 2월 16일(화)]

천혜의 흑인선수들

지난 19일 대전 충무체육관은 한국 프로농구사상 첫 '트리플 더블'을 기록한 제랄드 워커(SBS 소속) 선수에게 보내는 팬들의 박수와 환호로 들끓었다. 현란한 드리블, 정확한 슛 감각, 놀라운 점프력과 동물적인 반사신경 등, 농구선수가 갖춰야할 기본을 모두 갖추고 있는 이 '흑인용병 특급'의 등장은 흑인들에 의해 지배되는 미국프로농구(NBA)의 현실을 그대로 보는 듯했다. 한국도 흑인용병들의 실력에 따라 팀 성적이 좌우되고 있지 않은가!

미국은 전체인구의 11%에 불과한 흑인들이 NBA를 지배하고 있다. 래리버드, 존 스탁턴 등 가뭄에 콩 나듯 끼어 있는 백인선수들은 그 희소가치로 명성을 얻지만, 마이클 조던, 유잉, 샤킬 오닐, 로빈슨, 올라주원 등 쟁쟁한 흑인들은 그 실력으로 승부하고 있다.

평균연봉 250만 달러의 NBA 선수들의 90%가 흑인인 것은 '아메리칸 드림'과 길거리농구의 합작품이라 볼 수 있다. 마틴 루터 킹 목사가 "우리는 꿈을 가지고 있다(We have a dream)."라고 외친 이후 흑인들은 그들의 뛰어난 신체조건을 앞세워 스포츠계를 주름잡기 시작했다. 천혜의 반사신경과 신체적 특성을 바탕으로 공터마다 세워진 골대에서 길거리 농구를 하면서 어릴 때부터 충실한 기본기를 닦을 수 있었다.

이들의 신체적인 특성은 무릎의 전방십자인대가 황인이나 백인보다 훨씬 두텁고 부드러우며, 척추가 유연해 순발력 · 복원력이 뛰어나고, 사지가 길어 드리블 · 리바운드에 유리하며, 혈액의 헤모글로빈이 커 산소 수용량이 많아짐으로써 지구력이 강하다는 점 등이다. 여기에 어릴 때부터 기독교 교육을 받아 술 · 담배를 멀리하는 등의 절제된 행동에 의해서 경기력을 높일 수 있었다. 이들은 뛰고, 던지고, 달리는 현대스포츠의 3요소를 가장 완벽하게 갖추고 있다.

구 한말(舊韓末) 테니스경기를 지켜보던 양반께서 "그렇게 땀을 흘리며 힘이 드는 운동은 하인들에게나 시키지."라며 코웃음 쳤던 일이 지금 미국 백인사회에서 벌어지고 있다. 여기에서 간과해선 안 될 사실은 흑인들이 힘들여 운동을 하고 돈방석에 앉게 되면 이들이 거꾸로 백인을 지배하게 된다는 점이다.

새삼 인종적 편견을 말할 의도는 추호도 없다. 흑인용병들에게 끌려다니는 한국 농구의 현실을 푸념삼아 늘어놓아본 것뿐이다.

[중앙일보, 1997년 2월 25일(화)]

춤추는 호루라기

심판의 호루라기가 춤을 추고 있다. 프로농구 원년의 후반기에 접어든 각 팀은 심판들의 경기운영 미숙과 심판 잣대의 무원칙에 아연해 하면서 갈피를 잡지 못하고 있다.

치열하고 스피디한 경기운영을 위해 채택한 3인의 심판제는 가히 혁명적인 변화라 할 수 있지만, 마치 호루라기를 불지 않으면 심판이 못되는 양 너도 나도 경쟁적으로 파울을 잡아냈다. 지금까지 각 팀이 13경기를 치른 전반기 프로농구 경기장은 호루라기 경연장으로 전락해버렸다.

그러다 보니 경기흐름이 끊기는 것은 다반사가 됐고, 자유투에 의한 득점이 1게임당 20점을 넘어서는 얄궂은 형태의 농구를 낳기에 이르렀다. 프로화됐다고는 하지만 경기시간은 쿼터제만 도입됐을 뿐 종래의 40분을 그대로 유지하고 있다. 30초의 공격제한 시간이 24초로 줄어들기는 했으나, 과거에도 거의 20~25초 이내에 공격이 이루어졌고 30초 위반은 한 경기에 1개가 있을까 말까 할 정도로 매우 드물었다. 결국 24초 룰을 적용해도 별로 달라질 게 없는데, 심판과 선수들의 마음만 조급해졌을 뿐이다. 그 통에 스코어 인플레가 일어나서 올스타게임의 득점이 140점을 넘어섰다.

감독들이 아우성을 친 것은 당연한 결과였다. 이래서인지 후반기에 들어서자 이번에는 웬만하면 호루라기를 불지 않는 쪽으로 바람이 불고 있다. 워킹이나 몸싸움 등의 거친 파울도 그냥 넘어가는 경향이 생겼는데, 그 통에 각 팀마다 외국용병에 대한 특별 보호 대책을 세우느라 분주한 모습을 보이고 있다. 심판의 잣대가 왔다갔다 하다 보니 불어야 할 것은 안 불고, 불지 말아야 할 것은 분다는 불만이 팽배해지고 있다.

심판은 오케스트라의 지휘자와 같다. 그의 역량에 따라 음악의 질이 좌우되듯이 심판의 경기운영 능력이 뛰어나면 명승부가 전개된다. 한편 KBL은 공정성 · 투명성을 강조하면서 종래의 심판들을 배제하기에 이르렀는데, 그 통에 15~20년의 공백 기간을 가진 금융기관 등의 명예퇴직자, 갓 교육을 끝낸 신인 등으로 심판진을 충당해야만 했다. 심판의 질이 떨어질 수밖에 없었다. 선수들의 경기력이 대학생 수준이라면 심판의 경기운영 능력은 중학생 정도가 아닐까 싶다.

심판들의 기구도 KBL에 소속돼 있는데, 일본 · 필리핀 등은 독자적으로 심판협회를 구성하여 스스로의 권익을 지키고 있다. 심판의 질적 향상이 이루어질 수 있도록 다각적인 연구를 하지 않는 한, 이 땅에 프로농구가 영원히 정착될 수 없을 것이다.

[중앙일보, 1997년 3월 11일(화)]

方烈의 제5 쿼터

줏대없이 춤추는 심판 호루라기

심판의 호루라기가 춤을 추고 있다.

프로농구 각팀이 심판들의 경기운영 미숙과 심판 잣대의 무원칙에 불만을 나타내고 있다.

사실 전반기 리그가 진행되는 동안 프로농구 심판들은 경기장을 호루라기 경연장으로 전락시켰다. 치열한 몸싸움과 스피디한 경기운영을 위해 채택한 3심제는 혁명적인 변화다.

그러나 심판들은 마치 호루라기를 불지 않으면 심판이 못되는양 너도나도 경쟁적으로 파울을 잡아냈다. 그러다보니 경기흐름이 끊기는 것은 다반사고 자유투가 1게임당 20점을 넘어서는 결과를 빚기에 이르렀다.

프로농구에서는 경기방식만 쿼터제를 도입했을뿐 종래의 경기시간(40분)을 그대로 유지하고 있다.

다만 공격제한 시간이 30초에서 24초로 줄어들었을 뿐이다.

아마추어에서도 평균 20~25초에 공격이 이루어졌고 30초위반은 한 경기에 1개가 있을까말까 할 정도로 드물었다.

결국 24초룰의 도입외에 달라진 것은 별로 없고 심판과 선수들의 마음만 조급해졌다. 이때문에 '스코어 인플레'만 심해져 올스타전의 득점이 1백40점을 넘어섰다. 감독들이 아우성친 것은 당연한 결과다.

그런데 후반기 들어서는 반작용으로 이번에는 웬만하면 호루라기를 불지 않는 쪽으로 바람이 부는 것 같다.

워킹이나 몸싸움등의 거친 파울은 그냥 넘어가는 경향인데 그 결과 각팀은 외국용병에 대한 특별보호책을 세우느라 분주한 상황이다.

이러다보니 심판이 '불어야 할 것은 안불고, 불지 말아야할 것은 분다'는 불만이 팽배하고 있는 것이다.

심판은 오케스트라의 지휘자와 같다. 그의 역량에 따라 음악의 질이 좌우되듯 심판의 경기운영 실력이 명승부를 낳는다.

KBL이 공정성·투명성을 강조하며 종래의 심판들을 배제한 것까지는 좋았으나 경륜과 경험마저 잃어버리는 실수를 저질렀다. 그 결과 심판진을 ▶15~20년의 공백기간을 가진 금융기관등의 명예퇴직자▶갓 교육을 끝낸 신인등으로 구성해야 했다.

심판들의 기구도 KBL에 소속돼있는데 일본·필리핀등은 심판협회가 독자적으로 구성돼 스스로의 권익을 지키고 있다. 심판의 질적 향상을 기할 수 있도록 다각적인 연구가 필요한 때다. <경원대 교수>

버려야 할 스포츠 사대주의

프로농구의 개인기록별 상위랭킹을 보면 마치 미국 NBA를 보는 듯한 착각에 빠져든다. 총득점 10걸은 물론 농구의 기본이라 할 수 있는 리바운드, 어시스트 등 부문별 5위까지 몽땅 미국 용병들로 차 있다. 3점슛, 어시스트 부문에서 겨우 된장국 냄새를 풍길 뿐이었다. 참으로 어처구니없는 현상이라 하지 않을 수 없다. 미국 용병들이 한국 농구의 안방을 차지해버렸다. 거기에 열광한 팬들도 잠시 얼을 빼겼다고 하지 않을 수 없다. 농구인이라면 이런 결과를 보면서 반드시 반성해야 한다. 농구가 비록 미국서 발원(發源)되어 거기서 뿌리를 내린 스포츠라 할지라도, 어설픈 NBA 흉내를 내면서 얼치기 농구가 된 것 같아 씁쓸하다.

프로농구의 대표적인 규칙 중의 하나인 일리걸 디펜스(불법수비)를 보자. NBA는 현란한 공격농구를 권장하기 위해 지역수비 대신 맨투맨을 의무화했다. 골밑에서도 제한구역을 두어 공격자에게만 3초 이상 활동을 못하도록 했을 뿐 아니라 수비자에게도 볼의 위치에 따라 이 규칙을 적용했다. KBL은 이 규정을 본 땄지만, 골밑의 제한구역은 종전 아마추어 때의 사다리꼴을 그대로 두어 직사각형의 NBA보다 자리를 넓게 했다. 때문에 그 제한구역 안에서 도움 수비가 어렵게 되다 보니 키가 큰 용병선수들이 노마크로 설치되어 스코어가 1백 점을 훨씬 상회하게 된 것이다. 그 통에 용병들은 한 게임 내리 40분을 혹사당하고 있는데, 미국 감독들이 보았다면 아마 기절초풍을 했을 것이다. 용병들이 벌써부터 연봉을 더 달라고 아우성치는 것도 이런 배경이 있기 때문이다.

한편 각 팀 감독들은 센터 수비 때문에 골치를 썩이고 있다. NBA에서 K. C. 존스(보스톤 셀틱스) 전 감독은 센터를 막기 위해 일리걸 디펜스에 저촉되지 않는, 맨투맨도 아니고 지역수비도 아닌 묘한 방법의 변칙수비로 승리를 거두는 감독으로 유명했는데, 우리도 우리 나름의 수비전략을 개발하면서 동시에 외국 용병의 경기 참가숫자(팀당 2명)를 줄이고 1인당 출전시간도 제한하는 방안을 검토했으면 한다.

사실 그간 우리 감독들은 미국 감독들의 작전을 여과없이 베껴먹는 경우가 많았다. 외국 원정을 가면 어김없이 외국 코치들에게 인삼 엑기스를 선물하는데, 그 보답으로 전수받은 1~2개의 작전이 금과옥조(金科玉條)가 되었고, '새 기술, 새 전략'으로 둔갑했다. 이제 이런 맹목적인 사대주의는 버리고 한국 농구, 한국 선수들을 살릴 수 있는 방안을 찾아야 한다.

언제까지 프로농구 개인기록표가 외국인들에게 점령당해야 하는지에 대한 자기성찰 없이는 이 땅에 농구가 영원히 뿌리를 내리기 어렵다고 본다.

[중앙일보, 1997년 3월 25일(화)]

챔피언의 조건

프로농구 플레이오프 준결승 진출전이 물고 물리는 도깨비 씨름같은 난전으로 진행되고 있다. 앞으로 최종 승자를 가리는 결승까지는 상당수의 게임이 남아 있는데, 매 경기가 벼랑 끝에 선 것처럼 아슬아슬하게 전개되면서 관중들의 흥미를 배가시키고 있다.

사람들은 승부를 두고 병가지상사(兵家之常事)라고 하면서 오늘 지더라도 내일 이길 수 있는 것으로 여기지만, 사실 경기를 책임진 감독은 이 말처럼 느긋할 수가 없다. 이기느냐, 지느냐, 그사이에는 천국과 지옥만큼의 차이가 있다. 게다가 국내경기는 상대를 너무 잘 알고 있는 상황에서 치르기 때문에 단판으로 끝나는 국제경기보다 더 어렵다. 7전 4선승제는 경기일정이 빡빡하고 지방원정도 다녀야 하기 때문에 체력을 비축해야 되는 부담도 있다.

이기기 위한 조건을 내 나름대로 정리해 본다.

첫째, 공수에 스카우트 당하지 않은 새로운 비장의 특수전법 몇 개쯤은 지녀야 한다. 공격농구 이론에는 5명이 고르게 활약하는 밸런스 전법과 5명 중 2명이나 3명의 우수선수에게 공을 집중시키는 분리(isolation)전법이 있다. 전자는 미국 UCLA 짐 해릭 감독이 애용하던 것인데, 5명의 전 선수를 공격대열에 배치시켜 공격에 나서게 하는 것이다. 후자는 시카고 불스팀의 필 잭슨 감독이 조던, 피팬, 로드맨 등 3인의 공격수를 3각형으로 배치시켜 이들 3인들이 공격을 주도케 한 것이다. 이 분리전법을 적극 권장하고 싶다.

둘째, 외국 용병 2명의 활용도를 줄이고 국내 선수들의 몫을 늘려야 한다. 외국 용병들이 혹사당해 지친 모습을 보이고 있는데, 외국 용병 2명이 서로 싸우는 2대 2보다는 국내 선수들을 중심으로 승부수를 던져야 한다. 용병은 이용하고 토종을 활용하면 우승할 확률이 높다.

셋째, 부상자 관리나 수면 관리와 같은 경기외적인 싸움에서도 이겨야 한다. 원래 7전 4선승제는 불안과 초조를 느끼게 돼 모두들 신경이 날카롭고 경기도 거칠어지게 마련이다. 내 경험으로는 경기 전날 선수들을 최소 9시간 이상 잠을 재워야 한다.

넷째, 심판 판정이나 관중, 상대팀 등에 쉽게 흥분하지 않고 스스로를 다스릴 줄 아는 팀이 되도록 해야 한다.

과연 프로 원년의 챔피언은 누가 차지할까? 예선전적을 놓고 나름대로 점을 칠 수도 있겠지만, 현재 6강에 올라온 팀의 수준이 엇비슷하여 럭비공처럼 어디로 승부가 튀어갈지 알 수 없다.

[중앙일보, 1997년 4월 8일(화)]

지역연고제의 함정

프로농구 원년 챔프를 가리기 위한 4강전이 흥분과 기대 속에 펼쳐지고 있다. 그러나 이러한 열기 속에서 우리가 꼭 간과해서는 안 되는 함정이 하나 숨어 있다. 프랜차이즈란 이름의 '취약'이 그것이다.

'지역연고제'로 번역되는 프랜차이즈(franchise)는 프로스포츠가 관중들과 연결될 수 있도록 터전을 마련해준 것인데, 원뜻은 특정 지역을 독점 판매할 수 있는 권한이다. 특정 팀과 특정 지역을 한 세트로 묶어 애향심 경쟁을 벌이도록 한 것은 당연한 귀결이었지만, 프로야구에서 본 것처럼 지역감정과 연결되는 모순으로 변질될 수 있다는 것이다.

지역 감정을 특정 목적에 교묘하게 이용했던 것이 장사판이었다면 스포츠도 장사 속으로 그 흉내를 내도록 부추긴 것이다. 프로농구 감독들의 얘기를 들어보면 특정 지역이나 특정 경기장에 가기 싫어지는 터부가 생겨나고 있다고 한다. '홈경기에서는 질 수 없다'는 억지 논리를 내세운 관중들의 과잉 응원과 그걸로 이득을 보려는 구단도 이해하기 어렵다.

팬들의 이상 흥분은 가끔 경기진행이 어려워질 정도로 발전한다. 핸드마이크로 질러대는 고함, 경기진행상 금지키로 한 고성능스피커 때문에 심판의 호루라기 소리가 들리지 않고, 더욱이 심판이 이를 제지하려 하면 욕설까지 서슴없이 내뱉는다. 심지어 감독 · 코치나 선수들이 화장실에라도 갈라치면 욕을 하거나 신경을 건드리는 심리적 폭행까지 불사하고 있다.

프로농구를 관장하는 KBL이 감독 · 코치나 선수의 잘못에 대해서는 가차없이 벌금을 내리면서 프랜차이즈의 난동을 부추기는 구단에게는 관대한 이유를 알 수 없다. 공포분위기 속에서 진행되는 경기에 무슨 스포츠정신이 생겨날 수 있겠는가? 국민소득 1만 달러에 걸맞는 스포츠 관람 수준을 보여주어야 하고, 구단도 이를 계도할 책임과 의무가 있다. 유럽에서도 가끔 축구나 럭비 경기장에서 흥분한 관중들이 난동을 부리는 것을 볼 수 있지만, 그 바탕을 보면 프랜차이즈와는 아무런 연관이 없다. 더욱이 선수들에게 손찌검을 하거나 욕을 한다는 것은 생각할 수도 없다.

이런 낮은 관중 수준을 지켜본 그 잘난 외국 용병들이 특권의식을 갖는 것은 어쩌면 당연한 일일지도 모른다. 큰 승부일수록 흥분과 과열은 금물이다. 프랜차이즈의 어원(語原)에 국경이나 국경을 넘는다는 말이 있는 것처럼 우리도 스포츠를 통해 모두 국경을 넘어 하나가 될 수 있도록 노력하자.

[중앙일보, 1997년 2월 15일(화)]

'양철냄비'는 안 된다

한국 축구의 대표적인 병폐가 '문전처리 미숙'이라면 한국 농구의 그것은 쉽게 달아오르고 쉽게 무너지는 '양철냄비'에 비유할 수 있다.

지난 4월 17일, 플레이오프 4강전 동양과 기아의 4차전. 2승1패로 우위를 점하던 기아의 초반 플레이가 넋이 빠진 듯 헝클어지더니 시간이 갈수록 그냥 무너져내렸다. 최인선 감독은 아예 경기를 포기한 듯 성의가 없어 보였다. 허동택(허재, 강동희, 김유택)에서 요즘은 허동만(허재, 강동희, 김영만)으로 바뀐 트리오도 자포자기하면서 활약이 맥을 잃어갔다. 이를 지켜본 관중들이 야유를 보낸 것은 당연했다.

기아팀 내부에 무슨 문제가 있는지는 잘 모르지만, 문제를 떠나 승부를 포기하는 경기, 더구나 승부를 어떤 목적을 달성하기 위한 수단으로 사용하려는 것은 스포츠정신에 크게 위배되는 것이다. 명색이 프로라면서 관중들에게 성의 없는 경기를 펼치고, 져주는 추태를 보인다면 그건 스포츠를 모독하는 것이며, 그런 팀은 프로 자격도 없다고 하겠다.

기아는 프로가 되기 전 1986년 창단 1년만에 우승을 했고, 농구대잔치 7회 우승을 달성했으며, 그 동안 많은 대표선수를 배출하면서 농구 발전에 크게 기여해 왔다. 그러나 이처럼 명문팀인 기아는 1995년 실업연맹전에서 전패했고, 1996~97년 농구대잔치에서도 전패를 해 스포츠정신을 우롱한 전력이 있다.

마음먹고 경기하면 승리할 수 있으면서 경기를 고의로 포기하는 모습은 청소년 교육에도 좋을 리가 없다. 토끼 한 마리를 잡을 때도 최선을 다하기 때문에 호랑이가 살아남은 것인데, '호랑이가 라면 먹을 수 있나'라면서 폼을 잡다가는 굶어죽기 십상이다. 이런 그릇된 인식으로 인해 한국 농구가 외국에서 창피를 당하게 된 일이 있다. 지난 애틀랜타올림픽 때 강팀을 맞아 질 것이 당연시되자 경기를 포기해버리는 추태를 벌였다. 심지어 유니폼을 잊어먹고 경기장에 나타난 선수까지 있었을 정도였으니까.

한편 지난 1993년 자카르타에서 열린 ABC대회에서는 북한과 대만이 서로 져주기 시합을 벌여 국제사회의 빈축을 산 일이 있었다. 세계선수권대회 출전권이 걸린 이 경기는 누가 지든 그쪽에 티켓이 주어지기 때문이었다. 경기는 승패만이 중요한 것이 아니다. 아시아농구협회는 세계농구연맹에 양 팀을 제소해 양 팀은 결국 몰수패를 당하고 벌금을 무는 수모를 당했다. 미국 NBA도 팀이 고의로 패배하거나 성의 없는 경기를 펼칠 경우 즉각 비디오를 보고 이를 심사하여 엄격한 징벌조치를 내리고 있다.

이는 스포츠 본질의 문제와 관련이 있다. 미리 경기를 포기하고 다음을 위해 체력을 비축한다든지, 실수를 부끄러워할 줄 모르고 넋 잃은 플레이를 하는 경우 우리도 가차없이 엄격한 제재를 가해야 한다. 이는 관중과의 약속을 어기는 행위이기 때문이다.

[중앙일보, 1997년 4월 22일(화)]

방 열 연보

◇ 학 력

1961년 2월 경복중 · 고등학교 졸업

1965년 2월 연세대학교 정법대학 정치외교학과 졸업(정치학사)

1989년 2월 동 대학 교육대학원 체육교육학과 졸업(체육교육학석사)

1999년 8월 한국체육대학 대학원 체육학 박사학위취득(이학박사)

◇ 경 력

1962년	제4회 자카르타아시안게임 국가대표 농구선수
1963년	ABC 아세아 선수권 대회 국가대표 농구선수
1964년	도쿄올림픽대회 국가대표 농구선수
1965년	아시아농구선수권대회 국가대표 농구선수
1968~1973년	조흥은행 여자 농구단 감독
1972년	ABC 여자국가대표 농구단 감독(1위 입상 우승)
1973년	모스크바 세계유니버시아드대회 여자국가대표 코치 (3위 입상)
1974~1977년	쿠웨이트 남자 국가 청소년 대표 감독
1978~1986년	현대 남자 농구단 코치 , 감독
1982년	제9회 아시안게임 국가대표 농구감독(1위 입상 금메달)
1986년	기아남자 농구단 감독
1987년	ABC 남자 국가대표 감독 (2위 입상)
1988년	서울올림픽 남자농구 국가대표 감독
1992년	세계농구코치협회 부회장 겸 아시아지역회장
1993년	경원대학교 조교수
	경원대학교 학생처장
1997년	부산동아시아 대회 한국남자 농구대표 감독(2위 입상)
	대한 농구협회 부회장(국제담당)

1998년　아세아농구연맹 중앙집행위원
1999년　2000년 한국 사회체육학회 부회장
2001년　대한체육회 KOC위원
2002년　한국스포츠교육학회 부회장
2002년　올림픽 성화회 회장
2003년　경원대학교 사회체육대학원장
2003년　대한체육회 전임강사
2004년　한국운동지도사학회 회장
2004년　현대 모비스 사회이사
2004년　대한체육회 이사
2007년　경원대학교 정년퇴임
2007년　(주)농구아카데미 대표이사(현재)
2010년　건동대학교 총장
2010년　학교법인 성일학원 이사(현재)
2013년　대한체육회 이사(현재)
2013년　대한농구협회 회장(현재)
2014년　아시아농구협회 부회장(현재)

◇ 저　서

1994년 12월　농구 만들기, 인생 만들기. 김영사
1994년 12월　실전현대농구 1, 2(역서). 창공사
1999년 7월　바스켓볼. 하나로출판사
1999년 12월　사회체육프로그램론. 대경북스
2001년 7월　스포츠 보도론. 대경북스
2003년 10월　농구 기초편. 대경북스
2004년 10월　농구 수비편. 대경북스
2006년 5월　농구 공격편. 대경북스
2006년 9월　농구바이블 Ⅰ · Ⅱ. 대경북스
2010년 2월　전략농구. 대경북스